भीष्म साहनी

जन्म : 8 अगस्त, 1915 को रावलपिंडी (पाकिस्तान) में।

शिक्षा : हिन्दी-संस्कृत की प्रारम्भिक शिक्षा घर में। स्कूल में उर्दू और अंग्रेजी। गवर्नमेंट कॉलेज, लाहौर से अंग्रेजी साहित्य में एम.ए., फिर पंजाब विश्व-विद्यालय से पी-एच.डी.।

बँटवारे से पूर्व थोड़ा व्यापार, साथ-ही-साथ मानद (ऑनरेरी) अध्यापन। बँटवारे के बाद पत्रकारिता, 'इप्टा' नाटक मंडली में काम, बंबई में बेकारी। फिर अम्बाला में एक कॉलेज में तथा खालसा कॉलेज, अमृतसर में अध्यापन। तत्पश्चात् स्थायी रूप से दिल्ली विश्वविद्यालय के ज़ाकिर हुसैन कॉलेज में साहित्य का प्राध्यापन। इस बीच लगभग सात वर्ष 'विदेशी भाषा प्रकाशन गृह', मॉस्को में अनुवादक के रूप में कार्य। अपने इस प्रवासकाल में उन्होंने रूसी भाषा का यथेष्ट अध्ययन और लगभग दो दर्जन रूसी पुस्तकों का अनुवाद किया। क़रीब ढाई साल 'नई कहानियाँ' का सौजन्य-सम्पादन। 'प्रगतिशील लेखक संघ' तथा 'अफ्रो-एशियाई लेखक संघ' से भी सम्बद्ध रहे।

प्रकाशित पुस्तकें : *भाग्यरेखा, पहला पाठ, भटकती राख, पटरियाँ, वाङ्चू, शोभायात्रा, निशाचर, पाली, डायन* (कहानी-संग्रह); *झरोखे, कड़ियाँ, तमस, बसंती, मय्यादास की माड़ी, कुंतो, नीलू नीलिमा नीलोफ़र* (उपन्यास); *माधवी, हानूश, कबिरा खड़ा बज़ार में, मुआवजे, सम्पूर्ण नाटक* (दो खंडों में) (नाटक); *आज के अतीत* (आत्मकथा); *गुलेल का खेल* (बालोपयोगी कहानियाँ)।

सम्मान : अन्य पुरस्कारों के अलावा *तमस* के लिए 'साहित्य अकादमी पुरस्कार' तथा हिन्दी अकादमी, दिल्ली का 'शलाका सम्मान'।

साहित्य अकादमी के महत्तर सदस्य रहे।

निधन : 11 जुलाई, 2003

तमस

भीष्म साहनी

राजकमल पेपरबैक्स

पहला पुस्तकालय संस्करण
राजकमल प्रकाशन प्राइवेट लिमिटेड द्वारा
1972 में प्रकाशित

राजकमल पेपरबैक्स में
पहला संस्करण : 1984
छियालीसवाँ संस्करण : 2026

राजकमल पेपरबैक्स : उत्कृष्ट साहित्य के जनसुलभ संस्करण

राजकमल प्रकाशन प्रा.लि.
1-बी, नेताजी सुभाष मार्ग, दरियागंज
नई दिल्ली-110 002
द्वारा प्रकाशित

शाखाएँ : अशोक राजपथ, साइंस कॉलेज के सामने, पटना-800 006
पहली मंजिल, दरबारी बिल्डिंग, महात्मा गांधी मार्ग, प्रयागराज-211 001
1, अनमोल सोराबजी संतुक लेन, धोबी तलाव, मरीन लाइंस, मुम्बई-400 002
वेबसाइट : www.rajkamalprakashan.com
ई-मेल : info@rajkamalprakashan.com

बी.के. ऑफसेट
नवीन शाहदरा, दिल्ली-110 032
द्वारा मुद्रित

रेखांकन : विक्रम नायक

मूल्य : ₹ 399

TAMAS
Novel by Bhishma Sahni

ISBN : 978-81-267-1573-2

बलराजजी के लिए

एक

आले में रखे दीये ने फिर से झपकी ली। ऊपर, दीवार में, छत के पास से दो ईंटें निकली हुई थीं। जब-जब वहाँ से हवा का झोंका आता, दीये की बत्ती झपक जाती और कोठरी की दीवारों पर साए-से डोल जाते। थोड़ी देर बाद बत्ती अपने-आप सीधी हो जाती और उसमें से उठनेवाली धुएँ की लकीर आले को चाटती हुई फिर से ऊपर की ओर सीधे रुख जाने लगती। नत्थू की साँस धौंकनी की तरह चल रही थी और उसे लगा जैसे उसकी साँस के ही कारण दीये की बत्ती झपकने लगी है।

नत्थू दीवार से लगकर बैठ गया। उसकी नज़र फिर सुअर की ओर उठ गई। सुअर फिर से किकियाया था और अब कोठरी के बीचोबीच कचरे के किसी लसलसे छिलके को मुँह मार रहा था। अपनी छोटी-छोटी आँखें फ़र्श पर गाड़े गुलाबी-सी थूथनी छिलके पर जमाए हुए था। पिछले दो घंटे से नत्थू इस बदरंग, कँटीले सुअर के साथ जूझ रहा था। तीन बार सुअर की गुलाबी थूथनी उसकी टाँगों को 'चाट' चुकी थी और उनमें से तीखा दर्द उठ रहा था। आँखें फ़र्श पर गाड़े सुअर किसी वक़्त दीवार के साथ चलने लगता, मानो किसी चीज़ को ढूँढ़ रहा हो, फिर सहसा किकियाकर भागने लगता। उसकी छोटी-सी पूँछ, ज़हरीले डंक की तरह, उसकी पीठ पर हिलती रहती, कभी उसका छल्ला-सा बन जाता, लगता उसमें गाँठ पड़ जाएगी, मगर फिर वह अपने-आप ही खुलकर सीधी हो जाती थी। बाईं आँख में से मवाद बहकर सुअर की थूथनी तक चला आया था। जब चलता तो अपनी बोझिल तोंद के कारण दाएँ-बाएँ झूलने-सा लगता था। बार-बार भागने से कचरा सारी कोठरी में बिखर गया था। कोठरी में उमस थी। कचरे की ज़हरीली बास, सुअर की चलती साँस और कड़वे तेल के धुएँ से कोठरी अटी पड़ी थी। फ़र्श पर जगह-जगह ख़ून के चित्ते पड़ गए थे लेकिन ज़रक़ के नाम पर सुअर के शरीर में एक भी ज़ख्म नहीं हो पाया था। पिछले दो घंटे से नत्थू जैसे पानी में या बालू के ढेर में छुरा घोंपता रहा था। कितनी ही बार वह सुअर के पेट में और कन्धों पर छुरा घोंप चुका था। छुरा निकालता तो कुछ बूँदें ख़ून की फ़र्श पर गिरतीं, पर ज़ख्म की जगह एक छोटी-सी लीक या छोटा-सा धब्बा-भर रह जाता जो सुअर की चमड़ी में नज़र तक नहीं आता था। और सुअर गुर्राता हुआ या तो नत्थू की टाँगों को अपनी थूथनी का निशाना बनाता या फिर से कमरे की दीवार के साथ-साथ चलने अथवा भागने लगता। छुरे की नोक चर्बी की तहों को काटकर लौट आती थी, अन्तड़ियों तक पहुँच ही नहीं पाती थी।

मारने को मिला भी तो कैसा मनहूस सुअर। भद्दा, इतनी बड़ी तोंद, पीठ पर के बाल काले, थूथनी के आसपास के बाल सफ़ेद, कँटीले, जैसे साही के होते हैं।

उसने कहीं सुना था कि सुअर को मारने के लिए उस पर खौलता पानी डालते हैं। लेकिन नत्थू के पास खौलता पानी कहाँ था। एक बार चमड़ा साफ़

करते समय सुअर की चर्बी की बात चली थी और उसके साथी भीखू चमार ने कहा था; "सुअर की पिछली टाँग पकड़कर सुअर को उलटा कर दो। गिरा हुआ सुअर जल्दी से उठ नहीं सकता। फिर उसके गले की नस काट दो। सुअर मर जाएगा।" नत्थू ये सब तरकीबें कर चुका था। एक भी तरकीब काम नहीं आई थी। इसके एवज़ उसकी अपनी टाँगों और टख़नों पर ज़ख्म हो चुके थे। चमड़ा साफ़ करना और बात है, सुअर मारना बिल्कुल दूसरी बात। जाने किस ख़ोटे वक़्त उसने यह काम सिर पर ले लिया था। और अगर पेशगी पैसे नहीं लिये होते तो नत्थू ने कब का सुअर को कोठरी में से धकेलकर बाहर खदेड़ दिया होता।

"हमारे सलोतरी साहिब को एक मरा हुआ सुअर चाहिए, डाक्टरी काम के लिए।" मुरादअली ने नत्थू से कहा था जब वह खाल साफ़ कर चुकने के बाद नल पर हाथ-मुँह धो रहा था।

"सुअर? क्या करना होगा मालिक?" नत्थू ने हैरान होकर पूछा था।

"इधर पिगरी के सुअर बहुत घूमते हैं, एक सुअर को इधर कोठरी के अन्दर कर लो और काट डालो।"

नत्थू ने आँख उठाकर मुरादअली के चेहरे की ओर देखा था।

"हमने कभी सुअर मारा नहीं मालिक, और सुनते हैं सुअर मारना बड़ा कठिन काम है। हमारे बस का नहीं होगा हुजूर। खाल-बाल उतारने का काम तो कर दें। मारने का काम तो पिगरीवाले ही करते हैं।"

"पिगरीवालों से करवाना होता तो तुमसे क्यों कहते। यह काम तुम्हीं करोगे।" और मुरादअली ने पाँच रुपए का चरमराता नोट जेब में से निकालकर नत्थू के जुड़े हाथों के पीछे उसकी जेब में ठूँस दिया था।

"यह तुम्हारे लिए बहुत बड़ा काम नहीं है। सलोतरी साहिब ने फ़रमाइश की तो हम इनकार कैसे कर देते।" फिर मुरादअली ने लापरवाही के अन्दाज़ में कहा, "उधर मसान के पार पिगरी के सुअर घूमते हैं। एक को पकड़ लो। सलोतरी साहिब खुद बाद में पिगरीवालों से बात कर लेंगे।"

और नत्थू कुछ कहे या न कहे कि मुरादअली चलने को हुआ था। फिर अपनी पतली-सी छड़ी अपनी टाँगों पर धीरे-धीरे ठकोरते हुए कहने लगा, "आज ही रात यह काम कर दो। सबेरे-सबेरे जमादार गाड़ी लेकर आ जाएगा, उसमें डलवा देना। भूलना नहीं। वह अपने-आप सलोतरी साहिब के घर

पहुँचा देगा। मैं उसे कह दूँगा। समझ लिया?"

नत्थू के हाथ अभी भी बँधे थे लेकिन चरमराता पाँच का नोट जेब में पड़ जाने से मुँह में से बात निकल नहीं पाती थी।

"इधर इलाक़ा मुसलमानी है। किसी मुसलमान ने देख लिया तो लोग बिगड़ेंगे। तुम भी ध्यान रखना। हमें भी यह काम बहुत बुरा लगता है, मगर क्या करें, साहिब का हुक्म है, कैसे मोड़ दें।" और मुरादअली छड़ी को फिर से टाँगों पर ठकोरता हुआ वहाँ से चला गया था।

मुरादअली से रोज़ काम पड़ता था, नत्थू कैसे इनकार कर देता। जब कभी शहर में कोई घोड़ा मरता, गाय या भैंस मरती तो मुरादअली खाल दिलवा दिया करता था, अठन्नी-रुपया मुरादअली को भी देना पड़ता मगर खाल मिल जाती। बड़े रखरखाववाला आदमी था मुरादअली, कमेटी का कारिन्दा होने के कारण बड़े-छोटे सभी लोगों का उससे काम पड़ता था।

शहर की कोई सड़क न थी जिसके बीचोबीच लोगों ने मुरादअली को चलते न देखा हो। पतली बैंत की छड़ी झुलाता हुआ, ठिगना, काला मुरादअली, जगह-जगह घूमता था। शहर की किसी गली में, किसी सड़क पर वह किसी वक़्त भी नमूदार हो जाता था। साँप की-सी छोटी-छोटी पैनी आँखें और कँटीली मूँछें और घुटनों तक लम्बा खाकी कोट और सलवार और सिर पर पगड़ी—उसे सब फबते थे। इन सबको मिलाकर ही मुरादअली की अपनी खास तस्वीर बनती थी। अगर हाथ में पतली छड़ी न होती तो भी और जो सिर पर पगड़ी न होती तो भी और जो उसका क़द ठिगना नहीं होता तो भी उसकी तस्वीर अधूरी रह जाती।

मुरादअली खुद तो हुक्म चलाकर निकल गया, नत्थू की जान साँसत में आ गई। सुअर कहाँ से पकड़े और उसे काटे कैसे। नत्थू के मन में आया था कि शहर के बाहर सीधा पिगरी में चला जाए, और उन्हीं से कह दे कि एक सुअर काटकर सलोतरी साहिब के घर भिजवा दें। मगर उसके क़दम पिगरी की ओर नहीं उठे।

सुअर को कोठरी के अन्दर लाना कौन-सा आसान काम रहा था। उसने आवारा घूमते सुअरों को कचरे में मुँह मारते देखा था। उसे और कुछ नहीं सूझा। एक कचरे के ढेर पर से कचरा उठा-उठाकर लाता रहा और इस टूटी-फूटी कोठरी के बाहर आँगन में, दरवाज़े के पास कचरे का ढेर लगाता

रहा था। शाम के साए उतरने लगे थे जब गन्दे पानी के पोखरों, गोबर के ढेरों और गर्द से अटी झाड़ियों के पास से घूमते हुए तीन सुअर उधर से आ निकले थे। तभी उनमें से एक सुअर कचरा सूँघता हुआ आँगन के अन्दर आ गया था और नत्थू ने झट से किवाड़ बन्द कर दिया था। फिर झट से भागकर उसने आँगन के पार कोठरी का दरवाज़ा खोल दिया था और अपनी लाठी से सुअर को हाँकता हुआ कोठरी के अन्दर ले गया था। फिर इस डर से कि सुअर-बाड़े का आदमी सुअर को खोजता हुआ उधर नहीं आ निकले और सुअर को किकियाता न सुन ले, नत्थू फिर से कचरा उठा-उठाकर कोठरी के अन्दर डालता रहा था। कोठरी के अन्दर कचरा पहुँच जाने पर सुअर उसी में खो गया था और नत्थू आश्वस्त होकर देर तक कोठरी के बाहर बैठा बीड़ियाँ फूँकता और अँधेरा पड़ जाने का इन्तज़ार करता रहा था। बहुत देर के बाद जब रात गहराने लगी थी तो नत्थू कोठरी के अन्दर घुसा था। दीये की मद्धम, नाचती-सी रोशनी में उसने देखा कि कचरा सारी कोठरी में बिखर गया है और उसमें से कीच की-सी सड़ाँध उठ रही है। तभी इस बोझिल बदसूरत सुअर को देखकर उसका दिल बैठ गया था और मन-ही-मन खीझने-पछताने लगा था कि उसने यह गन्दा जोखिम-भरा काम क्यों सिर पर ले लिया है। तब भी उसका मन आया था कि लपककर कोठरी का दरवाज़ा खोल दे और सुअर को बाहर धकेल दे।

और अब रात आधी से ज़्यादा बीत चुकी थी और सुअर ज्यों का त्यों कचरे के बीचोबीच अलमस्त-सा घूम रहा था। फ़र्श पर ख़ून के धब्बे पड़ गए थे, और सुअर की तोंद पर दो-एक जगह खरोंचों के-से निशान नज़र आ रहे थे और उसकी अपनी टाँगों पर सुअर की थूथनी के ज़ख़्म थे और बस। सुअर पहले की ही भाँति जीता-जागता कोठरी में मौजूद था जबकि नत्थू की साँस फूल रही थी, और बदन पसीने से तर हो रहा था, और कहीं इस झंझट में से निकल पाने का रास्ता नज़र नहीं आ रहा था।

दूर शेखों के बाग़ की घड़ी ने दो बजाए। नत्थू घबराकर उठ खड़ा हुआ। उसकी नज़र फिर सुअर पर गई। सुअर ने कचरे के टुकड़ों के बीच खड़े-खड़े फिर से पेशाब कर दिया था, और झींकता हुआ कमरे के बीच में से हटकर दाएँ हाथ की दीवार के साथ-साथ चलने लगा था। दीये की लौ फिर से झपकने लगी थी, और किसी दुःस्वप्न की तरह साए बार-बार दीवारों पर

डोलने लगे थे। स्थिति में तनिक भी अन्तर नहीं आया था। सुअर पहले की तरह सिर नीचा किए, थूथनी से कभी कचरे के टुकड़े को सूँघने के लिए रुक जाता, कभी दीवार के साथ-साथ चलने लगता और कभी किकियाकर दीवार के साथ-साथ भागने लगता। पहले की ही तरह उसकी पतली-सी दुम किसी पतले, लम्बे कीड़े की तरह छल्ले बनाती खुलती जा रही थी।

"ऐसे नहीं चलेगा!" नत्थू ने दाँत पीसकर कहा, "यह मेरे बस का रोग नहीं है। यह सुअर आज मुझे ले-दे जाएगा।"

उसका मन हुआ एक बार फिर सुअर की टाँग पीछे से खींचकर उसे उलटा गिराने की कोशिश कर देखे। बाएँ हाथ में छुरे को ऊँचा उठाए, वह धीरे-धीरे क़दम बढ़ाता हुआ कोठरी के बीचोबीच चला आया। सुअर दाएँ हाथ की दीवार के सिरे तक पहुँचकर बाईं ओर दीवार के साथ-साथ चलने लगा था। नत्थू को अपनी ओर बढ़ते देखकर भागने की बजाय वह मुड़कर नत्थू की ओर आने लगा। एक बार सुअर गुर्राया भी जैसे वह नत्थू पर झपटने जा रहा हो। नत्थू एक-एक क़दम पीछे की ओर उठाने लगा। उसकी आँखें अभी भी सुअर की थूथनी पर लगी थीं। अब सुअर उसके ऐन सामने था, उसी की ओर बढ़ रहा था। इस स्थिति में उसकी पिछली टाँग को पकड़कर पीछे की ओर खींचना और उसे पीठ के बल गिरा पाना असम्भव हो गया था। सुअर की छोटी-छोटी लाल आँखों में खुमार छाया था। न जाने क्या कर बैठे। पर नत्थू बदहवास हो रहा था। दो बज चुके थे, और जो काम पिछली शाम से अब तक नहीं हो पाया वह अब पौ फटने से पहले कैसे हो पाएगा। किसी वक़्त भी जमादार का छकड़ा आ सकता है और जो काम न हुआ तो मुरादअली का क्या भरोसा, दोस्त से दुश्मन बन जाए, खालें दिलवाना बन्द कर दे, कोठरी में से उठवा दे, किसी से पिटवा दे, परेशान करे। नत्थू के हाथ-पैर फूलने लगे। वह मन ही मन जानता था कि सुअर को पिछले पाँव से पकड़ने पर सुअर काट खाएगा, या उछलेगा और हाथ छुड़ा लेगा।

सहसा नत्थू भन्ना उठा। बिना किसी स्पष्ट कारण के जैसे उसके तन-बदन में आग लग गई। 'या मैं नहीं रहूँगा, या यह नहीं रहेगा' उसने कहा और झट से लौटकर आले के फ़र्श पर रखी पत्थर की सिल उठा ली। सिल उठाकर वह सीधा कोठरी के बीचोबीच पहुँच गया। सिल को दोनों हाथों से सिर के ऊपर उठाए वह क्षण-भर के लिए ठिठका रहा। सुअर की थूथनी अभी

भी अगले पैरों पर थी और वह खरबूजे के छिलके को सूँघ रहा था। उसकी लाल-लाल आँखें मिचमिचा रही थीं। पीठ के पीछे उसकी नन्ही-सी पूँछ बराबर हिल रही थी। अगर यह हिले-डुले नहीं और सिल सीधी उसके शरीर पर जा पड़े तो कहीं पर तो वह वार करेगी, और कोई न कोई अंग तो सुअर का टूटकर रहेगा ही। अगर एक टाँग ही टूट जाए तो वह भी गनीमत है, उसका चलना पहले से कठिन हो जाएगा।

फिर दोनों हाथ तौलकर नत्थू ने सिल को सुअर पर दे मारा। आले में रखे दीये की लौ थरथराई और दीवारों पर साए डोल गए। सिल सुअर के लगी थी लेकिन नत्थू ठीक तरह से नहीं जानता था कि कहाँ लगी है। सुअर ज़ोर से किकियाया और सिल खटाक से फ़र्श पर जा गिरी। नत्थू सिल फेंकते ही पीछे हट गया, और सुअर की ओर घूर-घूरकर देखने लगा। नत्थू को देखकर आश्चर्य हुआ, सुअर की अधमुँदी आँखें मिचमिचा रही थीं और उसकी थूथनी अभी भी अगली टाँगों पर टिकी थी।

सहसा सुअर गुर्राया और पिछली दीवार से हटकर कोठरी के बीचोबीच आने लगा। वह दाएँ-बाएँ झूल रहा था। नत्थू एक ओर को, आँगन में खुलनेवाले दरवाज़े की ओर सरककर खड़ा हो गया। दीये की अस्थिर रोशनी में सुअर एक काले पुंज की तरह आगे बढ़ता आ रहा था। सिल उसके माथे पर पड़ी जिससे वह शायद चकरा गया था और उसे ठीक तरह से दिखाई नहीं दे रहा था। नत्थू डर गया। सुअर ज़रूर उसकी ओर बढ़ता आ रहा है और वह उसे ज़रूर काट खाएगा। सिल का उस पर कोई असर हुआ नहीं जान पड़ता था।

नत्थू ने झट से दरवाज़ा खोला और कोठरी के बाहर हो गया।

'किस मुसीबत में जान फँस गई है।' वह बुदबुदाया और आँगन में आकर मुँडेर के पास खड़ा हो गया। बाहर पहुँचकर स्वच्छ बहती हवा में उसे राहत मिली। कोठरी की घुटन और बदबू में वह परेशान हो उठा था। पसीने से तर उसके शरीर को हवा के हल्के-से स्पर्श से असीम आनन्द का अनुभव हुआ। क्षण-भर के लिए उसे लगा जैसे वह फिर से जी उठा है, उसकी शिथिल, मरी हुई देह में फिर से जान आ गई है। 'मुझे क्या लेना इस काम से। सलोतरी को सुअर नहीं मिलता तो न मिले, मेरी बला से, मैं कल मुरादअली के सामने पाँच का नोट पटक दूँगा और हाथ जोड़ दूँगा। यह मेरे बस का

नहीं है हुज़ूर, मैं यह काम नहीं कर सकता। मेरा क्या बिगाड़ लेगा। दो दिन मुँह बनाए रखेगा, मैं घुटनों पर हाथ रखकर उसे मना लूँगा।'

मुँडेर के पीछे वह ठिठका खड़ा रहा। चाँद निकल आया था और चारों ओर छिटकी चाँदनी में उसे आसपास का सारा इलाक़ा पराया-पराया और रहस्यपूर्ण-सा लग रहा था। सामने से गुज़रनेवाली बैलगाड़ियों की कच्ची सड़क इस वक़्त सूनी पड़ी थी। मूक और शान्त। दिन-भर उस पर उत्तर के गाँव से आनेवाली बैलगाड़ियों की खटर-खटर और बैलों के गले में बँधी घंटियों की टुन-टुन सुनाई देती रहती थी। उनके पहियों से सड़क पर गहरी लीकें बन गई थीं और मिट्टी पिस-पिसकर इतनी बारीक हो गई थी कि उस पर पैर रखते ही पैर घुटनों तक मिट्टी में धँस जाता था। सड़क के पार तीखी ढलान पर जो नीचे मैदान में उतर गई थी, छोटी-छोटी झाड़ियाँ और बेरों के पेड़ और कँटीली 'थोर' के झुरमुट धूल से अटे थे और चाँदनी रात में धुले-धुले से लग रहे थे। मैदान के पार मसान था जिसके पीछे दो कोठरियों में एक डोम रहता था। इस समय एक के साथ एक सटी हुई, उजड़ी हुई-सी लग रही थीं। किसी भी कोठरी में दीया नहीं टिमटिमा रहा था। डोम रात को शराब पिये हुए चिल्लाता-बड़बड़ाता रहा था। और उसकी आवाज़ मैदान के पार इस कोठरी तक आती रही थी। पर इस वक़्त जैसे वह मरा पड़ा था। नत्थू को सहसा अपनी पत्नी की याद आई, जो इस वक़्त आराम से चमारों की बस्ती में सोयी पड़ी होगी। यह झंझट मोल न लिया होता तो इस वक़्त वह उसके पास होता, उसकी अलस, गदराई देह उसकी बाँहों में होती। अपनी युवा पत्नी को बाँहों में भर पाने की ललक उसे बुरी तरह से बेचैन करने लगी। न जाने कितनी देर तक वह उसकी राह देखती रही होगी। उससे बिना कुछ कहे-सुने वह घर से चला आया था। एक ही शाम उससे दूर रहकर वह परेशान हो उठा था।

कच्ची सड़क, दाएँ हाथ को दूर तक जाकर नीचे उतर गई थी। इस वक़्त चाँदनी में वह कितनी साफ़ धुली-धुली लग रही थी। उसके किनारे, एक ओर को हटकर कच्चा कुआँ और उस पर पड़ा उसका चक्कर और माल भी बुरे नहीं लग रहे थे। थोड़ी दूर जाने पर ही यह वीरान इलाक़ा ख़त्म हो जाता था और कच्ची सड़क शहर को जानेवाली पक्की सड़क से जा मिलती थी। चारों ओर चुप्पी छाई थी। दूर बाईं ओर पिगरी की नीचे की इमारत थी जो

चाँदनी में चपटे काले डिब्बे-सी लग रही थी। दूर-दूर तक ख़ाली ज़मीन पड़ी थी जिस पर जगह-जगह कँटीली झाड़ियाँ, और छोटे-छोटे पेड़ छितरे पड़े थे। दूर, बहुत दूर, फ़ौजी छावनी की बारकें थीं, अलग-अलग, जहाँ तक पहुँच पाने में घंटों लग जाते थे।

नत्थू की देह शिथिल पड़ गई थी। उसका मन हुआ वहीं खड़ा-खड़ा मुँडेर पर सिर रखकर झपकी ले ले। कोठरी में से बाहर निकलकर वह जैसे किसी दूसरी दुनिया में आ गया। स्वच्छ, शीतल हवा और चारों ओर छितरी चाँदनी में उसे अपनी स्थिति पर रुलाई-सी आने लगी। बाहर आकर उसे अपने हाथ में पकड़ा छुरा असंगत-सा लगने लगा। उसका मन हुआ वहाँ से भाग जाए, कोठरी में झाँककर देखे भी नहीं और भाग जाए। कल सुअर-बाड़े का पूर्बिया ज़रूर इधर से गुज़रेगा और कचरा देखकर ही समझ जाएगा कि सुअर कोठरी में होगा और वह उसे हाँककर वहाँ से ले जाएगा।

उसे फिर से अपनी पत्नी की याद सताने लगी। अपनी पत्नी के पास पहुँचकर उसके साथ हौले-हौले बतियाते हुए ही उसके क्षुब्ध व्याकुल मन को चैन मिल सकता था। कब वह झंझट ख़त्म होगा और कब वह उसके पास चमारों की बस्ती में लौट पाएगा?

सहसा दूर शेखों के बाग़ की घड़ी ने तीन बजाए और नत्थू की सारी देह थरथरा गई। उसकी नज़र उसके हाथ पर गई जिसमें अभी भी वह छुरा पकड़े हुए था। एक गहरी टीस उसके मन में उठी, अब क्या होगा? वह यहाँ पर खड़ा क्या कर रहा है जबकि सुअर अभी तक नही मरा? जमादार छकड़ा लेकर आया ही चाहता होगा। वह उसे क्या कहेगा, क्या जवाब देगा। आकाश में हल्की-सी पीलिमा घुल गई थी। पौ फटनेवाली थी, और वह अभी तक अपने काम से निबट नहीं पाया था। उसे अपनी स्थिति पर रुलाई आने लगी।

घबराया हुआ-सा वह कोठरी की ओर गया। धीरे-से दरवाज़ा खोलकर उसने अन्दर झाँका। कोठरी का दरवाज़ा खोलते ही बदबू का भभूका-सा जैसे उस पर झपटा। लेकिन दीये की रोशनी में उसने देखा कि कोठरी के बीचोबीच सुअर खड़ा है, निश्चल-सा, मानो घूम-घूमकर थक गया हो, निढाल-सा। किसी अन्तःप्रेरणावश नत्थू को लगा जैसे अब उसे मार गिराना इतना कठिन नहीं होगा। नत्थू ने दरवाज़ा भेड़ दिया और फिर आले के नीचे चुपचाप जाकर

खड़ा हो गया और एकटक सुअर की ओर देखने लगा।

नत्थू के अन्दर आ जाने पर सुअर ने अपना नथुना उठाया। नत्थू को लगा जैसे सुअर का नथुना ज़्यादा लाल हो रहा है और सुअर की आँखें सिकुड़ी हुई हैं। उस पर फेंकी हुई पत्थर की सिल सुअर के पीछे कुछ दूरी पर पड़ी थी। दीये की टिमटिमाती लौ ने फिर झपकी ली, और अस्थिर रोशनी में नत्थू को लगा जैसे सुअर फिर से हिला है, और चलने लगा है। वह आँखें फाड़-फाड़कर उसकी ओर देखने लगा। सुअर सचमुच हिला था। वह सचमुच ही बोझिल, स्थिर गति से आगे की ओर, नत्थू की ओर बढ़ने लगा था। दो-एक क़दम, दाएँ-बाएँ झूलकर चलने के बाद एक अजीब-सी आवाज़ सुअर के मुँह में से निकली। नत्थू फिर से छुरा ऊँचा उठाकर फ़र्श पर पैरों के बल बैठ गया। सुअर ने दो-तीन क़दम और आगे की ओर बढ़ाए। उसका नथुना अपने पैरों की ओर और अधिक झुक गया और नत्थू के पास पहुँचते न पहुँचते वह एक ओर को लुढ़ककर गिर गया। उसकी टाँगों में एक बार ज़ोर का कम्पन हुआ मगर कुछ क्षणों में ही वे हवा में उठी-की-उठी रह गईं। सुअर ढेर हो चुका था।

नत्थू ने छुरा फ़र्श पर रख दिया, मगर उसकी आँखें अभी भी सुअर पर लगी थीं। तभी दूर-पड़ोस के किसी घर में किसी मुर्ग़े ने पर फड़फड़ाए और बाँग दी। उसी समय दूर कच्ची सड़क पर हिचकोले खाते छकड़े की आवाज़ आई। और नत्थू ने चैन की साँस ली।

दो

प्रभातफेरी में भाग लेने के लिए आरम्भ में दो गिने-चुने लोग ही पहुँचते थे। बाद में गलियाँ और बाज़ार लाँघते हुए जिस किसी का घर रास्ते में पड़ता वह तोंद खुजलाता, जम्हाइयाँ लेता साथ में शामिल हो जाता था।

हवा में अभी खुश्की थी। रात को कमरे के अन्दर सोते थे, फिर भी सुबह-सुबह कम्बल ओढ़ने की ज़रूरत रहती थी। प्रभातफेरी में शामिल होनेवाले बड़ी उम्र के लोग कनटोपे चढ़ाकर आते थे।

शेखोंवाले बाग़ की घड़ी ने चार बजाए। कांग्रेस-कमेटी के दफ़्तर के

सामने सड़क पर केवल दो-तीन व्यक्ति खड़े अन्य सदस्यों की राह देख रहे थे। खुफ़िया पुलिस के दो सिपाही साधारण कपड़े पहने थोड़ी दूरी पर अभी से खड़े थे।

तभी दूर अँधेरे में रोशनी नज़र आई। कोई आदमी हाथ में हरीकेन लैम्प उठाए बड़ा बाज़ार का मोड़ काटकर उस ओर आने लगा था। लैम्प की रोशनी के दायरे में उस आदमी का केवल पाजामा ही नज़र आ रहा था। लगता था धड़ के बिना दो टाँगें चली आ रही हैं।

''लो बख्शीजी आ गए।'' दूर से पाजामा पहचानकर अज़ीज़ बोला।

बख्शीजी कहा करते थे, चार बजे का मतलब है चार बजे, न एक मिनट इधर, न एक मिनट उधर। पर आज वह स्वयं लेट आ रहे थे।

बख्शीजी ही थे, बलगमी शरीरवाले ज़िला कांग्रेस-कमेटी के सेक्रेटरी, उम्र-रसीदा आदमी, देह शिथिल पड़ गई थी पर वह न आएँ तो कोई भी नहीं आएगा, प्रभातफेरी के लिए कोई पहुँचेगा ही नहीं।

उनके नज़दीक पहुँचने पर अज़ीज़ ने छूटते ही शे'र पढ़ा :

''मुल्ला मियाँ मिशालची, तीनों एक समान,
लोकाँ नूँ दस्सण चाणना, आप हनौ जाण।''

बख्शी ने नज़दीक पहुँचकर अपनी सफ़ाई में कहा, ''रात देर से सोए, सुबह नींद ही नहीं खुली।'' फिर दुआ-सलाम करने के बाद छूटते ही बोले, ''मास्टर रामदास नहीं आया?''

जवाब अज़ीज़ ने दिया, ''वह गाय दुहकर आएगा, इससे पहले थोड़े ही आएगा।''

''जब तनख्वाह बढ़वानी थी तब तो रात के 11 बजे भी बुलाओ तो आ जाता था। अब तनख्वाह बढ़ गई है, उसे क्या गर्ज़ पड़ी है कि वक़्त पर आए।''

दूर अँधेरे में नए मुहल्ले की ओर से ऊँचे लम्बे क़द का एक आदमी सिर से पाँव तक सफ़ेद कपड़ों में मलबूस, ढलान चढ़कर सामने की ओर से आता नज़र आया।

''लो देखो आ गए जिनके पल्ले सच है। मेहताजी, तुम सचमुच लीडर लगते हो।''

मेहताजी ने पास आकर और लोगों के बारे में दर्याफ़्त किया कि अजीत

सिंह पहुँचा है या नहीं, देसराज, शंकर, मास्टर रामदास, सभी कहाँ हैं, फिर बख्शीजी की ओर मुखातिब होकर बोला, "मैंने कहा था चार बजे का वक़्त देना ठीक नहीं प्रभातफेरी के लिए।"

"चार बजे का वक़्त दोगे तभी कहीं पाँच बजे प्रभातफेरी पर निकल सकोगे।" बख्शीजी ने जवाब दिया, "पाँच का वक़्त देते तो धूप निकल आने पर भी लोग इकट्ठे नहीं हो पाते। खुद तो देर से आते हो और हमें कहते हो यह वक़्त नहीं देना चाहिए, वह वक़्त नहीं देना चाहिए।" कहते हुए बख्शीजी ने चादर के नीचे वास्कट की जेब में हाथ डालकर सिगरेटों की डिब्बी निकाली। अज़ीज़ ने मेहताजी से फिर चुटकी ली, "दूर से आप सचमुच लीडर लगते हो, मेहताजी।"

मेहताजी गम्भीर भाव से मुस्कराए, फिर धीमे से अज़ीज़ के कन्धे पर हाथ रखकर बोले, "उस दिन मोटरों के अड्डे पर खड़ा था तो एक आदमी दूसरे से पूछने लगा, 'क्या वह जवाहरलाल नेहरू खड़ा है?' " और मेहताजी ने दोनों हाथों से अपनी गांधी टोपी का जाविया थोड़ा टेढ़ा करते हुए कहा, "बहुत लोगों को मुग़ालता हो जाता है।"

"आप किसी से कम हैं मेहताजी, वाह वाह, आपकी अपनी शख्सियत है।"

"मैं क़द में उनसे थोड़ा लम्बा हूँ," मेहताजी ने संजीदगी से कहा।

"नहाकर आए हो मेहताजी?" कश्मीरीलाल बोला।

"वाह, यह भी कोई पूछने की बात है। मैं सदा नहाकर आता हूँ। गर्मी-सर्दी मेरा यह नियम है। प्रभातफेरी पर तो नहाए बिना किसी को आना ही नहीं चाहिए, कश्मीरीलाल। तू अपनी बता, तूने मुँह भी धोया है या नहीं?"

तभी दूर ढलान की ओर से फिर आवाज़ आई, 'लेफ्ट...लेफ्ट...राइट... लेफ्ट...लेफ्ट..."

"लो जरनैल भी पहुँच गया है।" बख्शीजी ने कहा और सभी हँस पड़े।

लैम्प की रोशनी सबसे पहले उसके फटे जूतों पर पड़ी। कुछ पता नहीं चलता था कि वे स्लीपर थे या जूते थे। जूतों के लगभग छह इंच ऊपर खाकी पतलून शुरू होती थी, उसके ऊपर खाकी कोट जिस पर गांधी और नेहरू के जितने तमगे जरनैल को मिल सकते थे उसने लगा रहे थे, साथ में रंगीन थिगलियाँ, डोरे, सूखे हुए बुढ़ऊ शरीर पर मुचड़ा हुआ खाकी कोट लटक रहा

था। ऊपर खसखस दाढ़ी नुची-खुची और सबसे ऊपर मूँगिया रंग की पगड़ी।

जरनैल ही एक ऐसा आदमी था जो आन्दोलन हो या न हो, जेल जाता रहता था, जलसे हों या न हों, शहर में स्वयं तकरीरें करता फिरता था, हर आए दिन शहर में कहीं न कहीं उसकी पिटाई हो जाया करती थी। बग़ल में छोटा-सा बेंत दबाए वह सदा कभी एक मुहल्ले में, कभी दूसरे मुहल्ले में घूमता नज़र आता था। मुनादी करने के लिए ताँगा निकलता तो ताँगे में बैठनेवाले तीन आदमियों में से एक आदमी ज़रूर जरनैल हुआ करता था। जलसा शुरू होने पर सबसे पहले जरनैल की तकरीर होती थी जिसमें उसकी खोखली-फुसफुसाती आवाज़ केवल आगे बैठे चन्द आदमियों तक ही पहुँच पाती थी।

जरनैल के पहुँचते ही कश्मीरीलाल ने चुटकी ली, ''जरनैल, कल जलसे में से भाग क्यों गए थे?''

जरनैल ने आवाज़ पहचानकर अपनी छोटी-छोटी आँखों से कश्मीरीलाल को घूरकर देखा और बेंत बग़ल में दबाते हुए बोला, ''मैं सुबह-सुबह तुम जैसे आदमी के मुँह नहीं लगना चाहता। दूर रहो तुम।''

बख्शी ने कश्मीरीलाल को रोका, ''यह कौन-सा वक़्त है छेड़खानी करने का। बस, चुप रहो तुम।''

पर जरनैल बिफर उठा था, ''मैं तुम्हारा पर्दाफ़ाश करूँगा। तुम्हारा कम्युनिस्टों के साथ उठना-बैठना है। मैं जानता हूँ। देवदत्त कम्युनिस्ट के साथ कुबड़े हलवाई की दूकान पर मैंने तुम्हें छैनामुर्गी खाते देखा है।''

''बस बस, ठीक है जरनैल, और पर्दाफ़ाश नहीं करो।'' बख्शी ने समझाते हुए कहा।

इतने में चौड़े पायँचोंवाला पाजामा फड़फड़ाते हुए शंकरलाल पहुँच गया।

अँधेरे में प्रभात की पीलिमा मिलने लगी थी। दाएँ हाथ बैंक की ऊँची दीवार पर से अँधेरे की एक और परत झरकर गिर गई थी। सड़क के पार आर्य स्कूल की इमारत में हलवाई की अँगीठी में से धुआँ उठने लगा था। बग़लवाली गली में से हवाखोरी के शौकीन खँखारते, छड़ी ठकोरते किसी-किसी वक़्त निकलने लगे थे। कहीं-कहीं कोई महिला, मुँह-सिर लपेटे गुरुद्वारे की ओर जाती नज़र आती।

बख्शीजी ने हाथ में पकड़े हरीकेन लैम्प को ऊपर उठाया और फूँक

मारकर बत्ती बुझा दी।

"क्यों, हम पहुँचे हैं बख्शीजी तो आपने बत्ती ही गुल कर दी।" शंकर मुनादीवाले ने कहा।

"क्यों, तूने मेरा चेहरा देखना है या मेहताजी का देखना है?" बख्शीजी बोले। "तेल जाया होता है। यह कांग्रेस-कमेटी का लैम्प नहीं है, मेरा अपना लैम्प है। कांग्रेस-कमेटी से तेल की मंजूरी ले दो, मैं इसे दिन-रात जलाए रखूँगा।"

इस पर दबी आवाज़ में कश्मीरीलाल की पीठ पीछे खड़े-खड़े शंकर बोला, "सिगरेटों के लिए आपको मंजूरी की ज़रूरत नहीं तो मिट्टी के तेल के लिए क्यों होगी?"

वाक्य बख्शीजी ने सुन लिया पर ज़हर का घूँट पीकर चुप बने रहे। ऐसे लोफ़रों को मुँह लगाना अपना अपमान करवाना था।

"आप तो मालिक हैं बख्शीजी, आपको मंजूरी की क्या ज़रूरत है। आपके हुक्म के बिना तो चिड़ी नहीं फड़क सकती।" शंकर बोला, फिर मेहताजी की ओर मुखातिब होकर बोला, "जयहिन्द, मेहताजी!"

"जय हिन्द!"

"मैंने आपको देखा ही नहीं।"

"तुम अब हमें कहाँ देखते हो शंकर, तुम्हारे पौ-बारह हैं।"

"आज आप अपना बैग नहीं लाए?"

"बैग की प्रभातफेरी में क्या ज़रूरत है?"

"वाह जी, बैग की सभी जगह ज़रूरत रह सकती है। बीमा का ग्राहक भी फँस सकता है।"

मेहताजी चुप रहे। कांग्रेस का काम करने के साथ-साथ वह बीमा का काम करते थे।

"कभी जबान भी बन्द किया कर, शंकर। मेहताजी तेरे से तिगुनी उम्र के हैं। बड़ों को बड़ा समझते हैं।" बख्शीजी ने कहा।

"मैंने क्या कहा है? मैंने यही पूछा है ना कि बैग नहीं लाए। मैंने यह तो नहीं पूछा कि सेठी से पचास हज़ार का बीमा मिला है या नहीं मिला।"

शंकर ने तीर छोड़ दिया। आम तौर पर शंकर इस ढंग से लगाकर बात नहीं करता था। मुँहफट आदमी था, जली-कटी मुँह पर सुनाता था। पर

पचास हज़ार के बीमेवाली चोट बहुत बुरी थी। मेहताजी ऐसे सहमे कि एक शब्द मुँह से नहीं कह पाए। मेहताजी छोटी हस्ती नहीं थे। कुल मिलाकर सोलह बरस जेलों में काटकर आए थे और ज़िला कांग्रेस-कमेटी के प्रधान थे। और सबसे उजली खादी पहनते थे। उन पर यह आरोप लगाना बड़ी हिमाकत थी, पर अर्से से अफ़वाह चली आ रही थी कि सेठी ठेकेवाले का पचास हज़ार का बीमा उन्हें मिलनेवाला है, और इसके एवज़ मेहताजी सेठी को चुनावों में कांग्रेस का टिकट दिलवानेवाले हैं।

"यह तो भौंका है मेहताजी, इसकी बात को बस, सुन छोड़ा करो।"

"मैंने यह तो नहीं कहा कि मेहताजी ने टिकट का वादा किया है। टिकट देने का अख्तियार तो प्रान्तीय कमेटी को है। और सिफ़ारिश ज़िला कमेटी करेगी। अन्दरखाते प्रधान और मन्त्री फ़ैसला कर लें तो अलग बात है। पर वह काम हम नहीं करने देंगे। दोनों, प्रधान और मन्त्री खड़े सुन रहे हो। बड़े-बड़े ठेकेदारों को टिकट मिलने लगा तो बस कांग्रेस ख़त्म हुई समझो।"

मेहताजी वहाँ से हटकर कश्मीरीलाल से बातें करने लगे। बख्शीजी ने एक और सिगरेट सुलगा ली।

शंकर की और मेहताजी की वास्तव में पटती नहीं थी। यह उस दिन से नहीं पटती थी जब से लाहौर में होनेवाले एक सम्मेलन में–जिसमें नेहरूजी भाग लेनेवाले थे–ज़िला कमेटी की ओर से कुछ प्रतिनिधि भेजे गए थे, और मेहताजी ने शंकर का नाम उस लिस्ट में नहीं रखा था। शंकर फिर भी लाहौर पहुँच गया था और सम्मेलन में भाग लेता रहा था। इतना ही नहीं, सम्मेलन के दौरान विशाल पैमाने पर एक सहभोज का आयोजन किया गया था जिसमें नेहरूजी शरीक हुए थे। सभी प्रतिनिधियों से इस सहभोज के लिए आठ-आठ आने लिये गए थे। अपने प्रतिनिधियों का चन्दा मेहताजी ने कांग्रेस फंड में से दिया था। वहाँ भी शंकर का चन्दा उन्होंने देने से इनकार कर दिया। शंकर बहुत बिगड़ा था और बावजूद मेहताजी की उपेक्षा के सहभोज में शामिल हुआ था और मेहताजी के ऐन सामने पाँत में बैठा था, और भूखे भेड़िए की तरह खाने पर टूटा था। हाथ भी सने हुए और होंठ भी और दाल-सब्जी बाँटनेवालों पर चिल्लाए जा रहा था। मेहताजी से न रहा गया :

"खाने बैठा है शंकर, तो इंसानों की तरह तो खा। हमारी ज़िला कांग्रेस

की रुसवाई करवा रहा है।"

"इस वक़्त चुप रहिए मेहताजी, यह कांग्रेस के पैसे से नहीं खा रहा हूँ, अपने पैसे से खा रहा हूँ। अपना ज़र खर्चा है। आपके साथ लौटकर बातें होंगी। मैंने आप-जैसे बहुत देखे हैं।"

"क्या देखे हैं, ओए, तू सारा वक़्त बकता रहता है। तू घर चलकर मेरा क्या कर लेगा?"

लाहौर से लौटने पर शंकर ने मेहताजी को सचमुच आड़े हाथों लिया। प्रदेश कांग्रेस के चुनाव होनेवाले थे और प्रत्येक ज़िला कमेटी से चार सदस्य भेजने की योजना थी। मेहताजी ने अन्य तीन सदस्यों के साथ चौथा नाम कोहली का तजवीज़ कर दिया। कोहली ज़रूर ज़िला कमेटी की ओर से चुन लिया जाता अगर शंकर बेहूदगी नहीं करता। स्क्रुटिनी कमेटी की मीटिंग चल रही थी जब शंकर उठ खड़ा हुआ।

"माफ़ कीजिए। मैं एक सवाल पूछना चाहता हूँ।"

मेहताजी का माथा ठनका।

"यह स्क्रुटिनी कमेटी की मीटिंग हो रही है। जो सवाल पूछना हो बाद में पूछ लेना।"

"मैं आपसे नहीं, स्क्रुटिनी कमेटी से पूछना चाहता हूँ।"

फिर वह बड़े नाटकीय अन्दाज़ से इस इन्तज़ार में खड़ा रहा कि स्क्रुटिनी के प्रधान उससे कहें तब वह बोले।

"कहो, क्या है?" प्रधान ने कहा।

"मैं पूछ सकता हूँ कि कांग्रेस-सदस्यता के नियम क्या हैं?"

"तुम काम की बात करो, उल्टी-सीधी बात करने का यह वक़्त नहीं है।"

"मेहताजी, मैं आपसे बात नहीं कर रहा हूँ। आप खामोश रहिए।"

"कहने दो, कहने दो, हाँ बोलो भाई शंकर, क्या कहते हो? कांग्रेस की सदस्यता के क्या नियम हैं?"

"कि सदस्य चार आने सालाना चन्दा देता हो, शुद्ध हाथ की कती, हाथ की बुनी खादी पहनता हो, चरखा कातता हो, क्यों ठीक है कि नहीं?"

"ठीक है।"

"मैं कोहली साहिब से दरख़ाश्त करूँगा कि वह एक मिनट के लिए खड़े

हो जाएँ।" सभी चुप रहे।

"गुस्ताख़ी माफ़, स्क्रुटिनी कमेटी के सामने हर सदस्य को सवाल पूछने का हक हासिल है।"

मेहताजी गुर्राए।

"मेहता साहिब, आप यहाँ पर प्रधान नहीं हैं। यहाँ पर आपको अपनी रूड़पंची चलाने की कोई ज़रूरत नहीं है। हाँ जी, तो कोहली साहिब, एक मिनट के लिए खड़े हो जाइए।"

कोहली खड़ा हो गया।

"आप खादी पहनते हैं ना?"

"यह क्या नाटक कर रहे हो तुम? सीधी बात कहो। तुम पूछना क्या चाहते हो?"

"अपना नाड़ा दिखाइए। नाड़ा मतलब आज़ारबन्द।"

"क्यों? तुम्हारा मतलब?"

"यह मेम्बर की तौहीन है। यह क्या मज़ाक़ चल रहा है?"

"मैं मज़ाक़ नहीं कर रहा हूँ, मेहता साहिब, आप ख़ामोश रहिए। बिना प्रधानजी की इजाज़त के आपको बोलने का कोई हक़ नहीं है। हाँ, कोहली साहिब, मैंने क्या कहा। अपना नाड़ा दिखाइए। आज़ारबन्द दिखाइए।"

"जो न दिखाऊँ तो?"

"आपको दिखाना पड़ेगा। मैं जो बात साबित करना चाहता हूँ उसके लिए नाड़ा दिखाना ज़रूरी है।"

"दिखा दो यार, यह भौंका काम नहीं करने देगा। कैसे-कैसे लोफ़र कांग्रेस में घुस आए हैं।"

"क्या कहा मेहताजी, मैं लोफ़र हूँ तो आप शोहदे हैं? मुझसे कुछ मत कहलवाइए, मैं स्याह-सफ़ेद सब जानता हूँ। हाँ तो कोहली साहिब!"

"तुम क्या चाहते हो, मैं सबके सामने नाड़ा खोलूँ?"

"मैं खोलने को नहीं कह रहा हूँ, मैं सिर्फ़ दिखाने को कह रहा हूँ।"

"दिखा दो यार, ख़त्म करो।"

कोहली ने अचकन का पल्ला उठाया। नीचे से खादी के कुर्ते का अगला भाग ऊपर को उठाया। नीचे पीले रंग का आज़ारबन्द लटक रहा था। शंकर लपककर आगे बढ़ गया और नाड़े को पकड़ लिया।

"देख लीजिए साहिबान, नाड़ा रेशमी है। हाथ के कते सूत का नहीं है। मशीनी है, अकड़े का है। आप खुद छूकर देख सकते हैं।"

"तो फिर? फिर क्या हुआ?"

"कांग्रेस-सदस्य रेशमी नाड़ा पहने? और आप उसे प्रादेशिक कांग्रेस का उम्मीदवार बनाकर भेजेंगे? कांग्रेस के कोई असूल हैं या नहीं?"

स्क्रुटिनी कमेटी के सदस्य एक-दूसरे का मुँह देखने लगे। मज़बूर होकर कोहली का नाम काटना पड़ा। उस दिन से शंकर मेहताजी को फूटी आँख नहीं सुहाता था।

बख्शीजी परेशान हो रहे थे। न मास्टर रामदास पहुँचा न देसराज। गाएगा कौन? प्रभातफेरी में कम से कम एक तो गानेवाला चाहिए ही। कुछ न हुआ तो वह खुद ही गा लेंगे लेकिन जो लोग ज़िला कमेटी से तनख्वाह पाते हैं, उन्हें तो पहुँचना ही चाहिए।

"देख लेना मेहताजी, हम प्रभातफेरी शुरू कर देंगे। तीन गलियाँ लाँघ जाएँगे तो मास्टर दौड़ा आएगा। कहेगा बछड़ा दूध पी गया था, मैं क्या करता। इस तरह ये लोग काम करते हैं।" फिर अन्य सदस्यों को सम्बोधित करके बोले, "कश्मीरीलाल, अब और इन्तज़ार नहीं किया जा सकता। शुरू करो तुम।"

पर कश्मीरीलाल को लोगों की टाँग खींचने में मज़ा आता था। झट से जरनैल की ओर मुखातिब होकर बोला, "तकरीर करो जरनैल, तकरीर करो। प्रभातफेरी शुरू करने से पहले तकरीर होनी चाहिए।"

जरनैल को और क्या चाहिए। फ़ौरन छड़ी झुलाता, लेफ्ट-राइट करता सड़क के किनारे एक पत्थर पर खड़ा हो गया।

"यह क्या कर रहे हो कश्मीरीलाल। यार कोई वेला-वक़्त देखा करो।" बख्शी ने खीझकर कहा। "तुम नहीं चाहते प्रभातफेरी हो तो सीधा कहो।" फिर जरनैल की ओर बढ़ आए। लेकिन जरनैल तकरीर शुरू कर चुका था।

"साहिबान..."

"कोई नहीं साहिबान-वाहिबान, नीचे उतर आओ।" बख्शी ने हाथ झुलाकर कहा, "उतारो यार इसे, क्यों तमाशा करवाते हो सुबह-सुबह।"

"मेरी जबान कोई बन्द नहीं कर सकता।" जरनैल ने पत्थर पर खड़े-खड़े

कहा, और तकरीर शुरू कर दी :

''साहिबान...'' अपनी खरज, फुसफुसाती आवाज़ में जरनैल बोलने लगा।

जरनैल की उम्र पचास के कुछ ऊपर रही होगी—पर बरसों की जेल के बाद उसके शरीर में कुछ रह नहीं गया था। जहाँ शहर के अन्य कांग्रेसियों को कम से कम बी-क्लास मिलता था, जरनैल को हमेशा सी-क्लास में डाला जाता रहा, जिससे वह बीमार भी पड़ता रहा और बालू से भरी रोटी भी खाता रहा। पर जरनैल ने न तो तोबा की, न ही अपनी जरनैली वर्दी को छोड़ा। ज्वानी के दिनों में लाहौर-कांग्रेस के समय वह अपने शहर से लाहौर में वालंटियर बनकर गया था। नेहरूजी के साथ वह भी रावी नदी के किनारे नाचा था जब पूर्ण स्वराज का नारा लगाया गया था। उसी दिन से वह वालंटियर की वर्दी पहनता आया था। जब दिन अच्छे होते तो उस वर्दी में कभी सीटी लग जाती, कभी तिरंगे की डोरी बँध जाती। दिन खस्ता होते तो वर्दी धुल तक नहीं पाती थी। न जरनैल को कहीं कोई काम मिला, न उसने किया। कांग्रेस के दफ़्तर से पन्द्रह रुपए महीना प्रचारक का मेहनताना लिया करता था। जो बख्शीजी आनाकानी करें तो वहीं खड़ा होकर तकरीर करने लगता था। मन में सनक थी, उसी के बल पर ज़िन्दगी के दुख और क्लेश पार कर जाता था। उसका न घर था न घाट, न बीवी थी न बच्चा, न काम न धाम। हफ्ते में दो-तीन बार कहीं न कहीं से पिट आता था। पुलिस के लाठी-चार्ज में जहाँ बाकी लोग जान बचाकर निकल जाते थे, वहाँ जरनैल अपनी सनक का मारा अपनी छोटी-सी झुर्रियों-भरी छाती फैलाए खड़ा रहता था और पसलियाँ तुड़वाकर आता था।

''कश्मीरीलाल, उतारो यार इसे। सुबह-सुबह तमाशा दिखाने लगे हो।'' अबकी बार मेहताजी ने ऊँची आवाज़ में कहा। पर जरनैल और भी डटकर खड़ा हो गया।

''साहिबान, हमें अफ़सोस से कहना पड़ता है कि ज़िला कांग्रेस के प्रधान ने देश के साथ विश्वासघात किया है। जो वचन हमने रावी के किनारे सन् 1929 में लिया, हम मरते दम तक उस पर क़ायम रहेंगे। आपका बहुत वक़्त न लेता हुआ मैं इतना ही कहूँगा कि कोई माई का लाल अभी तक पैदा नहीं हुआ जो कांग्रेस के उसूलों की खिलाफ़वर्ज़ी कर सके। मेहताजी किस खेत की मूली हैं? हम इनसे भी निबटेंगे और इनके पिट्ठुओं, कश्मीरीलाल,

शंकरलाल, जीतसिंह जैसे गद्दारों से भी निबटेंगे...''

ज़ोर का ठहाका हुआ।

''यह इस तरह से नहीं उतरेगा।'' कश्मीरीलाल, जिसने यह शोशा खड़ा किया था, स्वयं ही बख्शीजी के कान में सुझाव डाल रहा था। ''अगर उतारने की कोशिश करेंगे तो और ज़्यादा ज़िद पकड़ लेगा।''

बख्शी ने आगबबूला होकर कश्मीरीलाल की ओर देखा।

''ताली बजाएँगे तो यह उतर आएगा, आप चिन्ता नहीं करें। दो-तीन बार तालियाँ बजाएँगे, अपने-आप तकरीर ख़त्म कर देगा।'' कहते हुए कश्मीरीलाल ने ताली बजाई। बाकी लोगों ने भी तालियाँ बजाईं।

''वाह वाह, बहुत अच्छा, बहुत खूब!''

''साहिबान, मैं आपका ज़्यादा वक़्त न लेता हुआ आपका शुक्रिया अदा करता हूँ जो आपने इतने सबर और सन्तोष के साथ मेरे इन टूटे-फूटे लफजों को सुना। मैं आपको यक़ीन दिलाता हूँ कि वह दिन दूर नहीं है जब हिन्दुस्तान आज़ाद होगा। कांग्रेस अपने मकसद में ज़रूर कामयाब होगी। जो शपथ मैंने रावी के किनारे...''

''खूब खूब, बहुत खूब!'' कश्मीरीलाल ने फिर ताली बजाई।

''साहिबान, मैं आपका शुक्रिया अदा करता हूँ। मैं आपके सामने फिर किसी दिन हाजिर होऊँगा। अब आप मेरे साथ मिलकर नारा लगाइए, इंकलाब!''

दो-चार आवाज़ें जवाब में उठीं, ''ज़िन्दाबाद!''

''क्यों? रोटी नहीं खाते हो? ज़ोर से नारा लगाओ—इंकलाब!''

ऊँची आवाज़ में जवाब आया, ''ज़िन्दाबाद!''

और जरनैल बेंत बग़ल में दबाकर पत्थर पर से नीचे उतर आया!

'ज़िन्दाबाद!' एक आवाज़ ढलान की ओर से भी आई, और मास्टर रामदास हाँफता हुआ सुबह के झुटपुटे में सामने आया।

''यह कोई वक़्त है आने का?'' बख्शीजी ने ग़ुस्से से कहा।

जवाब कश्मीरीलाल ने दिया, ''बछड़ा दूध पी गया था, इस कारण देर हो गई...।''

सभी हँसने लगे। पर मास्टर रामदास संजीदा आवाज़ में बोला, ''आज प्रभातफेरी नहीं होगी।''

"क्यों?"

"आज तामीरी काम का जो फैसला हुआ है।"

"तामीरी काम का किसने फैसला किया है?"

"मुझे गोसाईंजी ने कल रात कहा था कि इमामदीन के मुहल्ले के पीछे ढोक में गलियाँ साफ़ करेंगे।"

"देर से आए हो और अब बहाना बना रहे हो।"

"क्यों? मैं तो झाड़ू-बेलचे भी वहाँ पहुँचा आया हूँ। कुछ रात को पहुँचाए थे, कुछ आज सुबह ले गया था।" फिर वह स्वयं ही गिनाने लगा, "पाँच बेलचे, बारह झाड़ू, तीन गैंतियाँ और पाँच कड़ाहियाँ मैं रात को ही पहुँचा आया था। शेरखान के घर पर सब सामान रखा है।"

"हमें तो किसी ने नहीं बताया।"

"इसीलिए तो मैं भागा आ रहा हूँ। मैं जब पहले आया था तो यहाँ कोई भी नहीं था।"

"ढोक की नालियाँ साफ़ होंगी? तेरा दिमाग़ ख़राब है?" कश्मीरीलाल ने पूछा। "वहाँ पर तो नालियाँ हैं ही नहीं।"

"हैं, हैं, हैं क्यों नहीं। कच्ची नालियाँ हैं, पक्की नहीं।"

"कच्ची नालियाँ हैं तो बरसों का लसलसा कीच वहाँ जमा होगा। नालियाँ कौन साफ़ करेगा?"

"हम करेंगे। तुम गद्दार हो।" जरनैल ने तुनककर कहा।

"कभी कोई फैसला कभी कोई। गोसाईंजी ने फैसला किया था तो बताया क्यों नहीं।"

अँधेरा इस बीच छटने लगा था। प्रभातफेरी के लिए इकट्ठे हुए व्यक्ति बड़ा अटपटा महसूस कर रहे थे।

"चलो, अब यहाँ से तो निकलो।" बख़्शीजी ने कहा, और बुझा हुआ लैम्प उठाए आगे आए। "यहाँ से गाते हुए चलेंगे। शुरू करो रामदास।"

जरनैल लैफ्ट-राइट कहता आगे चलने लगा। तिरंगा कश्मीरीलाल ने उठा लिया। रामदास ने प्रभातफेरी का पुराना गीत—जिससे सदा प्रभातफेरी शुरू की जाती थी और जो कभी भी जम नहीं पाया था—अपनी ऊँची, बेसुरी आवाज़ में शुरू किया :

"जरा वी लगन आज़ादी दी
लग गई जिन्हाँ दे मन दे विच।"

चलते क़दमों की टाप के साथ-साथ मंडली ने पंक्तियाँ दोहरा दीं। रामदास ने अगली दो पंक्तियाँ उठाईं :

"ओह मजनूँ बण फिरदे ने
हर सेहरा हर बन दे विच।"

मंडली ने कुतुबदीन की ढोक का रुख किया।

तीन

गली में क़दम रखते ही नत्थू ने चैन की साँस ली। गली में अँधेरा था जबकि सड़कों पर अँधेरा छटने लगा था। नत्थू जल्दी से जल्दी गलियों का जाल लाँघकर अपने डेरे पर पहुँच जाना चाहता था। उस बदबू-भरी कोठरी में से निकलकर उसने खुली हवा में चैन की साँस ली। जिस भाँति उसकी रात बीती थी उसकी तुलना में अधजगी गलियों में उसे शान्ति का भास हुआ।

बाईं ओर उसे औरतों के धीमे-धीमे बतियाने और चूड़ियाँ खनकने की

आवाज़ आई। उसने पास से गुज़रते हुए देखा। नल के किनारे दो-तीन औरतें अपने-अपने घड़े सामने रखे, बैठी बतिया रही थीं। नल में अभी पानी नहीं आया था। नत्थू को यह भी भला लगा।

कुछ क़दम आगे बढ़ने पर उसके पैर को ठोकर लगी। उसे लगा जैसे उसके पाँव से टकराकर कोई चीज़ बिखर गई है। फिर वह समझ गया और समझते ही उसका शरीर झनझना उठा। एक घर के सामने कोई औरत 'टोना' कर गई थी : कुछ थिगलियों में लिपटे कंकड़ और गुँधे आटे का पुतला और उसमें खोंसी हुई लकड़ी की खपचियाँ थीं। कोई बदनसीब औरत अपना क्लेश किसी दूसरे के घर पर डालने के लिए 'टोना' कर गई थी। नत्थू ने इसे अपने लिए अपशगुन समझा। ऐसी रात बिताने के बाद 'टोने' पर पैर आ जाने पर गहरी खीझ उठी, पर दूसरे ही क्षण वह सँभल गया। आम तौर पर ये 'टोने' बच्चों पर से ग्रह टालने के लिए किए जाते हैं जबकि नत्थू के कोई औलाद नहीं थी। वह आश्वस्त-सा फिर आगे बढ़ गया।

इस गली को वह भली भाँति पहचानता था। जहाँ से वह गली में दाखिल हुआ था वहाँ कुछ दूरी तक मुसलमानों के घर थे। एक-दो धोबियों के, कुछ कसाइयों के जो गली के बाहर छोटी-सी सड़क के किनारे गोश्त की दुकानें लगाते थे। यहीं पर महम्मदू हमामवाला भी रहता था। आगे चलकर कुछ घर हिन्दुओं और सिखों के पड़ते थे और गली के अगले छोर तक पहुँचते-पहुँचते फिर मुसलमान शेखों के घर शुरू हो जाते थे।

एक घर के अन्दर से गुज़रते हुए उसे अन्दर से किसी बूढ़े की आवाज़ आई, "या अल्लाह कुल दी खैर कुल दा भला!" बूढ़ा जागकर सभी के कुल की दुआ कर रहा था। फिर उसके खँखारने और अँगड़ाई लेकर उठने की आवाज़ आई। लोग जाग रहे थे।

वह कुछ ही क़दम आगे बढ़ा होगा कि उसका दायाँ पैर फिर किसी लसलसी चीज़ में धँस गया और वह गिरते-गिरते बचा। साथ ही गोबर की तीखी गन्ध आई। उसने खींचकर पैर निकाला तो अधटूटा घड़ा लुढ़क गया। वह समझ गया और जहाँ पहले उसके मुँह में से गन्दी गाली निकलने जा रही थी वहाँ एक हल्की-सी मुस्कान उसके होंठों पर खेल गई। 'टोने' का अपशगुन इस ठोकर ने जैसे धो-पोंछ डाला हो। कुछ दिन से तपिश बढ़ रही थी और आसमान से छींटा नहीं पड़ा था। जब कभी छींटा पड़ने में देर हो जाती तो

मुहल्लों में मनचले लड़के टूटे घड़े से गोबर और गाय-घोड़े का मूत्र इकट्ठा करके किसी मूज़ी के घर की ड्योढ़ी में फेंक आते थे। इसे बारिश बुलाने का शगुन माना जाता था।

एक घर के सामने एक आदमी गली में बँधी गाय के पास खड़ा सानी-पानी कर रहा था। पास ही किसी घर में से प्याले खनकने और साथ में चूड़ियाँ खनकने की आवाज़ आई। चाय तैयार हो रही थी। इतने में सामने से कोई औरत दुपट्टे में मुँह-सिर लपेटे मुँह से गुनगुनाती हुई पास से गुज़री। उसने हाथ में कटोरी उठा रखी थी। कोई औरत मन्दिर या गुरुद्वारे में माथा नवाने जा रही है, नत्थू ने मन-ही-मन कहा। बड़े सहज सामान्य ढंग से दिन का व्यापार शुरू हो रहा था। तभी गली के सिरे की ओर से नत्थू को इकतारा बजाने और साथ में किसी फ़कीर के गाने की आवाज़ आई। यह आवाज़ वह पहले भी सुन चुका था, पर उसने इस फ़कीर को कभी देखा नहीं था। प्रभात के झुटपुटे में यह फ़कीर अक्सर इकतारा बजाता और धीमी आवाज़ में गाता हुआ शहर की गलियों में से गुज़र जाया करता था, विशेषकर रमज़ान के दिनों में जब मुसलमान लोग सुबह-सवेरे उठकर अपना रोज़ा खोलते थे। नज़दीक पहुँचने पर उसने देखा फ़कीर ऊँचे क़द का, लम्बे छरहरे बदन का बूढ़ा आदमी था, छोटी-सी सफ़ेद दाढ़ी और सिर पर चिन्दिया टोपी और लम्बा चोगा और कन्धे पर से बड़ा-सा झोला लटक रहा था। नत्थू रुक गया। वह चाहता था कि फ़कीर के गीत के शब्द उसके कान में पड़ें :

"तैनूँ ग़ाफ़ला जाग न आई चिड़ियाँ बोल रहियाँ...!" [ऐ ग़ाफ़िल, तू अभी तक सोया पड़ा है जबकि पक्षी चहचहाने लगे हैं]

फ़कीर गीत गाता हुआ आ रहा था। इकतारे की धीमी-सी आवाज़ जो अक्सर नत्थू के सपनों में घुलमिल जाया करती थी और सोए-सोए भी उसे प्यारी लगती थी, अब भी उसे बड़ी मीठी लगी। उसने जेब में से एक पैसा निकालकर फ़कीर के हाथ में दे दिया।

"अल्लाह सलामत रखे! घर भरे रहें!" फ़कीर ने दुआ दी।

नत्थू आगे बढ़ गया।

गली पार करने पर वह कुछ-कुछ उजाले में आ गया। यहाँ से ताँगा हाँकनेवाले गाड़ीवानों का मुहल्ला शुरू हो जाता था। सड़क पर पहुँच जाने पर भी दृश्य बहुत कुछ बदला नहीं था, केवल यहाँ उजाला हो चला था।

सड़क किनारे दो-तीन ताँगें खड़े थे, जिनके बम आसमान की ओर उठे हुए मानो सबके लिए दुआ माँग रहे थे। लम्बी दीवार के सामने खड़ा एक गाड़ीवान अपने घोड़े को 'खरहरा' कर रहा था। पास में बैठी दो औरतें गोबर की थापियाँ बना-बनाकर अभी से मिट्टी की दीवार पर लगा रही थीं। सड़क के बीचोबीच एक घोड़ा अपने-आप, अकेला ही सहज-स्वाभाविक गति से चहलक़दमी कर रहा था। प्रातःकाल के शान्त सुहावने समय में जगह-जगह हल्की-हल्की जीवन की गति अँगड़ाइयाँ ले रही थी।

नत्थू को लगा जैसे वह टहलने निकला है। वह नहीं चाहता था कि कोई उसे देखे या पहचाने पर साथ ही साथ उसके मन की अपनी बड़बड़ाहट बहुत कुछ दूर हो चुकी थी और वह स्वयं चहलक़दमी-सी करता हुआ एक मुहल्ले से दूसरे मुहल्ले में जा रहा था।

सहसा उसे ख़्याल आया छकड़ा कहाँ तक पहुँचा होगा? वह किस ओर जा रहा होगा? बड़ा असंगत-सा सवाल था पर ख़्याल आते ही अनायास ही उसके क़दम तेज़ हो गए। क्या वह दूर छावनी में पहुँच चुका होगा? सम्भव है सलोतरी के अस्पताल के सामने इस वक़्त खड़ा हो। नत्थू के मुँह से गाली निकली। क्या दिन के वक़्त सुअर को नहीं मारा जा सकता था? सलोतरी को मरे हुए सुअर की क्या ज़रूरत पड़ गई। ज़रूर कहीं सुअर का मांस बेचने के लिए उसे मरवाया गया होगा। रात का व्यापार याद करके उसके बदन में सिहरन-सी हुई। उसने बड़ी भौंडी रात काटी थी, पसीना, सुअर की बू, बन्द कोठरी, सुअर की हुंकारें, तीन बार सुअर ने अपनी थूथनी से उसके पैर चाटे थे और उसकी चमड़ी ही पैरों पर से नोच डाली थी। सुअर के मरने तक नत्थू स्वयं अधमरा-सा हो चुका था। भाड़ में जाए मुरादअली, जहाँ नत्थू का मन आएगा वहीं घूमेगा। उसने जेब पर हाथ लगाकर फिर से नोट की चरमराहट सुन ली। हमें क्या, हमने अपने पैसे खरे कर लिये हैं।

चरनी के पास पहुँचकर वह दाएँ हाथ घूम गया। तभी दूर शेखों के बाग की घड़ी की आवाज़ सुनाई दी। शायद चार का घंटा बजा रही थी। इस वक़्त उसकी आवाज़ कितनी साफ़ सुनाई दे रही थी। दिन के वक़्त कभी सुन नहीं पड़ती थी, शहर के शोर में खो जाती थी। इस वक़्त तो लगता आसमान के रास्ते आकर उसके कानों में पड़ रही है। कुछ ही क्षण बाद दूर शहर के बीचोबीच ऊँचे टीले पर बने शिवाले पर से मन्दिर की घंटियों की आवाज़

आई। आवाज़ें बढ़ रही थीं। जगह-जगह घरों के दरवाज़े खुल रहे थे, कुछ लोग खँखारते अपनी छड़ियाँ सड़क पर पटपटाते घूमने जा रहे थे। एक बकरवाहा अपनी तीन-चार बकरियाँ लिये बकरियों का दूध बेचने निकल पड़ा था। नत्थू के कदम फिर शिथिल पड़ गए। उसे सुबह की शीतल सुहावनी हवा में घूमने में मज़ा आ रहा था।

अब वह गाड़ीवानों का मुहल्ला लाँघ आया था और इमामदीन के मुहल्ले के बाहर 'कमेटी' के बड़े मैदान के किनारे रेलिंग के साथ-साथ चलता जा रहा था। दाएँ हाथ रेलिंग के पार ढलान थी; और ढलान उतरकर बहुत बड़ा मैदान शुरू हो जाता था। इस मैदान में हर आए दिन कुछ-न-कुछ होता रहता था। जाड़ों में हर इतवार को यहाँ कुत्तों की लड़ाई हुआ करती थी, लोग शर्तें बाँधते थे। ज़ख्मी कुत्ता मैदान में से भागने की कोशिश करता तो चारों ओर खड़ी भीड़ उसे भागने नहीं देती थी। यहीं पर इसी मैदान में नेज़ाबाज़ी हुआ करती थी, हज़ारों का जमाव होता था। यहीं पर बाहर से आनेवाले सरकस लगा करते थे, ताराबाई का सरकस और परशुराम का सरकस। यहीं पर बैसाखी का ढोल बजा करता था और दंगल हुआ करते थे। यहीं पर अब सियासी जलसे होने लगे थे। अब आए दिन जलसे होते थे। इस मैदान में मुस्लिम लीग के जलसे होते थे, और बेलचा पार्टी के भी, जबकि कांग्रेस के जलसे यहाँ से दूर अनाज मंडी के पास छते हुए मैदान में होते थे।

उसने जेब में से बीड़ी निकाली और ठंडी-ठंडी रेलिंग पर बैठकर बीड़ी के कस लगाने लगा।

तभी इमामदीन के मुहल्ले के पीछे से मस्जिद में से अज़ान पढ़ने की आवाज़ आई। प्रभात का अँधेरा एक ओर परत छनकर गिर गया था और आसपास के घर कुछ-कुछ साफ़ नज़र आने लगे थे। नत्थू रेलिंग पर से उतर आया और बीड़ी बुझा दी, और फिर से इमामदीन के मुहल्ले की गलियों का रुख किया। उसे सहसा याद हो आया था कि मुरादअली इसी 'कमेटी' के मैदान के एक ओर कहीं रहता था, उसे यकीनी तौर पर तो मालूम नहीं था लेकिन उसने दो-एक बार मुरादअली को उस ओर से आते देखा था। यों तो मुरादअली शहर-भर में घूमता था, अपनी पतली-सी छड़ी उठाए सड़कों के बीचोबीच चलता कभी किसी मुहल्ले में तो कभी किसी मुहल्ले में नज़र आया करता था। उसकी घनी काली मूँछों के बीच कभी भी उसके दाँत नज़र नहीं

आते थे, हँसता भी, तब भी नज़र नहीं आते थे, केवल बाछें खिल जाती थीं और उसके गोलमटोल चेहरे में आँखें, छोटी-छोटी पैनी आँखें साँप की आँखों की तरह चमकती रहती थीं। क्या मालूम यहीं कहीं फिर से नज़र आ जाए। यहाँ से चल देना ही बेहतर है। अगर कहीं उसने देख लिया तो बिगड़ेगा। उसने नत्थू से ताकीद की थी कि सुअर की लाश उठवा देने के बाद वह उसी कोठरी में मुरादअली का इन्तज़ार करे पर नत्थू वहाँ से भाग आया था। सुअर-कटाई के पैसे मिल गए तो क्यों वहाँ कचरे और बू में पड़ा रहता?

नत्थू एक सँकरी गली में दाखिल हो गया और कुछ दूर जाकर दाएँ हाथ को एक दूसरी गली में मुड़ गया जो बल खाती हुई उत्तर की ओर चली गई थी। थोड़ी दूर जाने पर उसके कानों में किसी गान-मंडली की आवाज़ पड़ी, वैसे ही जैसे कुछ देर पहले फकीर के गाने की आवाज़ आई थी। वह कुछ ही क़दम आगे बढ़ पाया था कि दूर सामनेवाली गली के मोड़ पर उसे गानेवालों की आवाज़ अधिक स्पष्ट और ऊँची सुनाई देने लगी। नत्थू समझ गया था कि यह कोई प्रभातफेरी की मंडली होगी। उन दिनों शहर में कुछ ज़्यादा ही जलसे-जुलूस नज़र आने लगे थे। नत्थू की समझ में कुछ भी साफ़ नहीं था। पर हवा में नारे थे और उन्हें वह बहुत दिनों से सुनता आ रहा था। यह गान-मंडली कांग्रेसवालों की जान पड़ती थी क्योंकि मंडली के आगे-आगे कोई आदमी तिरंगा झंडा उठाए आ रहा था। जब मंडली नज़दीक पहुँची तो नत्थू एक ओर को गली की दीवार के साथ सटकर खड़ा हो गया। मंडली गीत गाती हुई सामने से गुजरने लगी। उसने देखा, आठ-दस लोग थे, दो-एक के सिर पर सफ़ेद गांधी टोपी थी, कुछ के सिर पर फ़ैज टोपी थी, दो-एक सरदार भी थे। उम्र-रसीदा लोग भी थे और जवान भी। उसके पास से गुज़रने पर एक आदमी ने ऊँची आवाज़ में नारा लगाया :

"कौमी नारा!"

"बन्दे मारतम!"

"बोल भारतमाता की–जय!
महात्मा गांधी की–जय!"

इसके बाद सहसा केवल क्षण-भर की चुप्पी के बाद कुछ ही दूरी पर जहाँ एक और गली इस गली को काट गई थी, एक और नारा उठा :

"पाकिस्तान–ज़िन्दाबाद!

पाकिस्तान–ज़िन्दाबाद!

क़ायदे आज़म–ज़िन्दाबाद!

क़ायदे आज़म–ज़िन्दाबाद!"

नत्थू ने झट से मुड़कर देखा। तीन आदमी गली के मोड़ पर से सहसा प्रगट हो गए थे और नारे लगाने लगे थे। नत्थू को लगा जैसे गली के बीचोबीच खड़े वे गान-मंडली का रास्ता रोके खड़े हैं। इन तीन आदमियों में से एक के सिर पर रूमी टोपी थी और आँखों पर सुनहरे फ्रेम का चश्मा था। वह आदमी गली के बीचोबीच खड़ा मंडली को ललकारता हुआ-सा बोल रहा था, "कांग्रेस हिन्दुओं की जमात है। इसके साथ मुसलमानों का कोई वास्ता नहीं है!"

इसका जवाब मंडली की ओर से एक बड़ी उम्र के आदमी ने दिया, "कांग्रेस सबकी जमात है। हिन्दुओं की, सिखों की, मुसलमानों की। आप अच्छी तरह जानते हैं महमूद साहिब, आप भी पहले हमारे साथ ही थे।"

और उस वयोवृद्ध ने आगे बढ़कर रूमी टोपीवाले आदमी को बाँहों में भर लिया। मंडली में से कुछ लोग हँसने लगे। रूमी टोपीवाले ने अपने को बाँहों में से अलग करते हुए कहा, "यह सब हिन्दुओं की चालाकी है, बख्शीजी, हम सब जानते हैं। आप चाहें जो कहें, कांग्रेस हिन्दुओं की जमात है। कांग्रेस हिन्दुओं की जमात है और मुस्लिम लीम मुसलमानों की। कांग्रेस मुसलमानों की रहनुमाई नहीं कर सकती।"

दोनों मंडलियाँ एक-दूसरे के सामने खड़ी थीं। लोग बतिया भी रहे थे और एक-दूसरे पर चिल्ला भी रहे थे।

वयोवृद्ध कांग्रेसी कह रहा था, "वह देख लो, सिख भी हैं, हिन्दू भी हैं, मुसलमान भी हैं। वह अज़ीज़ सामने खड़ा है, हकीमजी खड़े हैं–"

"अज़ीज़ और हकीम हिन्दुओं के कुत्ते हैं। हमें हिन्दुओं से नफरत नहीं, इनके कुत्तों से नफरत है।" उसने इतने गुस्से से कहा कि कांग्रेस-मंडली के दोनों मुसलमान खिसिया गए।

"मौलाना आज़ाद क्या हिन्दू है या मुसलमान?" वयोवृद्ध ने कहा। "वह तो कांगेस का प्रेजिडंट है।"

"मौलाना आज़ाद हिन्दुओं का सबसे बड़ा कुत्ता है। गांधी के पीछे दुम हिलाता फिरता है, जैसे ये कुत्ते आपके पीछे दुम हिलाते फिरते हैं।"

इस पर वयोवृद्ध बड़े धीरज से बोले, "आज़ादी सबके लिए है। सारे हिन्दुस्तान के लिए है।"

"हिन्दुस्तान की आज़ादी हिन्दुओं के लिए होगी, आज़ाद पाकिस्तान में ही मुसलमान आज़ाद होंगे।"

तभी गान-मंडली में से एक दुबला-पतला सरदार, मैले-कुचैले कपड़े पहने और बग़ल में बेंत दाबे हुए आगे बढ़ आया, और चिल्लाकर बोला, "पाकिस्तान मेरी लाश पर!"

इस पर कांग्रेस-मंडली के लोग हँसने लगे।

"चुप ओए चुप!" किसी ने उसे चुप कराने को कहा। नत्थू को भी उसकी तीखी खरज आवाज़ सुनकर अटपटा लगा था। लोगों को हँसता देखकर उसने समझ लिया कि यह कोई सनकी आदमी होगा।

पर वह बोले जा रहा था, "गांधीजी का फरमान है कि पाकिस्तान उनकी लाश पर बनेगा, मैं भी पाकिस्तान नहीं बनने दूँगा।"

लोग फिर हँसने लगे।

"ग़ुस्सा थूक दो, जरनैल।"

"बस, बस, जरनैल कभी चुप भी रहा कर!" बख्शीजी ने कहा।

इस पर जरनैल बिगड़ उठा, "मुझे कोई चुप नहीं करा सकता। मैं नेताजी सुभाष बोस की फौज़ का आदमी हूँ। मैं सबको जानता हूँ। आपको भी जानता हूँ...।"

लोग हँसने लगे।

पर जब गान-मंडली आगे बढ़ने लगी तो रूमी टोपीवाले ने रास्ता रोक लिया, "आप इधर से मत जाइए, यह मुसलमानों का मुहल्ला है।"

"क्यों?" वयोवृद्ध बोला, "आप सारे शहर में पाकिस्तान के नारे लगाते हैं, कोई आपको रोकता है, और हम तो सिर्फ़ हुब्बुलवतनी के गीत गा रहे हैं।"

इस पर रूमी टोपीवाला कुछ पिघल-सा गया, पर बोला, "आप लोग जाना चाहते हैं तो जाइए, लेकिन हम इन कुत्तों को तो अपने मुहल्ले में नहीं घुसने देंगे।" और उसने फिर दोनों बाँह फैला दीं मानो गली का रास्ता फिर से रोक रहा हो।

तभी नत्थू ने देखा रूमी टोपीवाले से थोड़ा हटकर पीछे की ओर

मुरादअली खड़ा था। उसे देखते ही नत्थू का सारा शरीर झनझना उठा। यह कहाँ से पहुँच गया है? नत्थू दीवार के साथ-साथ सरकता हुआ गान-मंडली के पीछे हो गया। मुरादअली ने कहीं देख तो नहीं लिया? गान-मंडली के सदस्यों के पीछे खड़ा वह सचमुच छिप-सा गया था। यहाँ से उसे मुरादअली भी नज़र नहीं आ रहा था। कुछ देर स्तब्ध-सा खड़ा रहने के बाद उसने सिर टेढ़ा करके देखा। मुरादअली वहीं पर खड़ा था और दूर से बहस में उलझे लोगों की बातें सुन रहा था।

नत्थू धीरे-धीरे पीछे की ओर सरकने लगा। जब तक ये लोग बहस में उलझे रहेंगे, मुरादअली भी शायद वहीं बुत बना खड़ा रहेगा। यही मौका है यहाँ से निकल भागने का। अगर मुरादअली ने देख लिया है तो वह ज़रूर डेरे पर पहुँच जाएगा और जवाबतलबी करेगा। कुछ दूर तक सरकते रहने पर नत्थू ने सहसा पीठ मोड़ी और तेज़ चलने लगा और शीघ्र ही गली का मोड़ मुड़कर आँखों से ओझल हो गया और सरपट भागने लगा।

चार

टीले के ऊपर पहुँचकर दोनों ने अपने घोड़े रोक लिये। सामने दूर तक चौड़ी घाटी फैली थी जो पहाड़ों के दामन तक चली गई थी। लगता दूर क्षितिज पर सतरंगी धूल उड़ रही है। विशाल मैदान, कहीं-कहीं छोटी-छोटी पहाड़ियाँ और उन पर स्वच्छ नीला आकाश जिसकी पारदर्शी ऊँचाइयों में चीलें तैर रही थीं। बाईं ओर ऊँचा पहाड़ था जिसे नीली आभा ढँके हुए थी। पहाड़ की ऊँचाई पश्चिम की ओर ढलते-ढलते इतनी कम हो गई थी कि मैदानों को छूने लगी थी। दाईं ओर दूरियों के धुँधलके में लाली-मायल की

पहाड़ियों की धूमिल-सी आकृतियाँ नज़र आ रही थीं।

सूर्योदय के समय इस दृश्य को दिखा पाने के लिए ही रिचर्ड अपनी पत्नी को ले आया था। रिचर्ड ने मुड़कर लीज़ा के चेहरे की ओर देखा। इस दृश्य को देखकर उस पर कैसा असर हुआ होगा, वह देखना चाहता था। इस मनोरम दृश्य को वह इस ढंग से लीज़ा के सामने पेश करना चाहता था मानो इतने दिन तक इसे एक तोहफ़े की तरह सँभालकर रखे रहा हो।

प्रातः की सुहावनी हवा में लीज़ा के सुनहरे बाल हौले-हौले उड़ रहे थे। उसकी नीली आँखों में एक विशेष प्रकार की स्वच्छता और चमक थी। केवल आँखों के नीचे हल्के-हल्के गूमड़ बनने लगे थे, जो ऊब के कारण, अधिक बीयर पीने तथा देर तक सोते रहने के कारण पैदा हो गए थे।

लीज़ा को खुश कर पाने के लिए ही वह उसे यहाँ लाया था। अबकी बार लगभग छह महीने के बाद लीज़ा विलायत से लौटी थी, और रिचर्ड नहीं चाहता था कि पिछली कहानी फिर से दोहराई जाए, और लीज़ा नई जगह पर ऊबने लगे और परेशान होकर फिर विलायत लौट जाए। यदि लीज़ा को यह शहर पसन्द नहीं आया तो यहाँ का निवास दोनों के लिए नरक बन जाएगा। वह दिन-भर दफ़्तर में काम करने के बाद लौटेगा तो दोनों के बीच कोसा-कासी शुरू हो जाएगी। रिचर्ड ने मन ही मन पक्का इरादा कर लिया था कि सुबह का वक़्त वह लीज़ा के साथ बिताया करेगा, इसी कारण पिछले एक हफ्ते से जब से लीज़ा आई थी, वह कभी ठंडी सड़क पर, कभी टोपी पार्क में तो कभी घुड़सवारी पर उसे बाहर लाता रहा था। अपनी ओर से लीज़ा भी पूरी कोशिश कर रही थी कि वह भी रिचर्ड की रुचियों में रुचि लेने लगे और अपने मन को लगाए रखे। ज़िले के डिप्टी-कमिश्नर की पत्नी के नाते लीज़ा अकेली भी छावनी-सदर में घूमती तो देसी लोग उठ-उठकर सलाम करते थे, भाग-भागकर उसका हुक्म बजा लाते थे, पर कोई यहाँ तक अकेला घूम सकता है, और डिप्टी-कमिश्नर का समय अपना समय नहीं होता। इसलिए दोनों के ही मन में अन्दर ही अन्दर इस बात का खटका भी था कि वह ज़्यादा देर तक चल पाएगा या नहीं, चाहते हुए भी निभ पाएगा या नहीं।

"वह सुन्दर है," लीज़ा बोली, "वह सामने पहाड़ कौन-सा है? क्या यहीं से हिमालय के पहाड़ शुरू हो जाते हैं?"

"हाँ, यही समझो," रिचर्ड ने प्रोत्साहित होकर कहा, "और यह घाटी

आगे चलकर ऊँचे पहाड़ों के बीच सैकड़ों मील दूर तक चली गई है।''

''कितनी सुनसान-सी घाटी है,'' लीज़ा बुदबुदाई।

''नहीं लीज़ा, यह बड़ी ऐतिहासिक घाटी है। हिन्दुस्तान में आनेवाले सभी हमलावर इसी रास्ते से आए थे। मध्य एशिया से आनेवाले भी और मंगोलिया से आनेवाले भी।'' रिचर्ड का उत्साह बढ़ रहा था, ''अलेक्सांडर भी इसी रास्ते हिन्दुस्तान में आया था। आगे चलकर घाटी दो रास्तों में बँट गई है, एक रास्ता तिब्बत की तरफ़ चला गया है, दूसरा अफ़गानिस्तान की तरफ़। इसी रास्ते सौदागर लोग भी और बुद्ध धर्म के प्रचारक भी दूर-दूर तक जाते थे। बड़ा ऐतिहासिक इलाक़ा है। मैं तो पिछले महीने-भर से इसमें घूम रहा हूँ। इतिहासकार के लिए तो यह इलाक़ा बेशक़ीमत है। जगह-जगह पुरानी इमारतों के खँडहर हैं, किले, बुद्ध-विहार, सराएँ...''

''तुम तो रिचर्ड यों बातें कर रहे हो जैसे यह तुम्हारा अपना देश हो!'' लीज़ा ने हँसकर कहा।

''देश अपना नहीं है लीज़ा, पर इतिहास का विषय तो अपना है!'' रिचर्ड ने मुस्कराकर कहा। फिर घुड़सवारी का बेंत पहाड़ी की ओर दिखाते हुए बोला, ''उस पहाड़ के पीछे क़रीब सत्तरह मील की दूरी पर टेक्सिला के खँडहर हैं। टेक्सिला जानती हो न?''

''हाँ, नाम सुना है।''

''वहाँ किसी ज़माने में बहुत बड़ी यूनिवर्सिटी हुआ करती थी।''

लीज़ा मुसकरा दी। वह समझ गई कि रिचर्ड अब घाटी का सारा इतिहास सुनाएगा। उसे रिचर्ड का उत्साह अच्छा लगा। रिचर्ड सूखे पत्थरों के बारे में भी बड़े उत्साह से बातें कर सकता है, इसमें बच्चों-जैसा कुतूहल है, डिप्टी-कमिश्नर होने के बावजूद एक प्रकार का भोलापन है। काश कि वह भी इन बातों में दिलचस्पी ले सकती।

''वहाँ पर एक म्यूजियम भी है, तुम्हें अच्छा लगेगा। वहाँ से हाल ही में मैं गौतम बुद्ध का एक बुत लाया हूँ।''

''क्यों, पहले तुम्हारे पास क्या कम बुत थे जो एक और उठा लाए हो?''

''वहाँ नज़दीक ही खुदाई हो रही थी। बहुत से बुत मिले हैं। क्यूरेटर ने एक बुत मुझे भेंट किया है।''

लीज़ा की आँखों के सामने बँगले का बड़ा कमरा घूम गया जिसमें रिचर्ड

ने तरह-तरह के बुत और भारतीय लोक-कला के नमूने सजा रखे थे, और अलमारियों में किताबें ठसाठस भरी थीं। यही धुन इसे कीनिया में भी सवार रहती थी। वहाँ अफ्रीका की लोक-कला के नमूने भरता रहता था, तरह-तरह के तीर-कमान, मणके, पक्षियों के पर, टोटम। और यहाँ बुत इकट्ठे करता रहता है।

लीज़ा का ध्यान फिर आसपास के दृश्य की ओर गया। बाईं ओर नीचे छोटे-छोटे पेड़ों का घना जंगल था, उसी के अन्दर से घोड़े चलाते हुए वे टीले के ऊपर आए थे। जंगल में से निकलकर टीले के ऊपर जाने पर दृश्य खुल गया था। दाईं ओर छोटे-छोटे टीले थे और उनके आगे मैदान था जो फैलकर दूर धुँधलके में खो गया था।

"यहाँ की मिट्टी कैसी है, लाल-लाल रंग की?" लीज़ा टीलों की ओर देखती हुई बुदबुदाई। फिर रिचर्ड की ओर मुड़कर बोली, "सड़क कहाँ है? या क्या हम फिर से जंगल के रास्ते ही लौटकर जाएँगे?" फिर मज़ाक़ के-से स्वर में बोली, "वह सड़क तो दिखाओ जिस पर से अलेक्सांडर हिन्दुस्तान आया था।"

"उन दिनों पक्की सड़कें नहीं थीं, लीज़ा। लेकिन एक पुरानी सड़क—लगभग चार सौ साल पुरानी—उस टीले के पीछे से होकर चली गई है।"

लीज़ा ने रिचर्ड की ओर देखा। मोटे फ्रेम के चश्मे के नीचे रिचर्ड के चेहरे का निचला हिस्सा बड़ा नाज़ुक-सा लगता था। लीज़ा का मन हुआ रिचर्ड उस इलाक़े के पत्थरों-खँडहरों की चर्चा छोड़कर उसके साथ लाड़-प्यार की बातें करे। पर रिचर्ड अपनी लहर में बोले जा रहा था।

"इस इलाक़े के लोग भी बहुत पुराने ज़माने से सैकड़ों बरसों से यहाँ बसे हुए हैं।" फिर लीज़ा की ओर घूमकर बोला, "क्या यहाँ के लोगों को तुमने ध्यान से देखा है? एक ही नस्ल के लोग हैं। नाक-नक्श सबके एक-जैसे हैं, एक तरह की नाक, होंठ, चौड़ा माथा, ब्राउन रंग की आँखें—यहाँ के लोगों की आँखें ब्राउन रंग की हैं—तुमने ध्यान दिया, लीज़ा?"

"एक ही नस्ल के कैसे हो सकते हैं रिचर्ड, जबकि तुम कहते हो कि इस रास्ते से तरह-तरह के लोग आते रहे हैं?"

"नहीं, नहीं, लीज़ा यही बात तो लोग भूल जाते हैं।" रिचर्ड की आवाज़ में उत्तेजना आ गई थी, मानो वह अपनी किसी खोज को प्रमाणित करने जा

रहा हो। "जो लोग मध्य-एशिया से सबसे पहले यहाँ आए, शताब्दियों के बाद उन्हीं के नाती-पोते अन्य देशों से इधर आए। नस्ल सबकी एक ही थी। वे लोग जो आर्य कहलाते थे और हज़ार वर्ष पहले यहाँ पर आए, और वे भी जो मुसलमान कहलाते थे और लगभग एक हज़ार वर्ष पहले यहाँ पर आए–एक ही नस्ल के लोग थे। सभी एक ही मूल जाति के लोग थे।"

"इन बातों को ये लोग भी जानते होंगे?"

"यहाँ के लोग कुछ नहीं जानते। ये वही कुछ जानते हैं जो हम इन्हें बताते हैं।" फिर थोड़ी देर तक मौन रहकर बोला, "ये लोग अपने इतिहास को जानते नहीं हैं, ये केवल उसे जीते-भर हैं।"

लीज़ा ऊबने लगी थी। रिचर्ड पर कोई धुन सवार हो जाए तो वह सब-कुछ भूल जाता था। जितना अधिक वह अपनी धुन में खोता जाता उतना ही अधिक लीज़ा पीछे धकेल दी जाती थी। अपनी किताबों में खोया हुआ रिचर्ड या तो डिप्टी-कमिश्नर था या फिर इतिहास का खोजी। लीज़ा को वह बहुत चाहता था लेकिन लीज़ा के लिए उसके पास समय नहीं था। घर में अलमारी के सामने खड़े-खड़े किसी किताब के पन्ने पलटने लगता तो उसी में डूब जाता। इसी कारण लीज़ा जब ऊबने लगती तो उसकी ऊब का कोई ठिकाना नहीं होता था, हर चीज़ काटने को दौड़ती थी, नेटिव लोग ज़हर-से लगने लगते और अन्त में या तो वह 'नरवस ब्रेक-डाउन' का शिकार हो जाती या फिर छः महीने, साल के लिए विलायत लौट जाती थी।

"यहाँ पर कोई पिकनिक-स्पॉट भी है?" लीज़ा ने रिचर्ड की बात काटते हुए पूछा।

रिचर्ड को धक्का-सा लगा, पर यह सवाल भी उसके लिए बहुत असंगत नहीं था।

"बहुत हैं।" फिर अपनी छड़ी से बाईं ओर ऊँचे पर्वत की ओर संकेत करते हुए बोला, "उस पहाड़ की तलहटी पर पानी के झरने हैं और घने पेड़ों के झुरमुट हैं। जल के सोते नीचे तक पहुँचकर पहाड़ में से फूटे हैं, बहुत सुन्दर जगह है। हिन्दुओं ने झरनों के आसपास पत्थर की चिनाई करके वहाँ ताल बना लिए हैं। एक-एक झरने को अलग-अलग नाम दे दिया है : राम और सीता और अपनी मायथोलॉजी के अन्य नामों पर।" यह कहते हुए रिचर्ड मुस्करा दिया, यह सोचकर कि ये नाम लीज़ा के लिए बड़े अनूठे और

अपरिचित नाम होंगे। ''बहुत स्थान हैं,'' वह कहे जा रहा था ''जगह-जगह पर अनजाने पीरों की क़बरें हैं जिन पर लोग दीये जलाते हैं, पुराने किले हैं, मन्दिर हैं...'' फिर बेंत से उसी पहाड़ी के दामन में फैले एक और पेड़ों के झुरमुट की ओर इशारा करते हुए बोला, ''वहाँ थोड़ी दाईं ओर भी एक बढ़िया पिकनिक-स्पॉट है, वहाँ किसी पीर की क़ब्र है, मुसलमानों के किसी पीर की क़ब्र है। वहाँ पर वसन्त के मौसम में एक अनूठा मेला लगता है, दूर-दूर से नाचने-गानेवाली औरतें जमा होती हैं और पन्द्रह दिन तक मेला लगा रहता है। दिन को लोग जुआ खेलते हैं, रात को नाच-गाना होता है। तुम्हें कभी ले चलूँगा।''

''क्या आजकल वहाँ मेला लगा है?''

''हाँ, लगा है, पर इन दिनों जाना ठीक नहीं।''

''क्यों?''

''इन दिनों हिन्दुओं और मुसलमानों के बीच तनाव पाया जाता है। दंगा-फ़साद का डर है।''

लीज़ा ने हिन्दुओं और मुसलमानों की स्थिति के बारे में सुन रखा था, लेकिन वह इनके बारे में जानती बहुत कम थी।

''मैं तो अभी तक हिन्दुओं और मुसलमानों को अलग-अलग से पहचान भी नहीं सकती। तुम पहचान लेते हो रिचर्ड, कि आदमी हिन्दू है या मुसलमान?''

''हाँ, मैं पहचान लेता हूँ।''

''घर का खानसामा क्या हिन्दू है या मुसलमान?''

''मुसलमान।''

''तुम कैसे जानते हो?''

''उसके नाम से, फिर उसकी छोटी-सी दाढ़ी से, उसके पहनावे से भी, फिर वह नमाज़ पढ़ता है, यहाँ तक कि उसके खान-पान के तरीके भी अलग हैं।''

''तुम्हे सब मालूम है, रिचर्ड?''

''कुछ-कुछ मालूम है।''

''तुम कितना-कुछ जानते हो, तुम्हें ढेरों बातें मालूम हैं, मैं तो कुछ भी नहीं जानती। तुम मुझे भी बताना रिचर्ड, मैं भी समझना चाहती हूँ। और वह

तुम्हारा सेक्रेटरी, वह जो उस रोज़ स्टेशन पर आया था, सफ़ेद-सफ़ेद दाँतोंवाला, वह कौन है? हिन्दू या मुसलमान?"

"वह हिन्दू है।"

"तुमने कैसे जाना?"

"उसके नाम से।"

"तुम नाम से ही जान जाते हो?"

"बड़ा आसान है, लीज़ा। मुसलमानों के नामों के अन्त में अली, दीन, अहमद, ऐसे-ऐसे शब्द लगे रहते हैं जबकि हिन्दुओं के नामों के पीछे ऐसे शब्द जैसे लाल, चन्द, राम लगे रहते हैं। रोशनलाल होगा तो हिन्दू, रोशनदीन होगा तो मुसलमान, इकबालचन्द होगा तो हिन्दू, और जो इकबाल अहमद होगा तो मुसलमान।"

"इतना कुछ तो मैं कभी भी नहीं जान सकूँगी," लीज़ा हतोत्साह होकर बोली।

"और वह टर्बनवाला आदमी कौन है जो तुम्हारी 'गाड़ी' चलाता है, जिसके लम्बी-सी दाढ़ी है?"

"वह सिख है।"

"उसे पहचानना मुश्किल काम नहीं है।" लीज़ा हँसकर बोली।

"सभी सिखों के नाम के पीछे सिंह लगा रहता है।" रिचर्ड ने कहा।

दोनों टीले पर से नीचे उतरने लगे। हवा में हल्की-हल्की तपिश आने लगी थी। सूरज निकल आया था और वातावरण पर से रहस्य का झीना पर्दा उतरने लगा था।

"इस इलाक़े में घूमने का बहुत मज़ा है, तुम्हें अच्छा लगेगा लीज़ा। हर वीक-एंड कहीं न कहीं निकल जाया करेंगे।"

रिचर्ड का घोड़ा आगे-आगे था। दोनों गोल-गोल पत्थरों से अँटे सूखे नाले को पार कर रहे थे।

"इस वीक-एंड को कहाँ चलोगे?...टेक्सिला?"

लीज़ा की आवाज़ में रिचर्ड को हल्का-सा व्यंग्य का भास हुआ। रिचर्ड के लिए टेक्सिला बहुत ही सुन्दर और महत्त्वपूर्ण स्थल था। वहाँ पर वह घंटों घूमता रहता था, बार-बार जाना चाहता था। लेकिन लीज़ा? क्या लीज़ा को भी खँडहरों में घूमना पसन्द होगा?

"कुछ दिन के लिए वहाँ नहीं जा पाएँगे, लीज़ा। आजकल शहर में थोड़ा तनाव पाया जाता है। जब स्थिति बेहतर हो गई तो चलेंगे। इस वीक-एंड तो..." रिचर्ड को सूझ नहीं पाया कि क्या कहे। आनेवाला वीक-एंड कैसा होगा, वह कहीं लीज़ा को ले जा पाएगा या नहीं, वह स्वयं स्पष्टतया नहीं जानता था।

"कहीं निकल जाएँगे," वह बुदबुदाया और नीचे पहुँचकर घोड़े की बाग मोड़ दी।

नाश्ता करने से पहले रिचर्ड और लीज़ा बँगले के अनगिनत कमरे लाँघते हुए बड़े कमरे में आकर रुक गए। अप्रैल का महीना शुरू होते ही दिन चढ़ने पर ही खिड़कियों और दरवाज़ों पर पर्दे डाल दिए जाते थे जिससे घर के अन्दर स्निग्ध-सा अँधेरा बना रहता और दिन को भी बिजली की रोशनी की ज़रूरत रहती थी। चारों ओर दीवारों के साथ लगी अलमारियों में किताबें ठसाठस भरी थीं। उनके बीच, जगह-जगह दीवार के साथ लकड़ी के ऊँचे आधार रखे थे जिन पर बुद्ध तथा बोधिसत्त्वों के अनेक ऊर्ध्वकाय बुत रखे थे। प्रत्येक बुत के ऊपर बिजली की रोशनी का अलग से प्रबन्ध किया गया था। बटन दबाने पर रोशनी ऐसे कोण से बुत के चेहरे पर पड़ती कि उसका रूप खिल उठता। इनके अतिरिक्त दीवारों पर भारतीय चित्रकला के अनेक चित्र, अँगीठी पर गुड़िया और ताम्रपत्र पर लिखा एक ग्रन्थ रखे थे। अँगीठी के सामने शिलालेख का एक बड़ा-सा टुकड़ा लकड़ी के कुन्दे के सहारे खड़ा था। निकट ही तीन मूढ़े और काली लकड़ी की एक लम्बी, नीची तिपाई रखी थी। यहाँ रिचर्ड पाइप सुलगाकर पढ़ा करता था। यहीं पर खानसामा स्टोव पर पानी की केतली और चाय के बर्तन भी रख जाता था, रिचर्ड को स्वयं चाय बनाकर पीने का शौक था। तिपाई पर अधखुली किताबें, पत्रिकाएँ रखी थीं और साथ में पाइप-स्टैंड रखा था जिसमें तरह-तरह के सात-आठ पाइप रखे थे। तिपाई के ऐन ऊपर बड़े गोल शेड का लैम्प लटक रहा था। पढ़ते समय बत्ती जलाने पर प्रकाश का वृत्त इन्हीं तीन 'मूढ़ों' और तिपाई पर ही बना रहता, बाकी कमरे में अँधेरा रहता था।

लीज़ा की कमर में हाथ डाले रिचर्ड बुद्ध की मूर्तियाँ—जिन्हें उसने लीज़ा के चले जाने के बाद इकट्ठा किया था—एक-एक करके दिखा रहा था।

"बँगले के बाहर होता हूँ तो हिन्दुस्तान के किसी शहर में होता हूँ। बँगले

में लौटता हूँ तो पूरे हिन्दुस्तान में लौट आता हूँ!" रिचर्ड कह रहा था।

मोटे काले फ्रेम का चश्मा, मुँह में पाइप, कोहनियों पर लगे झब्बोंवाला पुराना कोट और नीचे कार्डराय की ढीली-सी पतलून पहने एक कमरे से दूसरे कमरे में जाता हुआ रिचर्ड किसी संग्रहालय का क्यूरेटर लगता था।

वे बुद्ध की एक मूर्ति के सामने आकर रुक गए।

"बुद्ध की मूर्तियों की सबसे बड़ी खूबी वह धीमी-सी मुस्कान है जो उसके होंठों के आसपास खेलती रहती है। बुद्ध के चेहरे को ऐसी रोशनी में रखना चाहिए जिसमें यह मुस्कान उघड़ आए। ठहरो, मैं तुम्हें दिखलाता हूँ।" रिचर्ड ने कहा और सामने रखी बुद्ध की मूर्ति को थोड़ा दाईं ओर को घुमा दिया और बटन दबा दिया जिससे बुद्ध के ऐन ऊपर टँगी रोशनी जग गई।

"देखा लीज़ा, देखा?" रिचर्ड ने चहककर कहा। लीज़ा को भी लगा कि बुद्ध के चेहरे पर मुस्कान सहसा खिल उठी है—शान्त, स्निग्ध, तनिक व्यंग्यपूर्ण मुस्कान।"

"मुस्कान होंठों के कोनों में छिपी रहती है। पैंतालीस डिग्री के कोण पर से हल्की-सी रोशनी डालो तो जैसे मुस्कान फूटकर बाहर आ जाती है। अब इसी का कोण मोड़ दूँ तो मुस्कान बहुत-कुछ ओझल हो जाएगी..."

लीज़ा ने मुड़कर रिचर्ड के चेहरे की ओर देखा। ये आदमी लोग कितने अजीब होते हैं, कितना रस ले-लेकर पत्थरों और खँडहरों के बारे में बातें करते रहते हैं। कोई स्त्री इन बातों के बारे में जानते हुए भी इतना चहकेगी नहीं, इतनी डींग नहीं मारेगी। उसने रिचर्ड का बाजू दबा दिया और उसके कन्धे पर अपना गाल रख दिया।

"बुद्ध के बुतों की यही सबसे बड़ी खूबी है। एक हल्की-सी मुस्कान बुद्ध के होंठों पर खेलती रहती है।" रिचर्ड ने कहा और झुककर लीज़ा के बालों को चूम लिया।

हर कमरे में तरह-तरह की बत्तियाँ थीं। जहाँ कहीं बैठने का प्रबन्ध था, वहाँ से घंटी की तार किचन तक अथवा बाहर बरामदे तक चली गई थी।

इन कमरों में घूमते रिचर्ड को देखकर कोई नहीं कह सकता था कि वह ज़िले का सबसे बड़ा अफ़सर है। यहाँ पर तो वह भारतीय इतिहास का मर्मज्ञ था, भारतीय कला का पारखी। हाँ, जब वह प्रशासक की कुर्सी पर बैठता तो वह ब्रिटिश साम्राज्य का प्रतिनिधि था, और उन नीतियों को कार्यान्वित

करता जो लन्दन से निर्णीत होकर आती थीं। एक काम को दूसरे काम से अलग रखना, एक भावना को दूसरी भावना से अलग रखना उसके प्रशिक्षण की, उसके स्वभाव की विशिष्टता थी। वह एक तरह के काम से बिलकुल दूसरी तरह के काम में बड़ी आसानी से अपने को ढाल लेता था। वह निजी रुचियों को सरकारी काम से अलग रख सकता था, अलग से देख सकता था। एक विशेष अनुशासन में उसका जीवन घूमता था। सप्ताह में तीन दिन वह कचहरी करता था, ज़िला मजिस्ट्रेट के नाते मुकद्दमे सुनता था। जब जज की कुर्सी पर बैठता तब वह भूल जाता कि वह हाक़िमों का नुमाइन्दा है, और नेटिव लोगों के मुकद्दमे सुन रहा है। तब वह न्याय करता, इंडियन पीनल कोड की धाराओं को यथावत् लागू करता। एक क्षेत्र के विचार और भावनाएँ दूसरे क्षेत्र में उलझ नहीं पाती थीं। इसी कारण से उसे मानसिक परेशानी का सामना नहीं करना पड़ता था, वह कभी भी द्विविधा का शिकार नहीं होता था। उसके अपने विश्वास क्या हैं, धारणाएँ क्या हैं, इनके बारे में निश्चय से कुछ भी कह पाना कठिन था, शायद रिचर्ड ने यह सवाल अपने से भी कभी न पूछा होगा। जब कभी द्विविधा उठती तो वह अपने संवेदन को, अपने विचारों को अपनी डायरी में उँडेल देता था, प्रशासन के क्षेत्र में उसकी निजी मान्यताओं का कोई दखल नहीं था, बल्कि वे असंगत थीं। यह विचार कि हमारा आचरण हमारी मान्यताओं के अनुरूप होना चाहिए, एक ऐसा भोंडा आदर्शवाद है जिससे सिविल सर्विस में नाम लिखाते ही अफ़सर अपना पिंड छुड़ा लेता है। फिर रिचर्ड की अपनी भूमिका क्या थी, प्रशासन में उसका विशिष्ट योगदान किस बात में था? वह उस योग्यता में पाया जाता था जिससे वह ब्रिटिश सरकार की नीतियों को कार्यान्वित करता था; उस पैनी दृष्टि में था, उस सूझ में था जिससे वह स्थिति को समझ लेता था, तथ्यों को पकड़ लेता था; उस चौकसी में था, जिससे, बिना किसी आहट के, ब्रिटिश सरकार की नीतियों को अमली जामा पहनाया जाता था। यों तो यह सवाल ही असंगत है कि उसकी निजी मान्यताएँ क्या थीं। कोई भी व्यक्ति अपना व्यवसाय चुनते समय उसके नैतिक पक्ष के बारे में सोचता ही कब है, वह तो केवल निजी लाभ और निजी हित के बारे में ही सोचता है।

एक-दूसरे की कमर में हाथ डाले दोनों डाइनिंग रूम की ओर चल पड़े। लीज़ा को घर में यही कमरा सबसे अधिक पसन्द था। बलूत की लकड़ी की

बनी काले रंग की गोल मेज़ के ऐन बीचोबीच पीतल की एक चौड़ी गोल तश्तरी रखी थी जिसमें लाल गुलाब के फूल चुन-चुनकर भर दिए गए थे। इस तश्तरी के ऐन ऊपर जालीदार शेडवाला बिजली का लैम्प था जो छत पर से लटककर सीधा तश्तरी के ऊपर उतर आया था। रोशनी का वृत्त सीधा फूलों की तश्तरी पर पड़ रहा था और जालीदार शेड में से छन-छनकर रोशनी टेबल पर रखी चीनी की सुन्दर प्लेटों और उसके आसपास रखे लाल रंग के सर्वियेटों पर पड़ रही थी। रिचर्ड को इस तरह की सजावट में रस मिलता था और लीज़ा जानती थी कि उसके साथ रहते हुए उसे रिचर्ड की ही सनकों के अनुरूप अपने को ढालना होगा।

मेज़ पर नाश्ते के लिए बैठने से पहले रिचर्ड दहलीज़ पर ठिठका खड़ा रहा।

"क्या सोच रहे हो?" लीज़ा ने रिचर्ड के कन्धे पर सिर रखते हुए कहा।

"सोच रहा हूँ कि कहाँ से शुरू करूँ।"

"तुम यहाँ के लोगों के बारे में जानना चाहती हो न, यहाँ की स्थितियों के बारे में..."

"मैं कुछ भी जानना नहीं चाहती। मैं यही जानना चाहती हूँ कि तुम दफ़्तर से कब लौटोगे?" और लीज़ा हाथ बढ़ाकर रिचर्ड का वक्ष सहलाने लगी। रिचर्ड ने झुककर उसके होंठ चूम लिए।

"अभी से ऊबने लगीं?"

उसे फिर से भास हुआ जैसे क्षितिज पर कोई बादल का टुकड़ा नमूदार हो गया है जो धीरे-धीरे बड़ा होने लगेगा, गहराने लगेगा और समय पाकर सारे आकाश को ढँक लेगा।

रिचर्ड ने उसे और ज़्यादा ज़ोर से बाँहों में भींच लिया। पर रिचर्ड को इस दुलार में कोई विशेष रस नहीं मिल रहा था। इसके पीछे एक प्रकार की आशंका थी कि अबकी बार लीज़ा के साथ कैसे दिन कटेंगे। अपने होंठों से लीज़ा के बाल और माथा और आँखें सहलाते हुए उसे किसी विशेष उत्तेजना का भास नहीं हो रहा था। रात को जिस देह को उत्तेजना और आग्रह के साथ वह लीज़ा की देह के साथ चिपटाए रहता था, इस समय वही देह उसे स्थूल और मांसल-सी लग रही थी। लीज़ा को बहलाने के लिए वह केवल प्रेम का अभिनय कर रहा था, एक प्रकार का फर्ज़ अदा कर रहा था।

तभी मेज़ के पीछे अँधेरे में खड़ा खानसामा धीरे-से आगे बढ़ आया। रोशनी के वृत्त में पहुँचने पर उसकी सफ़ेद वर्दी पर बँधा लाल रंग का कमरबन्द चमक उठा। दबे पाँव, तनिक भी आहट किए बिना वह मेज़ पर नाश्ता लगाने लगा।

लीज़ा और रिचर्ड पहले ही की भाँति एक-दूसरे की बाँहों से बँधे रहे। पहले-पहल, जब कभी खुले दरवाज़े में खड़े वे एक-दूसरे से प्यार कर रहे होते और कोई खानसामा या नौकर अचानक किसी काम से आ जाता तो लीज़ा ठिठककर अलग हो जाती थी, पर रिचर्ड उसे बाँहों में दबाए रखता, और खानसामा अपना काम करता रहता। झेंप के कारण लीज़ा अपनी आँखें बन्द कर लेती ताकि वह खानसामा की उपस्थिति को भूली रहे। पर धीरे-धीरे वह समझ गई थी कि खानसामा एक नेटिव ही तो है, इस पर भी मामूली खानसामा है, इसलिए उसकी उपस्थिति को वह बाधा नहीं समझती थी।

"अबकी बार तुम्हें ज़रूर किसी न किसी काम में दिलचस्पी लेते रहना चाहिए, लीज़ा।"

"किस काम में?"

"कितने ही काम हैं। डिप्टी-कमिश्नर की पत्नी तो ज़िले की प्रथम महिला गिनी जाती है, तुम जो भी काम हाथ में लोगी, उसी में अन्य अफ़सरों की बीवियाँ तुम्हारी मदद करेंगी।"

"मैं जानती हूँ, जानती हूँ। रेड-क्रॉस के लिए चन्दा इकट्ठा करो, फ्लॉवर-शो का आयोजन करो, बच्चों का फ़ीट तैयार करो, सैनिकों की मदद के लिए कपड़े और जूते इकट्ठे करो, यही ना?"

"एक और संस्था भी है जो यहाँ खोलने का इरादा है, जानवरों की देखभाल और रक्षा के लिए। यहाँ पर अभी तक इस किस्म की कोई संस्था नहीं है। कैंटोनमेंट की सड़कों पर आवारा कुत्ते घूमते रहते हैं, उन्हें हटाना, घोड़ागाड़ियों में बूढ़े लँगड़े घोड़े जुते रहते हैं...।"

"इनका क्या करोगे?"

"इन्हें मरवा देना चाहिए। इनसे काम लेते रहना तो जुल्म है। आवारा कुत्ते बीमारी फैलाते हैं, हलक जाते हैं तो लोगों को काट खाते हैं। तुम कोई-सा काम चुन लो, जिसमें तुम्हारी रुचि हो।"

"तुम तो डिप्टी-कमिश्नरी करो और मैं कुत्ते मरवाती फिरूँ? मुझे क्या

पड़ी है।'' उसने कहा, ''तुम मेरे साथ मज़ाक़ कर रहे हो। तुम हमेशा मेरे साथ मज़ाक़ करते हो।''

''मैं मज़ाक़ नहीं करता, मैं तो चाहता हूँ तुम किसी न किसी काम में रुचि लेने लगो।''

''मैं तुम्हारे कामों में रुचि लूँगी। तुम मुझे बताओ जो सुबह बता रहे थे।...हिन्दुस्तानी लोगों के बारे में।''

रिचर्ड मुस्करा दिया।

''सुनो! सभी हिन्दुस्तानी चिड़चिड़े मिज़ाज के होते हैं, छोटे-से उकसाव पर भड़क उठनेवाले, धर्म के नाम पर ख़ून करनेवाले, सभी व्यक्तिवादी होते हैं, और...और सभी सफ़ेद चमड़ीवाली औरतों को पसन्द करते हैं...!''

लीज़ा को वाक्य का अन्तिम अंश सुनते हुए लगा कि रिचर्ड फिर मज़ाक़ करने लगा है। लीज़ा की नज़र में वह बड़ा विद्वान और योग्य व्यक्ति था, पर उसे यह भी लगता कि वह लीज़ा को जाहिल समझता है, और उसके वाक्यों में अक्सर व्यंग्य छिपा रहता है। गम्भीर विषय पर बात करते हुए भी वह सहसा एकाध वाक्य ऐसा लगा देता, मानो मज़ाक़ कर रहा हो। इससे लीज़ा को शक होने लगता कि उसकी गम्भीर बात में भी कोई तथ्य है या वह भी मज़ाक़ ही थी।

''तुम कोई भी बात मेरे साथ संजीदगी से नहीं करते।'' लीज़ा ने उलाहने के स्वर में कहा।

''संजीदगी से बात करने में तुक ही क्या है।'' रिचर्ड ने खोए-खोए मन से कहा। ''सुनो लीज़ा, यहाँ पर शायद कोई गड़बड़ हो।''

लीज़ा ने आँखें ऊपर उठाईं और रिचर्ड के चेहरे की ओर देखने लगी। क्या गड़बड़ होगी? फिर जंग होगी?''

''नहीं, मगर हिन्दुओं और मुसलमानों के बीच तनातनी बढ़ रही है, शायद फसाद होंगे।''

''ये लोग आपस में लड़ेंगे? लन्दन में तो तुम कहते थे कि ये लोग तुम्हारे ख़िलाफ़ लड़ रहे हैं।''

''हमारे ख़िलाफ़ भी लड़ रहे हैं और आपस में भी लड़ रहे हैं।''

''कैसी बातें कर रहे हो? क्या तुम फिर मज़ाक़ करने लगे?''

''धर्म के नाम पर आपस में लड़ते हैं, देश के नाम पर हमारे साथ लड़ते

हैं।" रिचर्ड ने मुस्कराकर कहा।

"बहुत चालाक नहीं बनो, रिचर्ड। मैं सब जानती हूँ। देश के नाम पर लोग तुम्हारे साथ लड़ते हैं, और धर्म के नाम पर तुम इन्हें आपस में लड़ाते हो। क्यों, ठीक है ना?"

"हम नहीं लड़ाते, लीज़ा, ये लोग खुद लड़ते हैं।"

"तुम इन्हें लड़ने से रोक भी तो सकते हो। आख़िर हैं तो ये एक ही जाति के लोग।"

रिचर्ड को अपनी पत्नी का भोलापन प्यारा लगा। उसने झुककर लीज़ा को चूम लिया। फिर बोला, "डार्लिंग, हुकूमत करनेवाले यह नहीं देखते प्रजा में कौन-सी समानता पाई जाती है, उनकी दिलचस्पी तो यह देखने में होती है कि वे किन-किन बातों में एक-दूसरे से अलग हैं?"

तभी खानसामा ट्रे उठाए चला आया। उसे देखकर लीज़ा बोली, यह हिन्दू है या मुसलमान?"

"तुम बताओ।" रिचर्ड ने कहा।

लीज़ा देर तक खानसामा की ओर देखती रही जो ट्रे का सामान रख चुकने के बाद बुत का बुत बना खड़ा रहा।

"हिन्दू है।"

रिचर्ड हँस दिया, "ग़लत।"

"ग़लत क्यों?"

"फिर ध्यान से देखो।"

लीज़ा ने ध्यान से देखा, "सिख है, इसके दाढ़ी है। सिर पर टर्बन है।"

रिचर्ड फिर हँस दिया। खानसामा अभी भी मूर्तिवत् निश्चेष्ट खड़ा था। उसके चेहरे की एक्र भी मांसपेशी नहीं हिली थी।

"इसने दाढ़ी को तराश रखा है। सिख लोग दाढ़ी को तराश नहीं सकते, यह उनके धर्म के ख़िलाफ़ है।"

"यह तो तुमने मुझे नहीं बताया था।" लीज़ा बोली।

"मैंने कितनी ही और बातें तुम्हें नहीं बताई हैं।"

"जैसे?"

"जैसे यह कि सिखों के पाँच निशान होते हैं, बालों के अलावा चार चिह्न और हैं, हिन्दुओं के सिर पर चुटिया होती है, और मुसलमानों के भी अपने

निशान होते हैं। फिर खान-पान में भी। हिन्दू गाय का मांस नहीं खाते, और मुसलमान सुअर का मांस नहीं खाते, सिख लोग झटके का मांस खाते हैं जबकि मुसलमान लोग हलाल का मांस खाते हैं...''

''तुम नहीं चाहते कि मैं इनके बारे में कुछ भी सीख पाऊँ। इतनी ढेर-सी बातें किसी को याद रह सकती हैं?'' फिर खानसामे की ओर देखकर बोली, ''यह सब जान लेने पर क्या मैं देखते ही बता सकूँगी कि आदमी हिन्दू है या मुसलमान? एक-एक निशान देखे बिना कोई कैसे बता सकता है?'' फिर हँसकर बोली, ''मैं शर्त बाँधकर कह सकती हूँ कि इन लोगों को खुद नहीं मालूम होता होगा कि हिन्दू कौन है और मुसलमान कौन है। और रिचर्ड, तुम भी झूठ बोलते हो, तुम्हें भी पता नहीं चलता होगा।''

फिर खानसामा की ओर मुखातिब होकर बोली, ''खानसामा, तुम मुसलमान...?''

''मुसलमान, मेम साहब।''

''तुम हिन्दू को मारेगा?''

खानसामा सकपका गया, उसने आँख उठाकर मेम साहब की ओर देखा, फिर मुस्कराकर साहब की ओर देखने लगा। फिर वह आगे बढ़कर रोशनी के वृत्त में आ गया और एक तश्तरी साहब के सामने बढ़ा दी जिस पर एक तह किया हुआ काग़ज़ रखा था, और फिर पीछे अँधेरे में हट गया। रिचर्ड ने काग़ज़ को खोलकर देखा और फिर तह करके तश्तरी पर रख दिया।

''क्या है रिचर्ड?''

''नगर की रिपोर्ट है, लीज़ा।'' रिचर्ड ने धीमे से कहा और अपने विचारों में खो गया।

''कैसी रिपोर्ट, रिचर्ड?''

''शहर की स्थिति की। तुम तो जानती हो मेरे पास हर रोज़ सुबह तीन-चार महकमों की रिपोर्टें आती हैं, पुलिस सुपरिंटेंडेंट की, हैल्थ ऑफ़िसर की, सिविल सप्लाइज़ ऑफ़िसर की। मुझे माफ़ करना...'' कहता हुआ रिचर्ड खानेवाले कमरे के बाहर निकल गया।

थोड़ी देर तक लीज़ा हतबुद्धि-सी बैठी रही। रिचर्ड ने अभी तक कॉफी नहीं पी थी। वह असमंजस में थी कि वह स्वयं कॉफी पी ले या रिचर्ड का इन्तज़ार करे, पर रिचर्ड शीघ्र ही लौट आया।

“यह किसकी रिपोर्ट थी, रिचर्ड?”

“पुलिस सुपरिंटेंडेंट की।” रिचर्ड ने कहा, फिर आश्वासन के स्वर में बोला, “कोई खास बात नहीं है, रोज़ की रुटीन रिपोर्ट है।”

लेकिन लीज़ा को लगा जैसे रिचर्ड कुछ छिपा रहा है।

“कुछ तो है रिचर्ड, तुम कुछ छिपा रहे हो?”

“छिपाने को है क्या लीज़ा, फिर तुमसे छिपाऊँगा? शहर की बातों से मुझे या तुम्हें लगाव ही क्या है कि मैं छिपाता फिरूँ?”

“फिर भी कुछ तो है। सुपरिंटेंडेंट ने क्या-क्या लिखा है?”

“उसने इतना-भर लिखा है कि शहर में थोड़ा तनाव पाया जाता है, हिन्दुओं और मुसलमानों के बीच। मगर यह कोई नई बात नहीं है। हिन्दुस्तान में आजकल जगह-जगह यह तनाव पाया जाता है।”

“फिर तुम क्या करोगे, रिचर्ड?”

“मुझे क्या करना चाहिए, लीज़ा? मैं शासन करूँगा, और क्या करूँगा?” लीज़ा ने आँखें ऊपर उठाईं।

“तुम फिर मज़ाक़ करने लगे, रिचर्ड?”

“मैं मज़ाक़ नहीं कर रहा। अगर हिन्दुओं और मुसलमानों के बीच तनाव पाया जाता है तो मैं क्या कर सकता हूँ?”

“तुम उनका झगड़ा निपटाओगे नहीं?”

रिचर्ड मुस्करा दिया और कॉफी का घूँट भरकर सहज भाव से बोला, “मैं उनसे कहूँगा तुम्हारे धर्म के मामले तुम्हारे निजी मामले हैं, इन्हें तुम्हें खुद सुलझाना चाहिए। सरकार तुम्हारी मदद करने के लिए पूरी तरह से तैयार है।”

“तुम उनसे यह भी कहना कि तुम एक ही नस्ल के लोग हो, तुम्हें आपस में नहीं लड़ना चाहिए। तुमने मुझे यही बताया था न रिचर्ड?”

“ज़रूर कहूँगा, लीज़ा!” रिचर्ड ने तनिक व्यंग्य से कहा।

दोनों चुपचाप कॉफी के घूँट भरते रहे, फिर सहसा लीज़ा का चेहरा चिन्तित हो उठा, “तुम्हें तो कोई ख़तरा नहीं है ना, रिचर्ड?”

“नहीं, लीज़ा। अगर प्रजा आपस में लड़े तो शासक को किस बात का ख़तरा है।”

लीज़ा के ज़ेहन में बात उतरी तो उसकी आँखों में रिचर्ड के प्रति

आदरभाव छलक आया।

"ठीक ही तो कहते थे। तुम कितना कुछ जानते हो, रिचर्ड। तुम सचमुच बड़े समझदार हो। मैं यों ही डर गई थी। मुझे जैक्सन की पत्नी ने एक बार बताया था कि हिन्दुस्तानियों की किसी भीड़ को तितर-बितर करने के लिए जैक्सन अकेला रिवॉल्वर हाथ में लिये, भीड़ के पीछे-पीछे भागने लगा था। और वह पोर्टिको पर खड़ी देख रही थी और बेहद डर गई थी कि जाने क्या हो जाए। तुम सोचो रिचर्ड, अकेला जैक्सन और सड़कों पर लोगों की भीड़। कुछ भी तो हो सकता था।"

"तुम चिन्ता नहीं करो, लीज़ा।" रिचर्ड ने कुर्सी से उठकर लीज़ा का गाल थपथपाया और बाहर निकल गया।

पाँच

अँधेरा छटने लगा था जब प्रभातफेरी की मंडली गलियाँ लाँघती हुई इमामदीन के मुहल्ले में पहुँची। रास्ते में शेरखान के घर से झाड़ू, बेलचे, कड़ाहियाँ और सफ़ाई का अन्य सामान लेकर वे आगे बढ़ने लगे थे। सुबह की रोशनी में उनके थके-थके पीले चेहरे साफ़ नज़र आने लगे। मेहताजी को छोड़कर लगभग सभी के कपड़े मुचड़े हुए और मैले थे। बख्शी के सिर पर गांधी टोपी एक ओर से चिपकी हुई थी मानो सिर पर लादा हुआ कोई बोझ अभी-अभी फेंककर आया हो। शंकर, मास्टर रामदास और अज़ीज़ ने कन्धों

पर झाड़ू उठा रखे थे। देसराज और शेरखान के हाथों में कड़ाहियाँ थीं। जरनैल लम्बा-सा बाँस उठाए था। दिन की रोशनी में मास्टर रामदास अपने हाथ में झाड़ू देखकर सकुचाने लगा था।

"ब्राह्मणों से भी झाड़ू उठवाते हो गांधी महात्मा, जो करो थोड़ा है। जी! ब्राह्मणों के हाथ में भी झाड़ू उठवा दिया!"

और वह हल्के-हल्के हँस दिया। झाड़ू उसने पीठ पीछे कर लिया था। अपने वाक्य का किसी ओर से भी उत्तर न पा उसने तनिक ऊँची आवाज़ में बख्शीजी को सम्बोधन करके कहा, "मैं नाली साफ़ नहीं करूँगा। पहले बोल दूँ।"

"क्यों? तुम्हें सुरखाब के पर लगे हैं?"

"क्यों? गांधीजी अपना शौचालय साफ़ कर सकते हैं, तुम नाली साफ़ नहीं कर सकते!"

"मैं झूठ नहीं कहता, मैं झुक नहीं सकता, झुकता हूँ तो कमर में दर्द उठता है। मुझे पथरी की शिकायत रहती है।"

"गाय के लिए सानी-पानी करते हो तो पथरी की शिकायत नहीं रहती। तामीरी काम करते वक़्त ही तुम्हें पथरी की शिकायत होने लगती है?"

इस पर शंकर घूमकर बोला, "मास्टरजी, हमें प्रचार करना है, कौन सचमुच की नालियाँ साफ़ करनी हैं। नाली मैं साफ़ करूँगा, तुम कड़ाही में कूड़ा उठाते रहना।"

थोड़ी दूर जाने के बाद मंडली एक गली में घूम गई।

"यह किस रास्ते पर चल पड़े हो?"

सहसा पीछे से गोसाईंजी ने चिल्लाकर कहा। मंडली के आगे-आगे चलता हुआ देसराज दाएँ हाथ को घूम गया था, और उसके पीछे सारी मंडली ही उस ओर को जाने लगी थी।

"हाँ-हाँ मना कर दो," बख्शीजी ने हामी भरी। "सुबह-सुबह इन लोगों के नमाज़ का वक़्त होता है, क्या फ़ायदा मस्जिद के सामने से जाने का।"

"ओ, कश्मीरी?" बख्शीजी ने चिल्लाकर कहा, "तुम सब लोग सोए रहते हो! इधर मस्जिद के सामने से जाने को तुमसे किसने कहा है? हमेशा अपनी मनमानी करते हो।"

कश्मीरीलाल रुक गया।

"शेरखान और देसराज उधर घूम गए। हम भी उधर घूम गए। मगर कोई बात नहीं बख्शीजी, मस्ज़िद के सामने गाना बन्द कर देंगे।"

"नहीं-नहीं, कोई ज़रूरत नहीं। देखते नहीं हवा कैसी हो रही है। तुम लौट आओ और पिछली गली में से होकर सीधे चौक की तरफ़ चलो, वहाँ से सड़क पार करके इमामदीन के मुहल्ले में चले जाएँगे।"

मंडली लौट पड़ी, और बाएँ हाथ की तंग गली को लाँघकर थोड़ी देर बाद इमामदीन के मुहल्ले के पास जा पहुँची। यह रास्ता प्रभातफेरी के लिए नया था। आम तौर पर शहर के बाहर की पुरानी बस्तियों में कांग्रेस प्रचार के लिए नहीं जाती थी। कमेटी के मैदान को लाँघकर जाना यों भी दूर पड़ता था। इमामदीन का मुहल्ला कमेटी के मैदान के पार पूर्व की ओर एक सिरे पर था।

एक जगह, चरनी के पास मंडली खड़ी हो गई। कश्मीरीलाल ने, जिसके हाथ में तिरंगा था, सिर ऊँचा उठाकर, पूरे ज़ोर से नारा लगाया, 'इंकलाब!'

जवाब में सभी ने जोश से कहा, "ज़िन्दाबाद!"

"बोलो भारत माता की...जय!"

नारे की आवाज़ सुनकर मुहल्ले के बच्चे भागते हुए, घरों के बाहर आ गए। औरतें टाट के पर्दों के पीछे से झाँकने लगीं। लाल कलगीवाला एक मुर्ग़ कूदकर कच्ची दीवार के ऊपर चढ़ गया और कुछ देर तक पर फड़फड़ाने के बाद 'कु...क्कड़ू...कू!' की बाँग लगाई, मानो उसने मुहल्ले की नुमाइन्दगी करते हुए नारे का ज़वाब दिया हो।

"तुमसे तो यह मुर्ग़ ही अच्छा है कश्मीरी, देखा, कैसे रोब से बाँग लगाता है!" शेरखान बोला।

"क्यों, कश्मीरी किसी से कम है, कश्मीरी कांग्रेस का कुक्कड़ है।" शंकर ने जोड़ा।

"तू भी सिर पर लाल कलगी लगा ले, कश्मीरी! इसे लाल टोपी ले दो बख्शीजी, फिर बिलकुल कुक्कड़ नज़र आएगा।"

"क्यों, कलगी के बगैर यह कुक्कड़ नज़र नहीं आता? यह मादा कुक्कड़ है, कुक्कड़ी। कश्मीरी कुक्कड़ी...।"

नगर का हास्य-व्यंग्य ऐसा ही था। मौके-बेमौके साथियों के बीच छेड़छाड़ चलती रहती थी।

"बस, बस, अब काम शुरू करो।" बख्शीजी चरनी पर लालटेन रखते

हुए बोले।

अधिकांश घर इकहरे, एक-मंज़िला थे। बहुत से घरों के दरवाज़ों पर टाट के पर्दे लटक रहे थे। सामने खुला मैदान था और मैदान के पार, एक-दूसरी के समानान्तर, दो कच्ची गलियाँ थीं। एक गली में नालियाँ थीं, पर कच्ची थीं। दूसरी गली में नालियाँ खोदी ही नहीं गई थीं। गली में ही माल-मवेशी बँधे थे। घरों में से स्त्रियाँ, सिर पर एक-एक दो-दो घड़े रखे पानी भरने जा रही थीं। एक जगह एक बालक भैंस के नीचे से गोबर उठा रहा था। नज़दीक ही चरनी के पास दो बच्चे, मैदान में, एक-दूसरे के सामने बैठे शौच कर रहे थे और बतिया रहे थे।

"तेरी टट्टी पतली क्यों है?"

"मैं बकरी का दूध पीता हूँ। तू क्या पीता है?"

मैदान में ही एक ओर कोने में तन्दूर खड़ा था। यहाँ पहुँचकर लगता था जैसे ये लोग गलियों के ही रास्ते किसी गाँव में प्रवेश कर गए हैं।

"उठाओ बेलचे और तामीरी काम शुरू करो।" बख्शीजी ने कहा।

मेहता और मास्टर रामदास कड़ाही लेकर आँगन की ओर बढ़ गए। शंकर और कश्मीरीलाल ने बेलचे उठाए और नाली साफ़ करने चल पड़े। शेरखान, देसराज और बख्शीजी झाड़ू उठाकर आँगन बुहारने लगे।

आसपास के लोगों की समझ में नहीं आ रहा था कि क्या होने जा रहा है। ताँगा हाँकनेवाला एक छाछी अपने घर के बाहर आकर मैदान के किनारे पैरों के बल बैठ गया था पर बख्शीजी को झाड़ू लगाते देखकर वह उठ खड़ा हुआ और लपककर बख्शीजी के पास जा पहुँचा।

"क्यों हमें शर्मिन्दा करते हो बाबूजी, हमारा घर तुम बुहारोगे? लाइए झाड़ू मुझे दीजिए।"

"नहीं, नहीं, यह हमारा ही काम है।" बख्शीजी ने जवाब दिया।

"नहीं बन्दापरवर, कभी यों भी हुआ है, आप पढ़े-लिखे खानदानी लोग हो, हम आपसे झाड़ू लगवाएँगे, तोबह-इस्तफ़ार! लाइए, मुझे दीजिए, हमें क्यों दोज़ख की आग में धकेलते हो..."

बख्शीजी को उसका व्यवहार भला लगा। कांग्रेस के प्रचार का असर हो रहा है, उन्होंने मन ही मन कहा, यही तामीरी काम का मतलब है, और क्या।

कश्मीरी और शंकर बेलचे उठाए घरों के साथ-साथ जानेवाली कच्ची

नाली में से लसलसा कीच निकाल रहे थे। जब से नाली खोदी गई थी, उसमें गन्दा पानी जमा होता रहा था, और अब उसने गहरे नीले रंग के लसलसे कीच का रूप ले लिया था। जितनी मुद्दत यह लसलसा कीच नाली में पड़ा रहा, बदबू नहीं आई, पर जब शंकर और कश्मीरीलाल उसे बेलचों से निकाल-निकालकर नाली के किनारे-किनारे जगह-जगह ढेर लगाने लगे तो बदबू से नाक फटने लगी और मच्छर नाली पर से उड़-उड़कर चारों ओर फैलने लगे। नाली कुछ नहीं तो फुट-भर गहरी रही होगी और उसमें ऊपर तक कीच ही कीच भरा था।

"ओ बादशाहो, यह क्या जुल्म करने लगे हो!"

एक छत की मुँडेर के पीछे खड़ा रँगी हुई दाढ़ीवाला कोई बुजुर्ग बोला, "इधर बीमारी फेंक जाओगे तो उठावाएगा कौन! नाली में पड़ा रहने देते तो कम से कम एक जगह पर बना तो रहता। अब इसके जगह-जगह ढेर लगा जाओगे। पहले से भी ज़्यादा गन्दगी फैला जाओगे...।"

बख्शीजी दूर से यह काम देख रहे थे। कमर सीधी करके खड़े हो गए। उन्हें शंकर और कश्मीरीलाल पर गुस्सा आया, "ये जवान लोग कभी नहीं समझेंगे।" वह बुदबुदाए। "तामीरी काम का यह मतलब तो नहीं कि सचमुच नालियाँ साफ़ करने लग जाओ। इसका तो इतना-भर मतलब है कि लोगों का ध्यान सफ़ाई की ओर दिलाओ। और देश की आज़ादी की ओर।"

पर बुजुर्ग अपना सुझाव दे चुकने के बाद मुँडेर पर से हट गया था और बख्शीजी फिर आँगन बुहारने में लग गए थे।

तभी सामनेवाली गली में से एक सफे दरीश बुजुर्ग निकला। हाथ में तसबीह पकड़े हुए था। ज़ाहिर है, मस्ज़िद की ओर जा रहा था। सफ़ेद सलवार, सफ़ेद कुर्ता, ऊपर खुली, नए तर्ज की वास्कट और सिर पर मुशद्दी लुंगी पहने था। चाल-ढाल से ही लगता था कि कोई मजहबी आदमी है। इन लोगों को झाड़ू लगाते और नालियाँ साफ़ करते देखकर रुक गया। फिर रामदास की ओर देखकर जो झाड़ू हाथ में लिये, धूल-मिट्टी में भूतना बना खड़ा था, बुजुर्ग बोला, "हम लोगों पर अहसान का बोझ लादने आए हो?" पर वह उनके सेवा-भाव से बहुत प्रभावित हुआ जान पड़ा, "आफ़रीन है, वाह-वाह!" और उसकी आँखें आँगन और गली और नाली पर लगे एक-एक कार्यकर्ता की ओर जाने लगीं। "खुश रहो, वाह-वाह, कैसा नेक दिल पाया

है, आफ़रीन है।'' वह बार-बार कह रहा था।

''हम क्या सफ़ाई करेंगे बुजुर्गवारम, हम कितना कुछ कर सकते हैं,'' बख्शीजी बुजुर्ग को बोलता देखकर झाड़ू उठाए उसके पास चले आए थे। पर बुजुर्ग ने समझाते हुए कहा, ''मतलब गलियाँ साफ़ करने से नहीं, इसके पीछे जो जज्बा काम कर रहा है, वह बहुत ऊँचा है। आफ़रीन, सद आफ़रीन!'' सफ़ेदरीश बुजुर्ग ने कहा और धीमी गति से चलता मुस्कराता हुआ मुहल्ले में से निकलकर मस्ज़िद की ओर जाने लगा। बख्शीजी को उसके मुँह से तामीरी काम की तारीफ़ सुनकर सुहानी खुशी हुई। उन्हें लगा जैसे आज का तामीरी काम सार्थक हो गया है।

''वह देखो मेहताजी और अज़ीज़ की तरफ़।'' शेरखान ने हँसकर कहा। ''दोनों ने झाड़ू को हाथ तक नहीं लगाया। मेहताजी को तो अपने कपड़ों का ख़्याल है।''

बख्शीजी ने घूमकर देखा। बड़े साफ़-सुथरे हाथों से मेहता एक-एक कंकड़ उठाकर कड़ाही में सजा रहा था। तर्जनी और अँगूठे से एक-एक कंकड़ उठाता और कड़ाही के पास आकर बड़े करीने से उसमें डाल देता। दूसरी ओर रामदास था, जिसकी मूँछों और बालों पर अभी से मिट्टी की तह जमने लगी थी।

आसपास, बच्चों के अलावा बहुत से लोग इकट्ठे हो गए थे, टाट के पर्दों के पीछे से अनेक लड़कियाँ और औरतें और छतों पर जगह-जगह खड़े मर्द तामीरी काम का प्रदर्शन देख रहे थे।

जरनैल जो अभी तक लम्बा बाँस हाथ में उठाए चरनी के पास खड़ा था, चलता हुआ नाली साफ़ करनेवालों के पास जा पहुँचा।

''नाली खोलने की ज़रूरत है? बाँस लगाऊँ?'' उसने फौज़ी अन्दाज़ में पूछा।

आसपास खड़े लोग हँस दिए।

''यह तामीरी काम बकवास है,'' शंकर ने कमर सीधी करते हुए कश्मीरीलाल से कहा, ''नालियाँ साफ़ करने से स्वराज्य नहीं मिलेगा।''

शंकर और कश्मीरी दोनों पसीना-पसीना हो रहे थे। नाली के किनारे वे तीन जगह पर कीच के ढेर लगा चुके थे।

''बहुत बकबक नहीं किया कर शंकर,'' बख्शीजी ने, जो अब गली के

बीचोबीच झाड़ू उठाए खड़े थे, शंकर का वाक्य सुन लिया था। ''भेजे में बहुत अक्ल आ गई है। बापू तो नालायक हैं न, जो हम सबको चरखा कातने और तामीरी काम करने को कहते हैं।''

''कर तो रहा हूँ, तामीरी काम ही कर रहा हूँ और क्या कर रहा हूँ, पर है यह बकवास।''

बख्शीजी सुबह-सुबह शंकर के मुँह नहीं लगना चाहते थे क्योंकि वह बड़ा मुँहफट आदमी था। फिर भी उनसे नहीं रहा गया, ''कुछ समझा कर शंकर, यह हमारी देश-भक्ति का चिह्न है, इस तरह हम ग़रीबों के स्तर तक उतर आते हैं। क्या ग़रीबी में काम करने जाओगे तो पतलून पहनकर जाओगे? झाड़ू लेकर या खादी पहनकर जाते हो तो लोग तुम्हें अपना समझते हैं।''

जब से तामीरी काम करने लगे हो, आन्दोलन ठप्प हो गया है,'' शंकर ने कहा, ''लगाओ झाड़ू और कातो चरखे।'' और उसने एक और बेलचा कीच से भरकर ढेर पर डाल दिया।

तभी जरनैल ऊँची आवाज़ में बोला, ''तुम गद्दार हो। मैं तुम्हें जानता हूँ। तुम कम्युनिस्ट हो!''

''बस बस, जरनैल!'' बख्शीजी ने झट से कहा। जरनैल बोलने लगेगा तो एक और बखेड़ा खड़ा हो जाएगा। उसे रोक पाना नामुमकिन हो जाएगा।

''तुम भी शंकर, वक़्त-बेवक़्त अपनी हाँकने लगते हो। यह कोई जगह है बहस करने की?''

उसी वक़्त एक आदमी कमेटी के मैदान की तरफ़ से भागता हुआ आया और शेरखान के घर की गली लाँघकर एक ओर खड़े मुहल्ले के कुछ लोगों के पास जा पहुँचा और उनके साथ खुस-फुस करने लगा। उसने काले रंग की वास्कट पहन रखी थी, और बड़ा उत्तेजित लग रहा था। यों तो इस तरह भागकर आना मामूली-सी बात थी, मगर वह जिस ढंग से भागता हुआ आया था वह आसपास खड़े लोगों को अनूठा-सा लगा। देखते ही देखते इधर-उधर खड़े लोग वहाँ से हटने लगे, केवल छोटे-छोटे बच्चे वहाँ खड़े रह गए। फिर पलक मारते ही टाट के पर्दों के पीछे से स्त्रियाँ हट गईं। एक स्त्री लपककर बाहर आई और शौच करनेवाले दो बच्चों में से एक की बाँह पकड़कर उसे घसीटती हुई घर के अन्दर ले गई।

सकता-सा छा गया। कांग्रेस के कार्यकर्ता हैरान थे कि क्या बात हुई है।

तभी वहीं सफ़ेदरीश जो हाथ में तसबीह पकड़े आफ़रीन-आफ़रीन कहते मुस्कराते हुए यहाँ से गए थे, लौटते दिखाई दिए। मेहता और बख्शीजी साथ-साथ खड़े थे और अनुमान लगा रहे थे कि क्या बात हुई है जो आनन-फानन लोग वहाँ से हट गए हैं। उनका मन हुआ कि बुजुर्ग के पास जाकर उनसे पूछें कि क्या मामला है। हाथ में तसबीह झुलाता हुआ सफ़ेदरीश उनके पास आकर खड़ा हो गया। क्षण-भर वहाँ ठिठका खड़ा रहा, फिर छूटते ही बोला, "आप साहिबान यहाँ से चले जाइए। अगर अपनी खैरियत चाहते हो तो यहाँ से फ़ौरन चले जाओ।" कहते-कहते उसकी आवाज़ ऊँची हो गई और ठुड्डी काँपने लगी और उसका चेहरा पीला पड़ गया।

वह जैसे बख्शीजी और मेहताजी को ही सम्बोधन करके कह रहा था। अन्य कार्यकर्ता लपककर पास आ गए।

"उठ जाइए यहाँ से।" बुजुर्ग बोले जा रहा था, "बस हो चुका जो आपको करना था। सुन रहे हैं आप?" उसकी आवाज़ काँपने लगी थी, "खंज़ीर के बच्चो, यहाँ से चले जाओ!" वह चिल्लाया। और क़दम बढ़ाता हुआ वहाँ से चला गया। चारों ओर चुप्पी छा गई। बख्शी और मेहता एक-दूसरे का मुँह ताकने लगे। बख्शी ने सोचा मुमकिन है शंकर या कश्मीरीलाल ने, जो अक्सर ऊलजलूल बकते रहते हैं, किसी से कुछ कह दिया है जिससे मुहल्लेवालों को बुरा लगा है, मगर यह आदमी तो बाहर से आया था। पहले, यहाँ से जाते समय तो हमारी तारीफ़ करता गया था, अब क्या बात हो गई है जो इतना बौखला गया है।

तभी एक उड़ता हुआ पत्थर आया और बख्शीजी के पास आकर गिरा। कश्मीरीलाल और शंकर हत्‌बुद्धि-से बख्शीजी की ओर देखने लगे।

"क्या बात है?" मास्टर रामदास ने पास आकर पूछा।

"चलो, यहाँ से चलें, यहाँ कोई गड़बड़ है," बख्शी ने कहा। "यहाँ पर आना ही भूल थी। कहाँ है देसराज जो हमें इधर ले आया है?"

मगर देसराज वहाँ पर नहीं था। किसी को मालूम नहीं था कि वह कब वहाँ से खिसक गया था।

"कोई शरारत है। ज़रूर कोई शरारत है।"

दो-तीन पत्थर एक के बाद एक उड़ते हुए आए। एक पत्थर सीधा रामदास के कन्धे पर लगा।

"निकल चलो यहाँ से, यहाँ ठहरो नहीं।"

कार्यकर्ताओं की मंडली हड़बड़ाकर वहाँ से निकलने लगी।

ऊँचा बाँस हाथ में उठाए जरनैल चिल्लाया, "तुम सब बुजदिल हो, मैं तुम में से एक-एक को जानता हूँ। मैं यहाँ तामीरी काम करके जाऊँगा।"

इस पर बख़्शीजी ने कड़ककर, फौज़ी हुक्म सुनाते हुए जरनैल से कहा, "झंडा सँभालो जरनैल, कहाँ है झंडा?"

जरनैल फौरन अटेंशन हो गया और चप्पलें घसीटता चरनी के पास रखे झंडे को उठाने चला गया।

तभी दो पत्थर, एक के बाद एक उड़ते हुए आए, एक चरनी पर गिरा, दूसरा जहाँ जरनैल खड़ा था, ज़मीन पर पड़ा। इसके साथ ही तीन आदमी सामने से गली लाँघकर आए और गली के सिरे पर खड़े हो गए।

मंडली के लोग चुपचाप वहाँ से निकलने लगे। कश्मीरीलाल ने जरनैल के हाथ से झंडा ले लिया। मेहता ने ज़मीन पर रखी कड़ाही वहीं उलट दी जिसमें वह कंकड़ बटोरता रहा था और ख़ाली कड़ाही उठाए मैदान पार करने लगा। बख़्शीजी के हाथ में लालटेन झूल रही थी पर उनकी गर्दन झुकी हुई थी।

"बेलचे-कड़ाहियाँ शेरखान के घर में रख दें?" मास्टर रामदास ने बख़्शीजी से पूछा।

"अब जैसे हो, चलते जाओ। यहाँ पर रुको नहीं।"

कश्मीरीलाल ने घूमकर देखा, गली के सिरे पर अब तीन की जगह पाँच आदमी खड़े थे। मैदान के पार लोग आकर खड़े हो गए थे और उनकी ओर देखे जा रहे थे। मुहल्ले में से निकलकर वह कुतुबदीन की गली में घुसे तो नानबाई की दूकान पर भी वैसा ही दृश्य देखने को मिला। तीन आदमी जो नानबाई की दूकान के सामने खड़े थे, घूमकर इन लोगों की ओर घूर-घूरकर देखने लगे, मगर इनमें से बोला कोई नहीं।

"कहीं कोई गड़बड़ है।" बख़्शीजी ने मेहता से कहा।

"क्या मालूम कश्मीरी या शंकर ने मुहल्ले की किसी लड़की-वड़की को छेड़ा हो। आपने भी तो कांग्रेस में लोफ़र भर्ती कर रखे हैं।"

"कैसी बातें कर रहे हो मेहताजी। कश्मीरी तो सारा वक़्त नाली साफ करता रहा था। यहाँ कोई दूसरी बात जान पड़ती है।"

मोहयालों की गली में मुड़ने पर उन्हें तीन-चार आदमी गली के सिरे पर खड़े नज़र आए।

"कहाँ जा रहे हो बख्शीजी? उधर नहीं जाओ।" एक लम्बे क़द के मोहयाल व्यक्ति ने, जो बख्शीजी का परिचित था, आगे बढ़कर कहा।

"क्या बात है?"

"बस, उधर मत जाओ।"

"कुछ बताओ तो, हुआ क्या है?"

इस वक़्त तक कश्मीरी, जरनैल और मास्टर रामदास भी बख्शी और मेहता के पास पहुँच चुके थे।

"उधर गली के बाहर देखो।"

बख्शीजी ने सामने की ओर देखा। गली के बाहर, सड़क के पास एक मस्ज़िद थी जिसे 'केलों की मस्ज़िद' कहा जाता था।

"क्या है?"

"आपको कुछ नज़र नहीं आया? मस्ज़िद के दरवाज़े के नीचे सीढ़ी की ओर देखिए।"

मस्ज़िद की सीढ़ी पर कोई काली-काली चीज़ पड़ी थी।

"कोई आदमी सुअर मारकर फेंक गया है।"

बख्शीजी ने मेहता के चेहरे की ओर देखा, मानो कह रहे हों 'देखा! मैंने कहा था ना, कोई गड़बड़ है!'

सभी ने घूमकर उस ओर देखा, मस्ज़िद की सीढ़ी पर एक काले रंग का बोरा-सा रखा नज़र आया जिसमें दो टाँगे बाहर को निकली हुई थीं। मस्ज़िद का हरे रंग का दरवाज़ा बन्द था।

"लौट चलो, यहीं से लौट चलो," मास्टर रामदास ने धीरे-से कहा।

"आख थू!" कश्मीरीलाल ने सुअर की ओर देखकर कहा, और मुँह फेर लिया।

"बख्शीजी, यहीं से लौट चलें। आगे मुसलमानों का मुहल्ला है।" रामदास ने फिर कहा।

"किसी ने शरारत की है।" मेहता बुदबुदाया।

"आपको पक्का मालूम है कि सुअर ही है?" मेहताजी बोले।

"क्या मालूम कोई और जानवर हो।"

"कोई और जानवर होगा तो मुसलमान इतना बिगड़ेंगे?" बख्शीजी ने खीझकर कहा।

जरनैल भी अपनी घनी भौंहों के बीच छिपी छोटी-छोटी आँखें मस्ज़िद की ओर गाड़े खड़ा था, छूटते ही बोला, "अंग्रेज़ ने फेंका है!"

उसके नथुने फड़कने लगे, और वह फिर से चिल्लाकर बोला, "अंग्रेज़ की शरारत है। मैं जानता हूँ।"

"हाँ-हाँ, जरनैल, अंग्रेज़ की ही शरारत है, मगर इस वक़्त तुम चुप रहो।" बख्शी ने उसे समझाते हुए कहा।

"पिछली गली में से घूम जाएँ।" मास्टर रामदास ने फिर कहा। पर अबकी बार जरनैल उस पर बरस पड़ा, "तुम बुज़दिल हो। यह अंग्रेज़ की शरारत है। मैं उसका भंडाफोड़ करूँगा।"

इस पर मेहताजी ने झुककर बख्शी के कान में कहा, "इस पागल को साथ क्यों ले आते हो? यह सभी को मरवाएगा। निकालो इसे कांग्रेस में से।"

सड़क पर गाहे-बगाहे कोई मुसलमान गुज़रता और मस्ज़िद की सीढ़ी पर आँख पड़ते ही पहले तो घूरकर देखता, फिर मुँह फेर लेता और बड़बड़ाता हुआ आगे बढ़ जाता।

सहसा सामनेवाली सड़क पर एक ताँगा सरपट दौड़ता हुआ निकल गया। इसके बाद मस्ज़िद की बग़ल में भागते क़दमों की आवाज़ आई। सड़क के पार, बाईं ओर बैठनेवाले कसाई ने टँगे हुए बकरों पर कपड़ा चढ़ाकर दूकान प़र ताक चढ़ा दिए। मोहयालों की गली में घरों के दरवाज़े बन्द होने लगे।

बख्शीजी ने घूमकर देखा। मास्टर रामदास सरक गया था और दूर गली के सिरे की ओर बढ़ता जा रहा था। थोड़ी दूरी पर उसके पीछे अज़ीज़ और शेरखान भी चले जा रहे थे। गली में जगह-जगह दो-दो, चार-चार लोगों की टोलियाँ खड़ी थीं।

"आप यहाँ से निकल जाएँ बख्शीजी, यहाँ आप लोगों के रहने से इश्तआल बढ़ेगा।" बख्शीजी के मोहयाल मित्र ने समझाते हुए कहा।

बख्शीजी ने उस आदमी की ओर देखा, फिर कश्मीरीलाल से बोले, "झंडा बाँस में से निकालकर तह कर लो।" फिर मोहयाल सज्जन से बोले, "इस सुअर की लाश को तो यहाँ से हटवा दें। जितनी देर लाश वहाँ पड़ी रहेगी, तनाव बढ़ता जाएगा।"

"आप सुअर की लाश को उठाएँगे?" मोहयाल ने हैरान होकर कहा। "आपको तो, मैं समझाता हूँ, उस तरफ़ जाना भी नहीं चाहिए।"

"मैं इनसे इत्तफ़ाक करता हूँ," मेहताजी बोले, "हमें इसमें नहीं पड़ना चाहिए। इससे मामला बिगड़ सकता है।"

"पर यहाँ से निकल जाएँगे तो मामला नहीं बढ़ेगा? क्या मुसलमान लोग इस लाश को यहाँ से हटाएँगे?"

"वे नहीं हटाएँगे तो किसी भंगी-जमादार का इन्तज़ाम करेंगे। ब-हर सूरत हमें इसमें नहीं पड़ना चाहिए।"

बख्शी ने अपने हाथ की लालटेन एक घर के चबूतरे पर रखी, और मेहता की ओर देखकर बोला, "मेहताजी, आप क्या कह रहे हैं? हम चुपचाप यहाँ से निकल जाएँ और तनाव को बढ़ने दें? अपनी आँखों से न देखा होता तो दूसरी बात थी।" फिर कश्मीरीलाल और जरनैल को सम्बोधन करके बोले, "तुम आ जाओ मेरे साथ।" और वे गली में से निकलकर मस्जिद की ओर जाने लगे।

कश्मीरी दुविधा में पड़ गया—जाए या न जाए। इमामदीन के मुहल्ले में पत्थर पड़े थे, यहाँ पर न जाने कोई क्या कर बैठे? उसके माथे पर पसीना आ गया। उसने झंडे का बाँस दीवार के साथ खड़ा कर दिया और वहीं ठिठका खड़ा रहा। टाँगों में लरजिश-सी होने लगी। पर उस वक़्त तक जरनैल और बख्शी सड़क पार कर चुके थे। थोड़ी देर तक कश्मीरी वहीं ठिठका खड़ा रहा, फिर वह भी उनके पीछे-पीछे गली में से निकल आया। सड़क पर पहुँचकर उसने पीछे मुड़कर देखा। मोहयाल सज्जन जा चुके थे, केवल मेहताजी वहाँ खड़े थे। उसे लगा जैसे सारी गली सुनसान पड़ गई है। बाएँ हाथ सड़क के किनारे तीन-चार दूकानें थीं, सभी बन्द पड़ी थीं। दाएँ हाथ दूर कुएँ के पास दूकानों की कतार थी, वहाँ भी दूकानें बन्द थीं। और कुछ लोग कुएँ के पास गाँठ-सी बनाए खड़े इसी ओर देखे जा रहे थे। इससे भास हुआ जैसे छज्जों पर जगह-जगह लोग खड़े हैं, लेकिन घरों के दरवाज़े बन्द हैं।

"सबसे पहले इस सुअर की लाश को यहाँ से हटाएँ।" बख्शीजी कह रहे थे।

काले रंग का सुअर था। कोई उस पर बोरा डाल गया था, पर बोरे के नीचे से उसकी टाँगें, थूथनी और पेट का कुछ हिस्सा नज़र आ रहा था।

मेहता अभी भी गली में दीवार से लगकर खड़े थे। वह अभी भी असमंजस में थे। सुअर को वहाँ से हटाने में जोखिम तो थी ही लेकिन साथ में उजले खादी के कपड़े गन्दे हो जाने का भी डर था। बख्शी और जरनैल ने सुअर को टाँगों से पकड़ा और उसकी लाश घसीटकर मस्ज़िद की सीढ़ी पर से उतार दी, फिर उसे घसीटते हुए सड़क के पार ले आए और ईंटों के एक ढेर के पीछे ढकेलकर छिपा दिया।

"अभी तो इसे यहीं पर रखो। मस्ज़िद का दरवाज़ा तो खुले। मस्ज़िद की सीढ़ी को धो देते हैं।" बख्शी ने कहा और कश्मीरीलाल से बोले, "तुम जाओ कश्मीरी, इधर पीछे भंगियों के डेरे में चले जाओ। वहाँ म्युनिसपैलिटी के भंगी रहते हैं। देखो, अगर दो भंगी अपना ठेला ले आएँ तो इसे उठवा देते हैं।"

तभी कुएँ की ओर से किसी के भागते क़दमों की आवाज़ आई। तीनों ने घूमकर देखा, एक गाय भागती आ रही थी। उसके पीछे-पीछे एक आदमी सिर पर मुँडासा बाँधे और हाथ में डंडा लिये गाय के पीछे-पीछे भागता हुआ, उसे हाँके लिये जा रहा था। उसकी छाती खुली थी और गले में तावीज झूल रहा था। चिकनी खालवाली, बादामी रंग की गाय थी, मोटी-मोटी चकित-सी आँखें। डर के ही मारे उसकी पूँछ उठी हुई थी। लगता जैसे रास्ता भटक गई है। तीनों ठिठक गए। मुँडासेवाले आदमी ने मुँह लपेट रखा था। गाय को हाँकता हुआ वह सड़क पर से गुज़रा और फिर उसे दाएँ हाथ एक गली की ओर ले गया।

बख्शीजी देर तक ठिठके खड़े रहे। फिर धीरे-से बोले, "लगता है शहर पर चीलें उड़ेंगी। आसार बहुत बुरे हैं।" और उनका चेहरा पहले से भी ज़्यादा पीला और गम्भीर लगने लगा।

छह

साप्ताहिक सत्संग की समाप्ति से पहले पुण्यात्मा वानप्रस्थीजी सदा की भाँति मन्त्रपाठ करने लगे। इस मन्त्रपाठ को वह सत्संग रूपी यज्ञ की 'अन्तिम आहुति' कहा करते थे। गिने-चुने इन विशिष्ट मन्त्रों तथा श्लोकों में भारतीय संस्कृति का सार पाया जाता था और वर्षों के आग्रह के बाद वानप्रस्थीजी ने सभी सभासदों को ये मन्त्र कंठस्थ करवा दिए थे। वेदी पर बैठे ही बैठे, आँखें बन्द कर हाथ जोड़ और सिर नवाकर वानप्रस्थीजी मन्त्रोचारण करने लगे :

"सर्वे भवन्तु सुखिनः सर्वे सन्तु निरामयः
सर्वे भद्राणि पश्यन्तु मा कश्चित् दुःख भाग भवेत।"

सारे सत्संग में अकेले वानप्रस्थीजी ही थे जो संस्कृत के ज्ञाता थे, उन्होंने सभी वेद-वेदांग पढ़ रखे थे। इसलिए जब वह पढ़ते तो कभी उच्चारण में भूल नहीं होती थी बल्कि लगता एक-एक शब्द पूरी समझ-बूझ के साथ दिल की गहराइयों में से निकल रहा है। उपनिषद् के श्लोक के बाद उन्होंने गीता के दो श्लोक पढ़े :

"आपूर्यमाणम् अचल प्रतिष्ठम्...

सभासद साथ-साथ गुनगुनाने लगे। कुछ लोग उच्चारण में पीछे छूट गए, इस कारण वानप्रस्थीजी के पढ़ चुकने के बाद भी सभा में से कुछ देर तक गुनगुनाती आवाज़ें आती रहीं।

अन्त में शान्तिपाठ हुआ और सारा हॉल पुरुष-स्त्रियों के कंठ से गूँजने लगा। क्योंक शान्ति पाठ का मन्त्र सभी को कंठस्थ था :

ऊँ द्यौ शान्ति पृथ्वी, शान्तिरापः
शान्तिरौषधयः, शान्ति वनस्पतिः

सचमुच ऐसा जान पड़ने लगा जैसे शान्ति का लौकिक प्रभाव वायुमंडल में छाने लगा है, चारों ओर शान्ति व्यापने लगी है, और इन मुक्त कंठों से निकलनेवाली शान्ति की ध्वनि घर-घर तक पहुँच रही है। 'अन्तिम आहुति' में सचमुच सभी को बड़ा आनन्द आता था। मन्त्रोचारण के बाद एक प्रार्थना का गीत गाया जाता और उसमें भी समस्त चर-अचर जगत के सुख की कामना की जाती। ताली बजा-बजाकर वानप्रस्थीजी गा रहे थे :

"सब पर दया करो भगवान
सब पर कृपा करो भगवान..."

पुण्यात्माजी के आग्रह पर सत्संग में परम्परागत आरती का गायन बहुत कम कर दिया गया था, क्योंकि उसमें 'मैं मूरख, खल कामी' जैसे शब्दों का प्रयोग किया गया था जो वानप्रस्थीजी के विचारानुसार हीन भावना पैदा करते थे, उसी तरह किन्हीं खन्नाजी का लिखा हुआ वह गीत भी निकाल दिया गया था जिसमें 'हम सब ही पुत्त कपुत्त तेरे' की चर्चा की गई थी जो वानप्रस्थीजी को मंजूर नहीं था।

'अन्तिम आहुति' समाप्त हुई। इसके बाद सभा को विसर्जित हो जाना

चाहिए था परन्तु सभासद बैठे रहे क्योंकि मन्त्रीजी को कोई ज़रूरी सूचना देनी थी। मन्त्रीजी उठे पर उठकर उन्होंने केवल इतना ही कहा कि सभा-विसर्जन के बाद अन्तरंग सभा के सदस्य कृपया बैठे रहें, एक ज़रूरी विषय पर विचार करना है। इस ज़रूरी विषय के बारे में भी सभासदों को खटका पहले से था, वानप्रस्थीजी के भाषण में भी बार-बार इस विषय का संकेत मिलता रहा था, यहाँ तक कि प्रवचन देते समय वानप्रस्थीजी स्वयं अत्यधिक विचलित और भावोद्वेलित हो उठे थे, उनका चेहरा तमतमाने लगा था और होंठ भड़भड़ाने लगे थे, विशेष रूप से जब उन्होंने आवाज़ ऊँची उठाकर मर्मभेदी आवाज़ में ये पंक्तियाँ पढ़ी थीं :

"फैलाए घोर पाप यहाँ मुसलमीन ने
नेअमत फ़लक ने छीन ली, दौलत ज़मीन ने।"

इसलिए सभी लोग जानते थे कि अन्तरंग सभा किस विषय पर विचार करने जा रही है।

मन्त्री जी की सूचना के बाद लोग उठने लगे। सभा विसर्जित होने लगी। लोग मन्दिर के सात दरवाज़ों में से निकल-निकलकर बरामदे में अपना-अपना जूता खोजकर पहनने लगे। कुछ लोग मन्दिर में प्रवेश करते समय जान-बूझकर दाएँ पैर का जूता एक दरवाज़े के सामने और बाएँ पैर का जूता तीसरे या चौथे दरवाज़े के सामने छोड़ देते थे ताकि सत्संग के बाद जूतों का पुनः मिल जाना सुनिश्चित हो सके। इसलिए बरामदे में थोड़ी देर के लिए भीड़-सी बनी रही। यों भी सभा-विसर्जन के बाद दो-दो चार-चार आदमी बरामदे में खड़े बतियाते रहा करते थे, और आज तो शहर की स्थिति की चर्चा हर एक की ज़बान पर थी। वानप्रस्थीजी अपने मर्मस्पर्शी भाषण के बाद अभी भी वेदी पर ही बैठे थे। वह अभी भी उत्तेजित जान पड़ रहे थे और उनका चेहरा दमक रहा था।

तभी आँगन में से कुछ लोग मन्दिर के अन्दर आते दिखाई दिए। बरामदे में खड़े छिटपुट लोग उन्हें पहचान गए। वे शहर की अन्य हिन्दू धार्मिक संस्थाओं के गण्यमान अधिकारी थे। उनके पीछे पाँच-सात सिख सज्जन भी अन्दर आते दिखाई दिए। वे स्थानीय बड़े गुरुद्वारे में से आए थे। इन्हें भी अन्तरंग सभा की बैठक में भाग लेने के लिए न्योता दिया गया था।

अन्तरंग सभा की बैठक शुरू हुई। मन्त्रीजी ने जो दुबले-पतले किन्तु बड़े

जोशीले सज्जन थे, नगर की बिगड़ती स्थिति का ब्यौरा दिया, कुछ उड़ती अफ़वाहों की भी चर्चा की, मस्ज़िद के सामने पाई गई सुअर की लाश का भी ज़िक्र किया। यह भी बताया कि जामा मस्ज़िद में लाठियाँ, भाले और तरह-तरह का असला बहुत दिनों से इकट्ठा किया जा रहा है। नगर की स्थिति का ब्यौरा देने के बाद मन्त्रीजी ने विषय पर गम्भीरता से विचार करने और अपने-अपने सुझाव पेश करने का अनुरोध किया।

"यहाँ पर बैठना उचित नहीं है।"

आवाज़ वानप्रस्थीजी की थी, जो वेदी पर बैठे अपना हाथ उठाकर बड़ी गम्भीरता से कह रहे थे, "इस विषय पर किसी दूसरी जगह बैठकर विचार करना चाहिए।"

और वानप्रस्थीजी वेदी पर से उतर आए, और मन्दिर के पिछवाड़े की ओर हो लिए। अन्तरंग सभा के सभी सदस्य भी उनके पीछे-पीछे जाने लगे। मन्दिर के पिछवाड़े से सीढ़ियाँ चढ़कर वानप्रस्थीजी सभी को एक छोटे से कमरे में ले गए जहाँ मन्दिर का साज-सामान रखा रहता था और कुछ एक कुर्सियाँ और बेंच रखे रहते थे।

सभी लोगों के बैठ जाने पर पुण्यात्माजी धीर-गम्भीर आवाज़ में बोले, "सबसे पहले अपनी रक्षा का प्रबन्ध किया जाना चाहिए। सभी सदस्य अपने-अपने घर में एक-एक कनस्तर कड़वे तेल का रखें, एक-एक बोरी कच्चा या पक्का कोयला रखें। उबलता तेल शत्रु पर डाला जा सकता है, जलते अंगारे छत पर से फेंके जा सकते हैं..."

सदस्य ध्यान से सुनते रहे। बात दो-टूक थी लेकिन वानप्रस्थीजी के मुँह से सुनते हुए कुछ लोगों को तनिक झेंप हुई। अधिकांश सदस्य व्यापारी लोग थे और बड़ी उम्र के थे, कुछ नौकरीपेशा थे, दो-एक वकील थे। चिन्तित तो सभी थे लेकिन वानप्रस्थीजी की तरह उत्तेजित नहीं थे। उन्हें अभी तक पूरी तरह से विश्वास नहीं हो पाया था कि शहर की स्थिति यहाँ तक बिगड़ चुकी है कि घरों में तेल के कनस्तर रखने की नौबत आ गई है। वे अभी भी समझते थे कि छोटी-मोटी घटनाओं के बाद सरकार स्थिति पर काबू पा लेगी, शरारत को दबा देगी और फ़साद नहीं होने देगी।

इस पर एक सज्जन ने मन्त्रीजी से पूछा, "युवक समाज का काम ठंडा पड़ा हुआ है। देवव्रतजी को आपने और कामों में लगा रखा है। मैं समझता

हूँ युवकों को लाठी सिखाने का काम फौरन शुरू कर देना चाहिए। दो सौ लाठियाँ आज ही मँगवाकर बाँट दी जाएँ।''

इस पर सभा के दानवीर प्रधानजी, जो शहर के जाने-माने व्यापारियों में से थे, सिर हिलाकर बोले, ''यह रकम मैं दूँगा। आप आज ही दो सौ लाठियाँ मँगवाकर युवकों को बाँट दें।''

'वाह, वाह!' की आवाज़ सुनाई दी। उपस्थित सज्जनों ने प्रधानजी की उदारता की भूरि-भूरि प्रशंसा की। बीच में से एक सदस्य की आवाज़ आई, यही तो हम हिन्दुओं में बहुत बड़ी कमज़ोरी है। हम प्यास लगने पर कुआँ खुदवाते हैं। आज जब हालत बिगड़ रही है और मुसलमान जामा मस्ज़िद में असला इकट्ठा कर रहे हैं, हम लाठियाँ ख़रीदने जा रहे हैं।''

इस पर मन्त्रीजी छूटते ही बोले, ''इस विषय पर चर्चा की आवश्यकता नहीं है, युवक समाज पूरी तरह से सक्रिय है। और इस ओर पूरा-पूरा ध्यान दिया जा रहा है। स्वयं वानप्रस्थीजी तन-मन के साथ इस काम में रुचि ले रहे हैं। पठन-पाठन और हवनयज्ञ के अतिरिक्त वानप्रस्थीजी हिन्दू संगठन के पुण्य कार्य में बड़ी लगन के साथ काम कर रहे हैं। लेकिन प्रधानजी के सुझाव का मैं स्वागत करता हूँ, उनकी उदारता के ही बल पर हमारे अनेक काम सम्पन्न हो रहे हैं। हमें अपनी तैयारी में कोई कमी नहीं आने देनी चाहिए।''

तभी बाहर से आए सज्जनों में से एक वयोवृद्ध सज्जन, जो देर से अपनी छड़ी पर ठुड्डी रखे बैठे थे और जिन्होंने एक-एक करके अपनी दोनों टाँगें कुर्सी पर चढ़ा ली थीं, अपनी पतली तीखी आवाज़ में बोले, ''भरावो, यह सब ठीक है, पर मैं कहूँगा, डिप्टी-कमिश्नर के पास जाओ। डिप्टी-कमिश्नर से मिलो। पानी भी न पियो और डिप्टी-कमिश्नर से मिलो। यह बखेड़ा यहाँ ख़त्म होनेवाला नहीं है। उससे मिलो और उसे समझाओ कि हिन्दुओं के जान-माल को बहुत ख़तरा है।''

''डिप्टी-कमिश्नर के पास जाना आवश्यक है, ज़रूर, लेकिन लालाजी, अपनी रक्षा तो अपने हाथों होगी।'' वानप्रस्थीजी ने कहा।

''ओ महाराज, बच्चों को लाठी चलाना ज़रूर सिखाओ, नेजा और तलवार चलाना भी सिखाओ, सूरमा बन जाएँगे हमारे बेटे, पर सबसे पहले डिप्टी-कमिश्नर से मिलो, उससे कहो कि शहर में फ़साद नहीं होने दे। डिप्टी-कमिश्नर का बड़ा दबदबा है। वह चाहे तो चिड़ी नहीं फड़क सकती।''

"आज इतवार है, डिप्टी-कमिश्नर नहीं मिलेगा।" मन्त्रीजी ने कहा।

"मैं कहता हूँ घर पर जाकर मिलो। यही वक़्त है। यहीं से कुछ लोग उठकर सीधे डिप्टी-कमिश्नर से मिलने चले जाओ।"

इस पर एक सिख सज्जन ने सूचना देते हुए कहा, "मैंने सुना है एक वफ्द पहले से डिप्टी-कमिश्नर से मिलने चला गया है।"

"कौन लोग हैं उसमें?"

"उसमें कुछ कांग्रेसी हैं, कुछ लीगी हैं और कुछ शहर के और लोग हैं।"

थोड़ी देर तक चुप्पी छाई रही।

"वह वफ्द क्या करेगा? हिन्दुओं-सिखों को अलग से जाकर मिलना चाहिए। उसे तो यह बताना है कि देखो मुसलमान क्या कर रहे हैं, अगर मुसलमान भी साथ होंगे तो तुम डिप्टी-कमिश्नर को क्या कह सकते हो? यह सारा काम कांग्रेसियों ने बिगाड़ा हुआ है। उन्होंने ही मुसलों को सिर पर चढ़ा रखा है।"

"शरारत तो बहुत बढ़ रही है, इसमें तो शक नहीं।" एक सिख सज्जन बोले, "सुना है एक गाय भी काटी गई है। माई सत्तो की धर्मशाला के बाहर उसके अंग फेंके गए हैं। मैं नहीं जानता कहाँ तक यह ख़बर ठीक है, लेकिन सुनने में ज़रूर आया है।"

इस पर वानप्रस्थीजी का चेहरा तमतमाने लगा, और उनकी आँखों में ख़ून उतर आया, पर वह कुछ बोले नहीं, चुपचाप अपनी उत्तेजना को दबाते हुए मौन बैठे रहे।

"गो-वध हुआ तो यहाँ ख़ून की नदियाँ बह जाएँगी।" मन्त्रीजी उत्तेजित होकर बोले।

कुछ देर तक सभी चुप रहे। अगर यह बात सचमुच ठीक है तो इसके पीछे गहरी शरारत है। मुसलमान जो न करे कम है।

इस पर शहर के हिन्दू-सिखों को व्यापक रूप से संगठित करने, आत्मरक्षा की साक्षी योजना बनाने के लिए सुझावों पर विचार किया जाने लगा।

"मुहल्ला-कमेटियों की क्या स्थिति है?" एक सज्जन ने पूछा।

"यहाँ मुहल्ला-कमेटियाँ बनाना बड़ा मुश्किल काम है। सभी मुहल्लों में मुसलमान घुसे बैठे हैं। यह शहर ही इस बेढब्बे से बना है कि हर मुहल्ले में हिन्दू भी रहते हैं, और मुसलमान भी रहते हैं। मुहल्ला-कमेटियाँ क्या

बनाओगे—हर बात की ख़बर मुसलमानों को हो जाती है। 1926 के फ़सादों के बाद दो-तीन मुहल्ले ऐसे बने हैं जिनमें हिन्दुओं ने आँखें खोलकर मकान बनवाए हैं, जैसे नया मुहल्ला, राजपुरा, आदि, जो अलग से हिन्दुओं-सिखों के हैं, वरना सभी में मुसलमान घुसे हुए हैं।''

मुहल्ला-कमेटियों के बारे में देर तक गम्भीरता से विचार हुआ। एक उपसमिति भी बनाई गई जो फ़ौरन इन मुहल्ला-कमेटियों के साथ सम्पर्क स्थापित करे। ऐसी योजना पर भी विचार किया जाने लगा कि ख़तरे के वक़्त यह सम्पर्क कैसे क़ायम रहे।

तभी एक वयोवृद्ध सज्जन ने सुझाव दिया, ''शिवाले पर लगे घड़ियाल की जाँच भी करवा लीजिए।''

''क्यों? उसे क्या हुआ है?''

''यों ही, एहतियात के लिए। रात के वक़्त ही ख़तरे की घंटी बजानी पड़ जाए तो कम से कम वह काम तो करता हो। यह न हो कि रस्सी खींचो तो रस्सी ही टूट जाए। घड़ियाल ही न बजे।''

शहर के ऐन बीचोबीच एक टीले पर स्थित शहर का पुराना मन्दिर था। उसी को लोग शिवाला कहते थे। आसपास दूकानें थीं। वहीं पर मन्दिर के ऊपर यह घड़ियाल भी किसी ज़माने में लगाया गया था।

''अर्सा भी तो बहुत हो चुका है,'' वयोवृद्ध कह रहे थे, ''1927 में लगवाया था, या शायद इससे भी पहले।''

इस पर एक सज्जन के मुँह से सहसा निकल गया, ''न ही बजे तो अच्छा है, भगवान कभी न बजवाए!''

''इसी भाव ने हमें कायर बना दिया है।'' वानप्रस्थीजी तुनककर बोले, ''बात-बात पर ख़तरे से डरना। इसी कारण म्लेच्छ हमारी खिल्ली उड़ाते हैं, हमारे युवकों को 'कराड़' और 'बनिया' कहकर पुकारते हैं।''

लोग फिर चुप हो गए। धारणाएँ ज़रूर सभी उपस्थित लोगों की एक जैसी थीं लेकिन वे वानप्रस्थीजी की भाँति उत्तेजित नहीं थे। वे भी मानते थे कि मुसलमान शरारत करेंगे, लेकिन वे यह भी नहीं चाहते थे कि फ़साद फूट पड़े क्योंकि इससे सचमुच हिन्दू-सिखों की जान और माल को ख़तरा था।

दूर तक उपायों और साधनों पर विचार होता रहा। रक्षा-सम्बन्धी उपायों पर भी और फ़साद को रोकने के उपायों पर भी। अनेक सुझाव पेश किए

गए : मुहल्ला-कमेटियाँ बनाई जाएँ, वालंटियर कोर बनाई जाए जो शहर के सभी हिन्दुओं-सिखों के संगठनों के बीच सम्पर्क रखे, कड़वे तेल के अतिरिक्त रेत और पानी का इन्तज़ाम किया जाए। इस गम्भीर विचार-विमर्श के बीच बार-बार, किसी राग की स्थायी पंक्ति की भाँति वयोवृद्ध अपना सुझाव बार-बार दोहरा देते, "ओ भरावो, डिप्टी-कमिश्नर से मिलो। पानी भी न पियो, डिप्टी-कमिश्नर से मिलो। यहीं से उठकर कुछ लोग उसके पास चले जाओ। मैं भी साथ चलने के लिए तैयार हूँ।..."

अन्त में यही तय पाया कि मन्त्रीजी पीछे रुक जाएँ, तेल और कोयला और लाठियों से सम्बन्धित निर्णयों के बारे में घर-घर चपरासी भेजकर सदस्यों को सूचित करें, अन्य संगठनों से सम्पर्क स्थापित करें, चौकीदारों के लिए गोरखों का प्रबन्ध करें, शिवालेवाले घड़ियाल की मरम्मत के लिए सनातन धर्म सभा के मन्त्रीजी से बात करें, युवक सभा को चौकस करें, जबकि अन्तरंग-सभा की बैठक में भाग लेनेवाले अन्य सभी सज्जन उसी वक़्त ताँगों पर बैठकर डिप्टी-कमिश्नर के बँगले की ओर रवाना हो जाएँ—वानप्रस्थीजी को छोड़कर, क्योंकि आध्यात्मिक उपदेश देनेवाले, और सफ़ेद बाना पहननेवाले वानप्रस्थी का यह काम नहीं है कि दुनियावी बखेड़ों में गृहस्थियों के पास घिसटते फिरें।

□□

घर पर पहुँचे तो दानवीर प्रधानजी को पता चला कि बेटा घर पर नहीं है। उनका माथा ठनका कि कहीं अभी से उस आँधी की लपेट में तो नहीं आ गया है जो इस शहर में उठनेवाली है।

जिस समय वह घर की ओर लौट रहे थे, उसी समय रणवीर अखाड़ा-संचालक मास्टर देवव्रत के पीछे-पीछे शहर की तंग गलियों में से एक गली के बाद दूसरी गली पार करता हुआ चला जा रहा था। मास्टर देवव्रत के बोझिल बूटों की टाप गलियों की दीवारों के साथ टकरा-टकराकर गूँज रही थी। और उनके पीछे-पीछे चलते हुए पन्द्रह साल के तरुण रणवीर के दिल में उमंगें लहरों की तरह उठ रही थीं और रोम-रोम पुलक रहा था। आज उसकी परीक्षा होगी और यदि वह परीक्षा में खरा उतरा तो उसे दीक्षा मिलेगी।

शहर की कोई गली सीधी नहीं थी। एक गली थोड़ी दूरी तक सीधी चलती, फिर कुछ गज की ही दूरी पर एक ओर टेढ़ी गली उसमें आ मिलती थी। दोनों ओर के इकहरे मकान उस पर झुके पड़ते थे, लगता, उन्हीं के बोझ से गली टेढ़ी हो गई है। कभी-कभी लगता अन्धी गली में पहुँच गए हैं, आगे चलकर गली बन्द मिलेगी। पर ऐन अन्त तक पहुँचने पर एक सँकरा-सा रास्ता बाईं या दाईं ओर को निकल गया होता। देवव्रत के पटपटाते बूट सभी गलियों को पहचानते थे।

रणवीर उम्र में छोटा था, इसी कारण उसकी आँखों में अभी भी कुतूहल और सरल विश्वास झलकते थे, उसमें वह संजीदगी नहीं थी जो विशिष्ट परीक्षण के लिए जरूरी है। पर संजीदगी न सही, उत्साह तो था, मास्टरजी के आदेश पर मर मिटने की क्षमता तो थी, दृढ़ संकल्प तो था।

रणवीर, जब इससे भी छोटा था तो मन्त्रमुग्ध-सा मास्टरजी के मुँह से वीरों की कहानियाँ सुना करता था—जब राणा प्रताप की आधी बची हुई रोटी बिल्ली खा गई थी और उन्हें पहली बार अपनी निःसहाय स्थिति का बोध हुआ था। शहर के आस-पास के पहाड़ों को देखता तो उन पर उसे कभी चेतक घोड़ा दौड़ता नज़र आता, कभी किसी चट्टान पर घोड़े की पीठ पर बैठे शिवाजी नज़र आते, दूर तुर्कों के लश्करों की ओर देखते हुए, जब शिवाजी म्लेच्छ सरदार से बगलगीर हुए थे। मास्टरजी ने ही रस्सी में तरह-तरह की गाँठें लगाना सिखाया था, मकान की दीवार फाँदकर ऊपर चढ़ना, अग्निबाण और मेघबाण के गुण बताए थे।

"हवा में छोड़ा हुआ अग्निबाण आगे बढ़ता है, उसकी नोक घर्षण के कारण चमकती है, उसमें से अंगारे फूटते हैं। महाभारत के युद्ध में ऐसा ही अग्निबाण छोड़ा गया था। हवा को काटता चला जा रहा था। फिर वह कौरवों के एक योद्धा की ढाल से जा लगा, ढाल में से अंगारे फूटने लगे। पर तीर फिर भी आगे बढ़ता गया। अग्निबाण की यही विशेषता है, वह गिरता नहीं। वह बाण घूमता है, समस्त रणभूमि में घूमता है, घूमता है और चारों ओर से आग की लपटें उठने लगती हैं। कहीं किसी योद्धा के मुकुट को छू लिया, वहाँ आग की लपट निकलने लगी; किसी रथ के छत्र से जा लगा, छत्र जलने लगा। चारों ओर घूमता हुआ बाण उस समय तक घूमता रहता है जब तक धू-धू करके चारों ओर आग नहीं जलने लगती है। फिर बाण लौट आता है,

शत्रु की छावनी को जलाकर विजयी सैनिक की भाँति, उसमें से प्रकाश फूट रहा होता है, देखते ही आँखें चुँधिया जाती हैं, हवा को चीरता हुआ आता है, लगता है हवा को आग लगाता जा रहा है...''

मास्टरजी के ही मुँह से उसने सुना था कि वेद में सब लिखा है, विमान बनाने का ढंग, बम बनाने का ढंग। उन्हीं के मुँह से योगशक्ति की महिमा भी सुनी थी। ''जिस मनुष्य में योगशक्ति है वह सब कुछ कर सकता है। हिमालय की तलहटी पर एक योगीराज योग साधना कर रहे थे। उन्हें सिद्धि प्राप्त थी। एक दिन जब वह समाधि में थे तो एक म्लेच्छ उनकी समाधि भंग करने के लिए वहाँ जा पहुँचा। म्लेच्छ तो गन्दे लोग होते हैं, म्लेच्छ नहाते नहीं, पाखाना करके हाथ नहीं धोते, एक-दूसरे का झूठा खा लेते हैं, समय पर शौच नहीं जाते, तो वह गन्दा म्लेच्छ योगीजी के सामने खड़ा उन्हें घूरता रहा। उसकी कलुषित छाया पड़ने की देर थी कि योगीजी ने अपने नेत्र खोले, आँखों में से ऐसी दैवी ज्योति निकली कि म्लेच्छ वहीं खड़ा-खड़ा भस्म हो गया।...''

रणवीर की आँखों के सामने बार-बार म्लेच्छ घूम जाते थे। पड़ोस में सड़क के किनारे बैठा मोची म्लेच्छ है, घर के सामने टाँगा हाँकनेवाला गाड़ीवान म्लेच्छ है, मेरी ही कक्षा में पढ़नेवाला हमीद म्लेच्छ है, गली में मंजीफा माँगनेवाला फकीर म्लेच्छ है। पड़ोस में रहनेवाला परिवार म्लेच्छों का है। वैसा ही कोई म्लेच्छ योगीराज की साधना भंग करने हिमालय पर जा पहुँचा होगा। आज अपने आठ साथियों में से अकेले रणवीर को दीक्षा के लिए चुना गया था। देवव्रतजी से सभी को डर लगता था। वह ख़ाकी निक्कर के नीचे काले रंग के डबल बूट पहनते थे, और कड़कड़ी आवाज़ में बोलते थे, और किसी को भी किसी समय धुन सकते थे। पर यह परीक्षण गुप्त था, केवल दीक्षित युवक ही इसके बारे में कुछ जानते थे, और वे कभी भी इसके रहस्य नहीं बतलाते थे।

गलियाँ उजड़ी हुई-सी लगती थीं। एक जगह रणवीर को लगा जैसे कुछ दूरी पर गली अन्धकार के घने पुंज में खो गई है। परन्तु पास पहुँचने पर पता चला कि किसी घर की दीवार टूटी हुई थी और खप्पे में से अँधेरा झाँक रहा था।

एक जगह देवव्रतजी के क़दम रुक गए। रणवीर का दिल अभी भी उत्साह और उमंग से बल्लियों उछल रहा था। हालाँकि इस निर्जन गली में

पहुँचकर वह कुछ सहम-सा गया था। लम्बी दीवार में एक धूसर-सा दरवाज़ा था, जो भिड़ा हुआ था। मास्टरजी ने हाथ बढ़ाकर दरवाज़े को धकेलकर खोल दिया।

सामने एक चौड़ा-सा आँगन था जिसके पार एक कोठरी के दरवाज़े पर टाट का पर्दा लटक रहा था। आँगन में बाईं ओर ईंटों, पत्थरों का ढेर लगा था। रणवीर को यह जगह बड़ी बीहड़-सी लगी।

आँगन पार करके मास्टरजी ने कोठरी के दरवाज़े को थपथपाया। अन्दर कोई खँखारा, फिर किसी के क़दमों की आहट सुनाई दी।

"मैं हूँ देवव्रत।"

दरवाज़ा खुला। सामने स्कूल का बूढ़ा गोरखा चौकीदार खड़ा था। दरवाज़ा खोलते ही उसने हाथ बाँध दिए।

कोठरी के अन्दर अँधेरा था। उसमें एक ओर खाट बिछी थी और उस पर मैली-सी दरी बिछी थी। दाईं ओर दीवार के सहारे एक लाठी रखी थी। पास ही एक चिलम उल्टी रखी थी। दीवार में खूँटी से चौकीदार का खाकी रंग का लम्बा गरम कोट टँगा था और उसी के ऊपर, उसी खूँटी के सहारे काले रंग की म्यान में बन्द किरच लटक रही थी।

इतने में बाईं ओर से मुर्गियों के कुड़कुड़ाने की आवाज़ आई। रणवीर ने गर्दन घुमाकर देखा। एक बड़ी-सी टोकरी में पाँच-छह सफ़ेद रंग की मुर्गियाँ बन्द थीं।

रणवीर को बाजू से पकड़कर मास्टरजी पिछले आँगन में ले आए। यह आँगन छोटा था और दूसरी ओर साथवाले मकान की ऊँची दीवार खड़ी थी। गोरखा एक हाथ में एक मुर्गी उठाए दूसरे हाथ में छुरा लिये उनके पीछे-पीछे चला आया।

"इधर दीवार के पास बैठ जाओ रणवीर, और इस मुर्गी को काटो। दीक्षा से पहले तुहें अपनी मानसिक दृढ़ता का परिचय देना होगा।"

उन्होंने रणवीर को बाजू से पकड़ा और उसे आगे ले आए, "आर्य युवकों के लिए मनसा वाचा कर्मणा तीनों प्रकार की दृढ़ता की ज़रूरत है। छुरी हाथ में लो और उधर बैठ जाओ।"

रणवीर को लगा जैसे सहसा चारों ओर भयानक चुप्पी छा गई है, भयानक सन्नाटा। दाईं ओर टूटी ईंटों का ढेर था जिस पर जगह-जगह मुर्गियों

के पंख बिखरे पड़े थे। ढेर के पास नीचे पत्थर की एक सिल थी जो मुर्गियों के ख़ून से काली पड़ गई थी।

"इधर बैठ जाओ। मुर्गी का एक पैर अपने दाएँ पैर के नीचे दबा लो।" रणवीर के हाथ में छुरा देते हुए उन्होंने मुर्गी के दोनों पंख पकड़कर एक-दूसरे में खोंस दिए। एक पंख के नीचे दूसरा पंख खोंसा, फिर ऊपरवाले पंख को मरोड़कर पहले पंख के नीचे दे दिया। मुर्गी ज़ोर से कुड़कुड़ाई। पर पंख बँध जाने से उसका फड़फड़ाना बन्द हो गया।

"लो पकड़ो।" मास्टरजी ने कहा और रणवीर के पास बैठ गए। "अब चलाओ छुरी।"

पर रणवीर के माथे पर पसीना आ गया और उसका चेहरा बुरी तरह से पीला पड़ गया था। मास्टरजी समझ गए कि उसे मतली आनेवाली है।

"रणवीर!" उन्होंने चिल्लाकर कहा और एक सीधा थप्पड़ उसके गाल पर दे मारा। रणवीर दोहरा होकर ज़मीन पर आ गिरा। उसका सिर बुरी तरह से चकरा रहा था। गोरखा अभी भी उसके पीछे खड़ा था। रणवीर को रुलाई आ रही थी और वह बुरी तरह से व्याकुल हो उठा था। लेकिन थप्पड़ खाने से उसकी मतली बहुत कुछ जाती रही थी।

"उठो, रणवीर।" मास्टरजी ने डपटकर कहा।

रणवीर उठा और बोझिल, त्रस्त आँखों से मास्टरजी की ओर देखने लगा।

"इसमें कुछ भी मुश्किल नहीं है। लो, मैं तुम्हें दिखाता हूँ।"

और उन्होंने मुर्गी का पैर अपने दाएँ बूट के नीचे दबाया। मुर्गी की आँखें पहले से मुँदने लगी थीं। मास्टरजी ने उसका गला अपने बाएँ हाथ में लिया और छुरी को केवल एक ही बार उसके गले पर फेर दिया। ख़ून की धार फूट पड़ी। कुछ बूँदें मास्टरजी के बाएँ हाथ पर भी पड़ीं। पर मास्टरजी ने मुर्गी को छोड़ा नहीं। मुर्गी का सिर तो अलग होकर उनके बूट के पास ही पड़ा था लेकिन मास्टरजी बाएँ हाथ से उसकी गर्दन की नली को नीचे की ओर दबाए रहे। सफ़ेद-सी नली बाहर आने के लिए उछल रही थी जिसे मास्टरजी अपने बाएँ हाथ के अँगूठे से दबाए हुए थे। मुर्गी का सारा शरीर काँप रहा था। मास्टरजी ज़ोर से नली को दबाए रहे और कुछ ही देर के बाद मुर्गी का बदन स्थिर हो गया, और ख़ून से सने मुट्ठी-भर पंख रणवीर के सामने पड़े

रह गए। मास्टरजी ने मुर्गी को एक ओर फेंक दिया और उठकर खड़े हो गए।

"अन्दर से एक और मुर्गी ले आओ।" उन्होंने गोरखा से कहा।

तभी उन्होंने देखा कि रणवीर ने वहीं बैठे-बैठे कै कर दी है और दोनों हाथों से अपना सिर पकड़े बैठा हाँफ रहा है। मास्टरजी का मन हुआ कि एक थप्पड़ रसीद कर दें, पर चुप खड़े रहे। थोड़ी देर तक चुपचाप खड़े रहने के बाद धीमी आवाज़ में बोले, "एक और अवसर तुम्हें दिया जाता है। जो युवक एक मुर्गी को नहीं मार सकता वह शत्रु को कैसे मार सकता है।"

थोड़ी देर तक हाँफते रहने के बाद रणवीर थोड़ा हल्का महसूस करने लगा। पेट में जो अकुलाहट पैदा हुई थी वह धीरे-धीरे शान्त होने लगी।

"पाँच मिनट तुम्हें और दिए जाते हैं। इस बीच भी अगर तुम इसे नहीं काट पाए तो तुम्हें दीक्षा नहीं दी जाएगी।"

और मास्टरजी घूमकर कोठरी के अन्दर चले गए।

पाँच मिनट बाद जब देवव्रतजी कोठरी में से निकलकर आए तो एक मुर्गी दीवार के पास छटपटा रही थी और ख़ून के छींटे उड़ रहे थे। रणवीर अपना दायाँ हाथ घुटनों के बीच दबाए बैठा था, जिसे देखकर मास्टरजी समझ गए कि मुर्गी ने हाथ पर चोंच मारी है और रणवीर केवल उसे ज़ख्मी कर पाया है, उसकी गर्दन पूरी तरह से काट नहीं पाया। रणवीर बड़ी कठिनाई से मुर्गी को दबोच पाया था और जैसे-तैसे उसकी हिलती गर्दन पर ही छुरा चला दिया था। और फिर ख़ून निकलता देखकर ही रणवीर ने उसे छोड़ दिया था।

मुर्गी बार-बार ज़मीन पर से उछल रही थी। एक-एक गज़ ऊँची उछलती और नीचे गिरने पर उसके पंख और भी बिखर-से जाते और गर्दन में से रिसते ख़ून से ज़मीन पर एक और चित्ता पड़ जाता था। और मुर्गी फिर से उछलती। और ख़ून के छींटे उड़ने लगते।

पर रणवीर परीक्षा में उत्तीर्ण हो गया था!

"उठो रणवीर!" मास्टरजी ने कहा, और पास आने पर रणवीर की पीठ थपथपा दी। "शाबाश! तुममें दृढ़ता है, संकल्प-शक्ति है, भले ही हाथ में ताक़त अधिक नहीं है। तुम दीक्षा के अधिकारी हो।" कहते हुए मास्टरजी ज़मीन की ओर झुके और पत्थर की सिल पर पड़े ख़ून से अपनी उँगली भिगोकर रणवीर के माथे पर ख़ून का टीका लगा दिया।

रणवीर अभी भी बेसुध-सा खड़ा था, उसका सिर अभी भी चकरा रहा था, लेकिन अर्द्ध-चेतन में भी मास्टरजी का वाक्य सुनकर उसे सन्तोष हुआ।

□□

अन्य सभी चीज़ों का प्रबन्ध कर लिया गया था। पर युवकों को तेल उबालने के लिए बड़ी कड़ाही नहीं मिल रही थी। खिड़की के दासे पर तीन चाकू, एक छुरा, एक छोटी-सी किरपान साथ-साथ जोड़कर रख दिए गए थे। कमरे के एक कोने में दस लाठियाँ रखी थीं जिनके सिर पर पीतल की मूठ और नीचे मेखें गाड़ दी गई थीं। दीवार के साथ, एक के साथ एक तीन तीर-कमान लटक रहे थे। बोधराज लेटकर बाण चला सकता था, शब्दबेधी बाण चला सकता था, शीशे में अक्स देखकर बाण चला सकता था, लटकती रस्सी को निशाना बना सकता था। बाणों के सिर पर लगाने के लिए वह धातु की तिकोन नोकें बनवा लाया था और अपने साथियों से उनकी सम्भावनाएँ बयान करता रहा था, "इसकी नोक पर संखिया रगड़ दें तो यह विषवाण बन जाएगा; इसके आगे मुश्क काफूर लगा दें तो अग्निबाण बन जाएगा, जहाँ चोट करेगा वहीं आग निकलेगी, नीला थोथा लगा दें तो बाण जहाँ लगेगा वहीं उसमें से ज़हरीली गैस निकलेगी।

धर्मदेव कहीं से ख़ाली कारतूसों की पेटी उठा लाया था, उसे भी दीवार पर लटका दिया गया था, ताकि सभी ओर से शस्त्रास्त्रों का आभास मिलता रहे। रणवीर ने कमरे के अन्दर ही दरवाज़े के ऊपर बड़े-बड़े अक्षरों में 'शस्त्रागार' शब्द लिख दिया था।

पर वानप्रस्थीजी ने तेल के विषय में जो आदेश भेजा था उसे अभी तक कार्यान्वित नहीं किया जा सका था। युवक संघ के सदस्यों में से किसी के भी घर में इतनी बड़ी कड़ाही नहीं थी जिसमें पूरा एक कनस्तर तेल उबाला जा सके। यों तेल का कनस्तर मुहय्या कर लिया गया था जो एक ओर दीवार के साथ रखा था। इसके लिए सभी युवकों ने चार-चार आने जमा किए थे और बाकी कुछ पैसे बाद में अदा करने का वचन देकर कनस्तर पंसारी की दूकान से उठा लाए थे। तेल की कड़ाही मन्दिर में भी नहीं थी जहाँ आए दिन सहभोज हुआ करते थे।

तभी संगठन के नायक, बोधराज को एक विचार सूझा, कड़ाही हलवाई

की दूकान पर से लाई जा सकती है।

"पर उसकी दूकान पर ताला चढ़ा है।"

"हलवाई रहता कहाँ पर है?"

"नए मुहल्ले में रहता है।"

"किसी ने उसका घर देखा है?"

बोधराज ने स्वयं देखा था लेकिन वह नायक की हैसियत से इस समय यह छोटा काम अपने ऊपर नहीं लेना चाहता था।

तभी रणवीर ने आगे बढ़कर कहा, "दूकान का ताला तोड़ दो।"

युवकों के बदन में झुरझुरी हुई, परन्तु सुझाव समय के अनुरूप था।

नायक कुछ देर तक छत की ओर ताक़ता खड़ा रहा। गुट का संचालन बड़ी जिम्मेदारी का काम है, ताला तोड़ते हुए युवक पकड़ा नहीं जाना चाहिए। किसी की नज़र उस पर नहीं पड़नी चाहिए। नायक कमसरीट के बाबू मस्तराम का बेटा था और स्थानीय कालिज में फ़र्स्ट इअर में पढ़ता था। मंडली में यही एक युवक था जो दो जेबोंवाली फौज़ी कमीज़ पहनता था।

"हाँ, ताला तोड़ दो। मगर यह काम छिपकर करना होगा। कौन ताला तोड़ने जाएगा?"

"मैं जाऊँगा।" रणवीर ने आगे बढ़कर कहा।

नायक ने रणवीर को सिर से पाँव तक देखा, और सिर हिला दिया।

"तुम्हारा क़द छोटा है, ताला ऊपर को लगा होगा तो तुम्हारा हाथ भी नहीं पहुँचेगा।"

"नहीं, ताला नीचे लगा है, मैंने देखा है। मैंने कई बार देखा है।"

रणवीर बहुत बढ़-बढ़कर बात करता था, नायक को अखरता था। पर लड़का चुस्त भी था, बहुत तेज़ दौड़ता था, हर काम फुर्ती से करता था। इसमें अनुशासन की कमी थी।

नायक मन ही मन जानता था कि रणवीर जैसे भी होगा कड़ाही ले आएगा, लेकिन वह लापरवाही बरत सकता है, कहीं कोई भूल भी कर सकता है, जिससे मंडली के लिए ख़तरा पैदा हो सकता है।

"तुम और धर्मदेव दोनों जाओ।" नायक ने अपना निर्णय दिया, "लेकिन ध्यान रहे किसी को पता न चल पाए कि तुम ताला तोड़कर कड़ाही लाए हो। और उस वक़्त जाओ जब सड़क ख़ाली हो और दोनों एक साथ

नहीं जाओ, अलग-अलग जाओ।''

चौराहा पार करने पर ही नाले के पार बाईं ओर हलवाई की दूकान थी। दूकान के पीछे ही रणवीर को कुछ हिलता नज़र आया, उसे हलवाई की सफ़ेद पगड़ी नज़र आई। तो इसका मतलब है हलवाई आ गया है और दूकान खोलने जा रहा है। पर हलवाई वहीं पर दूकान के पीछे डोल रहा था। क्या बात है, हलवाई वहाँ पर खड़ा क्या कर रहा है? क्या यह हलवाई ही है या कोई और आदमी? कोई म्लेच्छ उसकी दूकान लूटने तो नहीं चला आया? रणवीर ने ध्यान से देखा। हलवाई ही था, अपनी दूकान का पिछला दरवाज़ा खोल रहा था।

सड़क ख़ाली थी। इस समय सड़क यों भी ख़ाली रहती थी, कोई इक्का-दुक्का खोमचेवाला आ जाए तो आ जाए, या कभी इक्का-दुक्का ताँगा। इस सड़क पर केवल शाम के वक़्त की रौनक होती थी।

दोनों युवक, बारी-बारी से सड़क पार कर गए।

''तुम उसे बातों में लगा लेना, मैं अन्दर से कड़ाही उठा लाऊँगा,'' रणवीर ने कहा।

''इसकी ज़रूरत ही नहीं होगी। वह हमारा हिन्दू भाई है, अपने आप दे देगा।''

''मैं उससे कड़ाही माँगूँगा, तू नहीं माँगना।''

''चल-बे-चल, बौने, तू अपने को समझता क्या है?''

पीछे की ओर से दोनों युवक दूकान की ओर बढ़े। दूकान का दरवाज़ा खुला था पर हलवाई बाहर नहीं खड़ा था। वह ज़रूर अन्दर चला गया होगा।

सड़क के किनारे रहते हुए भी दूकान के अन्दर अँधेरा था। तेल और घी और मैल से चीकट तख़्तों पर मक्खियाँ भिनभिना रही थीं। दूकान के अन्दर से समोसों की बू आ रही थी। रणवीर ने अन्दर से झाँककर देखा।

''क्या है?'' अन्दर से आवाज़ आई। ''आज दूकान बन्द है।''

दोनों युवक अन्दर दाखिल हो गए। एक ओर को खड़ा हलवाई मैदे का टीन बोरी में उँडेल रहा था। दरवाज़े के बाहर सहसा किसी का चेहरा देखकर ठिठक गया था।

''आओ-आओ।'' हलवाई ने मुस्कराकर कहा। ''आज कुछ भी नहीं बनाया। मैंने सोचा थोड़ी रसद निकालकर घर लेता जाऊँ। शहर की हवा

अच्छी नहीं है। बेटा तुम्हें भी घर बैठना चाहिए। बाहर नहीं घूमना चाहिए।''

''उठा लो वह कड़ाही।'' रणवीर ने धर्मदेव को हुक्म दिया।

धर्मदेव पिछली दीवार के साथ लगी कड़ाहियों की ओर बढ़ा।

''जाति की रक्षा के लिए कड़ाही ले जाई जा रही है। संकट समाप्त होने पर लौटा दी जाएगी।'' बात हलवाई की समझ में नहीं आई।

''क्या बात है? कौन हो तुम? किसलिए कड़ाही की ज़रूरत पड़ गई है? क्या कोई शादी-ब्याह है?''

पर दोनों में से किसी ने कोई जवाब नहीं दिया।

''बीचवाली कड़ाही उठा लो। वह सामने रखी है।'' रणवीर ने फिर कहा।

''ठहरो-ठहरो, बताओ तो बात क्या है? किधर ले जा रहे हो कड़ाही?''

''बाद में पता चल जाएगा। उठाओ जी कड़ाही।''

''वाह, ऐसे भी कोई करता है। न पूछा न माँगा, अपने-आप कड़ाही उठा ली। पहले बताओ बात क्या है, कौन हो तुम?''

तभी रणवीर ने अपने कुर्ते की जेब में हाथ डाला, और फिर चिल्लाकर बोला, ''तुम नहीं दोगे कड़ाही?'' और वह उछला।

पेश्तर इसके कि हलवाई कुछ कहे उसके दाएँ गाल पर ख़ून की धार बह रही थी। एक बार उछलने के बाद रणवीर का हाथ फिर कुर्ते की जेब में चला गया था। हलवाई दोनों हाथों से चेहरा ढाँपे पैरों के बल 'हाय-हाय' करता बैठ गया। ख़ून की बूँदें बराबर उसके गाल पर गिर-गिरकर फ़र्श पर पड़ रही थीं।

''इस बात का किसी को पता न चले वरना क़त्ल कर दिए जाओगे।''

धर्मदेव कड़ाही उठाए नाला पार कर गया था। रणवीर थोड़ा ठिठककर उससे थोड़ी दूरी पर आने लगा था। रणवीर सोच रहा था मारना मुश्किल नहीं है। इसे मैं आसानी से क़त्ल कर सकता था। हाथ उठाया और बस! हाँ, लड़ना मुश्किल होता है। वह भी जब अगला आदमी मुकाबला करने के लिए खड़ा हो जाए। पर छुरा घोंपकर मार डालना आसान काम है, इसमें कोई मुश्किल नहीं।

घर की ड्योढ़ी में पहुँचकर धर्मदेव रुक गया।

''तुमने उसे मारा क्यों?'' रणवीर के पहुँचने पर धर्मदेव ने पूछा।

“उसने हुज्जतबाज़ी क्यों की?”

पर धर्मदेव का गला सूख रहा था और ज़बान हकला रही थी, “अगर किसी ने देख लिया होता तो? अगर हलवाई चिल्लाना शुरू कर देता तो?” धर्मदेव ने थूक निगल पाने की व्यर्थ चेष्टा करते हुए कहा।

“हम किसी से डरते नहीं हैं। कर ले जो करना चाहता है। तुम भी कर लो जो करना चाहतो हो।”

रणीवर ने दबंग आवाज़ में कहा और सीढ़ियाँ चढ़ने लगा।

सात

"दफ़्तर में मिलने के बजाय आप लोग घर पर मिलने आए। ज़रूर कोई बहुत ही ज़रूरी काम रहा होगा।" रिचर्ड ने मुस्कराकर कहा।

चपरासी ने चिक उठा दी। नागरिकों के शिष्टमंडल के सदस्य एक-एक करके कमरे के अन्दर दाखिल हुए। रिचर्ड दरवाज़े के पास ही खड़ा रहा और कमरे में रखी कुर्सियों की ओर इशारा करता रहा और तैरती नज़र से शिष्टमंडल के सदस्यों की ओर देखता रहा। फिर मेज़ के पीछे कुर्सी पर जा बैठा और बैठते ही पेंसिल हाथ में ले ली। चार आदमी पगड़ियोंवाले थे, एक

सूमी टोपीवाला था, दो गांधी टोपी पहने थे। रिचर्ड ने शिष्टमंडल की बनावट से ही समझ लिया कि इनसे निबटता कठिन नहीं होगा।

''कहिए, मैं आपकी क्या खिदमत कर सकता हूँ?''

सदस्यों को डिप्टी-कमिश्नर की शिष्टता बहुत भली लगी। इससे पहले कमिश्नर तो सीधे मुँह बात भी नहीं करता था, उससे मिलना तक मुश्किल हुआ करता था।

अब तक रिचर्ड ने लगभग सभी सदस्यों का जायज़ा ले लिया था। पुलिस की रिपोर्टों से वह सियासी आदमियों के बारे में समझ गया था कि कौन-कौन होंगे। गांधी टोपीवाला वही ढीला-ढाला आदमी बख्शी होगा जो सोलह साल तक तेल काट चुका है। और वह नुक्कड़ में बैठा रूमी टोपीवाला हयात बख्श है, मुस्लिम लीग का कारकुन। साथ में मिशन कालिज का अमरीकी प्रिंसिपल हरबर्ट भी आया था। और ये लोग साथ में प्रोफेसर रघुनाथ को भी पकड़ लाए हैं, क्योंकि यह मेरा परिचित है। बाकी लोग विभिन्न संस्थाओं से आए होंगे।

रिचर्ड बख्शीजी को मुखातिब होकर बोला, ''मुझे ख़बर मिली है कि शहर के अन्दर तनाव पाया जाता है।''

''हम इसी सिलसिले में आपसे मिलने आए हैं।'' बख्शीजी बोले। बख्शीजी उत्तेजित थे, सुबह के सारे कार्यकलाप से वह खीझे हुए थे। अपनी पहलक़दमी पर पहले लीग के प्रधान के घर गए थे, फिर वहाँ बेरुखी देखकर, उन्होंने डिप्टी-कमिश्नर के पास ही शिष्टमंडल ले जाने का निश्चय किया था, और एक-एक सदस्य को घर से पकड़-पकड़कर इकट्ठा किया था और अपने साथ लाए थे। डिप्टी-कमिश्नर के पास आने में किसी को एतराज़ नहीं था।

''सरकार की तरफ़ से फौरन ऐसी कार्रवाई की जानी चाहिए जिससे स्थिति काबू में आ जाए। वरना...वरना इस शहर पर चीलें मँडराएँगे!'' उन्होंने वही वाक्य दोहरा दिया जो बार-बार उनके ज़ेहन में घूम रहा था।

अन्य सदस्य चिन्तित थे पर बख्शीजी की तरह उत्तेजित नहीं थे।

तभी प्रोफेसर और रिचर्ड की नज़रें मिलीं। प्रोफेसर ही एक ऐसा हिन्दुस्तानी था जिसके साथ रिचर्ड का थोड़ा-बहुत उठना-बैठना था, दोनों को अंग्रेज़ी साहित्य और भारतीय इतिहास में रुचि थी और रिचर्ड को वह सदा ही एक सुशिक्षित व्यक्ति लगा करता था। आँखों-आँखों में ही दोनों मुस्करा

दिए। मानो एक-दूसरे से कह रहे हों, 'ये लोग दुनियावी कामों में भी हमें घसीट लाए हैं, वरना हमारी दुनिया तो दूसरी है।'

रिचर्ड ने सिर हिलाया और पेंसिल से मेज़ को ठकोरा।

"सरकार तो बदनाम है। मैं अंग्रेज़ अफ़सर हूँ। ब्रिटिश सरकार पर आपको विश्वास नहीं है, उसकी बात को तो आप कहाँ सुनेंगे!" रिचर्ड ने व्यंग्य से कहा और पेंसिल ठकोरता रहा।

"मगर ताक़त तो ब्रिटिश सरकार के हाथों में है और आप ब्रिटिश सरकार के नुमाइन्दा हैं। शहर की रक्षा तो आप ही की जिम्मेदारी है।"

बख्शीजी बोले और बोलते हुए उनकी ठुड्डी काँप गई और उत्तेजनावश चेहरा पीला पड़ गया।

"ताक़त तो इस वक़्त पंडित नेजरू के हाथ में हैं।" रिचर्ड ने फिर मुस्कराकर धीमे से कहा। फिर बख्शीजी की ओर देखकर बोले, "आप लोग ब्रिटिश सरकार के ख़िलाफ़ तो भी दोष ब्रिटिश सरकार का, और जो आपस में लड़े तो भी दोष ब्रिटिश सरकार का।" उसके होंठों पर मुस्कान बराबर बनी रही। वह फिर जैसे सँभल गया और बोला, "लेकिन कहिए, हमें इस मसले को मिलजुलकर सुलझाना चाहिए।" और उसने हयातबख्श की ओर देखा।

"अगर पुलिस मोहतात रहे तो कुछ नहीं होगा," हयातबख्श बोला, "यों मज़िस्द के सामने जो कुछ पाया गया है, उसके पीछे हिन्दुओं की बहुत बड़ी शरारत है।"

"आप कैसे कह सकते हैं कि इसमें हिन्दुओं की शरारत है?" दानवीर लक्ष्मीनारायण ने उछलकर कहा, और बोलते-बोलते उनकी आवाज़ ऊँची होती गई।

रिचर्ड के लिए मामला अपने-आप सुलझता जा रहा था।

"एक-दूसरे को दोष देने से कोई लाभ न होगा।" रिचर्ड ने आंश्वस्त भाव से कहा, "आप लोग, ज़ाहिर है, मामले को सुलझाने के लिए मेरे पास आए हैं।"

"बेशक," हयातबख्श बोला, "हम भी नहीं चाहते कि शहर में फ़साद हो, मारकाट हो।"

लक्ष्मीनारायण को बड़ा अकेलापन महसूस हुआ। उन्हें अपने धर्म-बन्धुओं पर गुस्सा आया। वे भी साथ में होते तो इस वक़्त उन्हें अकेले तो मुसलमानों

के ख़िलाफ़ न बोलना पड़ता। डिप्टी-कमिश्नर को दस बातें बताते कि कैसे जामा मस्ज़िद में असला इकट्ठा किया जा रहा है, कैसे एक गाय को काट डाला गया है। यहाँ बोलना तो नक्कू बननेवाली बात थी। शायद यही बेहतर था कि हिन्दू-सिखों का वफ़द अलग से डिप्टी-कमिश्नर से मिलता, उनके सामने स्याह और सफ़ेद खोलकर रखता।

बख्शीजी ने रिचर्ड को सम्बोधन करते हुए कहा, "अगर शहर में पुलिस गश्त करने लगे, जगह-जगह फौज़ की चौकियाँ बिठा दी जाएँ तो दंगा-फ़साद नहीं होगा, स्थिति काबू में आ जाएगी।"

रिचर्ड ने सिर हिलाया, फिर मुस्कराकर बोला, "मै डिप्टी-कमिश्नर हूँ, फौज़ का इन्तज़ाम तो मेरे हाथ में नहीं है। यहाँ पर छावनी तो है, पर इसका यह मतलब नहीं कि फौज़ मेरे हुक्म से काम करती है।"

"छावनी भी ब्रिटिश सरकार की है और हुकूमत भी ब्रिटिश सरकार की है," बख्शीजी ने कहा, "अगर आप फौज़ बिठा देंगे तो मामला काबू में आ जाएगा।"

रिचर्ड से सिर हिला दिया, "फौज़ को मैं हुक्म नहीं दे सकता, यह तो आप भी जानते होंगे। डिप्टी-कमिश्नर को ऐसा कोई अधिकार नहीं है।"

"आप फौज़ नहीं बैठा सकते तो शहर में कर्फ्यू लगा दें। इसी से स्थिति सँभल जाएगी। पुलिस की ही चौकियाँ बैठा दें?"

"इस छोटी-सी बात को लेकर कर्फ्यू लगा देने से क्या शहर में घबराहट और ज़्यादा नहीं फैलेगी? आप क्या सोचते हैं?"

रिचर्ड ने इस लहजे में ये शब्द कहे मानो उनसे मशविरा माँग रहा हो। पर साथ ही उसने रैक में से एक काग़ज़ उठाया और उस पर पेंसिल से कुछ लिख लिया। और फिर घड़ी की ओर देखा।

"सरकार अपनी ओर से जो कार्रवाई कर सकती है, ज़रूर करेगी," रिचर्ड ने आश्वासन के स्वर में कहा, "लेकिन आप लोग शहर के नेता हैं, लोग आपकी बात ध्यान से सुनेंगे। आपको चाहिए कि आप मिलकर लोगों से अपील करें कि अमन क़ायम रखें।"

दो-तीन सिर फौरन हिलने लगे। साहब ठीक कहते हैं।

रिचर्ड कहे जा रहा था, "मुस्लिम लीग और कांग्रेस, दोनों के लीडर यहाँ मौजूद हैं। आप सरदारजी को साथ ले लीजिए और सब मिलकर अमन कमेटी

बनाइए और काम शुरू कर दीजिए। सरकार आपकी हर तरह से मदद करेगी... ।''

''वह तो हम करेंगे ही,'' बख्शीजी फिर उत्तेजित स्वर में बोले, ''मगर इस वक़्त हालत नाज़ुक है। अगर मार-काट शुरू हो गई तो उसे सँभालना कठिन होगा। अगर एक हवाई जहाज़ ही शहर के ऊपर उड़ जाए तो लोगों को कान हो जाएँगे कि सरकार बाख़बर है। फ़साद को रोकने के लिए इतना भी काफ़ी होगा।''

रिचर्ड ने फिर से सिर हिला दिया, मुस्कराया और काग़ज़ पर पेंसिल से कुछ लिख लिया।

''हवाई जहाज़ों का महकमा भी मेरे अधीन नहीं है,'' रिचर्ड ने मुस्कराकर कहा।

''आपके अधीन सब-कुछ है, साहब, अगर आप कुछ करना चाहें तो।''

इतना चुप भी रहना ठीक नहीं है, रिचर्ड ने सोचा यह आदमी बढ़ता ही जा रहा है।

''वास्तव में आपका मेरे पास शिकायत लेकर आना ही ग़लत था। आपको तो पंडित नेहरू या डिफेंस मिनिस्टर सरदार बलदेवसिंह के पास जाना चाहिए था। सरकार की बागडोर तो उनके हाथ में है।'' कहते ही रिचर्ड हँस दिया।

डिप्टी-कमिश्नर का रुख देखकर बाकी लोग चुप हो गए। पर बख्शीजी फिर उत्तेजित होकर बोले, ''हमें ख़बर मिली है कि अभी घंटा-भर पहले, आपके अंग्रेज़ पुलिस अफसर रॉबर्ट साहिब ने जबर्दस्ती एक मुसलमान परिवार को घर में से निकाला है। इससे उस सारे इलाक़े में तनाव बढ़ गया है, क्योंकि वह मुसलमान एक हिन्दू मालिक-मकान का किराएदार था। मैं सोचता हूँ शहर की हालत को देखते हुए इस तरह की कार्रवाई को स्थगित किया जा सकता था।''

रिचर्ड को इस घटना के बारे में मालूम था, बल्कि पुलिस अफसर ने कार्रवाई करने से पहले रिचर्ड से मशविरा भी किया था। और रिचर्ड ने यह कह दिया था कि कोर्ट के फैसले पर अमल करना रोज़मर्रा की सामान्य कार्रवाई है, उसे स्थगित करने में कोई तुक नहीं। लेकिन उसने शिष्टमंडल के सदस्यों पर ज़ाहिर नहीं होने दिया कि वह इस घटना के बारे में कुछ भी

जानता है। पेंसिल से काग़ज़ पर कुछ लिखते रहने के बाद उसने कहा, "मैं दर्याफ्त करूँगा," और फिर घड़ी की ओर देखा।

इस पर हरबर्ट, जो बड़ी उम्र का अमरीकी पादरी और स्थानीय मिशन कालिज का प्रिंसिपल था, धीमी आवाज़ में बोला, "शहर की हिफाज़त का सवाल राजनीतिक सवाल नहीं है, यह राजनीतिक पार्टियों के ऊपर सवाल है, शहर के सभी लोगों का, नागरिकों का सवाल है। इसमें अपनी-अपनी पार्टियों को भूल जाना होगा। सरकार का भी रोल इसमें बहुत बड़ा है। हम सबको मिलकर शहर की स्थिति को सँभाल लेना चाहिए। हमें इसी वक़्त शहर का दौरा करना चाहिए। और लोगों को समझाना चाहिए, उनसे अपील करनी चाहिए कि वे आपस में नहीं लड़ें।"

रिचर्ड ने फौरन इस सुझाव का समर्थन करते हुए इसे और भी ज़्यादा ठोस शक्ल में पेश किया, "मेरा सुझाव है कि एक बस ले ली जाए और उस पर लाउडस्पीकर लगा दिया जाए। आप लोग उसमें बैठ जाएँ और शहर-भर में घूमकर लोगों तक अपनी आवाज़ पहुँचाएँ।"

रिचर्ड के मुँह से ये शब्द निकलने की देर थी कि बाहर बाग़ीचे की ओर से तरह-तरह की घबराहट-भरी आवाज़ें सुनाई देने लगीं।

"पुल के पार एक हिन्दू को क़त्ल कर दिया गया है।" बाहर बैठे चपरासी से कोई आदमी कह रहा था, "सभी बाज़ार बन्द हो गए हैं।"

शिष्टमंडल के सदस्यों के कान खड़े हो गए। डिप्टी-कमिश्नर का बँगला शहर से बहुत दूर था। अगर सचमुच फ़साद छिड़ गया है तो उनके लिए अपने-अपने घर तक पहुँच पाना असम्भव हो जाएगा। तभी दूर बँगले के पार, किसी ताँगे के सरपट दौड़ने की आवाज़ आई। सड़क पर किसी के भागते क़दमों की भी आवाज़ आई।

"लगता है शहर में गड़बड़ शुरू हो गई है।" लक्ष्मीनारायण ने घबराकर कहा और उठ खड़ा हुआ।

"जो भी मुमकिन हुआ, किया जाएगा।" रिचर्ड ने कहा।

"गड़बड़ शुरू हो गई है तो बुरी बात है।"

एक-एक करके सभी सदस्य उठ खड़े हुए, और चिक उठाकर बाहर आने लगे। डिप्टी-कमिश्नर भी दरवाज़े तक उनके साथ आया।

"आपको भेजने का इन्तज़ाम हम करेंगे। पुलिस के कुछ सिपाही आपके

साथ जाएँगे।" रिचर्ड ने कहा और मेज़ पर रखे टेलीफोन की ओर मुड़ा।

"आप हमारी चिन्ता न करें। ज़रूरी यह है कि शहर में गड़बड़ न हो।" बख्शीजी ने बाहर आते हुए कहा, "अभी भी वक़्त है, आप कर्फ़्यू लगा दें।

साहब ने मुस्कराकर सिर हिला दिया।

❐❐

बँगले में से निकलते ही शिष्टमंडल के सदस्यों के दिमाग़ में जैसे धूल उड़ने लगी। फाटक पार करते ही उन्होंने एक-दूसरे से बोलना बन्द कर दिया था। कुछ दूरी तक वे एक साथ चलते गए, फिर सहसा लक्ष्मीनारायण और सरदारजी सड़क पार करने लगे। लक्ष्मीनारायण ने सिर पर से पगड़ी उतारकर बग़ल में दबा ली और भागता हुआ-सा सड़क पार करने लगा।

बँगले के बाहर सड़क पर पहुँचने पर दाएँ हाथ ढलान पड़ती थी जो सीधी उस पुल तक चली गई थी जो शहर को छावनी से अलग करता था।

हरबर्ट अपनी साइकिल पर आया था। वयोवृद्ध आदमी अभी भी साइकिल चलाता था, वह धीरे-धीरे साइकिल चलाता हुआ ढलान उतर गया। एक बार उसके मन में आया कि पूछे कि अमन कमेटी की मीटिंग कब और कहाँ होगी, पर इन लोगों को घबराया देखकर चुप हो गया। अगर फ़साद फूट पड़ा है तो मीटिंग अब क्या होगी?

हयातबख्श भाग नहीं रहा था, केवल तेज़-तेज़ चल रहा था और बार-बार पीछे की ओर घूमकर देख रहा था। पीछे की ओर लगभग सभी घूम-घूमकर देख रहे थे।

'कोई बात नहीं, आराम से चलो, इलाक़ा मुसलमानी है!' हयातबख्श ने मन ही मन कहा। सड़क के पार सरदारजी क़दम बढ़ाते हुए आगे निकल गए। उनके पीछे लगभग दस गज की दूरी पर लक्ष्मीनारायण चला आ रहा था। देह भारी होने के कारण उसके लिए तेज़ चलना कठिन हो रहा था और वह बार-बार रूमाल से अपनी गर्दन पोंछ रहा था। बख्शी और मेहता कुछ देर तक गेट के पास ठिठके खड़े रहे। फिर वे भी ढलान उतरने लगे।

"आओ टाँगा कर लें। पैदल पहुँचने में देर लगेगी।" मेहता ने कहा। बख्शी रुक गया। एक टाँगा पीछे से आ रहा था। मेहता ने घोड़े की टाप सुनी और सड़क के किनारे खड़ा हो गया और हाथ हिला-हिलाकर उसे रुक

जाने को कहने लगा।

"कहाँ जाना है?" साँवले रंग के छोटी उम्र के गाड़ीवान ने घोड़े की रास खींचते हुए पूछा।

"अड्डे तक ले चलो।"

"दो रुपए होंगे।"

"किस बात के दो रुपए! मज़ाक़ है?" पुरानी आदत के मुताबिक बख्शी ने कहा। टाँगा चलने को हुआ।

"बैठो, बैठो, बख्शीजी, जो माँगता है दो। यह वक़्त सौदा करने का नहीं है, चलो बैठो।" और मेहताजी पिछली सीट पर बैठ गए। "जल्दी-से-जल्दी शहर पहुँचो।"

उन्हें टाँगे पर चढ़ते देखकर लक्ष्मीनारायण भी मुड़कर उन्हीं की तरफ़ जाने लगा। लेकिन टाँगा चल पड़ा था। लक्ष्मीनारायण सड़क के बीचोबीच खड़े उन्हें देखते रह गए।

"हिन्दू हिन्दू के साथ ऐसा ही व्यवहार करेगा। प्राचीन काल से यही कुछ होता आ रहा है, वाह रे हिन्दुओ!"

लक्ष्मीनारायण ने क्षोभ से मन-ही-मन कहा और छड़ी ठकोरता उन्हीं क़दमों पटरी की ओर वापस लौट गया।

इस बीच बाकी तीन व्यक्ति एक-दूसरे से अलग, एक-दूसरे से काफ़ी फासले पर ढलान उतर रहे थे। लक्ष्मीनारायण से थोड़ा आगे हकीम अब्दुलग़नी थे, जो कांग्रेस-कमेटी के रुकन और पुराने कार्यकर्ता थे। उनके आगे सरदारजी थे और सबसे आगे हयातबख्श। हयातबख्श ने कोट उतारकर कन्धों पर डाल लिया था।

टाँगे में बैठते ही बख्शीजी ने कहा, "कुछ लोगों को टाँगे में बिठा लो।"

"किसी को नहीं बिठाओ बख्शीजी, यही बाएँ हाथ की सड़क से निकल चलो। वे अपना इन्तज़ाम कर लेंगे।" मेहता बोला, फिर तर्क देने की कोशिश करने लगा, "किस-किसको बिठाओगे।"

बख्शीजी को लगा जैसे टाँगे में बैठकर वह कोई भूल कर बैठे हैं। उन्हें मेहता पर खीझ उठी, अपने पर खीझ उठी कि क्यों वह मेहता तथा अन्य लोगों की बातों में आ जाते हैं, यहाँ इकट्ठे आए थे, इकट्ठे ही जाना चाहिए था पर वह फिर भी बैठे रहे।

टाँगा जब हयातबख्श के पास से गुज़रा तो हयातबख्श हँसकर बोला, "भागते हो कराड़ो! पहले इश्तआल देते हो, बाद में भागते हो!"

बख्शीजी के साथ उसकी बेतकल्लुफी थी, इसी शहर में दोनों बड़े हुए थे, अलग-अलग राजनीति के बावजूद वे एक-दूसरे से हँसकर मिलते थे, दोनों का आपस में मज़ाक़ चलता था।

हयातबख्श ने घूमकर पीछे देखा, अपने पीछे सरदार बिशनसिंह को आता देखकर बोले, "बख्शीजी तो निकल गए! अमन करवाने चले थे! यह तो ख़सलत है इन लोगों की!"

पर सरदार बिशनसिंह चुप रहा। सिर नीचा किए चलता गया।

सबसे पीछे चलते हुए लक्ष्मीनारायण की ख्वाहिश हुई कि आगे बढ़कर जैसे-तैसे हयातबख्श के साथ हो लें। यह इलाक़ा मुसलमानी था और मुसलमान के साथ-साथ चलते हुए वह बेखतर इलाक़ा पार कर जाएँगे। हयातबख्श को जानते भी सभी लोग हैं।

"ठहरो जी, ऐसी जल्दी भी क्या है।" उसने ऊँची आवाज़ में कहा।

उसकी आवाज़ सुनकर तीनों व्यक्ति अपनी-अपनी जगह पर रुक गए, पर लक्ष्मीनारायण छड़ी पटपटाते सीधे निकलते गए और अन्त में हयातबख्श तक जा पहुँचे।

"बहुत बुरी बात होगी अगर शहर में गड़बड़ हो गई," उसने कहा और हयातबख्श के साथ-साथ चलने लगा। हयातबख्श, लक्ष्मीनारायण का इरादा समझ गया था। और इसमें हयातबख्श का अपना हित भी था, क्योंकि पुल पार करने के बाद थोड़ी दूर आगे जाने पर हिन्दुओं का मुहल्ला शुरू हो जाता था और हयातबख्श का घर उससे भी आगे था। लक्ष्मीनारायण साथ में होगा तो हिन्दुओं का मुहल्ला वह पार करा देगा। यों हयातबख्श भी जानता था कि डर-ख़तरे वाली ऐसी कोई बात नहीं थी, सभी लोग शहर के जाने-माने बुजुर्ग थे, कोई उन पर आसानी से हाथ नहीं उठा सकता था।

टाँगे में बैठे बख्शीजी मन-ही-मन बड़े क्षुब्ध और विचलित हो उठे थे। जब भी किसी प्रकार के संकट की स्थिति होती तो वह बड़बड़ाते, साथियों के साथ खीझकर बोलते, उनका दिमाग काम करना बन्द कर देता था, भावनाओं के रेले के सामने सभी कुछ ढह जाता था।

"चीलें उड़ेंगीं मेहताजी, शहर पर चीलें उड़ेंगी।" उन्होंने फिर से कहा

और झाँक-झाँककर टाँगे के बाहर देखने लगे।

"अब तो जो होगा देखा जाएगा, पहले तो शहर पहुँचो।"

इस पर बख्शीजी तुनककर बोले, "शहर पहुँचकर क्या हो जाएगा। अब तो सिर पर आ गई।"

मेहता घबराया हुआ जरूर था, लेकिन बख्शी की तरह बौखलाया हुआ नहीं था।

"डिप्टी-कमिश्नर ने बात तो सुनी, पहला डिप्टी-कमिश्नर तो सीधे मुँह बात ही नहीं करता था।"

"यह क्या कर लेगा, खोती का सिर?" बख्शीजी खीझकर बोले, "इसने हमारी कौन-सी बात सुनी है?"

फिर बख्शी का दिमाग दूसरी ओर जाने लगा।

"किसी का एतबार नहीं किया जा सकता।" मेहता बोला।

"मुसलमान का नहीं तो हिन्दू का किया जा सकता है?" बख्शी ने फिर तुनककर कहा।

"देखो बख्शीजी, बात छोटी है मगर दानिशमन्द को उसी से पता चल जाता है। मुबारकअली जिला कांग्रेस-कमेटी का मेम्बर है। खादी का कुर्त्ता और खादी की सलवार पहनता है। पर सिर पर पेशावरी टोपी पहनता है, गांधी टोपी नहीं पहनता। मुजफ्फर को छोड़कर कोई भी कांग्रेसी मुसलमान गांधी टोपी नहीं पहनता।"

बख्शी ने जेब में से रूमाल निकालकर पसीना पोंछा और पगड़ी को बग़ल के नीचे से निकालकर गोद में रख लिया।

"हिन्दू सभा वालों ने मुहल्ला कमेटियाँ बनाई हैं, हमसे तो वह भी नहीं हो सकता। मुहल्ले-मुहल्ले में अमन-कमेटियाँ ही बना लेते।" मेहता ने गर्दन पोंछते हुए कहा :

"डूब मरो मेहताजी, चुल्लू भर पानी में डूब मरो," बख्शीजी बिफरकर बोले।

"क्यों? डूब क्यों मरूँ? मैंने क्या किया है?"

"दो बेड़ियों में टाँग रखना अच्छा नहीं होता। तुम हमेशा यही करते रहे हो। एक टाँग कांग्रेस में, दूसरी हिन्दू सभा में। तुम समझते हो किसी को मालूम नहीं, सभी को मालूम है।"

"अगर फ़िसाद हो गया तो तुम मुझे बचाने आओगे? नाले के पार का सारा इलाक़ा मुसलमानी है और मेरा घर नाले के सिरे पर है। फिसाद हो गया तो उस वक़्त तुम मुझे बचाने आओगे? या बापूजी आकर बचाएँगे? उस वक़्त तो मुझे मुहल्लेवाले हिन्दुओं का ही आसरा है। छुरा मारनेवाला मुझसे यह तो नहीं पूछेगा कि तुम कांग्रेस में थे या हिन्दू सभा में थे।...अब चुप क्यों हो गए हो?"

"डूब मरो मेहताजी, डूब मरो। यही वक़्त होता है जब आदमी के विश्वास परखे जाते हैं। तुमने बहुत माया इकट्ठी कर ली है। तुम्हारी अक्ल पर चरबी चढ़ती गई है। तुम्हारा घर मुसलमानों के मुहल्ले के पास है तो क्या मेरा हिन्दुओं के मुहल्ले में है?"

"तुम्हारा क्या है, तुम तो साधु-बैरागी हो, तुम्हारी न रन्न न कन्न। तुम्हें कोई मारकर क्या करेगा?" मेहता ने कहा, फिर वह भी उबल पड़ा, "कहा था लतीफ को कांग्रेस के दफ्तर में से निकालो। मैं लिखकर दे सकता हूँ कि वह खुफिया पुलिस का आदमी है–और हम सबकी रिपोर्ट देता है। डायरियाँ लिखता है। तुम्हें भी मालूम है और मुझे भी। फिर भी तुम आस्तीन का साँप पाल रहे हो। उधर मुबारकअली लीगियों के साथ साँठगाँठ कर रहा है। तुमसे भी पैसे लेता है, लीगवालों से भी लेता है। पक्की ईंटों का मकान उसने बनवा लिया, पर तुम लोग तो अच्छे हो, सब-कुछ देखते हुए भी कुछ नहीं देखते।"

"ले-देकर दो-तीन मुसलमान तो हमारे बीच में काम करते हैं, उन्हें भी निकाल दें? तुम्हारी अक्ल ठिकाने है या नहीं? एक लतीफ बुरा है तो सभी बुरे हो गए? हकीमजी भी बुरे हैं, जो तुमसे भी पहले का कांग्रेस में काम कर रहे हैं? अजीज अहमद बुरा है?..."

टाँगा ढलान उतर चुका था और पुल की ओर घूम गया था।

दाईं ओर इस्लामिया स्कूल बन्द पड़ा था। सड़क पर आमदरफ्त बहुत कम थी। इस्लामिया स्कूल की इमारत के बाहर चार-पाँच आदमी गाँठ बाँधे खड़े थे। किसी-किसी वक़्त कोई ताँगा या साइकल-सवार सड़क पर से गुज़र जाता था।

पीछे, अभी भी वे चारों लोग ढलान पर से उतर रहे थे। बिजली दफ़्तर के सामने हयातबख्श को मौलादाद सड़क के किनारे खड़ा मिल गया–दाढ़ीवाला मौलादाद जो बिजली कम्पनी में क्लर्क था और मुस्लिम लीग का

कारकुन था।

"क्या कर आए हो?" उसने हयातबख़्श से पूछा, "डिप्टी-कमिश्नर से मिलने गए थे न!"

"मिल आए हैं। वहाँ उसके पास बैठे ही थे कि बाहर शोर हुआ। सभी ने सोचा गड़बड़ हो गई और मीटिंग बरखास्त हो गई। सभी वहाँ से निकल आए। शहर की क्या ख़बर है?"

"तनाव है, तनाव बढ़ रहा है। रत्ते के पास सुनते हैं कोई गड़बड़ हुई है। इधर पीछे क्या हाल है?"

"पीछे ठीक है।"

इतने में हकीम अब्दुलग़नी और सरदार बिशनसिंह भी पहुँच गए। कुछ फासला अलग-अलग तय करने के बाद दोनों एकसाथ चलने लगे थे। हकीमजी कांग्रेसी मुसलमान थे, इसलिए बिशनसिंह को इनके साथ-साथ चलने में संकोच नहीं हुआ।

"फ़साद होना भी नहीं चाहिए," लक्ष्मीनारायण बोला, "बहुत बुरी बात है।"

मौलादाद ने बड़ी तीखी नज़र से लक्ष्मीनारायण की ओर देखा, "आप लोगों का बस चले तो आप तो फ़साद करवाकर ही छोड़ोगे। हमीं लोग बरदाश्त किए जा रहे हैं।" फिर उसकी नज़र हकीमजी पर पड़ी और उन्हें देखते ही मौलादाद का पारा तेज़ हो गया, "यह हिन्दुओं का कुत्ता भी आपके साथ गया था? यह किसकी नुमाइन्दगी करने गया था?"

तीनों चुप हो गए। हकीमजी सुना-अनसुना करते हुए मुँह ऊँचा किए पुल की दिशा में देखने लगे। पर मौलादाद हकीमजी को देखते ही तिलमिला उठा था।

"मुसलमान का दुश्मन हिन्दू नहीं है, मुसलमान का दुश्मन वह मुसलमान है जो दुम हिलाता हिन्दुओं के पीछे-पीछे जाता है, उनके टुकड़ों पर पलता है...।"

"देखिए मौलादाद साहिब," हकीमजी ने बड़े ठहराव के साथ कहा, "आपका जो मन आए मुझे कहिए। पर सबसे अहम सवाल हिन्दुस्तान की आज़ादी का है, अंग्रेज़ से ताक़त छीनने का है, हिन्दू-मुसलमान का नहीं है।"

"चुप रह कुत्ते," मौलादाद ने चीख़कर कहा। उसकी आँखें लाल हो रही

थीं और होंठ काँप रहे थे।

"छोड़ो-छोड़ो, जाने दो, जाने दो, यह वक़्त झगड़ा करने का नहीं है।"

क्षण-भर के लिए लक्ष्मीनारायण की टाँगों में पानी भर गया। लेकिन हयातबख़्श बुज़ुर्ग आदमी था, उसने स्थिति सँभाल ली, "जाइए-जाइए हकीमजी, मगर आपके सरपरस्त तो ताँगे पर बैठकर निकल गए हैं। आपको अकेला छोड़ गए हैं।"

हकीमजी धीरे-धीरे सरकने लगे थे। सरदारजी भी उनके साथ-साथ जाने लगे। लक्ष्मीनारायण ज्यों का त्यों खड़ा रहा।

"घर जा रहे हो?" मौलादाद ने हयातबख़्श से पूछा। "लीग के दफ़्तर में नहीं चलोगे?"

"मैं बाद में पहुँच जाऊँगा, तुम चलो।"

मौलादाद समझ गया कि हयातबख़्श ने क्यों लक्ष्मीनारायण को अपने साथ ले रखा है। बड़े आदर-भाव से दिल पर हाथ रखकर लक्ष्मीनारायण से बोला, "खातिर जमा रखिए लालाजी, हमारे रहते आपका कोई बाल भी बाँका नहीं करेगा।"

हयातबख़्श और लक्ष्मीनारायण आगे बढ़ गए।

□□

बारह बजे के क़रीब लीज़ा टहलती हुई बरामदे में खुलनेवाले दरवाज़े की ओर आ गई। पर्दे को थोड़ा हटाकर लीज़ा ने बाहर झाँककर देखा। बरामदे के बाहर चिलचिलाती धूप सारे बाग़ को ढके थी, लगता था जैसे काँच चमक रहा है। लगता, जैसे ज़मीन में से कोई चीज़ काँप-काँपकर निकल रही है, हवा में थरथरा रही है। अभी से धूप इतनी तेज़ हो गई थी। उसने पर्दा गिरा दिया।

अँगीठी के पास से गुज़रते हुए उसकी नज़र एक बुत पर पड़ी जो अँगीठी पर बीचोबीच रखा था। बढ़ी हुई तोंदवाला कोई हिन्दू देवता जिसके माथे पर लाल और सफ़ेद रेखाएँ खिंची थीं, बैठा हँस रहा था। उसे देखकर लीज़ा को मतली-सी आने लगी। उसे यह बुत बड़ा घिनौना लगा। रिचर्ड इसे कहाँ से उठा लाया है?

वह बड़े कमरे में आ गई। जगह-जगह रखी प्रतिमाओं और बुतों को देखकर उसे जड़ता का-सा भास हुआ, जैसे वहाँ पर प्रतिमाएँ नहीं, मृत बुद्धों

के सिर रखे हों जिन्हें अकेले में देखकर कभी-कभी उसे झुरझुरी होने लगती थी। किताबों और मूर्तियों से भरे इस घर में उसे घुटन महसूस होने लगी थी। कमरे में घूमती तो उसे लगता जैसे बुद्ध के बुत कनखियों से उसकी ओर देख रहे हैं। रिचर्ड के चले जाने पर इन सभी चीज़ों में जड़ता आ जाती थी। शायद इसका कारण यही था कि वह अकेली रह जाती थी। दिन-भर उसे इन्हीं बुतों और किताबों के ढेरों के साथ बिताना पड़ता था। दिन-भर अकेले इन्हीं को देख-देखकर वह एक कमरे से दूसरे कमरे में चक्कर काटती रही थी। वह बुद्ध की प्रतिमा के सामने जा खड़ी हुई। मनबहलाव के लिए उसने बिजली का बटन दबाया। सचमुच बुद्ध के चेहरे पर हल्की-सी मुस्कान खिल उठी थी। उसने बिजली बुझा दी, मुस्कान ओझल हो गई। उसने फिर से बटन दबाया, मुस्कान फिर से लौट आई। पर उसे लगा जैसे बुत कनखियों से उसकी ओर घूरे जा रहा है। उसने झट-से बिजली बुझा दी।

लीज़ा अपने कमरे में चली गई। अन्दर पहुँचते ही उसे हलकी-सी टुनटुन की आवाज़ सुनाई दी। ऐन पलँग के पीछे खिड़की के सामने काँसे की बनी छोटी-सी घंटी लटक रही थी। हर बार हवा का झोंका आने पर घंटी टुनटुनाने लगती, बहुत ही धीमी और मीठी-सी टुनटुनाहट की आवाज़ उसमें से सुनाई पड़ती थी, जैसे वह आवाज़ कहीं दूर से आ रही हो। सारा वक़्त कमरे में मधुर टुनटुनाती आवाज़ बनी रहती थी। घर में यह चीज़ नई थी, लीज़ा के लौटने से पहले ही रिचर्ड ने उसे कहीं से लाकर उसके कमरे में टाँग दिया था। लीज़ा को उपहार देने के लिए, उसे खुश करने के लिए रिचर्ड उसे लाया था।

तभी खटाक् का शब्द हुआ। लीज़ा ने घूमकर बाईं ओर देखा। उसे पहले तो कुछ नज़र नहीं आया, फिर उसकी नज़र ड्रेसिंग टेबल पर गई। एक छिपकली वहाँ औंधी पड़ी थी ओर ज़ोर-ज़ोर से हिल रही थी, जैसे तड़प रही हो। लीज़ा सिर से पाँव तक सिहर उठी। छिपकली दीवार पर से बिजली की बत्ती के पास से गिरी थी। शीघ्र ही छिपकली ने हिलना-डुलना छोड़ दिया। लीज़ा समझ गई कि वह मर गई है। गरमी बढ़ रही थी और आए दिन छिपकलियाँ मर रही थीं। अनगिनत कमरों के बावजूद बँगला पुराना था; अंग्रेज़ों की अमलदारी ने पंजाब में जब अपने पैर जमाए थे, तभी का था।

दो बरस पहले ऐसे ही एक बँगले से नौकरों के क्वार्टरों में से डेढ़ गज

लम्बा साँप निकला था। वह कभी खाटों के नीचे घुस जाता, कभी लहराता हुआ बरामदे की दीवार के साथ-साथ रेंगने लगता। पर इस घटना के बाद उसके लिए बँगले में रह पाना असम्भव हो गया था। डर के मारे उसने कई दिन तक कपड़ों की अलमारी नहीं खोली थी कि अलमारी में कोई फनियर साँप नहीं बैठा हो, और इसी मनःस्थिति में वह विलायत लौट गई थी।

लीज़ा ने दरवाज़े के पास कॉल-बेल का बटन दबाया और स्वयं कमरे से निकलकर बाहर आ गई।

जब लीज़ा भारत आई थी तो बहुत-सी योजनाएँ बनाकर कि वह भारत की दस्तकारी के नमूने इकट्ठे करेगी, खूब घूमेगी, तस्वीरें उतारेगी, शेर की पीठ पर बैठकर तस्वीर खिंचवाएगी, साड़ी पहनकर घूमा करेगी, और जाने क्या-क्या। यहाँ उसे मिली थी चिलचिलाती धूप, बड़े बँगले का कारावास, कभी न ख़त्म होनेवाला दिन और गौतम बुद्ध के बुत और छिपकलियाँ और साँप...। बँगले के बाहर के जीवन में भी वैसी ही एकरसता थी—क्लब, अंग्रेज़ अफ़सरों की पत्नियाँ, कमिश्नर की पत्नी—कमिश्नर स्वयं इतनी अधिक कमिश्नरी नहीं करता था जितनी उसकी पत्नी करती थी—ब्रिगेडियर की पत्नी का सभी स्त्रियों के साथ छोटाई और बड़ाई के आधार पर मेल-मिलाप और बड़े अफ़सरों की पत्नियाँ अधिक थीं क्योंकि तब रिचर्ड छोटा अफ़सर था। शनीचर की रात क्लब में डांस होता, आए दिन पार्टियाँ होतीं, पर लम्बे दिन फिर भी काटे नहीं कटते थे। और तभी उसे बीयर पीने की लत पड़ गई थी, कमरों में आती-जाती वह ऊब उठती और बीयर का गिलास भर लेती। ऊब से बचने का और कोई उपाय नहीं था।

"तुम्हारी रगों में ज़रूर जर्मन ख़ून दौड़ता होगा जो तुम्हें बीयर इतनी ज़्यादा पसन्द है।"

रिचर्ड मज़ाक़ में कहता, लेकिन लीज़ा की यह आदत बढ़ती गई थी। कभी-कभी लंच के समय रिचर्ड घर लौटता तो लीज़ा की आँखें चढ़ी होतीं और वह अस्त-व्यस्त सोफे पर पड़ी होती। चुम्बनों और आलिंगनों और हिचकियों के बीच वह बार-बार कस्में खाती कि अब ज़्यादा बीयर नहीं पियेगी लेकिन अगले दिन फिर वक़्त काटे नहीं कटता था।

अबकी बार वह अधिक स्वस्थ होकर आई थी। उसने सोचा था कि अबकी बार वह न केवल रिचर्ड की दिलचस्पियों में शामिल होगी बल्कि उसके

प्रशासन के काम में भी रुचि लेगी, और सार्वजनिक कामों में भी भाग लेगी।

जानवरों की रक्षा के लिए बनाई जानेवाली संस्था क्या काम करेगी, उसने मन ही मन सोचा। मुझे उसमें क्या काम करना होगा?...लीज़ा के मन में ज़ोरों की ललक उठी कि खानसामा जब आए तो उसे बीयर लाने के लिए कहे। खानसामा नया था और उसकी इस कमज़ोरी के बारे में कुछ भी नहीं जानता था। क्या वह स्वयं गली-गली, सड़क-सड़क घूमेगी, घोड़ों और आवारा कुत्तों को एक-एक करके मरवाती फिरेगी? यह कैसा काम होगा? या वह ज़िले की प्रथम महिला होने के नाते प्रधान बनी रहेगी और काम निचले लोग करेंगे?

लीज़ा की मनःस्थिति विचित्र हो रही थी। एक ओर ऊब का भय और दूसरी ओर ज़िले की प्रथम महिला, ज़िलाधीश की पत्नी होने का गर्व, दर्जनों नौकर-चाकर, इतना बड़ा बँगला, जो एक ओर भाँय-भाँय करता था तो दूसरी ओर उसे प्रभुता का भास देता था।

"मेम साऽऽब!"

खानसामा सामने खड़ा था।

"हमारे कमरा में ड्रेसिंग टेबल पर छिपकली मरा है। उसे उठाओ। जाओ।" उसने दबदबे से कहा।

खानसामना ने सलाम किया, 'हुज़ूर!' कहा और वहाँ से चला गया।

लीज़ा चलती हुई फिर बरामदे की खिड़की के पास आ गई। पर्दा उठाने पर फिर उसे तपते काँच-जैसी चौंधियाती धूप से साक्षात् हुआ। पर साथ ही बरामदे में एक ओर लगी छोटी-सी मेज़ पर रिचर्ड के दफ़्तर का बाबू बैठा नज़र आया जो चिट्ठियाँ छाँट रहा था—काले रंग का छोटी उम्र का बाबू जिसके सफ़ेद दाँत बहुत चमकते थे और जो हर वाक्य के साथ रिचर्ड से 'यस सर! यस सर!' दो बार ज़रूर कहता और दाएँ-बाएँ सिर हिलाता था। उसे देखकर लीज़ा मुस्करा दी। बाबू अंग्रेज़ी जानता था। और उसे अंग्रेज़ी में बातें करते सुनकर लीज़ा का बड़ा मनोरंजन हुआ था। लीज़ा खानेवाले कमरे के रास्ते बरामदे में आ गई।

"बाबू!" रिचर्ड की देखादेखी लीज़ा ने भी उसे बाबू ही कहकर पुकारा और दरवाज़े के पास रखी कुर्सी पर बैठ गई।

बाबू अपनी फाइल सँभालता हुआ भागकर लीज़ा के सामने आ खड़ा हुआ, "यस सर! यस मैडम!" बाबू का चेहरा साँवला था और दाँत बेहद

सफ़ेद थे, और बाबू के शरीर का प्रत्येक अंग जैसे उसके धड़ के साथ पेचों से जोड़ा गया था क्योंकि उसका कोई न कोई अंग हर वक़्त झटका खाकर टेढ़ा हो जाता था। कभी दायाँ कन्धा झुक जाता, कभी बायाँ घुटना झुक जाता, पर मुँह हर वक़्त खुला रहता और सफ़ेद दाँत सारा वक़्त झिलमिलाते रहते।

"यू हिंडू, बाबू?"

"यस, मैडम," बाबू ने तनिक झेंपकर कहा।

लीज़ा अपनी सूझ पर खिल उठी।

"आई गेस्ड राइट!"

"यस, मैडम!"

लीज़ा उसकी ओर देखती रही। देखते ही देखते वह द्विविधा में पड़ गई। उसने किस आधार पर कहा था कि वह हिन्दू है। पोशाक में उसने पतलून-कोट-टाई पहन रखे थे। वह सोच में पड़ गई। कौन-से चिह्न होते हैं जिनसे एक हिन्दू को पहचाना जाता है! फिर वह उठ खड़ी हुई और अपना हाथ बढ़ाकर उसके सिर के बालों में कुछ ढूँढ़ती रही। बाबू झेंप गया। तीसेक साल का बाबू पिछले दस साल से दफ़्तर में स्टेनो का काम कर रहा था। लीज़ा ही पहली डिप्टी-कमिश्नर की पत्नी थी जो बेतकल्लुफी से उसके साथ बातें करने लगी थी। अन्य डिप्टी-कमिश्नरों की पत्नियाँ बड़ी रुखाई और उपेक्षा से उससे पेश आया करती थीं।

बरामदे के सिरे पर किचन की ओर जानेवाले छोटे-से आँगन में खानसामा, बाग़ का माली और किचन का रसोइया खड़े थे और उन्हीं की ओर देखे जा रहे थे।

"नो, इट इजंट देयर!" लीज़ा बोली। बाबू को सिर से पैर तक झुरझुरी हुई। झेंप में उसके मुस्कुराते होंठ काँप रहे थे।

"यू आर नो हिंडू, यू टोल्ड ए लाई!"

"नो मैडम, आई एम ए हिन्दू, एक ब्राह्मण हिन्दू!"

"ओ नो, दैन वेयर इज युअर टफ्ट?"

बाबू डर रहा था। शहर में दंगे की आशंका थी और वह कठिनाई से बचता हुआ दफ़्तर पहुँचा था। पर लीज़ा की बात सुनकर वह आश्वस्त-सा महसूस करने लगा। काले चेहरे में उसके सफ़ेद दाँतों की लड़ी चमक उठी।

"आई हैव नो टफ्ट मैडम!"

"दैन यू आर नो हिंडू!"

लीज़ा ने अपनी तर्जनी उसकी ओर हिलाते हुए हँसकर कहा, "यू टोल्ड ए लाई!"

"नो मैडम, आई एम ए हिन्दू।"

"टेक ऑफ युअर कोट, बाबू!" लीज़ा ने कहा।

"ओह, मैडम!" बाबू फिर झेंप गया।

"टेक ऑफ, टेक ऑफ हर्री!"

बाबू ने मुस्कराते हुए कोट उतार दिया।

"वैरी गुड, नाउ अन्बटन युअर शर्ट?"

"वॉट मैडम?"

"डोंट से वॉट मैडम, से आई बैग युअर पार्डन मेडेम। ऑल राइट, अन्बटन युअर शर्ट!"

बाबू निःसहाय-सा लीज़ा के सामने खड़ा रहा, फिर नेकटाई के नीचे हाथ डालकर एक-एक करके तीन बटन खोल दिए।

"शो मी युअर थ्रेड।"

"वॉट, मैडम?"

"युअर थ्रेड, वॉट मेडेम! शो मी युअर हिन्दू थ्रेड!"

बाबू समझ गया। मेम साहिब यज्ञोपवीत के बारे में पूछ रही थीं। बाबू के यज्ञोपवीत नहीं था। दसवीं जमात पास करके कालिज में आने पर उसने चुटिया कटवा ली थी और बारहवीं जमात में प्रवेश करने पर उसने यज्ञोपवीत उतारकर फेंक दिया था।

"आई हैव नो थ्रेड मैडम।" उसने खिसियाई-सी मुस्कान के साथ कहा।

"नो थ्रेड, दैन यू आर नो हिंडू।"

"आई एम ए हिन्दू मैडम, आई स्वेयर बाई गॉड, आई एम ए हिन्दू।" वह फिर से डरने लगा था।

"नो, यू आर नो हिंडू, यू टोल्ड ए लाई! आई शैल टैल युअर बॉस अबौट इट।"

बाबू का चेहरा पीला पड़ गया। कमीज़ के बटन बन्द कर कोट पहनते हुए उसने घबराकर कहा, "आई टैल यू सिंसियर्ली मैडम आई एम ए हिन्दू,

माई नेम इज रोशनलाल।''

''रोशनलाल! बट दि कुक्स नेम इज रोशनडीन, एंड ही इज ए मुसलमान।''

''यस मैडम,'' बाबू बोला, उसके लिए समझाना कठिन हो गया। ''ही इज रोशनदीन मैडम, आई एम रोशनलाल। आई एम ए हिन्दू, ही इज मुस्लिम।''

''नो, रिचर्ड टोल्ड मी यू पीपल हैव डिफरेंट नेम्स।''

फिर बाबू की ओर तर्जनी उठाकर झूठे आक्रोश के स्वर में बोली, ''नो बाबू, यू टोल्ड ए लाई! आई शैल टैल युअर बॉस।''

बाबू का गला सूख रहा था और दिल धड़कने लगा। शहर में गड़बड़ के कारण ही तो यह पूछताछ नहीं हो रही है! मेम साहिब चाहती क्या हैं?

सहसा लीज़ा अब उठी।

''गो बाबू! आई शैल टैल एवरीथिंग टु युअर बॉस!''

बाबू ने बरामदे के फ़र्श पर से अपनी फाइल उठाई और पीछे को मुड़ गया। अभी वह बरामदा लाँघकर जा ही रहा था जब लीज़ा ने फिर से आवाज़ लगाई, ''बाबू!''

बाबू मुड़ा।

''कम हियर!''

नज़दीक आने पर लीज़ा ने गम्भीर मुद्रा बनाकर कहा, ''वेयर इज युवर बॉस?''

''इन दी ऑफ़िस मैडम। ही इज वैरी बिजी, मैडम।''

''ऑल राइट, गो! यू ऐंड युअर बॉस! गो! गैट आउट ऑफ हियर!'' उसने चिल्लाकर कहा।

''यस मैडम,'' और बाबू फिर काँपता हुआ मुड़ गया।

बाबू के चले जाने के बाद लीज़ा को जैसे मतली आने लगी। उसका हँसोड़ मूड फिर विरक्ति और वितृष्णा में बदलने लगा। बाबू को कन्धे झुकाए हुए जाता देखकर उसे लगने लगा जैसे कोई लसलसा-सा जीव जा रहा है। न जाने रिचर्ड कैसे इन लोगों के साथ दिन-भर काम कर सकता है। एक गहरी हूक-सी उसके मन में उठी, और वह उन्हीं क़दमों बँगले के अन्दर जाने के लिए मुड़ गई।

आठ

शहर में सब काम जैसे बँटे हुए थे : कपड़े की ज़्यादातर दूकानें हिन्दुओं की थीं, जूतों की मुसलमानों की, मोटरों-लारियों का सब काम मुसलमानों के हाथों में था, अनाज का काम हिन्दुओं के हाथ में। छोटे-छोटे काम हिन्दू भी करते थे और मुसलमान भी।

शिवाले का बाज़ार किसी दुल्हन के चेहरे की तरह खिला हुआ था। वहाँ रोज़ जैसी ही रौनक थी, कोई नहीं कह सकता था कि कहीं कोई तनाव पाया जाता है। सुनारों की दूकानों पर अनेक बुर्केवाली गाँवों की औरतें चाँदी के

ज़ेवर ख़रीदने-बनवाने के लिए जगह-जगह बैठी थीं। हकीम लाभराम की दूकान के सामने दवाइयाँ कूटनेवाले दो कश्मीरी मुसलमान नाक-मुँह लपेटे दौरी में दवाइयाँ कूट रहे थे। कुबड़े हलवाई की दूकान पर लगभग रोज़ जैसी ही भीड़ थी। खोमचेवाला सन्तराम आज भी ठीक एक बजे अपनी हथगाड़ी धीरे-धीरे चलाता हुआ, सराफों का बाज़ार लाँघकर शिवाले के बाज़ार में आ गया था और रोज़ के ही मुताबिक दर्जी खुदाबख्श और उसके दो भाइयों के लिए आधी-आधी छटाँक हलवे के तीन पत्ते बनाकर भेज रहा था।

वातावरण में स्थिरता थी। सुबह की घटना से पैदा होनेवाला तनाव कुछ दब गया था, कुछ बिखर गया था। सड़कों पर चहल-पहल थी। खुदाबख्श की दूकान के सामने, गली के सिरे पर कमेटी का कारिन्दा सीढ़ी लगाकर, दीवार में लगे लैम्प की चिमनी साफ़ कर रहा था और लैम्प में तेल डाल रहा था। नगर का कार्य-कलाप फिर से जैसे किसी संगीत की लय पर चलने लगा हो। जब इब्राहीम इत्रफरोश कन्धों और पीठ पर से तरह-तरह की बोतलें लटकाए एक गली से दूसरी गली इत्र-फुलेल की आवाज़ लगाता अपनी स्थिर चाल से गुज़रता जाता तो लगता नगर की इस धुन पर उसके पाँव उठ रहे हैं, इसी धुन पर औरतें अपने घड़े लेकर गली के नल पर जातीं, इसी धुन की लय पर सड़कों पर ताँगे चलते, इसी धुन पर बच्चे स्कूल जाते, लगता, शहर का सारा व्यापार किसी मीठी सहज धुन पर चल रहा है। लगता इसकी एक कड़ी टूटेगी तो साज़ के सारे तार टूट जाएँगे। या यों कहो कि शहर की सभी क्रियाएँ मिलकर किसी सतत संगीत का निर्माण करतीं जो शहर के दिल की धड़कन के साथ-साथ बजता था। शहर में लोग जवान होते हैं तो इसी लय पर, बूढ़े होते हैं तो इसी लय पर, इसी पर पीढ़ियाँ अपना जीवन व्यतीत करती हुई चली जाती हैं। आप इसे संगीत कह लीजिए या नाजुक-सा सन्तुलन जिसमें व्यक्तियों के आपसी रिश्ते, जन-समूहों के आपसी रिश्ते एक विशेष धारा पर स्थिर हो चुके होते हैं...।

यह तो नहीं कहा जा सकता कि शहर के जीवन में लहरें नहीं उठती थीं; कांग्रेस के आन्दोलन चलते तो जबर्दस्त लहरें उठती थीं, हर साल गुरुपर्व के अवसर पर सिखों का जुलूस निकलता तो शहर में तनाव आ जाता; जामा मस्ज़िद के सामने से जुलूस बाजा बजाता हुआ निकलेगा या नहीं, उस पर पथराव होगा या नहीं। मुसलमानों के ताज़िए निकलते, और छातियाँ पीटते

'या हुसैन!' बोलते, पसीने से तर मुसलमानों की मंडलियाँ निकलतीं तब भी शहर में तनाव आ जाता पर इसके बाद तनाव ढीला भी पड़ जाता और जन-साधारण के जीवन की गति फिर से इसी लय पर चलने लगती, फिर से वातावरण में स्निग्धता आ जाती, फिर से लोग हँस-खेलकर दिन बिताने लगते।

दर्जी खुदाबख्श की दूकान पर सरदार हाकिम सिंह की पत्नी उलाहना दे रही थी, "बे बख्शिया, तूँ कपड़े की देसें-भरसें या फेरे ही पवाँदा रहसें?"

(कभी हमारे कपड़े भी सीकर देगा या रोज़ तेरी दूकान के चक्कर ही मारती रहूँ?)

खुदाबख्श मुस्करा दिया। शहर की सभी हिन्दवाणियाँ, सरदारनियाँ, विशेषकर खाते-पीते घरों की औरतें उसे 'बख्शा' ही कहकर पुकारती थीं। बख्शे की दूकान पर शादी के लिए सिले जानेवाले कपड़ों का ढेर लगा रहता था।

"जद्द मैं कहँदा रिहा बीबी भेजो कपड़े भेजो कपड़े, तुसाँ कुझ न कीता, सारियाँ सरदारियाँ लँघा दित्तियाँ। हुण वकत ताँ लगदै। सोलह हत्थ ताँ नहीं मेरे।"

(जब मैं कहता था, बीबी लाओ कपड़े, लाओ कपड़े, आपने कोई परवाह न की। सारा जाड़ा बीत गया। अब वक़्त तो लगेगा ही, मेरे सोलह हाथ तो नहीं हैं।)

"क्यों जाड़ा कैसे बीत गया?"

"क्यों भला, शिवराम के बेटे के ब्याह के पन्द्रह दिन बाद आपने बेटी की सगाई की थी या नहीं? तब कौन-सा महीना चल रहा था?"

हाकिम सिंह की पत्नी हँसने लगी।

"हाँ भाई तू सब जानता है। अब बोल, बेटी का सूट कब देगा?"

"कारज कब है?"

"वाह जी, बेटी की सगाई का दिन इसे याद है, ब्याह का दिन नहीं जानता।"

"पच्चीस को है ना? आज कौन-सी तारीख है? पाँच तारीख। दे दूँगा।"

"दे दूँगा नहीं, बता कब देगा? ब्याह-कारज वाले दिन तू चक्कर लगवाएगा, मैं तुझे जानती नहीं हूँ जैसे। विद्या के ब्याह पर भी तूने ऐसे ही

किया था, उधर बरात आनेवाली थी, इधर जर्री के सूट के लिए मैं बार-बार आदमी भेज रही थी। ठीक-ठीक बता कब देगा?''

वह अभी बात कर ही रही थी जब उसके पीछे से किसी ने बख्शे की झोली में कपड़े का एक पुलिन्दा फेंका, हरे रंग का रेशमी कपड़ा, साथ में तिल्ले का बॉर्डर। ''बख्शया, कपड़े को माप लेना, और ज़रूरत हो तो बुद्धसिंह की दूकान पर से मेरा नाम लेकर ले लेना।''

एक महिला थी। बख्शे ने कपड़े के एक कोने पर लब लगाकर उसे भिगो लिया। फिर कान के पीछे खोंसी पेंसिल निकालकर कपड़े को आँक लिया और बग़लवाली अलमारी में डाल दिया। अलमारी ब्याह-शादी के लिए सिलनेवाले कपड़ों से भरी थी।

''दे दूँगा, दे दूँगा, मैं खुद घर पर पहुँचा आऊँगा।''

''तू बातें बहुत करता है। अबकी वक़्त पर कपड़े नहीं दिए तो मैं तेरी दूकान पर कभी पैर नहीं रखूँगी।''

और हाकिमसिंह की पत्नी दूकान पर से चली गई।

औरत चली गई तो खुदाबख्श की नज़र शिवाले की दीवार पर पड़ी। कोई आदमी उस पर चढ़ा हुआ था। खुदाबख्श ने ध्यान से देखा। गोरखा चौकीदार था, पर यह वहाँ क्या कर रहा है? दीवार के पीछे शहर का पुराना मन्दिर था जिसका कलश दूर-दूर से चमकता नज़र आता था। उसी मन्दिर की दीवार के ऊपर एक घड़ियाल लगा था। गोरखा चौकीदार उसी घड़ियाल को साफ़ कर रहा था।

''देखो तो वह क्या है?'' खुदाबख्श ने अपने एक कारिन्दे से कहा, जो उसके पास ही बैठा मशीन पर कपड़ा सी रहा था।

''घड़ियाल दुरुस्त किया जा रहा है।'' कारिन्दे ने कहा।

''या अल्लाह!'' खुदाबख्श के मुँह से निकला।

''शहर में फ़साद का डर है...''

फिर दोनों चुप हो गए।

सन् छब्बीस के फ़िसाद के बाद यह घड़ियाल लगवाया गया था। तब से अब तक उसकी चमक बहुत कुछ जाती रही थी। धूप और बारिश के कारण उसके आस-पास की दीवार पर से भी पलस्तर उखड़ गया था। पहले फ़िसादों के समय खुदाबख्श बीस-बाईस बरस का युवक था, जब उसे दंड

पेलने और कसरत करने का शौक था। उन्हीं दिनों वह अपने बाप की दर्ज़ी की दूकान पर बैठा था। उन्हीं दिनों घड़ियाल यहाँ लगाया गया था। अब खुदाबख्श अधेड़ उम्र का हो चला था, और शहर में विरले ही कोई ऐसा ब्याह होता होगा जिसके कपड़े सिलने के लिए इसके पास न आते हों। दीवार पर चढ़ा हुआ गोरखा रामबलि भी वही पुराना चौकीदार था, जिसके हाथों घड़ियाल लगाया गया था। पिछले फ़िसादों के बाद अपनी मुस्तैदी, सेवा-भाव और ईमानदारी के कारण अपने काम पर बना रहा था। दसियों बरस के अर्से में उसका शरीर गदरा गया था, चेहरे पर लकीरें पड़ गई थीं, कनपटियों पर के बाल सफ़ेद पड़ गए थे, पर शिवाला की चौकीदारी अभी भी वह पहले की ही मुस्तैदी से करता था।

घड़ियाल की हल्की-सी टुन-टुन सुनाई दी। खुदाबख्श की नज़र फिर दीवार पर गई। गोरखा घड़ियाल के साथ नई रस्सी बाँध रहा था। घड़ियाल इसी कारण हिल गया था और टुन-टुन की आवाज़ आई थी। गोरखे ने गरारियों में तेल लगा दिया था, और घड़ियाल चमचमा रहा था।

"इस घड़ियाल की आवाज़ सुनकर रूह काँप जाती है।" खुदाबख्श ने कहा, "पहले फ़साद में जब बजा था तो मंडी में आग लगी थी और शोले आधे आसमान को ढके हुए थे।"

दीवार पर गोरखा अभी भी घड़ियाल साफ़ किए जा रहा था मानो कोई त्योहार या पर्व आनेवाला हो। और घड़ियाल इस तरह चमकने लगा था जैसे पीतल का माँजा हुआ बर्तन चमकता है। साथ में नई मोटी रस्सी झूलने लगी थी।

खुदाबख्श की नज़र घड़ियाल पर से हटकर साथवाली सुनार की दूकान पर गई जहाँ अधेड़ उम्र का एक आदमी और उसकी पत्नी—जो किसी गाँव से आए जान पड़ते थे—अपनी बेटी से काँटों की जोड़ी लेने का आग्रह कर रहे थे।

"तुझे पसन्द है तो ले क्यों नहीं लेती। जल्दी कर, हमें और भी बहुत-सा सामान ख़रीदना है, गाँव भी लौटना है।"

बेटी की आँखें चमक रही थीं। वह बार-बार काँटों को कान के पास ले जाती और शरमाकर अपनी माँ को दिखाने लगती।

"कैसे लगते हैं, माँ?"

लजाती-सकुचाती युवती निश्चय नहीं कर पा रही थी कि काँटों की जोड़ी उसे फबती है या नहीं, वह उन्हें ख़रीदे या नहीं ख़रीदे।

खुदाबख़्श की नज़र फिर एक बार मन्दिर की दीवार की ओर उठी तो बूढ़ा चौकीदार दीवार पर से उतर रहा था और चमचमाते घड़ियाल से लगी रस्सी दीवार के ऊपर झूल रही थी। खुदाबख़्श के मुँह से फिर एक बार 'या अल्लाह!' निकला और उसने मुँह फेर लिया।

❑❑

उधर फ़ज़लदीन नानबाई की दूकान पर मजलिस जमी थी। ढलती दोपहर के वक़्त काम मन्दा पड़ जाने पर आसपास के यार-दोस्त बतियाने आ जाते और हुक्के के दौर में दीन-दुनिया की बातें चलतीं।

बातों का सिलसिला शुरू तो उसी घटना से हुआ जो आज शहर में चर्चा का विषय बनी हुई थी, मगर बातों में से बात निकलती गई और उस नुक्ते पर जा पहुँची जहाँ बूढ़ा करीमखान कहने लगा कि हाकिमों के मन की थाह पाना आम आदमी के बस का नहीं होता, हाकिम दूर की सोचता है, उसके हर फेअल के पीछे दूरअन्देशी पाई जाती है, जो कुछ वह देखता है उसे आम इनसान नहीं देख पाता।

''मूसा ने एक दिन खिज़र से कहा,'' करीमखान कह रहा था, ''कि तुम मुझे अपना शागिर्द बना लो। सुन, जिलानी सुन, बड़ा सबक आमोज़ किस्सा है।

''मूसा छोटा था और मूसा खुद पैगम्बर बनना चाहता था। अभी वह पैगम्बर बना नहीं था। मगर चाहता बहुत था। खिज़र तो पहले ही पैगम्बर था। समझे? और उम्र में भी बड़ा था, सब लोग उसकी बड़ी इज़्ज़त करते थे।'' करीमखान कहे जा रहा था। उसकी छोटी-छोटी आँखें सारा वक़्त मुसकराती रहतीं और जब हँसता तो अपने जानूँ पर चपत मारता, जिस पर आस-पास बैठे सभी लोग मुसकराने लगते।

''तो एक दिन मूसा ने खिज़र से कहा कि तुम मुझे अपना शागिर्द बना लो। खिज़र ने कहा अच्छी बात है, बना लेंगे, मगर एक शर्त पर।'' ''वह क्या?'' मूसा ने पूछा। ''शर्त यह कि तुम बोलोगे नहीं, मैं कुछ भी करूँ, तुम अपना मुँह बन्द रखोगे।'' मूसा ने कहा मंज़ूर है तो खिज़र ने उसे अपना

शागिर्द बना लिया।

"अब खिज़र उसे सिखाना चाहता था। क्या सिखाना चाहता था? कि देखता तो खुदावन्द ताला है, हम इनसान तो कुछ भी नहीं देख सकते, हम तो अपने दिमाग घिसा-घिसाकर सबब और बायस खोजते रहते हैं, मगर हमारे हाथ कुछ भी नहीं लगता क्योंकि देखता तो खुदावन्द करीम है। तो खिज़र ने कहा कि तुम बोलोगे नहीं, मैं कुछ भी करूँ, कुछ भी बोलूँ, तुम अपना मुँह बन्द रखोगे।"

हुक्का करीमखान ने आगे सरका दिया था, अब उस पर जिलानी फूँकें मार रहा था। ढलती दोपहर में भिश्ती दूकान के सामने छिड़काव कर गया था और मिट्टी की सोंधी-सोंधी गन्ध हवा में फैली थी। सड़क पर आमदरफ्त कम हो गई थी। कुछ लोग जामा मस्ज़िद में दिन की नमाज़ पढ़ने जाते एक-एक करके सामने से गुज़रते नज़र आते।

"तो क्या हुआ दूसरे रोज़ खिज़र एक गाँव से दूसरे गाँव की तरफ़ जाने लगा। मूसा भी पीछे-पीछे। बाद में मूसा बहुत बड़ा पैगम्बर बना, पर उस वक़्त वह खिज़र का चेला था। सुन जिलानी, कान खोल के सुन, बड़ा सबक आमोज़ किस्सा है।...तो दोनों चल पड़े। अब रास्ते में नदी पड़ती थी, और किनारे पर एक किश्ती बँधी थी जिसमें लोग नदी पार करते थे। अब क्या हुआ कि दोनों नीचे उतरे और किश्ती में बैठ गए और पत्तन वाला उन्हें पार ले जाने लगा। तो थोड़ी देर में मूसा ने क्या देखा कि खिज़र किश्ती के तले में छेद कर रहा है। किश्ती बिलकुल नई थी जैसे आज ही बनकर आई हो और खिज़र उसके पेंदे में छेद किए जा रहा है। एक छेद कर चुकने के बाद उसने एक और छेद कर दिया, फिर एक और। मूसा चिल्लाया, "वल्लाह, आप क्या कर रहे हैं, किश्ती डूब जाएगी! हम दोनों डूब जाएँगे...।"

खिज़र ने उँगली अपने होंठों पर रखकर उसे चुप रहने का इशारा किया। पर मूसा परेशान हो उठा था क्योंकि नाव में पानी भरने लगा था और वह डर रहा था कि नाव अब डूबी कि अब डूबी। पर वह चुप हो गया, खिज़र को जबान जो दे चुका था। थोड़ी देर बाद खिज़र ने एक-एक करके छेद बन्द कर दिए लेकिन तब तक नाव का तला बहुत कुछ ख़राब हो चुका था।... अब दोनों पार हुए...पार हुए तो...अल्लाह रहम करे...दोनों जा रहे थे जब एक जगह एक छोटा-सा लड़का ज़मीन पर बैठा खेल रहा था। बच्चे के पास से

गुज़रे तो खिज़र ने आव देखा न ताव, बच्चे को उठाकर उसकी गर्दन मरोड़ दी।"

"यह क्या? यह क्या?" मूसा चिल्लाया, "मासूम बच्चे को मार डाला!" पर खिज़र चुप। खिज़र ने फिर उँगली होंठों पर रख दी और मूसा को चुप रहने का हुक्म किया।

"अलहमदुलिल्लाह! बोलूँ नहीं? आपने बेगुनाह बच्चे की गर्दन मरोड़ दी। न जान न पहचान, इस गाँव में आपने पहले कभी कदम नहीं रखा। इस मासूम से भला आपकी क्या अदावत थी?" मूसा बहुत परेशान हुआ। अन्दर से तो वह भी पैगम्बर ही था न, अभी उसे पैगम्बरी मिली नहीं थी। करीमखान ने सिर हिलाकर कहा, "अब खुदा रहम करे, दोनों आगे जाने लगे। गाँव पार किया। अब जो गाँव की हदबन्दी पर पहुँचे तो वहाँ पर टूटी-फूटी दीवार थी। मूसा तो एक छलाँग में उसे पार कर गया, मगर पीछे मुड़कर देखा खिज़र दीवार के पास खड़े हैं और आस-पास गिरी टूटी ईंटों को उठा-उठाकर दीवार पर रख रहे हैं, दीवार की चुनाई कर रहे हैं। मूसा लौट आया, "बुजुर्गवारम! उस बच्चे को तो आपने मौत के घाट उतार दिया जिसने ज़िन्दगी के दो दिन भी नहीं देखे और इस दीवार को जो वर्षों से टूटी पड़ी है, फिर से खड़ा कर रहे हैं। यह क्या माजरा है? आपकी बातें मेरी समझ में नहीं आतीं।"

खिज़र ने फिर उँगली उठाकर उसे चुप रहने का इशारा किया। मूसा फिर चुप हो गया।

वे फिर आगे बढ़े। चलते गए, चलते गए। एक बाग में पहुँचे जहाँ चश्मा बह रहा था और ऊपर छायादार पेड़ था। दोनों ने मुँह-हाथ धोया और पेड़ के नीचे बैठ गए। अब खिज़र बोला।

"सुन बरखुरदार, वह जहाँ मैंने किश्ती में छेद किया था, और तू बिगड़ने लगा था, दरअसल उस गाँव का हाकिम बड़ा ज़ालिम है, वह अपनी ऐश-ओ-इशरत के लिए गरीब लोगों की किश्तियाँ छीन लेता है। मैंने सोचा उस नाव में छेद कर दूँ तो हाकिम के आदमी इसे उठाएँगे नहीं, उसे वहीं छोड़ जाएँगे और पत्तनवाले का रोज़गार बना रहेगा।" मूसा चुपचाप सुनता रहा। "पर आपने उस बेगुनाह बच्चे को क्यों मारा?" "सुनो, सुनो, अभी बताता हूँ। वह बच्चा हराम का बच्चा था, हलाल का बच्चा नहीं था। जिस आदमी की वह औलाद है वह बड़ा ज़ालिम है, ज़ालिम और नापाक। मैंने उस

बच्चे को इसलिए क़त्ल कर दिया कि वह भी बड़ा होकर ज़ालिम बनता और बेगुनाह लोगों पर जुल्म ढाता। अब कहो, मैंने अच्छा किया या बुरा किया?''

मूसा सोच में पड़ गया, उसका सिर झुक गया। ''मगर आपने उस टूटी-फूटी दीवार की मरम्मत क्यों की? इससे किसी को क्या फायदा?''

''वह भी सुनो,'' खिज़र बोला, ''यह जिस टूटी-फूटी दीवार की मैंने मरम्मत की है, उसके नीचे खजाना गड़ा है। बहुत बड़ा खजाना। मगर गाँववालों को इसकी कुछ भी ख़बर नहीं है। और गाँववाले बहुत गरीब हैं, और बहुत ज़रूरतमन्द हैं। मैं उनकी मदद करना चाहता हूँ। मैंने दीवार को पक्का कर दिया है। जब वे लोग अपने हल चलाते हुए यहाँ तक पहुँचेंगे तो यह दीवार उनके रास्ते में रुकावट साबित होगी और वे एक दिन उसे तोड़ देंगे, और एक-एक ईंट उठाकर खेतों के बाहर फेकेंगे, और उन्हें नीचे से गड़ा हुआ खजाना मिल जाएगा और वे मालामाल हो जाएँगे। इनके तन पर कपड़ा होगा और घर में रोटी होगी। अब बता मैंने क्या बुरा किया?...''

करीमखान ने किस्सा कह चुकने के बाद सिर हिलाते हुए एक-एक साथी की ओर देखा, फिर बोला, ''तो कहने का मतलब कि जो बात हाकिम देख सकता है वह आम लोग, तुम और हम नहीं देख सकते। अंग्रेज़ हाकिम की आँख चारों तरफ़ देखती है वरना क्या यह मुमकिन है कि मुट्ठी-भर फिरंगी सात समन्दर पार से आकर इतने बड़े मुल्क पर हुकूमत करें? अंग्रेज़ बहुत दानिशमन्द हैं, दूरअन्देश हैं...''

''बेशक! बेशक!'' आसपास बैठे लोगों ने सिर हिलाए।

इसी दूकान में एक ओर नत्थी भी बैठा था। कहवे की प्याली सामने रखे, हाथ में लम्बा-सा रस का टुकड़ा उठाए, वह डुबो-डुबोकर खा रहा था और ध्यान से करीमखान की बातें सुन रहा था। जब से उस सुअर के दड़बे में से निकला था, वह कभी शहर के एक हिस्से में तो कभी दूसरे हिस्से में चक्कर काट रहा था। जहाँ बैठता लोग सुअर की चर्चा करते सुनाई देते। राह जाते लोगों की बातें सुनते हुए उसके कान खड़े हो जाते। किसी-किसी वक़्त उसे लगता जैसे लोग किसी दूसरे ही सुअर की बात कर रहे हैं, वह उस सुअर की बात नहीं कर रहे जिसे उसने ज़िबह किया था, पर फिर किसी-किसी वक़्त लोगों की बातें सुनते हुए उसका दिल बैठ जाता। यहाँ, इस नानबाई की दूकान पर भी बात अगर झगड़ा-फ़साद नहीं हो तो यह बड़ी मामूली-सी घटना

बनकर रह जाएगी। सरकार की आँख सब कुछ देखती है तो कोई अनहोनी बात नहीं होगी।

नत्थू ने फिर एक बार अपनी जेब छूकर देखी। नोट चरमराया। उसे तसल्ली हुई। भला हो मुरादअली का जो पहले ही सारी की सारी रकम दे गया वरना अगर अठन्नी हाथ पर रखकर बाकी रकम बाद में देने को कह जाता तो नत्थू चमार उसका कर ही क्या सकता था। मुरादअली ज़बान का पक्का निकला तो नत्थू को भी अपनी ज़बान का पक्का होना चाहिए था। पर वह उस दड़बे में से भाग आया था, जबकि उसने मुरादअली से कसम खाकर कहा था कि वह वहाँ पर उसका इन्तज़ार करेगा। उस कोठरी में उसका दम घुटने लगा था। पर शहर में पहुँचने की देर थी कि उसका ख़ून ठंडा पड़ गया था, जगह-जगह सुअर की चर्चा हो रही थी।

वह अन्दर ही अन्दर बड़ा परेशान था। तरह-तरह के विचार उसके मन में घूम रहे थे; जितनी अधिक घबराहट बढ़ती जाती उतना ही अधिक उसके विचारों में बिखराव आता जाता। बात करे तो किससे, और पूछे तो क्या? उसके साथ बहुत बड़ा धोखा हुआ था। मुरादअली ने सलोतरी का नाम लेकर सुअर मरवा लिया था और मस्जिद के सामने फिंकवा दिया था। पर क्या मालूम यह कोई दूसरा सुअर रहा हो? उसने मस्जिदवाले सुअर को देखा, तो वह नहीं था। उसका मन बार-बार बेचैन हो उठता। अगर यह वही सुअर है तो क्या होगा? अगर लोगों को पता चल जाए कि उसी ने सुअर मारा था तो क्या होगा? इसी बेचैनी में कभी उसका मन करता भागकर घर चला जाए और अन्दर से साँकल चढ़ाकर पड़ रहे, कभी उसका मन करता गलियों में घूमता-भटकता रहे, कभी कुछ, कभी कुछ। मैं घर नहीं जाऊँगा, रात होते ही मोतिया रंडी के पास जाऊँगा। वह एक रुपया माँगेगी तो मैं पाँच रुपए दूँगा। रात-भर उसके पास रहूँगा।

पर सड़कों की खाक दिन-भर छानते रहने के बाद उसे अपनी पत्नी की याद सताने लगी। इस वक़्त अपने घर में होता तो अपने साथी चमारों के साथ बैठकर चिलम पीता, दो बातें करता। नहीं, मैं अपने डेरे पर जाऊँगा, नहाऊँगा, कुर्ता बदलूँगा, घरवाली को पास में बैठाकर उससे बातें करूँगा। जाते ही उसे बाँहों में भर लूँगा, मुरादअली का नाम लेने की ज़रूरत नहीं, उसे कुछ भी बताने की ज़रूरत नहीं, इस सारे घिनौने किस्से को सुनाने की ज़रूरत

नहीं। उसकी छाती पर सिर रखूँगा तो चैन मिलेगा। मोतिया के पास जाऊँगा तो कड़वा बोलेगी, बुरा-भला कहेगी। घरवाली चुप रहनेवाली औरत है, ढाढ़स बँधानेवाली, सुख पहुँचानेवाली। नत्थू ने मन ही मन कहा, दो रुपए मोतिया को देने की बजाय घरवाली के लिए कुछ ले जाऊँगा। वह खुश हो जाएगी, कहेगी तुम क्यों लाए, मेरे पास सबकुछ है। वह कभी कुछ नहीं माँगती। उसे लगा जैसे दूर बैठे हुए भी वह उसे अपनी बाँहों में लिये हुए है, और उसके मन का सारा क्षोभ दूर होता जा रहा है। दुख से छुटकारा पाने के लिए आदमी सबसे पहले औरत की तरफ़ ही मुड़ता है। औरत को बाँहों में लेने पर उसके सभी क्लेश मिट जाएँगे, उसे इस बात का विश्वास बना रहता है। वह बड़े सब्रवाली औरत है। उसकी छातियों में प्यार भरा है।

कहवाखाना धुएँ से अटा पड़ा था। दूकान के बाहर दो बेंच रखे थे जिन पर बोझा उठानेवाले मज़दूर बैठे टीन की प्लेटों में खाना खा रहे थे, दाल की तश्तरी सामने रखे, बेंच के आर-पार टाँगें लटकाए, नान तोड़ रहे थे। सड़क पर भिश्ती फिर से छिड़काव कर रहा था।

तभी देर से ढोल बजने की-सी आवाज़ आई। बाहर बैठे मज़दूरों ने पीछे मुड़कर सड़क की ओर देखा। ढोल बजने की ही आवाज़ थी और बराबर नज़दीक आती जा रही थी। कहवाखाने के अन्दर लोग चुप हो गए।

"क्या है?" किसी ने पूछा।

"मुनादी है।" किसी ने जवाब दिया, "इधर ही आ रही है।"

इतने में एक ताँगा जिस पर कांग्रेस का झंडा लहरा रहा था और ताँगे के अन्दर बैठा कोई आदमी ढोल पीट रहा था, लगभग नानबाई की दूकान के सामने ही आकर रुक गया। अगली सीट पर से एक आदमी उठकर खड़ा हो गया। तभी ढोल पीटना बन्द हो गया और वह आदमी उठकर मुनादी करने लगा :

"वतन का फ़िक्र कर ज़्यादा मुसीबत आनेवाली है।
तेरी बरबादियों के तज़करे हैं आसमानों में॥

साहिबान,

आज शाम के छः बजे गंजमंडी में ज़िला कांग्रेस-कमेटी की तरफ़ से एक आम पब्लिक जलसा होगा जिसमें हिन्दुस्तान की आज़ादी की जद्दोजहद में अंग्रेज़ी सरकार की फूट की नीति का पर्दाफाश किया जाएगा और सारे शहर

के अवाम से अपील की जाएगी कि वे अमन को बरकरार रखें। भारी तादाद में शामिल होकर जलसे की रौनक बढ़ाएँ।"

ताँगे की पिछली सीट पर जरनैल ढोल थामे बैठा था। मुनादी करानेवाला शंकर था जो मुनादी ख़त्म कर चुकने पर फिर से अपनी सीट पर बैठ गया था। ढोल फिर से बजने लगा और लहराते झंडे के साथ ताँगा वहाँ से रवाना हो गया।

ताँगा जब दूर निकल गया तो एक मज़दूर दूसरे से बोला, "गंजमंडी तों इक बाबू नी पण्ड चुक्की आ रिहा सी जे बाबू हकण लगा, 'आज़ादी आवण वाली है।' मैं हस्स के कहा, 'आवे आज़ादी बाबूजी सानू के, असाँ हुण की पण्ड चक्कणी ऐं, पिच्छोवी पण्ड चक्काँगे।" कहकर मज़दूर ठहाका मारकर हँस पड़ा। और उसके लाल-लाल मसूड़े चमक उठे।

"असाँ हुण वी पण्ड चक्कणी ते पिच्छों वी पण्ड चक्कणी!" और वह फिर हँसने लगा।

(बाबू ने कहा आज़ादी आनेवाली है। मैंने कहा, आए आज़ादी, पर हमें क्या? हम पहले भी बोझा ढोते हैं, आज़ादी के बाद भी बोझा ढोएँगे।)

तभी कहवाखाने के अन्दर बैठा दाढ़ीवाला एक अधेड़ उम्र का आदमी बोला, "वह आदमी पकड़ा गया है या नहीं जिसने मस्ज़िद की तौहीन की थी? खंजीर का बच्चा! उसके हाथ-पाँव में कीड़े पड़ें।"

"बहुत बुरा हुआ है।" कोई बुदबुदाया।

नत्थू ने सुना और सिर से पाँव तक सिहर उठा।

फिर कोई और आदमी बोला, "सुना है कोई गाय भी मारी गई है। गन्दे नाले के पास कोई मारकर फेंक गया है।"

"यह भी बहुत बुरा हुआ है।"

इस पर छोटी-छोटी आँखोंवाला हँसमुख बुजुर्ग करीमखान फिर से बाअज़ करने लगा, "कुरान शरीफ में फर्माया है कि इनसान की खेतियाँ मेरे हुक्म से खड़ी हैं, इनसान के सब इरादे मेरे हुक्म पर खड़े हैं। मेरा हुक्म नहीं होगा तो लहलहाती खेतियाँ झुलस जाएँगी, मेरे हुक्म पर बाढ़ आएगी, शहरों के शहर तबाह हो जाएँगे," और बूढ़े ने कहा, "सभी कुछ मालिक के हाथ में है, इनसान के हाथ में कुछ भी नहीं। सब काम पाक परवरदिगार के हुक्म से होते हैं। उसका जो हुक्म होगा, वही होगा।"

आस-पास बैठे लोगों ने सिर हिलाए। हुक्के का दौर बराबर चलता रहा। बाहर एक मज़दूर ऊँची हेक लगाकर गाने लगा :

"ओये उड़ी-उड़ी कियाँ तक्कणै
माहड़े सुत्थणे नी चूड़ियाँ।"

(क्यों तुम झुक-झुककर मेरी सलवार के चुन्नटों को घूरे जा रहो हो?)

यह वही मज़दूर था जो कुछ देर पहले खी-खी करके बाबू के साथ हुए अपने वार्तालाप को दोहराता रहा था। उसके हँसोड़ बेपरवाह स्वभाव को देखकर नत्थू को रश्क हुआ।

तभी सड़क पर फिर हरकत हुई। चलते-चलते लोग खड़े हो जाने लगे और सबकी नज़रें दाईं ओर घूम गईं, जिस ओर जामा मस्ज़िद थी।

"पीर साहिब तशरीफ लाए हैं! गोलड़ा शरीफ के पीर आए हैं।"

सड़कों पर खड़े किसी आदमी ने नानबाई से कहा, और दिल पर हाथ रखे पीर साहिब की राह देखने लगा।

नानबाई भी उठकर खड़ा हो गया। तभी कहवाखाने के अन्दर बैठे सभी लोग बाहर आ गए और सड़क पर जैसे पलकें बिछाए पीर साहिब की आमद का इन्तज़ार करने लगे।

एक कद्दावर, दाढ़ीवाला व्यक्ति नमूदार हुआ। लम्बा काला कुर्ता, गले में बड़े-बड़े मणकोंवाले तीन-चार हार, पगड़ी के पीछे गर्दन पर गिरते हुए लम्बे बाल, हाथ में तसबीह। चौड़े गोरे चेहरे से नूर बरस रहा था। दाएँ-बाएँ और पीछे बहुत से मुरीद चले आ रहे थे।

नानबाई बढ़कर आगे आ गया और सिर झुका, जानू पर हाथ रखकर सड़क के बीचोबीच खड़ा हो गया। पीर साहिब ने अपना बायाँ हाथ आगे बढ़ाया, नानबाई ने उसे झुककर आँखों से चूमा, फिर अपना दायाँ हाथ दिल पर रखे पहले की तरह आगे की ओर दोनों हाथ बाँधे झुका-झुका खड़ा हो गया। पीर साहिब ने हाथ तनिक ऊपर उठाया, और बिना कुछ बोले आगे बढ़ गए। बारी-बारी से सड़क पर खड़े लगभग सभी आदमी उनके पास गए। सभी ने अपनी आँखों से पीर साहिब के हाथ चूमे, सभी को पीर साहिब ने दुआ दी।

"बहुत पहुँचे हुए पीर हैं," नानबाई ने अपनी जगह पर लौटते हुए कहा,

"वल्लाह, चेहरे पर कितना जलाल है, पेशानी से नूर बरसता है।"

और लोग भी लौट आए थे, कुछ लोग वहीं से अपने-अपने घरों की ओर चले गए। कहवाखाने में अब पीर साहिब की चर्चा चल पड़ी।

"बहुत पहुँचे हुए हैं, दिल की बात बूझ लेते हैं।" नानबाई कहे जा रहा था। फिर वह तख्ते पर बैठा अन्दर की ओर मुँह करके बोला, "मैं एक बार ज़ियारत करने गोलड़ा शरीफ गया। पीर साहिब के हुजूर में पहुँचा तो मुझे देखकर कहने लगे : 'कुछ दाने उठा ले, देखता क्या है?' सामने गेहूँ के दानों का ढेर लगा था। मैंने यों ही झुककर मुट्ठी में कुछ दाने उठा लिये। इस पर पीर साहिब ने फर्माया, 'बस! सिर्फ़ एक सौ सत्तर दाने! ज़्यादा उठा लेता!'

"मैं हक्का-बक्का वहीं बैठकर दाने गिनने लगा। पूरे एक सौ सत्तर दाने थे।"

इस पर करीमखान बोला, "इनके हाथ में बड़ी शफ़ा है। मेरा पोता है, अब तो रोठा हो गया, जब छोटा-सा बच्चा था तो उसे कनपेड़े हो गए। दोनों गाल सूज गए। किसी ने कहा गोलड़ा शरीफ के पास ले जाओ। पीर साहिब ने इशारा किया, 'बच्चे को मेरे सामने लिटा दो,' मैंने लिटा दिया। फिर उन्होंने पास रखा बड़ा-सा छुरा उठाया और उसे एक-एक बार बच्चे के दोनों गालों को छुवा दिया। फिर हाथ के पंजे पर अपने मुँह से अपनी लब ली और बच्चें के दोनों गालों पर लगा दी। बस इतना ही। मैं पीर साहिब की क़दमबोसी करके बच्चे को उठाकर घर ले आया। घर पहुँचते-पहुँचते सूजन उतर चुकी थी और बुखार जा चुका था।"

"पीरों-दस्तगीरों के हाथ में शफा होती है। उधर मसियाड़ी के पास बाबा रोडा बैठता है, उसके हाथ में भी बड़ी शफा है।"

"पीर साहिब काफिरों को हाथ नहीं लगाते; काफिरों से नफरत करते हैं। पहले पीर साहिब के पास हर कोई जा सकता था। अगर कोई काफिर इलाज के लिए आए तो छड़ी की नोक उसकी नब्ज पर रखते थे, छड़ी का दूसरा सिरा कान पर लगाते थे और नब्ज सुन लेते थे, पर अब वह किसी काफिर को नज़दीक नहीं आने देते।"

"अक्सर गर्मी के मौसम में शहर नहीं आते। अबकी बार ही आए हैं।"

"पीरों के लिए गर्मी-सर्दी क्या?"

"मुमकिन है इन तक ख़बर पहुँची हो। वह जो मस्ज़िद को नापाक किया

गया है।''

''इन्हें हर बात की ख़बर रहती है। इन्हें कोई बताने थोड़े ही गया होगा। इन्हें अपने-आप पता चल जाता है। अपने-आप इल्म हो गया होगा और पहुँच गए होंगे।''

''इनकी नज़र चाहिए। पीर-फकीर की बद्दुआ लग जाए तो शहरों के शहर तबाह हो जाते हैं।''

'बजा है।''

''वाअज़ करेंगे क्या?''

''क्या मालूम। जुम्मा तक रहे तो ज़रूर करेंगे।''

''जो आए हैं तो जुम्मा तक तो रुकेंगे ही। वाअज़ तो करेंगे ही, जो आए हैं तो शहर को पाक करके ही जाएँगे।''

नत्थू वहाँ से निकला तो दोपहर अलसा रही थी, उसका दिल फिर हल्का-हल्का महसूस करने लगा। एक प्रकार की धुकधुकी जो सुबह से उसे परेशान करती रही थी, एक अज्ञात-सी आशंका जो उसके दिल को कुरेदती रही थी, अब बहुत कुछ दूर हो गई थी। शहर-भर में रौनक थी, चहल-पहल थी, लोग सुअर फेंकनेवाले की बात करते मगर उसे 'सिरफिरा' पागल कहकर दो-एक गालियाँ देते और फिर इस घटना को भूल भी जाते थे। फिर वह ही क्यों इतनी-सी बात को अपनी छाती का बोझ बनाता फिरे? उसने यह भी देख लिया था कि उसके बारे में किसी को कानों-कान ख़बर तक नहीं हो पाई। सभी लोग इस घटना को किसी जनूनी का पागलपन या किसी 'कराड़' की शरारत कह रहे थे। मुरादअली ही केवल इस बारे में जानता है, तो क्या मुसलमान होकर वह किसी से कहेगा कि उसने यह बुरा काम करवाया है?

नत्थू को आस-पास की चीज़ें भली लगीं। एक छोटी-सी दूकान के सामने कोई गाँव का आदमी अपनी पत्नी से नये जूतों का जोड़ा लेने का आग्रह कर रहा था, ''ले लो न जी, मैं जो कह रहा हूँ। तुम्हारे पास एक भी जोड़ा नहीं है। वह जूती फट चुकी है।''

और पास बैठी, सिर से पैर तक बुर्के से ढकी उसकी पत्नी अपनी मधुर आवाज़ में इंकार किए जा रही थी, ''मुझे इसकी ज़रूरत नहीं। मेरा काम चल रहा है। तुम्हारे पास अच्छा जूता नहीं है, तुम ले लो एक अच्छा-सा जोड़ा। तुम्हें ज़्यादा चलना पड़ता है।'' नत्थू आगे बढ़ गया। उसे सुख का भास हुआ।

वह सड़क पार करके दाएँ हाथ आ गया और धीरे-धीरे आगे बढ़ने लगा। नानबाइयों की दूकानों की एक और कतार आ गई थी। बड़े-बड़े देग और देगों में से उठती मांस-मसालों की गन्ध और नानों के ढेर-के-ढेर। दूकानें खचाखच भरी थीं। ज़्यादा लोग मज़दूर, बोझा ढोनेवाले, या आस-पास के गाँवों में से आनेवाले परिवार थे। दिन-भर के काम के बाद अथवा ख़रीद-फरोख़्त के बाद भोजन पर टूट रहे थे। यह बाज़ार शहर के एक सिरे पर था। खाना खा चुकने के बाद किसान लोग अपनी-अपनी बैलगाड़ियों पर बैठकर शहर के बाहर उन लम्बी राहों पर निकल जाएँगे जो उन्हें अपने-अपने गाँवों को ले जाती हैं।

नानबाइयों की दूकानों के पीछे उसे जामा मस्ज़िद की ऊँची भव्य इमारत नज़र आई। ढलती दोपहर में मस्ज़िद और भी ज़्यादा धुली-धुली और सफ़ेद लग रही थी। वही रोज़ का-सा दृश्य था। सीढ़ियों पर भिखमंगे, लेटने-सुस्ताने वाले मज़दूर, आने-जाने वाले लोगों का ताँता। सहसा उसने देखा, बड़े मेहराबदार दरवाज़े में से सैकड़ों लोग एक साथ निकल आए हैं। जोक-दर-जोक लोगों का हुजूम अन्दर से निकल रहा है, वे फाटक पार करके आते, सीढ़ियों के सिरे पर अपना-अपना जूता पहनते या हाथ में लिये सीढ़ियाँ उतरने लगते। नत्थू देखता रह गया। केवल ईद के दिन इतने ज़्यादा लोग मस्ज़िद में से निकलते नज़र आया करते थे। तो क्या आज कोई वाअज़ था? उसे सहसा ख़्याल आया, क्या गोलड़ा शरीफ के पीर तो वाअज़ देने नहीं आए थे? क्या वाअज़ देने के बाद ही तो वह नहीं लौट रहे थे? उसका दिल फिर धक् से रह गया। उसे लगा जैसे मस्ज़िद में इकट्ठा होनेवाले ये सैकड़ों लोग उसी के कुकर्म की चर्चा करने के लिए इकट्ठा हुए थे। गोलड़ा के पीर भी इसी की ख़बर पाकर शहर में आए होंगे।

नत्थू जामा मस्ज़िद को सामने से लाँघ गया। जिस जगह जामा मस्ज़िद की दीवार ख़त्म होती थी वहाँ बग़ल में एक गन्दा नाला बहता था। शहर-भर का गन्दा पानी इसी नाले में इकट्ठा होकर शहर के बाहर जाता था। नत्थू नाले के डंडहरे को पकड़कर खड़ा हो गया।

उसकी नज़र नीचे की ओर गई तो उसने देखा, डंडहरे के थोड़ा नीचे नाले के किनारे एक चबूतरा-सा था और उस पर नंग-धड़ंग एक आदमी लेटा हुआ था। स्याह रंग का काला आदमी। दाढ़ी और सिर पर सूखे खिचड़ी बाल,

उलझे हुए, गले में तावीज़। नाले की ही दीवार के साथ अपना टीन का डिब्बा एक कील के साथ लटकाकर लेट रहा था। चबूतरा तंग-सा था, सोए-सोए करवट बदलने पर भी वह सीधा नीचे नाली में गिर सकता था। यह भी शायद कोई पहुँचा हुआ पीर-फकीर होगा, नत्थू ने मन ही मन कहा और उसकी ओर देखता रहा।

सहसा फकीर उठ बैठा और आँखें फाड़-फाड़कर नत्थू की ओर देखने लगा। और देखते ही देखते दाएँ-बाएँ ज़ोर-ज़ोर से सिर हिलाने लगा, वैसे ही जैसे जनूनी लोग सिर हिलाते हैं।

नत्थू ने मुँह फेर लिया और बाज़ार की ओर देखने लगा। थोड़ी देर बाद जब उसने फिर मुड़कर देखा तो उसने सिर हिलाना छोड़ दिया था और फटी-फटी आँखों से नत्थू की ओर देखते हुए अपनी तर्जनी से उसे अपनी ओर बुला रहा था। नत्थू सहम-सा गया, वह डर गया कि यह फकीर कहीं उस पर कोई जादू-टोना न कर दे या उसे बद्दुआ न दे दे। उसने जेब में हाथ डाला और एक इकन्नी निकालकर फकीर के सामने फेंक दी और वहाँ से चलने को हुआ। उसके देखते ही देखते फकीर ने इकन्नी उठा ली और नाले में फेंक दी और फिर उसकी ओर घूरते हुए तर्जनी हिला-हिलाकर उसे अपनी ओर बुलाने लगा। नत्थू डर गया, और काँपकर वहाँ से हट गया।

बड़ा बाज़ार में बड़ी चहल-पहल थी। नत्थू को शहर का यह इलाक़ा सबसे ज़्यादा आकर्षक लगता था। सोड़ा-वाटर की दोनों दूकानों पर रंगारंग की असंख्य बोतलें चमक रही थीं। नीचे, उजले कपड़े पहने दूकानदार पालथी मारे नींबू पानी के गिलास भर-भरकर ग्राहकों को दे रहे थे। सड़क की पटरी पर फूलों के गजरे बेचनेवाले अभी से आ पहुँचे थे। सोड़ा-वाटर की दूकानों की बग़ल में ही सीख-कबाबवाले बैठते थे। और नज़दीक ही ठेका-शराबवालों की दूकान थी। वहीं पर ही कसाई गली सड़क में खुलती थी जहाँ रंडियाँ बैठती थीं। नत्थू सड़क के किनारे ठिठका खड़ा रहा।

दूकानों के सामने सड़क पर बहुत से ताँगे खड़े थे—चमचमाते साज़, घोड़ों के सिर पर नाचती कलंगियाँ, मेले का-सा समाँ। किसी-किसी वक़्त कोई ताँगा सड़क के ऐन बीचोबीच आकर रुक जाता। घोड़े का कसमसाता शरीर साज़ तुड़ाने के लिए जैसे अँगड़ाइयाँ ले रहा होता। और ताँगे में कोई तुर्रेवाला रईस अपने दो-एक साथियों के साथ बैठा होता।

नत्थू चमार आश्वस्त होकर इधर-उधर घूमने लगा। उसे लगा जैसे सभी लोग मस्त हैं और अपने लिए खुशियाँ बटोर रहे हैं। नत्थू चमार देर तक वहाँ टहलता रहा, फिर जब शाम हो गई और बाज़ार में रौनक और भी ज़्यादा बढ़ गई तो वह लपककर सीख-कबाबवाले की दूकान पर जा पहुँचा। वहाँ से उसने अठन्नी के कबाब लिये और सीधा देसी शराब के ठेके पर जाकर बेंच पर बैठ गया। और खुशी-खुशी बैठकर खाने लगा और घूँट-घूँट करके शराब पीने लगा।

शाम के साए उतर आए और बड़ा बाज़ार की बत्तियाँ जल उठीं। छिड़काव से फिर एक बार सोंधी-सोंधी मिट्टी की खुशबू आने लगी और फूलों के गजरों की खुशबू से मिलकर नत्थू के दिमाग़ पर अजीब मस्ती-सी छाने लगी। नत्थू को मालूम नहीं था कि कब उसने फूलों का गजरा ख़रीदकर गले में डाल लिया था। उसे यह भी मालूम नहीं था कि कब यह देसी शराब की दूकान पर से उठकर राजाबाज़ार का खुला इलाक़ा लाँघकर रंडियोंवाली गली में जा पहुँचा था।

तभी सहसा उसे सामने की ओर से मुरादअली आता नज़र आया। घुटनों तक लम्बा कोट, हाथ में पतली छड़ी, ठिगना, गठे शरीरवाला, काली-काली मूँछोंवाला मुरादअली। क्या वह सचमुच मुरादअली था? या नत्थू ख़्वाब देख रहा था? उसकी आँखों के सामने मुरादअली एक प्रेत की भाँति मँडराता-सा नज़र आया जो गली-गली, कूचा-कूचा घूमता फिरता था, छड़ी झुलाता हुआ। क्या सचमुच मुरादअली नाम का कोई व्यक्ति भी है जो इस शहर में रहता-बसता है या कोई प्रतिछाया ही एक गली से दूसरी गली घूमती रहती है और लोगों ने उसका नाम मुरादअली रख छोड़ा है। नहीं, मुरादअली ही था, मंडी की ओर से गली के रास्ते चला आ रहा था। नत्थू शराब की हिलोर में नहीं होता तो किसी घर के चबूतरे की आड़ में छिप जाता। पर नत्थू के हौसले बढ़े हुए थे। वह सीधा गली के बीचोबीच आ गया। उसने ज़्यादा नहीं पी रखी थी। चमड़ा रँगनेवाले चमार के लिए दो कुल्हड़ शराब तो पानी के बराबर होती है। दिन-भर अकेला घूमते रहने के बाद अब जाकर उसे कोई परिचित मिला था। और सहसा नत्थू को गर्व का भास हुआ। हम जिस काम को हाथ में लेते हैं, पूरा करके छोड़ते हैं।

"सलाम, हुजूर!"

नत्थू ने आगे बढ़कर हँसते हुए कहा और तनकर खड़ा हो गया।

मुरादअली क्षण-भर के लिए ठिठका। उसकी पैनी आँखों ने नत्थू को देखा और सारी स्थिति उसकी समझ में आ गई। बिना कुछ कहे अथवा नत्थू के अभिवादन का बिना उत्तर दिए वह आगे बढ़ गया।

"सलाम, हुजूर। मैं नत्थू हूँ, आपने मुझे पहचाना नहीं?" नत्थू कहकर हँस दिया।

मुरादअली इस बीच आगे जा चुका था।

नत्थू हतबुद्धि-सा गली के बीचोबीच खड़ा रहा, फिर वहीं से चिल्लाकर बोला, "हुजूर, मुरादअली साहब!"

पर मुरादअली नहीं रुका।

सहसा नत्थू के मन में एक विचार उठा : मुझे कम से कम मुरादअली को बता तो देना चाहिए कि मैंने उनका काम कर दिया है। वह इस मुगालते में तो न रहें कि मैं यहाँ घूम रहा हूँ और उनका काम पूरा नहीं किया है।

नत्थू लड़खड़ाता हुआ मुरादअली के पीछे हो लिया। आगे और ज़्यादा अँधेरा था मगर दूर मुरादअली की काया उसे बराबर नज़र आ रही थी। वह गिरता-पड़ता बढ़ता गया। जैसे-तैसे वह भागने लगा था। हुज़ूर को बताना तो बहुत ज़रूरी है कि काम पूरा हो गया है।

उसे लगा जैसे वह मुरादअली के नज़दीक पहुँच रहा है। वास्तव में गली सूनी होती जा रही थी और उसे लगा जैसे मुराद अली ने अपनी चाल धीमी कर दी है।

"हुज़ूर, मैं कहना भूल गया। वह काम हो गया था। वक़्त पर भेज दिया था। हत्थगाड़ीवाले आ गए थे..."

तभी नत्थू ने देखा कि मुरादअली रुक गया है और अपनी छड़ी उठाए उसकी ओर देख रहा है।

अभी मुरादअली उसकी ओर बढ़कर आएगा। मगर उसने छड़ी को ऊँचा क्यों उठा रखा है? और वह कुछ भी बोलता क्यों नहीं? अँधेरी गली के एक सिरे पर दोनों खड़े एक-दूसरे को घूरे जा रहे थे।

नत्थू ने फिर एक बार कहा, "आपका काम हो गया था, हुज़ूर। ठिकाने लगा दिया था हमने।"

उसके कहने की देर थी कि उसे लगा मुरादअली फिर घूमकर आगे-आगे

जाने लगा है, क़दम बढ़ाए आगे बढ़ता जाता है, गली के सिरे पर ढलान आ गई है और वह ढलान पर चढ़ता जा रहा है।

नत्थू ने नज़र उठाई। मुरादअली फिर दूर जा चुका था, गली में से निकलकर शिवाले की ओर जानेवाली ऊँची ढलान पर चढ़ता जा रहा था। पीठ पीछे नत्थू को फिर लगा जैसे कोई प्रेत बढ़ता जा रहा है, दूर होता जा रहा है लेकिन आँखों से ओझल नहीं हो रहा है।

❑❑

दरवाज़ा खोलने पर नत्थू को दहलीज़ पर खड़े देखकर नत्थू की पत्नी की जैसे जान में जान आई और उसकी आँखों में आँसू छलक आए। "तुम ऐसे नहीं किया करो जी," वह रोती हुई खाट पर जा बैठी, "मेरा दिल डूब-डूब रहा था। मैं सोचूँ तुम गए तो कहाँ गए। यह भी कोई तरीका है! परेशान कर दिया।"

साड़ी के पल्लू से आँख पोंछकर वह उसकी ओर देखती रही और सहसा मुस्करा दी : "यह क्या स्वाँग बनाकर आए हो? कान में फूलों का गज़रा लटका रखा था। किसके पास गए थे?"

मगर नत्थू चुप रहा, और चुपचाप खाट पर जा बैठा।

"शराब पी है तो हँसते-गाते क्यों नहीं हो। पहले जब पीते थे तो हँसते हुए घर लौटते थे।"

नत्थू की पत्नी भगवान से धीरज का वरदान लेकर आई थी। नत्थू क्रोध में आकर कभी बकझक भी करता तो आगे से बोलती नहीं थी। इतना-भर कहती, "कह लो, कह लो, मन हल्का कर लो!" या फिर एक ओर को सिमटकर खड़ी हो जाती और होंठों पर उँगली रखकर कहती, "बस, बस, और कुछ मत कहो। बाद में तुम्हें ही पछतावा होगा।" अब किसी के मांस में तो कोई काँटा चुभोए, मिट्टी के लोंदे में कोई क्या काँटा चुभोए? उसके शीतल स्वभाव के कारण नत्थू चमार भी चुप रहने लगा था। पड़ोस की कोठरियों में कुछ नहीं तो बीस चमार और उनके परिवार रहते थे और सभी घरों से उसका मेल-मिलाप था, सभी का सुख-दुख बाँटती थी। अपने थोड़े में ही सन्तुष्ट रहनेवाली और भगवान से डरनेवाली स्त्री थी। कुछ लोगों में स्वभाव से ही ऐसी सूझ होती है कि वे अपनी स्थिति को भली भाँति समझ

लेते हैं और ज़िन्दगी से कुछ भी ऐसा नहीं माँगते जिसके मिलने की सम्भावना न हो। इसीलिए उनका मन सदा खिला-खिला रहता है।

नत्थू अभी भी चुपचाप बैठा था।

"तुम बोलते क्यों नहीं? तुम इतनी देर बाहर रहे, मैं मछली की तरह तड़पती रही हूँ।"

नत्थू ने आँख उठाकर अपनी पत्नी की ओर देखा। एक बाढ़-सी उसके दिल में उठी। सहसा उसने सिर झटक दिया : भाड़ में जाए मुरादअली और उसका सुअर! उसने मन ही मन कहा। हम तो घर लौट आए हैं!

"बाड़ेवाले मेरे बारे में पूछते थे?"

"हाँ पूछते थे, एकाध बार पूछा था।"

"तुमने क्या कहा?"

"मैंने कहा काम पर गए हैं। आते ही होंगे।"

"क्या बार-बार पूछते थे?"

"नहीं जी, लोग काम पर जाते नहीं हैं? शाम को साथवाली ने पूछा तो मैंने कहा घोड़े की खाल उतारने गए हैं।"

एक हल्की-सी मुस्कराहट नत्थू के होंठों पर दौड़ गई।

"मगर तुम कहाँ गए थे?"

"फिर बताऊँगा।

नत्थू की पत्नी उसके मुँह की ओर देखती रही। पहले तो ऐसा कभी नहीं हुआ था कि नत्थू उससे कोई बात छिपा जाए। मगर चुप रहना बेहतर था, चुप रहूँगी तो कुछ दिन बाद अपने-आप बता देगा।

"नहीं पूछूँगी, तुम नहीं चाहते तो नहीं पूछूँगी।...खाना खाओगे? मैं अभी मिनटों में गरम-गरम रोटियाँ सेक देती हूँ। चाय के साथ रोटी खा लो।"

और वह खाट पर से उतर आई। पर किसी भावावेश में नत्थू ने उसे रोक लिया और अपनी ओर खींचकर अपने पास बैठाए रखा।

"नहीं, तुम इधर ही बैठो।" पत्नी उसके साथ सटकर बैठी रही।

"तुमने खाना खाया?" नत्थू ने भावावेश में उसके बाल सहलाते हुए पूछा।

"हाँ खाया।"

पत्नी को नत्थू का व्यवहार अनोखा-सा लगा।

"झूठ बोलती हो। सच बता, खाना खाया?"

पत्नी ने आँख उठाकर हँसते हुए कहा, "हमने बनाया था, पर हमसे खाया नहीं गया।"

"सुबह को खाया था या नहीं?"

"खाया था।"

"फिर झूठ! सच-सच बता, खाया था?"

उसने फिर पति की ओर देखा और हँस दी, "नहीं खाया था। मैं तुम्हारी बाट देख रही थी, खाती कैसे?"

"और जो आज रात भी मैं नहीं आता, तो?"

"आते क्यों नहीं, मुझे मालूम था तुम आओगे।"

कोई धूमिल अस्पष्ट-सी अकुलाहट थी जो नत्थू के दिल को अभी भी मथ रही थी। इस धुकधुकी के कारण वह सड़कों पर चक्कर लगाता रहा था, इसी कारण उसने शराब पी थी। पत्नी के साथ बैठने पर भी अन्दर ही अन्दर कोई शंका उसका कलेजा चाट रही थी। सहसा नत्थू को खटका-सा हुआ और उसे लगा जैसे मुरादअली दरवाज़े के बाहर खड़ा है और उसकी छड़ी की नोक दरवाज़े पर रखी है। उसका दिल धक् से रह गया। फिर उसने मन ही मन अपने को आश्वासन देते हुए कहा, "मुरादअली ने मुझे पहचाना नहीं होगा वरना बात तो करता। चुपचाप चला गया। उसने ज़रूर यही समझा होगा कि कोई पियक्कड़ है, जो नशे में धुत्त, उसे परेशान करने आया है। आख़िर पाँच रुपए का नोट वह मेरे हाथ में देकर गया था।"

"मैं जानती थी तुम्हें कोई क्लेश हे। तुम खुश नहीं हो। इसीलिए मैं घबरा रही थी।"

नत्थू ने घूमकर पत्नी को देखा। वह एकटक उसकी ओर देखे जा रही थी।

"लोग कहते थे शहर में गड़बड़ का डर है। किसी ने सुअर मारकर किसी मसीत के आगे फेंक दिया था। इससे भी मैं घबरा रही थी। मैं कहूँ, कोई गड़बड़ हो गई तो मैं तुम्हें कहाँ ढूँढ़ने जाऊँगी।"

नत्थू ठिठककर पत्नी के चेहरे की ओर देखने लगा।

"कौन-सा सुअर? कैसा सुअर?"

"सुअर कैसे होते हैं," उसकी पत्नी हँस दी। उसे भला लग रहा था कि

नत्थू लौट आया है, वह चाहती थी कि दोनों बैठे रहें और इसी तरह बतियाते रहें।

"काला था या सफ़ेद?" नत्थू ने पूछा। उसके कान पत्नी के उत्तर की ओर लगे हुए थे।

"इससे क्या फ़र्क़ पड़ता है?"

"तुमने देखा था?"

"मैं सुअर देखने जाऊँगी क्या? मुझे क्या पड़ी है?"

"बाड़े में किसने देखा है?"

"तुम भी कैसी बातें करते हो जी। बाड़े के लोग सुअर देखने जाएँगे? सुनी-सुनाई बात लोगों ने कह दी।"

रात गहराने लगी थी। आसपास की कोठरियों में से आवाज़ें आना लगभग बन्द हो चुका था।

"बाहर सोओगे या अन्दर?" पत्नी ने कनखियों से पति की ओर देखते हुए पूछा।

"क्यों?"

"तुम्हारा क्या भरोसा? बाहर सो रहे हों तो उठाकर अन्दर ले आते हो। हमने सोचा पहले ही पूछ लें। जो तुम्हारी नीयत ख़राब हो तो पहले ही अन्दर पड़े रहें। अन्दर उमस बहुत है।" और वह बैठी-बैठी अपने बाल खोलने लगी।

"तुमने कुछ नहीं बताया, खाना खाओगे या नहीं? चाय बना दूँ? इतने गुमसुम क्यों बैठे हो? कल तुम नहीं थे, घर काटने को दौड़ता था।"

पत्नी को लापरवाही से बाल खोलते देख वेदना-भरी उन्माद की लहर नत्थू के तन-बदन में उठी और उसने पागलों की तरह अपनी पत्नी को बाँहों में भर लिया और उसके गाल, उसके होंठ, उसके बाल, उसकी आँख बार-बार चूमने लगा, यह भावावेग उत्तरोत्तर बढ़ता गया और उसका रोम अपनी पत्नी के गदराए और उसकी उत्तेजित साँसों में खोने लगा।

"मैं तीन बार रोई हूँ आज के दिन। बरामदे में खड़ी घंटों तुम्हारी राह देखती थी, फिर अन्दर आकर रो देती थी। मुझे लगता था जैसे अब तुम लौटकर नहीं आओगे।"

पत्नी के आलिंगनों में नत्थू खोता जा रहा था, दीन-दुनिया को भूलता जा रहा था, उसके भूखे बेचैन होंठ तृप्ति के लिए भटकते हुए कभी पत्नी के

होंठों से जा लगते, कभी उसके स्तनों को जा पकड़ते। हाँफता हुआ वह पत्नी के अंग-अंग में त्राण और सुख और विस्मृति की खोज में जैसे भटक रहा था।

तभी मैदान के पार कुत्ते ज़ोरों से भूँकने लगे। और दूर कहीं से दबा-दबा-सा शोर कानों में पड़ने लगा। नत्थू को किसी बात का होश नहीं था। पर कुछ ही देर में नत्थू की पत्नी की नज़र छत के नीचे दीवार पर पड़ गई। रोशनदान के सामने की दीवार पर हल्की-सी रोशनी थिरक रही थी, लगा जैसे कोई लाल-सी छाया नाचने लगी है। उसे लगा जैसे दीवार पर पड़नेवाली रोशनी काँप रही है। दूर से दबा-दबा शोर सुनाई देने लगा।

''यह क्या है जी?'' दीवार की ओर देखते हुए पत्नी बोली, ''वह देखो तो दीवार पर। यह कैसी रोशनी है? लगता है जैसे आग की लपट हो। कहीं आग लगी है क्या? सुनो तो, यह शोर कैसा है?''

नत्थू ने सिर उठाकर देखा तो एक हल्की कराह-सी उसके मुँह में से निकली। कुत्ते और भी ज़्यादा ज़ोर से भूँकने लगे थे, और दूर का शोर बढ़ने लगा था। उसकी अस्फुट-सी गूँज वातावरण में फैल रही थी, बढ़ते आते लश्करों की आवाज़ की तरह। दीवार के ऊपरी हिस्से में लौ और भी ज़्यादा अस्थिर, और भी ज़्यादा गहरी हो उठी थी, मानो आग के हिलते साए हों।

''कहीं आग लगी है!'' उसने भर्राई-सी आवाज़ में कहा, और उठ बैठा।

तभी भिनभिनाते शोर के ऊपर तैरती-सी किसी घड़ियाल के बजने की आवाज़ आई : दोनों के लिए नई-सी आवाज़ थी। यों हर रोज़ ही शेखों के बाग़ में लगी घड़ी की आवाज़ आया करती थी। चौके से निबटने के बाद जब नत्थू की पत्नी आती और दोनों सोने की तैयारी कर रहे होते और घंटा बजता तो पत्नी अक्सर दस गिना करती थी। कभी-कभी ग्यारह भी सुनने को मिलते, पर यह शेखों की घड़ी की आवाज़ थी, किसी घड़ियाल के बजने की आवाज़ जिसे नत्थू ने भी पहले कभी नहीं सुना था। घड़ियाल बराबर बज रहा था और बढ़ते शोर में उसकी टुनटुनाती आवाज़ कभी साफ़ सुनाई देती, कभी थोड़ी देर के लिए डूब जाती थी, फिर आवाज़ के ऊपर तैरती हुई-सी उसके कानों तक पहुँच जाती।

दूर का शोर बढ़ता जा रहा था। बाड़े के अन्दर से, कोठरियों में से आवाज़ें आने लगी थीं। लोग जाग-जागकर कोठरियों के बाहर आ रहे थे।

''मंडी में आग लगी है!'' कोई आदमी ज़ोर से चिल्लाया। तभी सहसा

कहीं दूर से आवाज़ें आईं। आवाज़ बहुत ऊँची थी, बहुत साफ़ थी :

"अल्लाहो-अकबर!"

नत्थू का शरीर सिर से पाँव तक झनझना उठा। वह आँखें फाड़े छत की ओर देखे जा रहा था। लगता था जैसे उसे लकवा मार गया हो।

"चलो बाहर चलें," उसकी पत्नी ने सहमी-सी आवाज़ में कहा, "बाड़ेवालों से पूछें, मुझे यहाँ डर लगता है।"

मगर नत्थू उसे पकड़े रहा, और जड़-सा खाट पर बैठा रहा।

थोड़ी देर बाद बढ़ते शोर में एक और आवाज़ बहुत से कंठों में से एक साथ फूटकर आई :

"हर-हर-हर महादेव!"

अन्तिम शब्द बहुत लम्बा करके बोला गया था।

इस बढ़ते शोर और बराबर बजते हुए घड़ियाल के बीच बार-बार ये ऊँची आवाज़ें सुनाई देने लगी थीं। लगता जैसे कोई बहुत बड़ा पर्व मनाया जाने लगा है।

आख़िर नत्थू की पत्नी से न रहा गया। वह नत्थू से बाजू छुड़ाकर उठी और दरवाज़ा खोलकर बाहर चली गई। नत्थू अभी भी फटी-फटी आँखों से छत की ओर देखे जा रहा था।

□□

यही शोर, एक अस्फुट-सी स्वर-लहरी बनकर, शहर के बाहर, दूर रिचर्ड के बँगले की दीवारों के साथ भी टकराने लगा था। इस गहराती गूँज में कुछ देर बाद घड़ियाल की टुन-टुन भी तैरती हुई आने लगी। रिचर्ड उस समय गहरी नींद में सो रहा था लेकिन लीज़ा उसे सुनकर जाग गई थी। आवाज़ को सुनकर पहले तो लीज़ा को लगा जैसे उसी के कमरे में लगी घंटी धीमे-धीमे टुनटुनाने लगी है, जैसे दिन के वक़्त हवा का झोंका आने पर टुनटुनाती थी। पर जब उसकी नींद पूरी तरह से टूटी तो उसे लगा जैसे वह आवाज़ भिन्न है। किसी-किसी वक़्त यह आवाज़ बिलकुल हवा में खो जाती, लगता जैसे हवा उड़ाकर ले गई है, फिर सहसा बज उठती, अन्धकार की बीहड़ दूरियों में से तैरती हुई-सी आ जाती है। लीज़ा की आँखों में नींद भरी थी। उसे किसी-किसी वक़्त लगता जैसे तूफ़ान में, सागर की लहरों से जूझते

अपना रास्ता खोजते किसी जहाज़ की घंटी बज रही हो।

उसने कोहनियों के बल उठकर रिचर्ड की ओर देखा। रिचर्ड हल्के-हल्के खर्राटे भर रहा था। रिचर्ड के चरित्र की ही खूबी कहिए कि तकिए पर सिर रखते ही सो जाता था। निर्लिप्त, निर्विकार पलँग पर लेटते ही वह गहरी नींद में खो जाता था।

लीज़ा के लिए कमरे का अँधेरा बोझिल हो रहा था। गेट पर पहरेदार के बूट चलते, सड़के को पीटते सुनाई दे रहे थे।

"यह क्या आवाज़ है, रिचर्ड?" और लीज़ा उसके पास सट गई।

"ऐं, क्या है?" रिचर्ड जाग गया।

"यह क्या आवाज़ है?"

"कुछ नहीं, सो जाओ।" और रिचर्ड ने करवट बदल ली।

पर लीज़ा ने अपनी बाँह उसके गले में डाल दी। "कहीं कोई घड़ियाल-सा बज रहा है रिचर्ड।" लीज़ा ने कहा, "जैसे किसी गिरजे की घंटी हो।"

रिचर्ड जाग गया। उसने ध्यान से सुना और कोहनियों के बल उठ बैठा।

"गिरजे की घंटी की आवाज़ ज़्यादा गहरी होती है। यह मन्दिर की घंटी जैसी आवाज़ है, हिन्दुओं के मन्दिर की घंटी जैसी!"

"यह इस वक़्त क्यों बज रही है रिचर्ड, क्या हिन्दुओं का कोई बड़ा दिन है? इस घड़ियाल को सुनते हुए लगता है जैसे समुद्र में तूफ़ान उठा हो और कोई जहाज़ ख़तरे की घंटी बजा रहा हो।" रिचर्ड चुप रहा।

शहर की ओर से आनेवाला भिनभिनाता-सा शोर उत्तरोत्तर बढ़ रहा था। कभी-कभी कोई आवाज़ इस भिनभिनाते शोर में से ऊपर उठ जाती, जैसे कोई किसी को बुला रहा हो फिर उसी शोर के सागर में डूब जाती। तभी अन्धकार की लहरों पर तैरती हुई एक और आवाज़ आई :

"अल्लाह-हो-अकबर!"

रिचर्ड का सारा शरीर एक बार तन गया, फिर थोड़ी देर में ही ढीला भी पड़ गया।

"क्या आवाज़ है? यह क्या आवाज़ है? इसका क्या मतलब है?"

'इसका मतलब है, गॉड इज ग्रेट!"

"यह आवाज़ इस वक़्त क्यों उठाई जा रही है? ज़रूर कोई धार्मिक पर्व होगा।"

"रिचर्ड मन ही मन हँस दिया।

"यह धार्मिक पर्व नहीं है लीज़ा, दरअसल शहर में हिन्दुओं और मुसलमानों के बीच फ़साद हो गया है।"

"तुम्हारे रहते फ़साद हो गया है रिचर्ड?"

रिचर्ड को लगा जैसे सब कुछ जानते-बूझते हुए लीज़ा यह अटपटा सवाल कर रही है।

"हम इनके धार्मिक झगड़ों में दखल नहीं देते। लीज़ा, तुम जानती तो हो।"

क्षण-भर के लिए लीज़ा को लगा जैसे वह किसी भयानक जंगल से चारों ओर से घिरी है, और दूर से आनेवाली आवाज़ें जैसे जंगल की ही आवाज़ें हैं, सियारों, गीदड़ों और तरह-तरह के जन्तुओं की आवाज़ें।

"तुमने इसे बन्द क्यों नहीं करवा दिया रिचर्ड? यहाँ मुझे डर लगता है।"

रिचर्ड चुप रहा। कोहनियों के बल बैठा रहा। उसका मस्तिष्क फिर से बड़ी तेज़ी से सोचने लगा था कि इस स्थिति में मुझे क्या करना होगा, सरकार की नीति को किस भाँति कार्यान्वित करना होगा।

लीज़ा ने अपनी बाँहें उसके गले में डाल दी थीं। "ये लोग लड़ेंगे तो तुम्हारी जान को भी तो ख़तरा है, रिचर्ड!" लीज़ा ने कहा और उसका दिल रिचर्ड के प्रति सहानुभूति से भर उठा। दुबला-पतला रिचर्ड, बर्बर लोगों के बीच अकेला घूम रहा है। ऐसे लोगों पर शासन क्या कोई आसान काम है?

बीच-बीच में, अन्धकार की गुफाओं में से निकलती हुई घड़ियाल की टुन-टुन की आवाज़ सुनाई दे जाती।

"ये लोग आपस में लड़ें, क्या यह अच्छी बात है?"

रिचर्ड हँस दिया।

"क्या यह अच्छी बात होगी कि ये लोग मिलकर मेरे ख़िलाफ़ लड़ें, मेरा ख़ून करें?" रिचर्ड ने कहा और करवट बदलकर एक हाथ से लीज़ा के बाल सहलाने लगा। "कैसा रहे अगर इस वक़्त ये आवाज़ें मेरे घर के बाहर उठ रही हों, और ये लोग मेरा ख़ून बहाने के लिए संगीनें उठाए बाहर खड़े हों?"

लीज़ा सिर से पाँव तक काँप उठी। वह रिचर्ड के और पास आ गई और

अँधेरे में उसके चेहरे की ओर देखती रह गई। उसे लगा जैसे मानवीय मूल्यों का कोई महत्त्व नहीं होता, वास्तव में महत्त्व केवल शासकीय मूल्यों का होता है। इतने में रिचर्ड फिर उठकर बैठ गया, ''शहर में गड़बड़ है लीज़ा, तुम सो जाओ। मुझे मालूम करना होगा।''

तभी टेलीफोन की घंटी बज उठी।

नौ

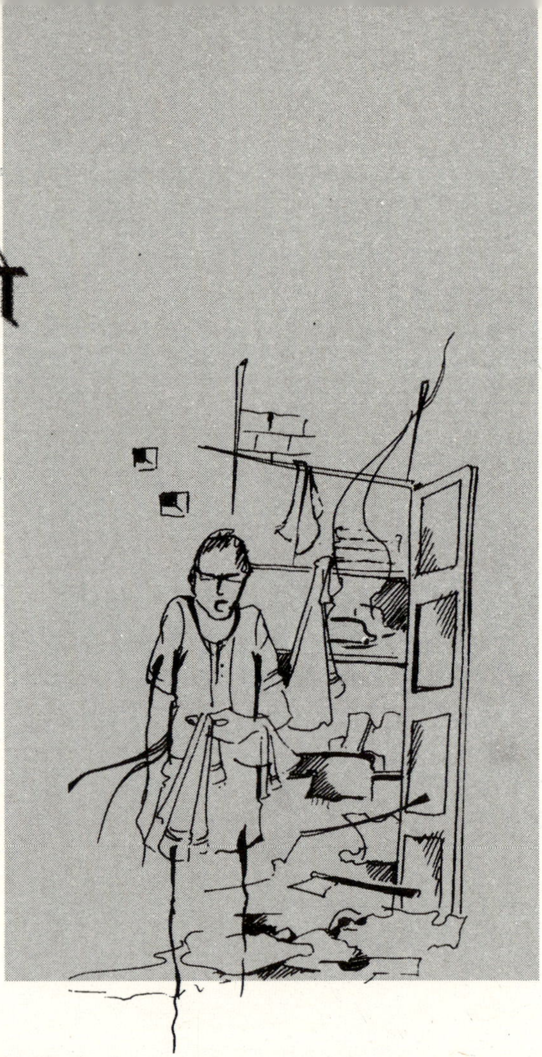

"ऐसा 'बेवाका' घर है, कोई चीज़ एक बार कहीं रख दो, फिर मिलती ही नहीं, ढूँढ़-ढूँढ़ मरो उसे।" लाला लक्ष्मीनारायण अलमारी के सामने खड़े बड़बड़ा रहे थे। अलमारी के निचले खाने में कपड़ों के नीचे उन्होंने एक नन्ही-सी कुल्हाड़ी रख छोड़ी थी जो इस समय नहीं मिल रही थी। और उधर शहर में गड़बड़ शुरू हो गई थी। दो बार वह कोठरी में से बाहर घरवाली से पूछने जा चुके थे कि तुमने तो कुल्हाड़ी नहीं देखी, और दोनों ही बार पत्नी ने एक सवाल के दो जवाब दिए थे।

"देखो जी, दातून मैं नहीं करती जो मुझे कुल्हाड़ी से दातून के लिए कीकर काटनी हो, लकड़ियाँ मैं नहीं फाड़ती कि मुझे कुल्हाड़ी की ज़रूरत होगी, आप क्यों बार-बार मुझसे पूछते हैं?"

"अब पूछना भी गुनाह है, कुल्हाड़ी न मिले तो तुमसे न पूछूँ तो किससे पूछूँ?"

"देखो जी, क्यों परेशान होते हो, ऊपर भगवान् भी तो है, उसी के सहारे बैठे रहो। इस छोटी-सी कुल्हाड़ी से तुम किस-किसका बचाव करोगे?"

कुल्हाड़ी सचमुच छोटी-सी थी, पीले रंग के दस्ते पर लाल और हरे रंग के बेलबूटे बने हुए थे। लालाजी बच्चों को एक बार मेले पर ले गए थे और वहाँ से यह कुल्हाड़ी लेते आए थे। फिर कुछ दिन तक सुबह घूमते समय छड़ी की जगह इसे अपने साथ ले जाते रहे थे, और उन्होंने देखा कि इससे कीकर पर से दातून के लिए टहनी तोड़ी जा सकती है। चुनाँचे यह उसे अपने साथ रोज़ ले जाने लगे थे और घर में दातूनों का ढेर लगने लगा था। अपनी ज़रूरत तो उन्हें एक दातून की रहती थी पर टहनी तोड़ो और उसे तराशते हुए घर लौटो तो एक टहनी में से कितने ही दातून निकल आते थे। पत्नी बचे हुए दातूनों को कचरे की टोकरी में फेंकने जाती तो इन्हें बुरा लगता :

"ताज़ा दातून फेंकने जा रही हो? कुछ तो ध्यान किया करो।"

"देखो जी, ताज़ा हों या पुराने, ये किसी के मतलब के तो नहीं। अब इन्हें रख के क्या करोगे?"

"तुम खुद दातून किया करो।"

"मेरे दाँत हिलते हैं। तुम्हारे दातूनों की मेहरबानी से ही हिलने लगे हैं, पहले लोहे जैसे मज़बूत हुआ करते थे।" वह कहती और सीढ़ियों के पास रखी कचरे की बाल्टी की ओर जाने लगती।

"देख नेकबख्त, एक दिन और इन्हें पड़ा रहने दे। जब सूख जाएँगे तो मैं कुछ नहीं कहूँगा, पर हरे दातूनों को कौन फेंकता है?"

आज कुल्हाड़ी खो गई थी। कुल्हाड़ी के घर में रहते उन्हें सुरक्षा का भास रहता था। कुल्हाड़ी न रहने पर लगता, वह निहत्थे हो गए हैं। और घर में इसके अतिरिक्त कोई ऐसी चीज़ न थी जिसे हथियार का नाम दिया जा सके। कुछेक मसहरी के डंडे थे या फिर रसोई के चाकू। तेल के नाम पर केवल एक शीशी सरसों के तेल की थी और कोयला न के बराबर। वानप्रस्थीजी

के प्रवचन के बावजूद लालाजी इन चीज़ों का कोई प्रबन्ध नहीं कर पाए थे। उन्हें मन-ही-मन विश्वास था कि सरकार फ़िसाद नहीं होने देगी। और अगर हो भी गया तो उसकी आँच बहुत जल्दी उन तक नहीं पहुँचेगी।

कुल्हाड़ी इस समय युवक संघ के 'शस्त्रागार' की शोभा बढ़ा रही थी। वह खिड़की के दासे पर रखी थी जहाँ रणवीर ने तीर कमानों के 'फल' एक के साथ एक सजाकर रखे थे।

''ऐसा 'बेवाका' घर है, अब मैं जाऊँ तो कहाँ जाऊँ?'' वह फिर बड़बड़ाए।

''तूने कुल्हाड़ी देखी है, नानकू?'' उन्होंने नौकर को बुलाकर पूछा।

''यहीं पर थी पिताजी, पर मैंने नहीं देखी।''

''घर में थी तो अब पंख लगाकर उड़ गई? तू मुझे चराता है? तुझे भी नहीं मालूम, तो कहाँ गई कुल्हाड़ी?''

''मैंने नहीं देखी, पिताजी।'' नानकू दहलीज़ पर खड़ा था।

अन्तरंग सभा की मीटिंग में उसी रोज़ प्रातः जब शहर की स्थिति पर बहस हो रही थी तो उन्हें हिन्दू-जाति की सामूहिक रक्षा का ख़्याल बार-बार आता रहा था। 'लड़कों को लाठी चलाना सिखाओ, इस काम में एक दिन की भी देरी नहीं करो। मैं इस काम के लिए पाँच सौ रुपए दूँगा।' लालाजी ने कहा था और देखते-ही-देखते उनकी प्रेरणा से अढ़ाई हज़ार रुपए इकट्ठे हो गए थे। पर उस समय उन्हें शत्रु से लोहा लेने, उसे नीचा दिखाने की धुन थी, अपने को वह सुरक्षित समझते थे। और वास्तव में वह थे भी सुरक्षित। पैसेवाले जाने-माने व्यक्ति थे, ऊँचे मकान में रहते थे, किसका हाथ उन पर उठ सकता था? आसपास मुसलमान लोग रहते थे लेकिन सभी छोटे तबके के थे। शहर के अनेक मुसलमान व्यापारियों के साथ लालाजी व्यापार करते थे। उनके साथ भी रखरखाव था। फिर डर किस बात का था। पर आग लग जाने पर शहर का माहौल बदल गया था, और सब कुछ जानते समझते हुए भी उनका दिल डूबने लगा था।

''सुनती हो? मुझे लगता है, होनहार कुल्हाड़ी को युवक समाज में दे आया है।''

''तुम जानो और तुम्हारा बेटा जाने। मुझे तो तुम लोग बेवक़ूफ़ समझते हो। मैं तुम्हारी बातों में पड़ूँ ही क्यों?''

"तुम्हें कुछ कहकर गया है?"

"कौन?"

"कौन क्या? रणवीर और कौन?"

"मुझे कुछ नहीं कह गया। तुम्हारे ही उपदेश दिन-भर सुनता रहता है, अब मैं क्या जानूँ कहाँ गया है। इस परलो की रात में बेटा घर पर नहीं है।"

लालाजी हाथ झटककर फिर कोठरी की ओर घूम गए। पर अब कोठरी में जाने में क्या तुक थी। कुल्हाड़ी तो वहाँ पर थी नहीं। उन्होंने कोठरी के कोने में रखे मसहरी के डंडे उठाए और बाहर आ गए। एक डंडा उन्होंने नानक को दिया और उससे कहा कि हाथ में लेकर नीचे दरवाज़े के पास जाकर बैठ जाए। दूसरा डंडा उन्होंने उस जगह दीवार के साथ टिकाकर रख दिया जहाँ उनकी पत्नी जवान बेटी के साथ खाट पर बैठी थी। एक डंडा उन्होंने अपने हाथ में ले लिया। थोड़ी देर उसे हाथ में लिये खड़े रहे, फिर अटपटा-सा महसूस करने लगे और उसे भी दीवार के साथ खड़ा कर दिया। फिर सीढ़ियाँ चढ़कर छत पर चले गए जहाँ पर घर का शौचालय बना हुआ था।

पिछली बार फ़िसाद भड़का था तो केवल मंडी में आग ही लगी थी, मार-काट नहीं हुई थी। अबकी बार हवा में ज़हर ज़्यादा था, लोग भड़के हुए थे। अन्तरंग सभा की मीटिंग तक तो लालाजी स्वयं भी भड़के हुए थे।

आग पहले से ज़्यादा फैल चुकी थी। उत्तर-पश्चिम की ओर आकाश लाल हो रहा था। इसी लाली में से कौंधती हुई आग की लपटें किसी महानाग की जीभ की तरह लपलपा रही थीं। आग इस वक़्त उत्तर की दिशा में धीरे-धीरे फैल रही थी, वैसे ही जैसे दसहरे पर लंका जलती है, और बराबर तेज़ हो रही थी। नीचे की ओर आग के बवंडर से घुमड़ते हुए नज़र आते गठरियों जैसे, फिर सहसा उनमें से नाचते हुए आग के शोले सीधे आसमान की तरफ़ लपकते। आकाश में लालिमा का पुट बढ़ने लगा था। किसी-किसी वक़्त लाल धूल का एक बादल-सा ऊपर को उठता और फिर छितरा जाता, लाल से धुएँ में बदलकर आकाश में बिखर जाता। तारे फीके पड़ चुके थे। क्षितिज के कुछ ऊपर तक का भाग गहरा लाल था पर उसके ऊपर लाली में पीलिमा घुलती जा रही थी। धुएँ का रंग भी जैसे सफ़ेद पड़ता जा रहा था। किसी-किसी वक़्त आग का कोई बवंडर सीधा ऊपर को उठता हुआ दूर

तक आकाश में चला जाता, जैसे एक बादल में से दूसरा बादल निकल रहा हो, घुमड़-घुमड़कर आगे बढ़ता जा रहा हो।

शौचालय में से निकलकर लालाजी छत की मुँडेर के पीछे खड़े हो गए। दहकते आकाश की पृष्ठभूमि में मकानों की छतों पर खड़े लोगों की आकृतियाँ अधिक स्पष्ट नज़र आने लगी थीं। सभी आग की ओर देख रहे थे। दूर तक फैले शहर के घरों के मुँडेर, बरसातियों के चौकोर ढाँचे एक तसवीर की तरह उघड़ आए थे। लालाजी का गोदाम बड़ा बाज़ार की एक गली में था जो मंडी से थोड़ा हटकर उत्तर-दक्षिण की ओर पड़ता था। उन्हें यह देखकर सन्तोष हुआ कि वहाँ पर अभी अँधेरा है, आग उस ओर को नहीं फैल रही थी।

मुँडेर पर से लालाजी ने झाँककर नीचे देखा तो पड़ोसवालों की छत पर तीन आदमी खड़े थे। तीनों का मुँह आग की ओर था। फतहदीन और उसका भाई और उनका बूढ़ा बाप खड़े थे। फतहदीन की नज़र आसमान की लाली को देखती हुई पिछवाड़े की ओर मुड़ गई तो उसे लालाजी खड़े नज़र आए।

"कैसा कहर टूटा है बाबूजी उफ्फो! कैसी बुरी आग लगी है।" उसने कहा।

लालाजी ने कोई जवाब नहीं दिया। पर पर फतहदीन ने आश्वासन के लहजे में कहा, "बेख़बर रहो बाबूजी, आपके घर की तरफ़ कोई आँख उठाकर भी नहीं देख सकता। पहले हम पर कोई हाथ उठाएगा, फिर आप पर उठने देंगे।"

"क्यों नहीं, क्यों नहीं, पड़ोसी तो इनसान के बाजू होते हैं, और फिर आप जैसे पड़ोसी!"

"आप बेफ़िक्र रहें, ये फ़सादी लोग फ़साद करते हैं, शरीफों को परेशान करते हैं। यहाँ सभी को एक ही शहर में रहना है, फिर लड़ाई-झगड़ा किस बात का? क्यों बाबूजी?"

"बेशक-बेशक!"

लालाजी को फतहदीन की बात पर विश्वास था भी और नहीं भी था। बीस बरस यहाँ रहते हो गए थे, इन लोगों से उन्हें कभी शिकायत नहीं हुई थी, पर आख़िर थे तो मुसलमान। यों डरने की ऐसी कोई बात नहीं थी। अगर किसी ने मेरे घर को आग लगाई तो मेरा तो केवल एक घर जलेगा,

मुसलमानों का सारा मुहल्ला जलेगा। फिर सुबह हयातबख़्श ने, जो मुस्लिम लीग का प्रधान था, यक़ीन दिलाया था कि उसके रहते कोई उनका बाल भी बाँका नहीं कर सकता। गोदाम के बारे में भी उन्हें विशेष चिन्ता नहीं थी। गोदाम के सारे माल का बीमा हो चुका था। फिर भी हालत बिगड़ते देर नहीं लगती और इन 'मुसल्लों' का एतवार नहीं किया जा सकता।

उन्हें चिन्ता थी तो केवल रणवीर की जो इस वक़्त घर नहीं था। जोशीला लड़का है, कहीं कोई भूल नहीं कर बैठे। यों तो मास्टर देवव्रत ने ही उसे गड़बड़ देखकर रोक लिया होगा। शाम के वक़्त रणवीर का एक मित्र कह भी गया था कि सभी लड़के मास्टर जी के पास हैं। पर क्या मालूम उसने मंडी का रुख कर दिया हो?

तभी उनके कानों में घड़ियाल की आवाज़ आई। सुनकर उन्हें सन्तोष हुआ। अन्तरंग सभा की बैठक में उन्हीं ने सुझाव दिया था कि ख़तरे की घंटी को ठीक करवा लिया जाए और उसमें नई रस्सी डलवा ली जाए। उन्हें यह देखकर खुशी हुई कि उनके सुझाव को अमली जामा पहना दिया गया है। पर दूसरे ही क्षण आग के इन बवंडरों के बीच घड़ियाल का बजना उन्हें बेमानी और निरर्थक-सा लगा।

❑❑

इधर ख़तरे की घंटी बज रही है, उधर मंडी जल रही है, हिन्दुओं का लाखों का नुकसान हो रहा है। हम हिन्दुओं को इसी चीज़ ने मारा है, और किसने मारा है...वह बड़बड़ाए।

वह पीठ पीछे दोनों हाथ बाँधे टहल रहे थे और बड़बड़ाते जा रहे थे। किसी-किसी वक़्त उनका दिल डूबने लगता। घर में जवान बेटी थी, अगर इस तरफ़ गड़बड़ हो गई तो मैं इन्हें कहाँ सँभालूँगा। और न जाने रणवीर कहाँ घूम रहा है।

"बड़ा 'बेवाका' लड़का है, किसी की नहीं सुनता। समाज-सेवा, समाज-सेवा, रट लगाए रहता है। जिसे अपने माँ-बाप की चिन्ता नहीं, वह समाज-सेवा क्या करेगा?"

कभी-कभी उन्हें लगता जैसे रणवीर ने अनाज मंडी का रुख कर लिया है जहाँ आग लगी है। और यह विचार मन में आते ही उनके सारे बदन में

सिहरन-सी दौड़ जाती।

और लोगों के भी बेटे हैं, वे भी मंडली में जाते हैं, लाठी चलाना सीखते हैं, पर यह नहीं कि ख़तरे के वक़्त घर के बाहर घूम रहे हों। बड़ा वीर सैनिक बना फिरता है।...उन्हें अपने पर क्रोध आया। मीटिंग में और लोग चुप बने रहते हैं, जबकि मैं बोलता रहता हूँ। पाँच सौ रुपया भी मुझसे निकलवा लिया, और किसी ने सौ से ज़्यादा नहीं दिया। मुझ पर अगर ऐसी-वैसी कोई बात हुई तो कोई 'भड़वा' नज़दीक नहीं आएगा। यहाँ मुसलमानों के मुहल्ले में मेरी मदद करने कौन आएगा?"

मुँडेर के पास खड़े होकर लालाजी ने घर के अन्दर झाँककर देखा। नीचे घुप्प अँधेरा था। जंगले के पास बेटी चुपचाप खाट के पायताने माँ से सटकर बैठी थी।

"हरि का नाम लो!" माँ कह रही थी, "हरि का नाम लो। गायत्री का जाप करो।"

और बेटी गोद में हाथ रखे गायत्री मन्त्र का पाठ करने लगी।

ऊपर से लालाजी ने धीमी आवाज़ में पूछा, "रणवीर आया है? क्यों रणवीर की माँ, रणवीर आ गया?"

"नहीं जी, अभी कहाँ आया है, कोई नहीं आया।"

"अच्छा धीरे बोल। तुझसे धीरे नहीं बोला जाता?"

लालाजी फिर छत पर टहलने लगे। बार-बार मन को हौसला देते : मेरे घर को आग लगाएँगे तो इनकी सारी गली जलेगी। पर आख़िर उनसे न रहा गया, बड़बड़ाते हुए सीढ़ियाँ उतर आए।

पर परिवार के सामने पहुँचे तो उनका रुख बदल गया।

"इस तरह गुमसुम होकर क्यों बैठी हो, रणवीर की माँ? घबराने की क्या बात है, हिम्मत से काम लो।"

माँ चुप रही। उसका दिल भी रणवीर के बारे में धक्-धक् कर रहा था, मन ही मन वह भी व्याकुल थी।

"हमें हिम्मत से काम लेने को कह रहे हैं, स्वयं तीन बार शौच हो आए हैं।" माँ ने धीरे से बुदबुदाकर कहा।

लालाजी जंगले के पास से हटकर कमरे की ओर चले गए।

थोड़ी देर बाद माँ को खटका-सा हुआ।

"विद्या, जा देख तो, तेरे पिताजी क्या करने गए हैं।"

विद्या उन्हीं क़दमों उठकर पिता के कमरे की ओर गई। लालाजी अपनी अढ़ाई गज धोती उतारकर पाजामा पहन रहे थे। विद्या उन्हीं क़दमों माँ के पास लौट आई।

"वह तो कहीं बाहर जा रहे हैं।" विद्या ने घबराई हुई आवाज़ में कहा।

"हे भगवान्, इनका कुछ पता नहीं चलता।" और माँ खाट पर से उतरकर सीधी अपने पति के कमरे में जा पहुँची, "देखो जी, मेरा गड़ा मुर्दा देखोगे अगर घर के बाहर क़दम रखोगे।"

"तो क्या करूँ?" उसकी भी सुध लूँ या घर पर बैठा रहूँ?"

"अपनी जवान बेटी को मेरे पास अकेली छोड़कर चले जाओगे। देखो तो कैसा कहर का वक़्त आया है।" माँ ने उत्तेजित आवाज़ में कहा।

"बेटा बाहर गया हो और मैं चूड़ियाँ पहनकर घर बैठा रहूँ? कुछ होश की बात कर।"

"बेटा तुम्हारा है तो मेरा भी है! इस वक़्त उसे ढूँढ़ने जाओगे तो कहाँ जाओगे? स्कूल बन्द पड़ा होगा, मन्दिर में से लोग कब के जा चुके होंगे। उसे कहाँ खोजते फिरोगे? समझदार लड़का है, ज़रूर कहीं रुक गया होगा। शाम को उसका दोस्त भी बोल गया था कि सभी लड़के मास्टरजी के घर में हैं। मैं कितना कहती थी, कोई ज़रूरत नहीं बच्चे को आर्यवीर बनाने की। यह पढ़े-लिखे, खाए-पीए। मगर नहीं, तुमने मेरी एक नहीं सुनी। उसके कवायदें करवाते रहे, लाठी चलाना सिखवाते रहे। मुसलमानों का शहर है, सारी उम्र हमें इन्हीं के साथ रहना है। समन्दर में रहकर मगर से बैर कहाँ की अक्लमन्दी है? अब देख लो क्या हो रहा है?"

"बहुत उपदेश नहीं दिया कर। क्या बुरा किया है जो वह युवक समाज में जाने लगा है तो? देश और समाज का काम करना ही चाहिए।"

"करो फिर देश और समाज का काम और भुगतो। पर मैं तो इस वक़्त बाहर नहीं जाने दूँगी। कुछ भी कर लो, मैं तुम्हें नहीं जाने दूँगी।"

लालाजी ने बाहर जाने का इरादा स्थगित कर दिया। उन्हें इस बात की आशा नहीं थी कि आग इतनी ज़्यादा भड़क उठेगी। उन्हें मुसलमानों के ख़िलाफ़ ग़ुस्सा तो अक्सर आया करता था, पर उन्हें इस बात का भी विश्वास था कि अंग्रेज़ उन्हें दबाकर रखेंगे।

"और लोग भी हैं, अफसरों के साथ, हमसायों के साथ, हिन्दू-मुसलमान सभी के साथ मेल-मिलाप बनाए रखते हैं। अपने समधियों को ही देखो, मुसलमानों का उनके घर ताँता लगा रहता है। तुमने न अफसरों के साथ बनाकर रखी, न हमसायों के साथ।"

वास्तव में यह बात जैसे उनकी पत्नी ने उन्हीं के मुँह से छीन ली हो। क्योंकि ऐन उस वक़्त वह भी इसी बात के बारे में सोच रहे थे। उनके समधी की गहरी दोस्ती शाहनवाज़ के साथ थी और शाहनवाज़ बड़ा असर-रसूखवाला मुसलमान था, उनकी मोटरें जगह-जगह चलती थीं, उसका पेट्रोल का ठेका था और लालाजी के समधी के साथ लुकमा तोड़ने जैसा रिश्ता था। सबसे अच्छा हो कि उसकी मदद से हम जैसे-तैसे यहाँ से कुछ दिन के लिए निकल जाएँ। आग भड़क उठी है तो जल्दी शान्त नहीं होगी और जाने क्या-क्या गुल खिलाए। बेटी को लेकर सदर बाज़ार में कुछ दिन के लिए चले जाएँ। पर यह कैसे सम्भव हो?

तभी दूर से नारों की गूँज सुनाई देने लगी। 'अल्लाहो-अकबर!' का नारा उठा तो दूर कहीं से, मगर वह बार-बार मकानों की छतों पर से दोहराया जाने लगा। मकानों की छतों पर चढ़े हुए, आग का तमाशा देखनेवाले लोग भी उसे दोहराने लगे। एक शोर-सा मचने लगा। दूर शिवाले की ओर से हिन्दू-नारों की भी आवाज़ आती लेकिन बहुत कम और बहुत धीमी-सी। आसपास कहीं भी उसे दोहराया नहीं जा रहा था। इससे लालाजी और भी ज़्यादा त्रस्त हो उठे।

"सुनो, रणवीर की माँ, तुम नानकू को ऊपर बुलाओ।"

"क्यों, क्या बात है?"

"हर बात के साथ क्यों नहीं लगाया करो, तुम उसे बुलाओ, मैं उसके हाथ एक चिट्ठी लिखकर भेजना चाहता हूँ।"

पत्नी लालाजी के चेहरे की ओर देखती रह गई, "इस वक़्त इसे भेजोगे? कहाँ भेजना चाहते हो?"

पत्नी का मन रणवीर की दिशा में दौड़ रहा था।

"यह रणवीर का पता लगाएगा? मास्टर ने आपको कहला जो भेजा है कि रणवीर उसके साथ है, अब क्यों परेशान होते हो? भगवान पर विश्वास रखो, और सुबह तक चुपचाप बैठे रहो।"

“नहीं, रणवीर के पीछे मैं इसे नहीं भेजना चाहता। मेरा एक दूसरा काम है...।”

“देखो जी, इस ग़रीब को कहाँ भेजोगे? बाहर कहर टूट रहा है। इसे कोई जानता नहीं, पहचानता नहीं।”

“तू हर बात में टाँग क्यों अड़ाती है? मैं नहीं चाहता कि विद्या को लेकर हम यहाँ पड़े रहें। कुछ भी हो सकता है। मैं समधी को ख़त लिख रहा हूँ कि अपने दोस्त शाहनवाज़ से कहकर हमें यहाँ से निकाल लें। जवान बेटी घर में है, मैं यहाँ नहीं रहना चाहता।”

“यह काम भी तो कल सवेरे ही हो सकता है ना, इस वक़्त तो नहीं हो सकता। क्या समधी तुम्हारी चिट्ठी पाकर शाहनवाज़ के घर जाएगा? तुम भी कैसी बातें करते हो जी।”

पर लालाजी ने नहीं माना। “एक बात इनके दिमाग़ में बैठ जाए तो निकलती नहीं।” पत्नी बुदबुदाई, फिर ऊँची आवाज़ में बोली, “यह कहाँ तुम्हारी चिट्ठी पहुँचाएगा? यह कुछ नहीं जानता।”

“क्यों नहीं पहुँचाएगा? इसे रखा किसलिए है? गलियों के रास्ते दो मिनट में समधियों के घर पहुँच जाएगा। पास ही तो है।”

“तुम क्यों इतनी जिद पकड़ लेते हो जी? यहाँ से निकालोगे भी तो दिन को ही निकालोगे, इस वक़्त किसी को लिखने से क्या लाभ? समधियों को भी परेशान करोगे।”

लालाजी क्षण-भर के लिए ठिठके खड़े रहे, फिर धीमी आवाज़ में बोले, “अगर हो सके तो आज रात ही निकल जाना चाहता हूँ।”

“ऐसी भी क्या बात है जी? तुम्हें हमसायों से डर लगता है, मुझे नहीं लगता। भगवान का नाम लो और चुपचाप बैठे रहो।” पत्नी ने कहा पर इसके बाद चुप हो गई।

कोई कारण रहा होगा जो यह इतने उतावले हो रहे हैं। नानकू के लिए जोखिम था पर जवान बेटी का ख़्याल आते ही माँ की स्थिरता भी डोल गई। क्या मालूम इसी समय यहाँ से निकल जाने में भला हो! भगवान न करे अगर कुछ हो गया तो मैं इसे कहाँ छिपाती फिरूँगी?

“इसे कहो मसहरी का डंडा साथ लेता जाए।” लालाजी ने नानकू के प्रति सद्भावना व्यक्त करते हुए कहा।

चिट्ठी देकर लालाजी देर तक नानकू को समझाते रहे, "अगर देखो किसी गली में शोर है तो दूसरी गली में मुड़ जाना। हो सके तो मन्दिर में से चपरासी को साथ ले लेना। अब जाओ, देरी नहीं करो। जैसे भी हो, ख़त पहुँचाकर आना।"

पर उसके जाने से पहले पत्नी फिर एक बार बिफरकर बोली, "देखो जी, भगवान के सहारे आज रात पड़े रहो। कल जो होगा देखा जाएगा। यह भी किसी माँ का बेटा है, क्यों इसे जलती आग में धकेलते हो?"

"कुछ नहीं होगा, कुछ नहीं होगा, मैं जा सकता हूँ तो यह नहीं जा सकता? इसके हाथों पर मेहँदी लगी है?"

पर तभी पिछली गली में किसी के भागते क़दमों की आवाज़ आई। आवाज़ नज़दीक आ रही थी और क्षण-प्रतिक्षण ऊँची होती जा रही थी। उसी रात गली में चलते क़दमों की हर आवाज़ ऊँची होती गई थी और कानों के साथ-साथ सीधे दिल पर बजती थी।

लालाजी चलते-चलते रुक गए। उनकी टाँगों में जैसे पानी भर गया था। दिल की धड़कन तेज़ हो गई। क्या रणवीर कहीं से भागकर आ रहा है?

भागते क़दमों की आहट से कौन किसी को पहचान सकता है?

सहसा किसी दूसरे व्यक्ति के भागते क़दमों की भी आवाज़ आने लगी। लगा जैसे कोई आदमी गली का मोड़ काटकर गली के अन्दर आ गया है और भागते व्यक्ति के पीछ-पीछे भागने लगा है।

फिर सहसा अँधेरे को चीरती हुई आवाज़ आई :

"बचाओ...ब...चा...ओ!"

लालाजी का शरीर सिर से पाँव तक सिहर उठा। गली के पिछले हिस्से में अब एक नहीं, दो-तीन भागते व्यक्तियों के क़दमों की आवाज़ आ रही थी। ये आवाज़ें खाट पर बैठी माँ और उसकी बेटी ने भी सुनीं, पास-पड़ोस के घरों की छतों पर खड़े लोगों ने भी सुनीं, वे सारे वातावरण में जैसे गूँज रही थीं।

"ब...चा...ओ!"

फिर आवाज़ आई। चीख़ती-सी आवाज़ थी, किसी बदहवास डरे हुए आदमी की आवाज़। इस आवाज़ से भी अपने बेटे की आवाज़ को पहचान पाना नामुमकिन था। भयाकुल, भागते हुए लोग सभी एक जैसी ही आवाज़

से पुकारते हैं।

गली में किसी चीज़ के फेंकने की आवाज़ आई। कोई लाठी थी या पत्थर था? किसी ने शायद भागते आदमी के पीछे लाठी फेंकी थी। या शायद कुल्हाड़ी फेंकी थी जो नज़दीक ही दीवार के साथ टकराई थी और फिर गली के फ़र्श के साथ टकराकर पटपटाती-सी आगे चली गई थी।

"पकड़ो...मा...रो...ए...मा...रो...ए!"

फिर बचाव की पुकार करनेवाला व्यक्ति हाँफता हुआ पैर पटपटाता, गली लाँघ गया था और गली लाँघते ही उसके क़दमों की आवाज़ दूर हो गई थी, धीमी पड़ गई थी जबकि उसका पीछा करनेवाले क़दमों की आवाज़ ऊँची होती जा रही थी।

क्या लाठी उसे लगी नहीं थी? क्या रणवीर पर किसी ने लाठी फेंकी थी? क्या रणवीर बचकर आ गया है? क्या वह अभी दरवाज़ा खटखटाएगा?

पीछा करनेवाले क़दम गली से बाहर चले गए थे। लालाजी का दिल धक्-धक् किए जा रहा था। उनके कान दरवाज़े पर लगे थे कि अभी कोई दरवाज़ा खटखटाएगा। पर किसी ने दरवाज़ा नहीं खटखटाया।

लालाजी के पैरों में गति आई। वह चलते हुए छज्जे पर गए ताकि सड़क पर से इन भागते लोगों को देखें। सड़क सुनसान पड़ी थी, सामने कच्चे घर की छत पर औरतें, मर्द और बच्चे खड़े थे, उन्होंने भी ये आवाज़ें सुनी होंगी। सभी निश्चेष्ट-से खड़े थे। तभी लगभग छज्जे के नीचे तीन आदमी सड़क पर से गली की ओर लौटते नज़र आए। तीनों ने मुश्कें बाँध रखी थीं, तीनों ज़ोर-ज़ोर से साँस ले रहे थे और तीनों के हाथ में लाटियाँ थीं।

"निकल गया सिखड़ा। जो भागता नहीं तो हम उसका पीछा भी नहीं करते।" उनमें से एक कह रहा था।

और उनके क़दम गली के अन्दर मुड़ गए और धीरे-धीरे दूर होने लगे।

लालाजी ने चैन की साँस ली और फिर से पीठ पीछे हाथ बाँधे कमरे में टहलने लगे। नानकू ने भी मसहरी का डंडा उठाया और सीढ़ियाँ उतरकर दरवाज़े के पीछे जा बैठा।

दस

दिन के उजाले में शहर अधमरा-सा पड़ा था, मानो उसे साँप सूँघ गया हो। मंडी अभी भी जल रही थी, म्युनिसिपैलिटी के फायर ब्रिगेड ने उसके साथ जूझना कब का छोड़ दिया था। उसमें से उठनेवाले धुएँ से आसमान में कालिमा पुत रही थी, जबकि रात के वक़्त आसमान लाल हो रहा था। सत्रह दूकानें जलकर राख हो चुकी थीं।

दूकानें बन्द थीं। दूध-दही की दूकानें कहीं-कहीं खुली थीं और उनके निकट दो-दो, चार-चार आदमी खड़े रात की घटनाओं के बारे में कयास लगा

रहे थे। मार-काट के बारे में अफवाहें ज़्यादा थीं, गवालमंडीवाले कहते रत्ता में दंगा हुआ है, रत्तावाले कहते कमेटी मुहल्ले में दंगा हुआ है।

नया मुहल्ला के चौक में एक घोड़ा मरा हुआ पाया गया था। शहर के बाहर गाँव को जानेवाली सड़क पर एक अधेड़ उम्र के आदमी की लाश मिली थी। कालिज रोड पर जूतों की एक दूकान और साथ में बैठनेवाले दर्जी की दूकान लूट ली गई थी। एक और लाश शहर के सिरे पर एक क़ब्रिस्तान में मिली थी। लाश किसी अधेड़ उम्र के हिन्दू की थी और उसकी जेब में से कुछ रेजगारी और दहेज के कपड़ों की एक फ़ेहरिस्त मिली थी।

मुहल्लों के बीच लीकें खिंच गई थीं, हिन्दुओं के मुहल्ले में मुसलमान को जाने की अब हिम्मत नहीं थी, और मुसलमानों के मुहल्ले में हिन्दू-सिख अब नहीं आ-जा सकते थे। आँखों में संशय और भय उतर आए थे। गलियों के सिरों पर, और सड़कों के नाकों पर जगह-जगह कुछ लोग हाथों में लाठियाँ और भाले लिये और मुश्कें बाँधे, छिपे बैठे थे। जहाँ कहीं हिन्दू और मुसलमान पड़ोसी एक-दूसरे के पास खड़े थे, बार-बार एक ही वाक्य दोहरा रहे थे : 'बहुत बुरा हुआ, बहुत बुरा हुआ है।' इससे आगे वार्तालाप बढ़ ही नहीं पाता था। वातावरण में जड़ता-सी आ गई थी। सभी लोग मन ही मन जानते थे कि यह कांड यहीं पर ख़त्म होनेवाला नहीं है, लेकिन आगे क्या होगा किसी को मालूम नहीं था।

घरों के दरवाज़े बन्द थे, शहर का कारोबार, स्कूल, कालिज, दफ़्तर सभी ठप्प हो गए थे। सड़क पर चलते आदमी को सारा वक़्त इस बात का भास बना रहता कि खिड़कियों के पीछे, मकानों की अँधेरी ड्योढ़ियों, दरारों, छिद्रों में से उस पर आँखें लगी हैं, उसका पीछा किए जा रही हैं। लोग अपने-अपने मुहल्लों में बन्द हो गए थे, केवल उड़ती अफवाहों के बल पर एक-दूसरे से सम्पर्क रखे हुए थे, खाते-पीते घरों के लोग अपने-अपने बचाव में उलझ गए थे। सार्वजनिक काम ठप्प हो गए थे। कांग्रेस की प्रभातफेरी और तामीरी काम और सभी काम एक दिन में ख़त्म हो गए थे। फिर भी सुबह-सवेरे, हस्बे-मामूल जरनैल जैसे-तैसे सड़कें लाँघता कांग्रेस के दफ़्तर के सामने पहुँच गया था। वहाँ पर ताला चढ़ा देखकर वह पौ फटने तक साथियों का इन्तज़ार करता रहा, और जब वे नहीं आए तो नाली के ऊपर बने चबूतरे पर खड़ा होकर उसने छोटी-सी तकरीर की और वहाँ से रवाना हो गया।

"साहिबान, चूँकि आज सभी बुजदिल चूहों की तरह घरों में घुसे बैठे हैं, मुझे अफसोस से कहना पड़ता है, कि आज प्रभातफेरी नहीं होगी, मैं आप सबसे माफ़ी चाहता हूँ और दरख़्वास्त करता हूँ कि आप सब शहर में अमन बनाए रहें। यह सब शरारत अंग्रेज़ की है जो भाई-भाई को आपस में लड़ाता है। जय हिन्द!" और वह चबूतरे पर से उतरकर लेफ्ट-राइट करता अँधेरे में खो गया था।

उधर रणवीर रात को घर नहीं लौटा था, लेकिन जैसे-तैसे मास्टर देवव्रत ने उसके कुशल-क्षेम की ख़बर लाला लक्ष्मीनारायण को भिजवा दी थी। दूसरे, लालाजी अभी सोच ही रहे थे कि क्या करें, कहाँ जाएँ, कि शाहनवाज़ स्वयं पहुँच गया था। ऊँचा लम्बा रोबीला शाहनवाज़, वह अपनी गहरे नीले रंग की ब्यूक गाड़ी लेकर आया था। शाहनवाज़ के साथ लालाजी की जान-पहचान तो थी, पर बेतकल्लुफी नहीं थी। देखते ही देखते लालाली, उनकी पत्नी और बेटी उसी मोटर में बैठकर मुहल्ले में से निकल गए थे। नानकू अकेला मकान की हिफाजत के लिए पीछे छोड़ दिया गया था।

"मुस्तैदी से चौकीदारी करना, सोए नहीं रहना, नानकू, सारा घर तुम पर छोड़कर जा रहे हैं।"

और मोटर रवाना हो गई थी। नीली ब्यूक गाड़ी सुनसान सड़कों पर बल खाती चली जा रही थी। जगह-जगह रास्ते पर खड़े लोगों की नज़र उन पर जाती थी, सभी देखते थे कि अगली सीट पर ड्राइवर की जगह तुर्रेदार पगड़ी पहने शाहनवाज़ बैठा था, दोस्तों का दोस्त, चिट्टा दमकता चेहरा और उसकी बग़ल में लाला लक्ष्मीनारायण बैठे हैं, और पीछे जनानी सवारियाँ बैठी हैं। यों निकलकर जाना बड़ी हिम्मत की बात थी, और जब कहीं सड़क पर लोगों की गाँठ नज़र आती, लालाजी दूसरी ओर देखने लगते थे, जबकि पिछली सीट पर बैठी लालाजी की पत्नी शाहनवाज़ को असीसें दे रही थी—ऐसे लोगों के दिल में भगवान बसता है जो मुसीबत में लोगों का हाथ पकड़ते हैं।

और अब ब्यूक गाड़ी, लालाजी और उनके परिवार को सदर बाज़ार में उनके किसी सम्बन्धी के घर छोंड़ देने के बाद फिर से शहर की सड़कों पर बढ़ती चली जा रही थी। अब शाहनवाज़ सीधे अपने जिगरी दोस्त रघुनाथ के डेरे पर जा रहा था। पर शाहनवाज़ को अपने बचाव की कोई चिन्ता नहीं थी, उसकी ब्यूक मोटर सभी जगह जाती थी।

जामा मस्जिद के सामने से होती हुई ब्यूक गाड़ी माई सत्तो के तालाब की ओर जा रही थी। सड़क के दोनों ओर के मकान छोटे-छोटे थे। छोटी-छोटी दूकानें, जिनके आगे लाठियों के सहारे सायबान खड़े किए गए थे, खंडहर-सी लग रही थीं। यह मुसलमानी इलाक़ा था। अधटूटा पुल पार करने के बाद मोटर सैयदों के मुहल्ले की ओर बढ़ चली। दाएँ-बाएँ के घर ऊँचे उठने लगे। छज्जोंवाले दो-मंज़िला, तीन-मंज़िला घर, नीचे आगे को बढ़े हुए चबूतरे, किवाड़ों-खिड़कियों के ऊपर रंगीन शीशे। यहाँ हिन्दू वकील और ठेकेदार रहते थे। एक-आध को छोड़कर सभी हिन्दू थे, शाहनवाज़ का अनेकों के साथ उठना-बैठना था, बेतकल्लुफी थी, दोस्ती-यारी थी। वह जानता था इस वक़्त झरोखों में लगी आँखें उसकी ओर देखे जा रही हैं, पर उसे इस बात का भी विश्वास था कि सभी आँखें उसे पहचानती हैं। फिर भी उसने मोटर की रफ़्तार थोड़ी तेज़ कर दी।

माई सत्तो के तालाब के पास पहुँचकर वह दाएँ हाथ को मुड़ गया। यह इलाक़ा मिला-जुला इलाक़ा था, सभी तरह के लोग रहते थे। दूकानों की एक लम्बी कतार जूतियाँ बनानेवालों की थी, ये लोग होशियारपुर से आए थे, सभी सिख थे, सभी दूकानें बन्द थीं। आगे चलकर कुछ कच्चे घर थे, जिनकी दीवारों पर गोबर की थापियाँ लगी थीं, यह इलाक़ा भी सुनसान पड़ा था। यह भंगियों की बस्ती थी। शाहनवाज़ की मोटर फिर धीमी हो गई। यहाँ संकट का साया इतना गहरा हुआ नहीं जान पड़ता था, बिजली के खम्भे के इर्द-गिर्द दो बच्चे, एक-दूसरे को पकड़ने की कोशिश करते हुए घूम रहे थे। उन्हीं के नज़दीक बच्चों की एक और टोली खेल रही थी। पास से गुज़रते हुए शाहनवाज़ ने ध्यान से उनकी ओर देखा। बच्चे घेरा बनाए खड़े थे और घेरे के अन्दर एक छोटी-सी लड़की कुर्ता ऊपर खींचकर ज़मीन पर लेटी थी और उसकी जाँघों पर एक नन्हा-सा लड़का बैठा था—उसने भी अपना कुर्ता ऊपर को चढ़ा रखा था। आस-पास खड़े सभी बच्चे हँसी से लोट-पोट हो रहे थे। "कमज़ात! इन्हें और कोई खेल नहीं सूझा!" शाहनवाज़ बुदबुदाया और हँसकर आगे बढ़ गया। इस इलाक़े में अभी तक तनाव नहीं आया था, यदि था तो नज़र नहीं आता था।

शाहनवाज़ के चेहरे की ओर देखते हुए यह नहीं लगता था कि कभी उसके मन में भी ओछे या क्षुद्र विचार उठ सकते होंगे। रोबीला जवान, छाती

तनी रहती, तुर्रा लहराता रहता, बूट चमचमाते रहते, सदा सरसराते धोबी के धुले कपड़े पहनता था। 'ईमान से, यह किसी लड़की की तरफ़ देखकर मुसकरा दे, तो वह मुसकराए बिना नहीं रह सकती!'–उसके बारे में कहा जाता था। पर यह वर्षों पहले की बात थी, अब वह धीर-गम्भीर दुनियादार आदमी था, पेट्रोल के दो पम्पों का मालिक, इसकी मोटरें-लारियाँ चलती थीं, पर फिर भी दोस्तपरवर, मिलनसार, हँसमुख और जज़्बाती, जैसा पहले हुआ करता था, अब भी था।

दोस्तपरवरी उसका ईमान थी। जब शहर में गड़बड़ शुरू हुई थी और वह रघुनाथ का सुख-समाचार लेने आया था तो उसने रघुनाथ के घर की बगल में बैठनेवाले नानबाई से कहा था, "देख फकीरे, दोनों कान खोलकर सुन ले। अगर मेरे यार के घर को किसी ने बुरी नज़र से देखा तो मैं तुझे पकड़ूँगा। कोई इस घर के नज़दीक नहीं आए।"

मोटर अब बड़ी सड़क पर आ गई थी। इलाक़ा खुल गया था, सड़कें चौड़ी थीं और आसपास के घर सड़कों से काफ़ी दूरी पर थे। इलाक़ा मुसलमानी था और मोटर धीमी रफ़्तार से चली जा रही थी। भाभड़खाने की ओर जानेवाली सड़क के सिरे पर मौलादाद खड़ा था। पीछे एक दूकान के चबूतरे पर पाँच-सात आदमी मुश्कें बाँधे और लाठियाँ और भाले हाथ में लिये बैठे थे। मौलादाद आज भी अपनी निराली पोशाक में था, खाकी रंग की बिरजिस, गले में हरे रंग का रेशमी रूमाल। शाहनवाज़ की मोटर को आता देखकर आगे बढ़ आया था। "क्या ख़बर है?" शाहनवाज़ ने मोटर खड़ी करते हुए पूछा।

"क्या ख़बर है खानजी, उधर पिछले मुहल्ले में काफिरों ने एक ग़रीब मुसलमान को मार डाला है।" कहते हुए मौलादाद के होंठों पर गुस्से से झाग आ गया।

मौलादाद की नज़र में गुस्सा था, मानो वह कह रहा हो : 'तुम तो खान जी, काफिरों से बग़लगीर होते हो, उनके साथ उठते-बैठते हो जबकि मुसलमान मर रहे हैं।' पर वह कुछ भी बोला नहीं। मौलादाद जानता था कि उसकी पहुँच उस जगह तक नहीं जा सकती जिस जगह तक शाहनवाज़ की पहुँच जा सकती है। शाहनवाज़ का उठना-बैठना डिप्टी-कमिश्नर तक से था, शहर के रईसों तक था, जबकि मौलादाद कमेटी के आस-पास ही बरसों से

चक्कर काट रहा था।

"पाँच काफिर हमने भी काटे हैं। इनकी माँ की..."

शाहनवाज़ ने सुना-अनसुना कर दिया और मोटर चला दी।

वह थोड़ी दूर ही आगे गया था जब दाईं ओर एक गली में से सहसा बहुत-से लोग नमूदार हुए। चुपचाप चलते हुए लोग सड़क पार करने लगे थे। जनाज़ा था। आगे-आगे हयातबख्श चला जा रहा था। सिर पर कुल्ला, सफ़ेद कमीज़ और सलवार। लोगों के पैरों की हल्की-हल्की आहट हवा को जैसे थपकियाँ देती जा रही थी। शाहनवाज़ समझ गया था कि वह उसी मुसलमान की मय्यत होगी। जनाज़े के पीछे दो छोटे-छोटे लड़के भी जा रहे थे जो ज़रूर उसके बेटे रहे होंगे।

थोड़ी देर बाद सड़क साफ़ हो गई थी, शाहनवाज़ ने गाड़ी फिर चला दी।

फाटक लाँघकर शाहनवाज़ ने मोटर पेड़ के नीचे खड़ी कर दी और चाबी झुलाता बँगले की ओर बढ़ने लगा। पर्दे के पीछे खिड़की के पास रघुनाथ की पत्नी ने उसे सबसे पहले देखा, और उसे पहचानते ही उसे हार्दिक खुशी हुई।

"ओ कराड़, खोल दरवाज़ा।" बाहर से आवाज़ आई। रघुनाथ की पत्नी लपककर बाथरूम की ओर गई।

"शाहनवाज़ तुमसे मिलने आया है।" उसने दरवाज़े के बाहर पति को सम्बोधन करते हुए कहा, "मैं उसे बिठलाती हूँ, तुम आओ।"

दरवाज़ा खुलने से पहले ही शाहनवाज़ फिर से बोलने लगा था, "ओह याबू, बँगले में रहने लगा है तो दरवाज़ा ही नहीं खोलता।" फिर भाभी को सामने खड़ा देखकर अचकचा गया, "भाभी सलाम! किधर है मेरा यार?" उसने कहा और बैठनेवाले कमरे में दाखिल हो गया।

रघुनाथ की पत्नी ने बताया कि रघुनाथ बाथरूम में था और वह शाहनवाज़ के निकट कुर्सी पर बैठ गई।

"यहाँ कैसा है भाभी?" कोई तकलीफ तो नहीं? अच्छा किया वहाँ से निकल आए।"

"अच्छा है, पर अपना घर तो अपना ही होता है। अब न जाने कभी उसमें जाना होगा या नहीं!" कहते-कहते उसकी आँखें भर आईं।

शाहनवाज़ भी भावुक हो उठा। "रो नहीं भाभी, अगर मैं ज़िन्दा रहा तो

तुम लोग ज़रूर फिर अपने घर में जाओगे। तू बेफ़िक्र रह।''

रघुनाथ की पत्नी शाहनवाज़ से पर्दा नहीं करती थी। उसके दोस्तों में से यही एक मुसलमान दोस्त था जिसके सामने वह बेझिझक आ जाती थी। रघुनाथ को इस बात का गर्व हुआ करता था कि उसका सबसे नज़दीकी दोस्त एक मुसलमान है।

''फातिमा को नहीं लाए? जब आते हो अकेले चले आते हो?''

''शहर में गड़बड़ है भाभी, तुम क्या समझती हो, मैं सैर को निकला हूँ?''

''तुम आ सकते हो तो वह नहीं आ सकती? मोटर में वह भी बैठ सकती थी।''

तभी रघुनाथ आ गया।

''ओ याबू, तुझे यहाँ भी टट्टियाँ लगी हैं। उधर से भाग के आया है काफिर और यहाँ भी टट्टियाँ करने लगा है।''

और दोनों बग़लगीर हो गए। शाहनवाज़ का दिल फिर भावोद्रेक में डूब-डूब गया। ''इस मेरे यार पर तो मेरी जान भी क़ुर्बान है, इसे कोई हाथ लगाकर तो देखे, उसकी चमड़ी उधेड़ दूँ?''

भाभी बाहर जाने को हुई तो शाहनवाज़ ने उसे रोक दिया, ''कहाँ जा रही हो भाभी, मैं खाना-वाना नहीं खाऊँगा।''

''क्यों? खाना क्यों नहीं खाओगे?''

''यह तो बोलता ही रहेगा जानकी, तुम खाना तैयार करो।'' रघुनाथ बोला।

''जा जा, भिंडी खिलाएगा, मैं भिंडी नहीं खाता, भाभी मेरे लिए कुछ नहीं बनाना।''

पर जानकी जा चुकी थी, उसने पीछे से आवाज़ दी, ''खुदाकसम भाभी, मैं कुछ नहीं खाऊँगा। मुझे जल्दी जाना है, मैं दो मिनट के लिए आया हूँ।''

''खाना नहीं खाओगे, चाय तो पियोगे?'' भाभी कमरे की दहलीज़ पर लौट आई थी।

''यह तो मैं पहले से जानता था तुम खाना नहीं खिलाओगी, पर लाओ तुम चाय ही पिला दो।''

दोनों दोस्त बैठ गए। रघुनाथ ने गम्भीर आवाज़ में कहा, ''बहुत गड़बड़ है, दिल को बड़ा दुख होता है, भाई-भाई का गला काट रहा है।''

पर सहसा इस वाक्य से दोनों के बीच एक तरह की दूरी-सी पैदा हो गई। उनके आपसी रिश्ते की बात और थी, हिन्दू-मुसलमान के रिश्ते की बात दूसरी थी, इस वाक्य से रघुनाथ ने मानो निजी रिश्ते के साथ जातियों के रिश्ते को जोड़ने की कोशिश की थी जिसके बारे में दोनों के अपने अलग-अलग विचार थे।

"सुना है गाँवों में भी फ़साद शुरू हो गए हैं।" रघुनाथ ने कहा। पर इस विषय पर अधिक वार्तालाप की गुंजाइश नहीं थी। दोनों अटपटा-सा महसूस करने लगे। यह विषय उनके हार्दिक वार्तालाप पर कोहरे की चादर-सा बिछ गया था।

"छोड़ याबू, तू अपनी बात कर।" शाहनवाज़ ने विषय बदलते हुए कहा, "जानता है कल मेरी किससे मुलाक़ात हो गई? भीम से।" शाहनवाज़ ने चहककर कहा।

"कौन-सा भीम?" रघुनाथ ने पूछा और फिर दोनों ठहाका मारकर हँस पड़े। भीम उनका लड़कपन का सहपाठी रहा था और किसी छोटे-से 'डेपुटी असिस्टेंट सिटी पोस्टमास्टर' का बेटा था और इसी नाम से अपना परिचय दिया करता था। इसी कारण सभी दोस्त उसका मज़ाक़ उड़ाया करते थे।

"यहीं रहता है काफिर, दो साल से, कभी मिला ही नहीं।" शाहनवाज़ ने कहा और शाहनवाज़ फिर ताली बजाकर हँस दिया। "मैंने दूर से ही उसे पहचान लिया, मैंने ज़ोर से कहा, 'डेपुटी असिस्टेंट सिटी पोस्टमास्टर साहिब!' कम्बख़्त खड़ा हो गया। पर मिला बड़े प्यार से।"

भाभी चाय ले आई थी। मेज़ पर रखते हुए बोली, "मुझे आपसे एक काम है खानजी?"

भाभी के आ जाने से दोनों को इत्मीनान हुआ। फ़सादों के बारे में बात करते समय दोनों अटपटा महसूस करते थे, और मिल बैठें और इस भयानक स्थिति की चर्चा न करें, यह भी अटपटा लगता था। बचपन के मज़ाक़ और हँसी-मज़ाक़ भी इस परिप्रेक्ष्य में कुछ-कुछ खोखले लगने लगे थे।

"कहो न, भाभी।"

"अगर तकलीफ न हो तभी।"

"तुम कहो भी।"

"मेरे और मेरी जेठानी के ज़ेवरों का एक डिब्बा घर में पड़ा है, वह

निकलवाना है। जब आए थे तो थोड़ा-सा सामान लेकर चले आए, मैं कुछ भी साथ नहीं लाई।''

''इसमें क्या मुश्किल है भाभी, छोटा-सा तो काम है। कहाँ रखे हैं?''

''अधछत्तीवाली कोठरी में।''

शाहनवाज़ उनके घर के कोने-कोने से परिचित था। दोस्तों में यही एक दोस्त घर के अन्दर आ सकता था।

''उस पर तो ताला चढ़ा होगा? इतना बड़ा सिक्के का ताला।''

''मैं चाबियाँ देती हूँ। मैं जगह भी समझा दूँगी।''

''निकाल लाऊँगा। आज ही निकाल लाऊँगा।''

''मिलखी वहाँ पर होगा, वह ताला-वाला खोल देगा।''

''मिलखी वहीं पर है। मैं सुबह उस तरफ़ चक्कर लगा आया हूँ। उसे ख़बरदार करता रहता हूँ।''

''खाना-वाना कहाँ खाता है?''

''सारा घर उसके पास है। वहीं रसोईघर में खाना बना लेता होगा और क्या?'' रघुनाथ बोला।

''रसद तो इतनी है कि छह महीने तक खाए तो ख़त्म नहीं होगी।'' रघुनाथ की पत्नी ने कहा, फिर शाहनवाज़ की ओर देखकर बोली, ''फिर लाऊँ चाबियाँ?''

शाहनवाज़ फिर भावुक हो उठा, उसे फिर गर्व का भास हुआ। हज़ारों के ज़ेवर की चाबियाँ भाभी मेरे हाथ में दे रही है, मुझे अपना समझती है तभी तो।

भाभी चाबियाँ खनकाती ले आई।

''और जो मैं तुम्हारा ज़ेवर हज्म कर जाऊँ तो, भाभी?''

''तुमसे ज़ेवर अच्छा है, खानजी? तुम उसे फेंक भी आओ तो मैं 'सी' नहीं करूँगी। मैं कहूँगी तुम्हारी बला से।''

और फिर गुच्छों में से चुन-चुनकर चाबियाँ दिखाने और समझाने लगी।

थोड़ी देर बाद शाहनवाज़ जाने के लिए उठ खड़ा हुआ। दोनों दोस्त बाहर आए और चुपचाप चलते हुए मोटर तक आ गए।

''किस मुँह से तुम्हारा शुक्रिया अदा करूँ शाहनवाज़, तुमने मुझ पर बहुत बड़ा अहसान किया है।'' रघुनाथ के दिल से अपने-आप ही जैसे कृतज्ञता

के शब्द निकल आए थे।

"ओ चुप ओए, कराड़!" शाहनवाज़ ने कहा। "जा घर जाकर बैठ, टट्टी कर!" उसने कहा और मोटर का दरवाज़ा खोलकर अन्दर बैठ गया। रघुनाथ ठिठका खड़ा रहा।

"जा ना, जा, इधर मेरा मगज़ क्यों चाट रहा है?"

रघुनाथ फिर भी खड़ा रहा। उसने हाथ मिलाने के लिए हाथ बढ़ाया, "जा न, अब जा न, मेरा हाथ गन्दा नहीं कर। जा किसी वाक़िफ़ से बात कर। जा-जा, क्यों खड़ा मग़ज चाट रहा है? तेरे जैसे बहुत देखे हैं।"

और शाहनवाज़ ने मोटर चला दी।

□□

दोपहर ढल चुकी थी जब ज़ेवरों का डिब्बा लेने शाहनवाज़, रघुनाथ के पुश्तैनी घर पर पहुँचा।

मिलखी ने दरवाज़ा देर से खोला, "कौन है जी?"

"खोलो दरवाज़ा, मैं हूँ शाहनवाज़।"

"कौन जी?"

"खोलो-खोलो, मैं शाहनवाज़ हूँ।"

"जी आया जी, अन्दर से ताला लगा है जी, अभी लाता हूँ जी चाभी, अँगीठी पर रखी है।"

सड़क के पार फीरोज़ खालवाले का गोदाम था। फीरोज़ अपने गोदाम के चबूतरे पर खड़ा खालों की दो गाँठों को ठिकाने लगा रहा था। शाहनवाज़ ने उस ओर देखा तो वह बुत की तरह खड़ा शाहनवाज़ की ओर देखे जा रहा था। शाहनवाज़ ने मुँह फेर लिया, पर उसे लगा जैसे अभी भी फीरोज़ उसकी ओर नफरत से देखे जा रहा था।

'आज भी हिन्दुओं के घर का दरवाज़ा खटखटा रहे हो!' मानो वह मन ही मन कह रहा था।

एक ताँगा पास से गुज़रा। शाहनवाज़ ने घूमकर देखा। चौधरी मौलादाद अपनी अनोखी पोशाक पहने–बिरजिस और गले में हरे रंग का रेशमी रूमाल–खुले ताँगे में मुसलमानी इलाक़े की गश्त लगा रहा था। शाहनवाज़ को देखकर वह हँस दिया और हाथ ज़रूरत से ज़्यादा ऊँचा उठाकर 'सलाम

अलैकम!' कहा।

शाहनवाज़ को झेंप हुई और नौकर पर गुस्सा आया कि वह क्यों दरवाज़ा खोलने में देरी लगा रहा है।

अन्दर ताला खुलने की आवाज़ आई, फिर मिलखी ने धीरे से दरवाज़े का पल्ला थोड़ा-सा सरकाया और शाहनवाज़ को देखकर बत्तीसी निपोरने लगा। शाहनवाज़ ने पैर की ठोकर से दरवाज़ा खोल दिया और अन्दर चला गया।

"बन्द कर दो दरवाज़ा।"

"जी, खानजी।"

घर का अँधेरा बरामदा लाँघते हुए उसे स्निग्धता का भास हुआ। इस अँधेरे बरामदे में वह बहुत दिन बाद आया था। घर की सुपरिचित महक उसे अच्छी लगी। वर्षों पहले जब वह रघुनाथ के साथ बरामदा लाँघकर अन्दर आया करता था तो उसकी छोटी बेटी मुँह में उँगली दबाए देर तक उसकी ओर ताकती रहती थी, फिर दोनों बाँहें उठा देती थी कि मुझे गोद में उठा लो। हर बार वह आता तो वह भागती हुई बरामदे के सिरे पर आ जाती थी और दोनों बाँहें उठाकर हँसने लगती थी। इसी बरामदे को लाँघते समय घर की जवान औरतें दरवाज़े की ओर से अन्दर भाग जाया करती थीं, यह भी वर्षों पहले की बात थी जब रघुनाथ शुरू-शुरू में उसे अपने घर लाने लगा था। उन हँसती औरतों में से किसी की नज़र शाहनवाज़ पर पड़ जाती तो वह भागना छोड़कर रुक जाती।

"हाय आप हैं, मैंने सोचा, न जाने कौन है।"

शाहनवाज़ का दिल भर आया। इस घर में उसने रघुनाथ और उसके परिवार के साथ बड़ी अच्छी शामें बिताई थीं। यहाँ आते ही रघुनाथ के छोटे भाई की बहू उसके लिए अंडों का आमलेट बनाने चली जाती थी। घर के सभी लोग जानते थे कि शाहनवाज़ को आमलेट खाना पसन्द है। और धीरे-धीरे घर के सभी लोग आँगन में आकर बैठने लगते थे।

"खानजी, घर के सब लोग सुख से हैं न जी?" मिलखी ने हाथ जोड़कर पूछा।

तभी शाहनवाज़ का ध्यान मिलखी की ओर गया। मिलखी हाथ जोड़े घिघियाता-सा सामने खड़ा था। मिलखी की गँदली आँखें और बातें करने का

गिड़गिड़ाहट भरा ढंग और पिचका हुआ शरीर उसे कभी भी पसन्द नहीं आया था। इस वक़्त भी मिलखी की आँखें गँदली थीं। कभी-कभी घर के सभी लोग मिलकर मिलखी से मज़ाक़ करते तो वह शरमाकर बाँहों से अपना मुँह ढक लेता, बिलकुल औरतों की तरह, तो सभी खिलखिलाकर हँसने लगते। तब वह शाहनवाज़ को बुरा नहीं लगता था, पर आम तौर पर वह उसे लसलसी छिपकली-सा लगा करता था। न जाने मिलखी कहाँ से आया था, न पंजाबी था, न गढ़वाली। अपने घिसे-पिटे छोटे-छोटे दाँतों के बीच से किसी खिचड़ी भाषा के शब्द पीस-पीसकर निकालता था।

आँगन के ऐन बीचोबीच तीन ईंटें रखकर मिलखी ने अपना चूल्हा बना रखा था। उसकी राख आँगन में जगह-जगह बिखरी थी, पर इससे भी ज़्यादा बीड़ियों के टुकड़े जगह-जगह पड़े थे।

''तू रसोईघर के अन्दर अपनी हाँडी क्यों नहीं पकाता?'' शाहनवाज़ ने पूछा। मिलखी सिर टेढ़ा करके मुस्करा दिया।

''अकेला हूँ साहिबजी, यहीं पर अपनी दाल चढ़ा लेता हूँ।''

''रसद काफ़ी है न? किसी चीज़ की ज़रूरत तो नहीं?''

''बहुत है खानजी, साथवाला नानबाई है न, वह भी रोज़ पूछ लेता है। आप ही उसे बोलकर गए थे।''

''कौन-सा नानबाई?''

''साहिब, जो नाले के पास बैठता है। वह मुझे बीड़ी के पैकेट भी फेंक देता है। बहुत भला आदमी है।'' और मिलखी खी-खी करके हँस दिया।

आँगन के अन्दर से, ऐन रसोईघर की बग़ल में से सीढ़ियाँ ऊपर को चली गई थीं। शाहनवाज़ ने सीढ़ियों पर पैर रखते हुए आँगन में देखा। बड़े कमरे का दरवाज़ा जो आँगन में खुलता था, बन्द पड़ा था। कमरे के अन्दर क्या है, वह एक-एक चीज़ को जानता था, अँगीठी पर रघुनाथ की माँ का चित्र रखा है, कमरे में दो खाटें और एक ऊँचा पलँग बिछे हैं। बन्द दरवाज़े को देखते हुए उसे बड़ा सूना-सूना लगा। बन्द दरवाज़े के बाहर दहलीज़ के साथ मिलखी की चिलम उलटी पड़ी थी, पास में मैला-सा कपड़े का चिथड़ा पड़ा था।

''तू यहाँ बैठा क्या करता रहता है? फ़र्श भी नहीं बुहारता!''

''अब क्या बुहारना साहिबजी, अब तो वे चले गए!'' मिलखी ने बत्तीसी

निपोरते हुए कहा। शाहनवाज़ को लगता कि जब वे बातें करते हैं तो जैसे गुम्बद में से आवाज़ आती है और जब वे बोल चुकते हैं तो फिर चारों ओर सन्नाटा छा जाता है।

"असबाबवाली कोठरी बीचवाली छत पर है न?"

"जी, इधर सीढ़ियों के सामने, जहाँ बड़े ट्रंक रखे हैं।"

और मिलखी शाहनवाज़ के पीछे-पीछे सीढ़ियाँ चढ़ने लगा।

चाभियों के गुच्छे में कुछ नहीं तो पन्द्रह चाभियाँ होंगी। कुछेक छोटी-छोटी पीतल की चाभियाँ थीं। भाभी ने पहले बड़े ताले की चाभी अलग करके दिखाई थी, फिर अलमारी के ताले की छोटी-सी पीतल की चाभी दिखाई थी : "यह चाभी है खानजी, भूलना नहीं।"

पर शाहनवाज़ को चाभी ढूँढ़ने में दिक्कत हो रही थी, "इस बड़े ताले की कौन-सी चाभी है, तुम्हें कुछ मालूम है?"

"हाँ साहिबजी, मैं बताऊँगा।"

और मिलखी चाभियों के गुच्छे पर झुककर यों ढूँढ़ने लगा जैसे कोई मुनीम बही पर झुककर आँकड़े पढ़ता है। ले-देकर मिलखी शाहनवाज़ की कोहनी से कुछ ऊपर तक आता था। शाहनवाज़ को पगड़ी के नीचे से मिलखी की चुटिया झाँकती नज़र आई, बाएँ कान के ऐन ऊपर कनखजूरे की तरह निकली हुई थी। शाहनवाज़ को झुरझुरी-सी हुई।

मिलखी ने ताला खोल दिया। कोठरी के अन्दर घुटन थी और अँधेरा था। मिलखी ने आगे बढ़कर कोठरी की एक खिड़की खोल दी जो घर के पिछवाड़े की ओर खुलती थी और जहाँ से एक मस्ज़िद का पूरा का पूरा आँगन नज़र आता था। खिड़की खुल जाने से कोठरी के अन्दर रखी सभी चीज़ें साफ़ नज़र आने लगीं।

कोठरी में घुटन थी, पर उससे अधिक औरतों के कपड़ों की महक थी। तीनों भाइयों की बीवियाँ, लगता था घर छोड़ने से पहले, जैसे-तैसे अपने कपड़े लपेटकर, कोठरी में ट्रंकों के ऊपर फेंक गई थीं। कोठरी सन्दूकों और ट्रंकों से ठसाठस भरी थी।

ट्रंकों के बीच से अपना रास्ता बनाते हुए वह उस अलमारी तक जा पहुँचा, जिसमें ज़ेवरों का डिब्बा रखा था।

तभी उसकी नज़र खुली खिड़की से मस्ज़िद के आँगन में पड़ी। वज़ू करने

के ताल के पास बहुत-से आदमी बैठे थे। लगता था उनके बीच किसी आदमी की लाश रखी थी। उसकी आँखों के सामने उस जनाज़े का दृश्य भी घूम गया जब मोटर में वह रघुनाथ के घर की ओर जा रहा था। देर तक शाहनवाज़ खिड़की में से मस्ज़िद की ओर आँखें लगाए रहा।

डिब्बा निकालने में देर नहीं लगी। नीली मखमल से ढका डिब्बा, जो घर की किसी स्त्री का सिंगार-बक्स था, उसने बड़े एहतियात से निकाल लिया और अलमारी को ताला लगा दिया।

बाहर आने पर दोनों सीढ़ियाँ उतरने लगे। मिलखी के हाथ में चाभियों का गुच्छा था और वह आगे-आगे उतर रहा था। डिब्बे को दोनों हाथों में उठाए शाहनवाज़ पीछे-पीछे चला आ रहा था जब सहसा उसके अन्दर भभूका-सा उठा। न जाने ऐसा क्यों हुआ : मिलखी की चुटिया पर नज़र जाने के कारण, मस्ज़िद के आँगन के लोगों की भीड़ को देखकर, या इस कारण कि जो कुछ वह पिछले तीन दिन से देखता-सुनता आया था वह विष की तरह उसके अन्दर घुलता रहा था। शाहनवाज़ ने सहसा ही बढ़कर मिलखी की पीठ में ज़ोर से लात जमाई। मिलखी लुढ़कता हुआ गिरा और सीढ़ियों के मोड़ पर सीधा दीवार से जा टकराया। जब वह नीचे गिरा तो उसका माथा फूटा हुआ था और पीठ टूट चुकी थी, क्योंकि जहाँ गिरा वहाँ से वह उठ नहीं पाया। शाहनवाज़ उसके पास से निकलकर आया तो मिलखी का सिर नीचे की ओर लटक रहा था और टाँगें आख़िरी दो सीढ़ियों से लटक रही थीं। शाहनवाज़ का गुस्सा, जिसका कारण वह स्वयं नहीं जानता था, बराबर बढ़ता जा रहा था। पास से गुज़रते हुए उसका मन हुआ पैर उठाकर उसके मुँह पर दे मारे, और कीड़े को कुचल दे, पर सीढ़ियों के मोड़ पर उसे अपना सन्तुलन खो देने का डर था।

नीचे आँगन में पहुँचकर उसने एक बार मिलखी की ओर देखा। मिलखी की आँखें खुली थीं और शाहनवाज़ के चेहरे पर ऐसे लगी थीं मानो बात उसकी समझ में भी न आ रही हो कि उसकी किस भूल से खफा होकर खानजी ने उसे मारा था। मिलखी के मुँह से गिरते समय घुटता-सा शब्द निकला था, पर अब मिलखी चुप था, या तो भय से ही दम तोड़ गया था, या बेहोश पड़ा था या फिर गर्दन की हड्डी टूट गई थी।

शाहनवाज़ ने उसे वहीं छोड़ा, ज़ेवरों का डिब्बा बग़ल में दबाकर वहाँ से

निकल आया और बड़ा ताला जो पहले मिलखी ने घर के अन्दर लगा रखा था उसे घर के बाहर लगा दिया।

□□

उसी रात भाभी के हाथों में ज़ेवरों का डिब्बा देते हुए शाहनवाज़ विचलित नहीं हुआ। डिब्बा हाथ में लेते समय भाभी की आखें डबडबा आईं। भाभी का रोम-रोम कृतज्ञता से भर उठा था। रघुनाथ अन्दर ही अन्दर उसके चरित्र, उसके ऊँचे विचारों की प्रशंसा कर रहा था जिनके कारण आज के ज़माने में जब चारों ओर आग की लपटें उठ रही थीं, एक मुसलमान दोस्त उसके प्रति इतना निष्ठावान था।

"पर एक बुरी ख़बर भी लाया हूँ भाभी।"

"क्यों, क्या चोरी हो गई है?"

"नहीं, मिलखी सीढ़ियों पर से बुरी तरह गिरा है और शायद उसकी कोई हड्डी टूट गई हो। पहले सोचा किसी डॉक्टर-वाक्टर को बुलाऊँ, पर आजकल डॉक्टर मिलते कहाँ हैं। कल उसका कोई इन्तज़ाम करूँगा।"

"बेचारा।"

"कहो तो उसे यहाँ डाल जाऊँ। वहाँ अकेला कहाँ पड़ा रहेगा? मैं अपना कोई आदमी रखवाली के लिए छोड़ आऊँगा।"

पर भाभी और रघुनाथ दोनों ही इस सुझाव पर हिचकिचाए। वे स्वयं नए इलाक़े में अभी अजनबी थे। उनसे एक मरीज की देखभाल कहाँ होगी। अगर शाहनवाज़ के लिए डॉक्टर ढूँढ़ना कठिन हो रहा है तो उनके लिए कहाँ सम्भव होगा।

"मैं इन्तज़ाम कर दूँगा।" शाहनवाज़ ने सिर हिलाकर कहा, "कोई न कोई इन्तज़ाम हो जाएगा, ऐसी मुश्किल भी क्या है।"

भाभी इस बात पर भी शाहनवाज़ की कृतज्ञ थी और उसके ऊँचे प्रशस्त ललाट, दमकते चेहरे को देख-देखकर उसे लग रहा था जैसे वह किसी पुण्यात्मा के दर्शन कर रही है।

ग्यारह

देवदत्त नहा-धोकर, हाथ मलता हुआ अपने घर के सामने आ खड़ा हुआ। जब कभी वह हाथ मलता हो, या दाएँ हाथ से मुँह और नाक सहलाता हुआ फिर से दोनों हाथ मलने लगे तो समझ लो देवदत्त अपनी कार्य-सूची तैयार कर रहा है। देवदत्त के दिमाग़ में डायरी थी। वह हाथ मलता, नाक सहलाता डायरी में एक के बाद एक काम टाँक रहा था। 'रत्तेवाले साथी से रिपोर्ट नहीं आ पाएगी, रत्ते में गड़बड़ है। किसी साथी को वहाँ भेजना होगा।'

'शहर में दंगों को रोकने के लिए एक बार फिर कांग्रेस और मुस्लिम लीग

के लीडरों को इकट्ठा करना होगा। हयातबख़्श और बख़्शी को आपस में मिलाना होगा।' कल भी देवदत्त जैसे-तैसे बहुत-से लोगों के घर बारी-बारी से गया था। राजाराम ने उसे देखते ही दरवाज़ा बन्द कर दिया था, रामनाथ तुनककर बोला था, कम्युनिस्टों को बुरा-भला कहता रहा था पर हयातबख़्श मिलने के लिए तैयार हो गया था; हयातबख़्श की आँखें लाल हो रही थीं, वह नारे लगाने लगा था; 'लेके रहेंगे पाकिस्तान!' 'बनके रहेगा पाकिस्तान!' उसने देवदत्त को बात करने का मौका ही नहीं दिया था। 'आज उनके पास फिर जाना होगा।' देवदत्त ने फिर हाथ मले, नाक सहलाई। बख़्शीजी को हयातबख़्श के पास भेजो, अटल को साथ लेकर बख़्शीजी के पास जाओ और अमीन को लेकर हयातबख़्श के पास। फिर तजवीज़ रद्द कर दी। लीडरों को छोड़ो, दस-दस आदमी कांग्रेस, मुस्लिम लीग और सिंह सभा के मिल बैठें। उसने सिर हिलाया। पार्टी आफिस में जाकर साथियों के साथ इसे अमली जामा पहनाना होगा। एक और मसला सामने उतरा : मज़दूरों के इलाक़ों में गड़बड़ को रोकने के लिए एक-एक साथी काफ़ी नहीं है। रत्ता मुसलमानी इलाक़ा है। वहाँ साथी जगदीश को भेजा गया है, अकेला जगदीश काफ़ी नहीं है; गाँवों में फौरन दो-तीन साथी भेजे जाने चाहिए जो एक गाँव से दूसरे गाँव का दौरा करें। साथियों की कमी है, मगर जहाँ तक बन पड़े दंगों को रोकने का काम करना होगा। उसने फिर नाक पर हाथ फेरा, फिर कलाई पर बँधी घड़ी देखी। कम्यून में दस बजे मीटिंग है, जिसमें साथी अपने-अपने इलाक़े की रिपोर्ट देंगे। अब चलूँ। देवदत्त चुपचाप अन्दर जाकर चुपके से बरामदे में से साइकल निकालने लगा।

"कौन है? देवदत्त?"

देवदत्त ने साइकल को छोड़ दिया और कमरे के अन्दर चला गया।

"फिर कहीं जा रहे हो?" खाट पर बैठा अधेड़ उम्र का स्थूलकाय बाप बोला, "मरना चाहते हो तो पहले अपने घरवालों को मारकर जाओ। देखते नहीं बाहर की क्या हालत हो रही है?"

देवदत्त दहलीज़ पर चुपचाप खड़ा हाथ मलता और नाक सहलाता रहा। माँ रसोईघर में से दुपट्टे के साथ हाथ पोंछती अन्दर आई, "तुझे क्या मिलता है हम लोगों को तड़पाने में? देखते नहीं कैसे हमने रात काटी है, उधर से आग, उधर तुम रात-भर गायब रहे।"

देवदत्त हाथ रगड़कर बोला, "पीछे से मरी रोड तक और आगे से कम्पनी बाग़ तक सारा इलाक़ा हिन्दुओं का है। चारों तरफ़ खाते-पीते हिन्दू लोग रहते हैं। आप लोगों को कोई ख़तरा नहीं।"

"तुझे इलहाम हो गया है कि हमें कोई ख़तरा नहीं?" बाप गुर्राकर बोला।

"इस लाइन में दस घरों के पास बन्दूकें हैं, इसी मुहल्ले के युवक-सभावाले तीन क़त्ल कर चुके हैं..."

"ओ उल्लू के पट्ठे, अपने ख़तरे के बारे में कौन सोच रहा है? हम तो तेरे ख़तरे के बारे में सोच रहे हैं।"

"ऐसी ख़तरे की कोई बात नहीं।" और देवदत्त फिर लौटकर बरामदे में आ गया और साइकल निकालने लगा।

माँ ने दुपट्टा गले में डाल लिया और उसका रास्ता रोकने लगी।

"सारी रात मैंने तड़प-तड़कर बिताई है। देखता नहीं कौन-सा वक़्त ऊपर आया है?" मसला टेढ़ा हो रहा था, देवदत्त ने फिर नाक सहलाई, हाथ मले और माँ के पास मुँह ले जाकर बोला, "मैं जल्दी लौट आऊँगा, तू चिन्ता न कर।"

"मुझे चरकाता है, कल भी कहके गया था, लौट आऊँगा। मेरे जिस्म को हाथ लगाके कह, दिन ढलने से पहले लौट आएगा?"

"लौट आऊँगा, लौट आऊँगा, कसमें मैं नहीं खाता।" और वह साइकल लेकर आगे बढ़ने लगा। अन्दर से पिताजी की आवाज़ आई :

"यह हरामी नहीं मानेगा, क्यों सिर खपा रही है? यह हमें ज़लील करके रहेगा। सुअर का बच्चा, माँ-बाप का ख़्याल नहीं, फ़साद बन्द करने जा रहा है, हरामी कहीं का...।"

देवदत्त साइकल लेकर घर के बाहर आ चुका था।

अन्दर से आवाज़ बराबर ऊँची होती जा रही थी।

"सभी गालियाँ देते हैं, न काम, न धाम। दो-दो पैसे के पाँड़ियों, मज़दूरों, कुलियों को इकट्ठा करता फिरता है, उन्हें लेक्चर झाड़ता फिरता है, हरामी, मुँह पर दाढ़ी नहीं उतरी, लीडर बन गया है, सुअर का बच्चा...।"

देवदत्त चौक तक पहुँच चुका था।

स्थिति में पहले से कहीं अधिक उग्रता आ गई थी। सड़कों की सड़कें

सूनी पड़ी थीं, न कोई दूकान खुली थी, न कहीं कोई टाँगा-मोटर चल रही थी। अगर किसी दूकान के किवाड़ खुले हों तो समझ लो लूट ली गई है। अगर लाठियाँ लिये कुछ लोग खड़े हों तो समझ लो उन्हीं के सम्प्रदाय के लोगों का वह मुहल्ला है और जहाँ वे खड़े हैं, वहाँ से दूसरे सम्प्रदाय के लोगों का मुहल्ला शुरू हो जाता है। पर सभी मुहल्ले यों बँटे हुए नहीं थे। सड़क के किनारे-किनारे के पक्के दो-मंज़िला मकान हिन्दुओं के, पीछे गलियों में कच्चे मकान मुसलमानों के, या देवदत्त की शब्दावली में, सड़कों पर खुलनेवाले मकान मध्यमवर्ग के, गलियों में खुलनेवाले मकान निम्नवर्ग के।

"देवदत्त!" चौक के बाएँ हाथ से किसी ने आवाज़ लगाई। साइकल पर बैठे-बैठे ज़मीन पर पैर रखकर देवदत्त रुक गया।

"आगे मत जाओ, एक आदमी मरा पड़ा है।"

हाथ में लाठी उठाए, गिठने क़द का एक आदमी सड़क पर आ गया।

"कहाँ पर?"

"चौक के पार, ढलान पर।"

"कौन है?"

"मुसलमान है, और कौन? तुम इस वक़्त कहाँ जा रहे हो?"

"मैं अपने काम से पार्टी ऑफ़िस जा रहा हूँ।"

"एक हिन्दू उस तरफ़ क़ब्रिस्तान में मरा पड़ा है।" कहते हुए ठिगने क़द के आदमी ने झुँझलाकर कहा, "तुम बड़ा मुसलमानों के हक में बोलते थे, अब उनसे जाकर कहो हमारी लाश ले जाएँ, अपनी उठा ले जाएँ।"

दाएँ हाथ ऊपर छज्जे पर से आवाज़ आई, "मत आओ, वे लोग मार डालेंगे।"

"यह मुसलमानों की बग़ल में घुसा रहता है, इसे कोई नहीं मारेगा।"

"है तो हिन्दू।" छज्जे पर से आवाज़ आई।

जो लोग पहले छिप-लुककर काम करते थे, अब बेधड़क बाहर आ गए थे।

"उनसे जाकर कह दो, हमारा एक मरेगा, हम उनके तीन मारेंगे।"

आदमी शायद मरा नहीं था, सिसक रहा था। ढलान पर उसका शरीर थोड़ा नीचे खिसक आया था। उसके दाढ़ी थी जो पहले खिचड़ी रही होगी, अब ख़ून के रंग की थी। खाकी कोट पर जिस्त के बटन थे, सबसे सस्ते जो

एक पैसे के आठ आते हैं। जूतों के फीते खुले थे मानो अगले जहान जाने से पहले खुद ही खोल दिए हों। कोई कश्मीरी जान पड़ता था। देवदत्त ने मुड़कर सड़क की ओर देखा, सड़क के नाके पर एक टोली खड़ी थी और उसे घूरे जा रही थी। दूसरी बार लाश को देखने पर उसने पहचान लिया, यह कश्मीरी हतो है जो फतहचन्द के टाल पर काम करता था, कोयला और लकड़ियाँ घर-घर पहुँचानेवला। फतहचन्द का टाल कुछ ही दूरी पर था।

देवदत्त ने नाक सहलाई और सिर हिला दिया। यह वक़्त इस आदमी को बचाने की कोशिश करने का या लाश ठिकाने लगाने का नहीं था। न ही हिन्दू की लाश के दर्शन करने का था। यह वक़्त पार्टी-ऑफ़िस में पहुँचने का था।

पार्टी-ऑफ़िस में झंडे ही झंडे थे, आदमी ले-देकर तीन बैठे थे। कम्यून में कुल आठ आदमी थे। इस समय पाँच ड्यूटी पर थे। एक बुरी ख़बर भी थी। एक मुसलमान कामरेड का विश्वास टूट चुका था और वह कम्यून छोड़कर जा रहा था। अपनी बात कहते-कहते उसके होंठ काँप-काँप जाते थे और ग़ुस्से से आगबबूला हो रहा था :

''अंग्रेज़ की शरारत, अंग्रेज़ की शरारत, इसमें अंग्रेज़ कहाँ से आ गया! मस्ज़िद के सामने सुअर फेंकते हैं, मेरी आँखों के सामने तीन ग़रीब मुसलमानों को काटा है, हटाओ जी, सब बकवास है।''

देवदत्त बौखलाए हुए कामरेड को इतना ही कह पाया, ''जल्दबाजी में कोई काम नहीं करो साथी, हम मध्यमवर्ग के लोग हैं, पुराने संस्कारों का हम पर गहरा प्रभाव है। मज़दूर वर्ग के होते तो हिन्दू-मुसलमान का सवाल तुम्हें परेशान नहीं करता।'' पर साथी ने बुचका उठाया और कम्यून छोड़कर निकल गया।

''साथी का सैद्धान्तिक आधार कच्चा है। जज़्बात की रौ में बहकर कोई कम्युनिस्ट नहीं बनता, इसके लिए समाज विकास को समझना ज़रूरी है।''

मीटिंग शुरू हुई। 'शहर की स्थिति' पहला आइटम था। इसमें भी मज़दूर बस्तियों पर विचार करना सबसे पहले ज़रूरी था।

''रत्ते में गड़बड़ की बात ग़लत है। किसी मज़दूर बस्ती में अभी तक कोई गड़बड़ नहीं हुई, हाँ तनाव पाया जाता है। साथी जगदीश मुसलमान मज़दूरों की बस्ती में बैठा है, लोग अभी भी उसकी बात सुनते हैं, सिख

मज़दूरों के वहाँ बीस घर हैं, एक भी वारदात वहाँ पर अभी तक नहीं हुई; लेकिन साथी जगदीश ने इत्तला दी है कि स्थिति बिगड़ रही है। दो मज़दूरों के बीच कल गाली-गलौज हो गई थी। बाहर से आनेवाली अफवाहें बहुत बुरा असर पैदा कर रही हैं।"

फैसला हुआ कि कुर्बानअली को भी रत्ते में भेज दिया जाए ताकि साथी जगदीश अकेला न रहे। और देवदत्त ने काग़ज़ पर फैसला आँक लिया।

'दारा' गाँवों में जा चुके हैं। कोई ख़बर नहीं। आमदरफ्त बन्द हो चुकी है। केवल एक मोटर, गहरे नीले रंग की मोटर गाँव-गाँव जाती देखी गई है। किसकी मोटर थी, क्यों गई, कुछ मालूम नहीं। कुछ लोगों का कहना है कि शाहनवाज़ की मोटर थी।

मीटिंग देर तक चलती रही। तीनों कामरेड देर तक देवदत्त के साथ बैठे विचार करते रहे, कॉपी पर एक-एक आइटम पेंसिल से टिक होता गया। फिर अन्तिम आइटम सामने आया :

"सभी पार्टियों के नुमाइन्दों की मीटिंग बुलाना!"

"यह मीटिंग नहीं हो सकेगी," एक साथी बोला, "कांग्रेस दफ़्तर पर ताला चढ़ा है। लीगवालों से बात करो तो पाकिस्तान के नारे लगाने लगते हैं। वे हर बात में कहते हैं, पहले कांग्रेसवाले कबूल करें कि कांग्रेस हिन्दुओं की जमात है, फिर हम उनके साथ बैठने के लिए तैयार हैं। और इस वक़्त तो अपने-अपने मुहल्लों से कोई बाहर ही नहीं निकल रहा। मीटिंग किसके साथ करोगे?"

नाक फैलाते हुए देवदत्त ने फिर मत बदल लिया : दस-दस नुमाइन्दोंवाली बात नहीं चलेगी, चुनिन्दा-चुनिन्दा लीडरों को ही जैसे-तैसे इकट्ठा करो। उन्हीं के साथ कुछ लोग आ जाएँगे।

"कोई नहीं आएगा, कामरेड," दूसरे साथी ने कहा, "अगर आएँगे भी तो तू-तू, मैं-मैं होगी, नतीज़ा कुछ नहीं निकलेगा।"

"कामरेड, उनके मिल बैठने से ही लोगों पर अच्छा असर होगा। फिर हम उनके नाम से शहर में अमन क़ायम करने की अपील कर सकते हैं। मुहल्ले-मुहल्ले में उसकी मुनादी करवा सकते हैं। इस वक़्त क्या है? इस वक़्त फ़साद और खुली मार-क़ाट नहीं हो रही, लेकिन जहाँ इक्का-दुक्का आदमी

मिलता है उसे काट दिया जाता है। उन्हें आपस में मिलाना निहायत ज़रूरी है।...''

कुछेक और पहलुओं पर विचार किया गया। कहाँ पर मीटिंग बुलाई जाए? फैसला हुआ हयातबख्श के घर पर। ''मैं बख्शीजी को लाऊँगा। मुसलमानों के मुहल्ले में पहुँचने पर साथी अज़ीज़ मुहल्ले के दो-तीन मुसलमान शहरियों को लेकर मिलेगा और हम सब हयातबख्श के घर जाकर बैठेंगे।''

''हयातबख्श के साथ बात कर ली है?''

''अभी जाकर बात करूँगा।''

''कामरेड, तुम किस दुनिया में रह रहे हो। हयातबख्श के घर पर तुम जाओगे? वहाँ तक तुम्हें पहुँचने कौन देगा?''

''तुम मेरे साथ चलोगे।'' देवदत्त ने मुस्कराकर अज़ीज़ से कहा।

''ये पानी के छींटे हैं कामरेड, इनसे यह आग नहीं बुझेगी।''

पर मीटिंग के बाद सचमुच देवदत्त और अज़ीज़ गलियाँ लाँघते, छिपते-लुकते कहीं गालियाँ खाते, कहीं धमकियाँ सुनते हयातबख्श के घर जा पहुँचे।

और सचमुच उस दोपहर को हयातबख्श के घर मीटिंग भी हुई। बख्शीजी को देवदत्त लाया, किसी और कांग्रेसी से देवदत्त कहता तो वह शायद नहीं आता, देवदत्त को विश्वास था कि बख्शी आएगा क्योंकि वह कुल मिलाकर सोलह साल जेल में रह चुका था। भले ही उसका ज़ेहन साफ़ न हो, राजनीतिक गुत्थियाँ सुलझाने में वह असमर्थ हो लेकिन वह खूँरेज़ी नहीं चाहता। वह तुनक-तुनककर पिछले दिनों में सबसे बोल रहा है, क्योंकि वह बौखलाया हुआ है, अन्दर से परेशान है, स्थिति उसके काबू में नहीं है। देवदत्त के साथ आते हुए सारे रास्ते कम्युनिस्टों को गालियाँ देता रहा, पर वह आया था और उसके साथ दो जवान कांग्रेसी और भी आए और मीटिंग हुई। और तू-तू मैं-मैं भी हुई, और आधा घंटे तक हयातबख्श इस बात पर अड़ा रहा कि बख्शी कबूल करे कि वह हिन्दुओं की नुमाइन्दगी करने आए हैं, कि कांग्रेस हिन्दुओं की जमात है। फिर देवदत्त ने कहा, ''साहिबान, यह मौका इन बहसों में पड़ने का नहीं है। बाहर लोग मर रहे हैं, घर जल रहे हैं, सुनते हैं आग गाँवों में भी फैलनेवाली है। इस वक़्त हमारा फर्ज़ है? मैं गुज़ारिश करूँगा कि हम वक़्त की नज़ाकत को समझते हुए इस आग को फैलने से

रोकें।" फिर देवदत्त ने अमन की अपील पढ़कर सुनाई। बहस फिर से छिड़ गई। यह कांग्रेस और लीग की तरफ़ से नहीं हो सकती। यह हयातबख्श और बख्शी की तरफ़ से हो सकती है। नहीं, इसमें और लोगों को भी शामिल किया जाए।...

फिर लोग थक गए, और हयातबख्श के कान में उसके बेटे ने कहा कि अपील पर दस्तख़त करने से कोई फ़र्क़ नहीं पड़ेगा, अमन की अपील ही तो है। तो उसने दस्तख़त कर दिए। बख्शी ने भी दस्तख़त कर दिए। फिर पाकिस्तान ज़िन्दाबाद के नारे लगे और इन्हीं नारों के बीच बख्शीजी अभी जूता पहन रहे थे कि ख़बर आई कि रत्ते में, मज़दूरों की एक बस्ती में भी फ़साद हो गया है, और दो सिख बढ़ई मार डाले गए हैं...।

पहले तो देवदत्त ने ख़बर को झूठ कहा, मानने से इनकार कर दिया। "वहाँ पर दंगा आपने देखा है? अपनी आँखों से? कौन ख़बर लाया है?" यह वाक्य तो वह अन्त तक दोहराता रहा, पर उसका सिर झुक गया, और उसे लगा कि अगर मज़दूर आपस में लड़ सकते हैं, तो यह विष बहुत गहरा असर कर चुका है। तो फिलहाल इस मीटिंग को पानी पर खिंची लकीर ही समझना चाहिए।

और तभी देवदत्त ने मन ही मन फैसला किया कि दफ़्तर से साइकल उठाओ और सीधे रत्ता पहुँचो, जैसे भी हो रत्ता पहुँचो, अकेले साथी जगदीश के बस की यह बात नहीं रह गई है। मेरे पहुँचने से शायद स्थिति बेहतर हो जाए, मज़दूर आपस में न लड़ें।

पर जब देवदत्त जैसे-तैसे दफ़्तर में पहुँचा तो उसका बाप वहाँ पहले से मौजूद था। हाथ में छड़ी उठाए हुए। और जब देवदत्त ने स्थिति का मार्क्सी विश्लेषण किया और बताया कि दंगा रोकने की कोशिश जारी है और फिर साइकल निकालने लगा, तो उसका बाप बिफर उठा, "उल्लू के पट्ठे, हरामी, कोई मार डालेगा तो लाश उठानेवाला भी नहीं मिलेगा। तू देखता नहीं, वक़्त कैसा जा रहा है। हरामी, तू अकेला दंगा रोकने जा रहा है?..." और बाप ने गली में खुलनेवाला दरवाज़ा बन्द कर दिया। उसका मन चाहता था बेटे को धुन दे। उसने छड़ी उठाई भी, पर फिर दहाड़ मारकर रो पड़ा, "क्यों हमें रुला रहा है? हमारा तू एक ही बेटा है। कुछ समझ से काम ले। कुछ अकल कर। देख, तेरी माँ कितनी परेशान है। तू कहता है तो पगड़ी तेरे पैरों पर

रख देता हूँ। चल घर।''

देवदत्त ने नाक सहलाई, हाथ मले, स्थिति टेढ़ी हो रही थी। किसी को बीच में डालना होगा। इन्हें घर तक पहुँचाना होगा।

''मुझे रत्ता जाना है,'' वह बोला, ''मैं रुक नहीं सकता। पर मैं आपको घर पहुँचाने का इन्तज़ाम किए देता हूँ, साथी रामनाथ आपके साथ जाएगा।''

उसी दोपहर एक और मौत हुई। जरनैल मारा गया। सनकी तो वह पहले ही था, बग़ल में छड़ी दबाए, लेफ्ट-राइट करता हुआ दंगा रोकने निकल पड़ा। कोई नहीं जानता कि उसके मन में कोई विचार उठते थे या नहीं, पर दिल में वलवले ज़रूर उठते थे और क़दम ज़रूर उठते थे, और दिमाग़ में शायद सनक उठती थी। शहर में दंगा हो रहा है, यह क्या कोई अच्छी बात है और वे सभी कांग्रेसी गद्दार हैं जो घर पर बैठे हुए हैं।

वह निकला और जगह-जगह सड़क के किनारे कभी एक चबूतरे पर तो कभी दूसरे चबूतरे पर खड़ा होकर लेक्चर देने लगा।

''साहिबान, मैं आपको इत्तला देना चाहता हूँ कि श्री जवाहरलाल नेहरू जी ने रावी के किनारे पूर्ण स्वराज्य की शपथ ली थी, और वह वहाँ रावी के किनारे नाचे थे और मैं भी नाचा था और हम सबने शपथ ली थी। आज जो लोग घरों में बैठे हैं वे सब गद्दार हैं, मैं एक-एक को जानता हूँ। मैं पूछता हूँ ये लोग घरों में बैठे क्या कर रहे हैं? इन्हें बुर्का पहनकर बैठना चाहिए, इनको अपने हाथों पर मेहँदी लगानी चाहिए। साहिबान, गांधीजी ने कहा है कि हिन्दू-मुसलमान भाई-भाई हैं। इन्हें आपस में नहीं लड़ना चाहिए। मैं आपसे, बच्चे, बूढ़े, जवान, मर्द और औरतों सभी से अपील करता हूँ कि आपस में लड़ना बन्द कर दें। इससे मुल्क को नुकसान पहुँचता है। देश की दौलत इंगलिस्तान में जाती है, अंग्रेज़—यह गोरा बन्दर, हम पर हुक्म चलाता है...''

एक चबूतरे से दूसरे चबूतरे पर। गलियाँ-सड़कें लाँघता वह कमेटी मुहल्ले में जा पहुँचा। उधर दिन ढल रहा था। वह वाअज़ कर रहा था जब कुछ मनचले आकर खड़े हो गए थे। जरनैल को कुछ मालूम नहीं था वह किस मुहल्ले में है, कहाँ है।

''साहिबान, मैं आपसे कहता हूँ कि हिन्दू-मुसलमान भाई-भाई हैं, शहर में फ़साद हो रहा है, आगजनी हो रही है और उसे कोई रोकता नहीं।

डिप्टी-कमिश्नर अपनी मेम को बाँहों में लेकर बैठा है और मैं कहता हूँ कि हमारा दुश्मन अंग्रेज़ है। गांधीजी कहते हैं कि वही हमें लड़ाता है और हम भाई-भाई हैं। हमें अग्रेजों की बातों में नहीं आना चाहिए। और गांधीजी का फर्मान है कि पाकिस्तान मेरी लाश पर बनेगा। मैं भी यही कहता हूँ कि पाकिस्तान मेरी लाश पर बनेगा, हम एक हैं, हम भाई-भाई हैं, हम मिलकर रहेंगे...।''

''तेरी माँ की...'' आसपास खड़े लोगों में से एक ने कहा और लाठी के एक ही भरपूर वार से जरनैल की खोपड़ी फोड़ दी। छड़ी कहाँ गई, और फटी हुई मूँगिया पगड़ी कहाँ गई और फटी हुई चप्पलें कहाँ गईं, और फिकरा ख़त्म किए बिना ही जहाँ जरनैल खड़ा था वहीं ढेर हो गया।

बारह

"एक आदमी छज्जे पर पहरा दे।" रणवीर ने घूमकर कहा। मुर्गी काटकर दीक्षा पाने से उसमें भरपूर आत्म-विश्वास पैदा हो गया था। वह दल का सबसे चतुर, सबसे चुस्त और सबसे ज़्यादा कार्यकुशल सदस्य था। उसकी आवाज़ में कड़क आ गई थी।

लाठियाँ, कुल्हाड़ी, छुरे, तीर-कमान और गुलेलें—इन हथियारों के बावजूद 'शस्त्रागार' ख़ाली-ख़ाली लग रहा था। कमरे के बाहर, सीढ़ियों से थोड़ा हटकर चूल्हे पर तेल का कड़ाहा रखा था, पर लकड़ियाँ कम पड़ जाने के

कारण तेल को उबालने का विचार कल ही छोड़ दिया गया था।

"जो आज्ञा, सरदार!" शम्भू ने कहा और छज्जे पर चला गया।

चारों योद्धाओं के दिल कसमसा रहे थे। रणभूमि में उतरने का और अपने जौहर दिखाने का समय आ गया था। छज्जे के पीछे खड़े वे वैसा ही महसूस कर रहे थे जैसा चट्टानों की आड़ में खड़े राजपूत नीचे हल्दी घाटी में आनेवाले म्लेच्छों का इन्तज़ार करते हुए महसूस करते रहे होंगे। म्लेच्छों पर टूट पड़ने का वक़्त आ गया था।

रणवीर क़द का छोटा था इसलिए वह मन-ही-मन शिवाजी की भूमिका में अपने को देखा करता था। छाती पर दोनों बाँहें बाँधे, तिरछी आँखों से वह सड़क और सड़क के आस-पास के इलाक़े का जायज़ा लिया करता था। किसी-किसी वक़्त उसके मन में ललक उठती कि कमर में तलवार लटकती हो, चौड़ा कमरबन्द हो, अँगरखा हो, और सिर पर पीले रंग की पगड़ी हो, और उस पर शिरस्त्राण हो। ढीला-सा पाजामा पहनकर इतने बड़े संग्राम में भाग लेना बड़ा अटपटा लगता था। पाजामा और सीधी-सादी कमीज़ और नीचे फटी हुई चप्पल वीर सैनिक का बाना नहीं था। पर जो अधिकार-भाव उसकी वेशभूषा में नहीं था, उसे रणवीर ने कड़ककर हुक्म देनेवाली अपनी आवाज़ से पूरा कर लिया था। फौज़ के कमांडरों की तरह हुक्म देता था और दल के सभी सदस्यों को कड़े अनुशासन में रखता था। पीछे-पीछे हाथ बाँधे, तनिक झुककर, गहरी चिन्ता में खोया हुआ वह 'शस्त्रागार' में ऊपर-नीचे टहलता, वैसे-ही-जैसे औरंगजेब के साथ लोहा लेने से पहले शिवाजी टहलते रहे होंगे।

"सरदार!"

रणवीर ने घूमकर देखा। मनोहर खड़ा था जो कुछ देर पहले एक-एक गुलेल के पास एक-एक ढेरी कंकड़ों की लगा रहा था।

"लकड़ियाँ कम पड़ गई हैं। तेल नहीं उबल सकता।"

"क्या कोयला भी नहीं है?"

"नहीं, सरदार।"

रणवीर कमरे में पीठ पीछे हाथ बाँधे कुछ देर तक टहलता रहा। रणनीति यही कहती है कि निर्णय अविलम्ब किया जाना चाहिए। स्थिति को पहचान लेना, उसकी तह तक जा पहुँचना और तत्परता से निर्णय कर लेना नेता के

लिए अनिवार्य है।

"अपने घर से उठा लाओ। जो भी मिले, लकड़ी या कोयला, और जितना भी मिले, उठा लाओ। इसमें विलम्ब नहीं होना चाहिए।"

मनोहर ठिठका खड़ा रहा।

"क्या है?"

"अगर माँ नहीं लाने दे, तो?"

इस पर सरदार 'शस्त्रागार' के बीचोबीच खड़ा मनोहर के चेहरे की ओर देखने लगा, फिर कड़ककर बोला, "मेरे मुँह की ओर क्या देख रहे हो? जहाँ से जो हो, लकड़ी लाओ!"

"जो आज्ञा, सरदार।" मनोहर ने कहा और पीछे हट गया।

"मगर अभी रुक जाओ। इस वक़्त जाने की ज़रूरत नहीं है।" और तभी तेल उबालने का विचार स्थगित कर दिया गया था।

'शस्त्रागार' एक दोमंज़िले घर की ऊपरवाली मंज़िल में बनाया गया था जो ख़ाली पड़ी थी। निचली मंज़िल में शम्भू के बूढ़े दादा-दादी रहते थे। ऊपरवाली मंज़िल का छज्जा सड़क पर खुलता था, और सड़क के किनारे पीपल का सुन्दर पेड़ था जिससे छज्जा बहुत-कुछ ढका रहता था। पर घर के अन्दर जाने का रास्ता एक गली में से था जो पीपल के पेड़ के सामने ही अन्दर चली गई थी। यह गली टेढ़ी-मेढ़ी थी, अँधेरी और सँकरी थी। सड़क पर से जानेवाला व्यक्ति गली में खो-सा जाता था। रणवीर को इसकी स्थिति समझाते हुए शम्भू ने इसे 'चक्रव्यूह' के प्रवेश की संज्ञा दी थी और दल की सरगर्मियों के लिए इसे सबसे ज़्यादा उपयुक्त बताया था। गली थोड़ी दूर जाकर बाएँ हाथ को मुड़ गई थी। मोड़ पर किसी पीर का टूटा हुआ मज़ार था और मज़ार के सामने एक बूढ़ा मुसलमान रहता था जिसकी दो बीवियाँ थीं। आगे चले जाओ तो पानी का नल आता था जो दोपहर के वक़्त बन्द रहता था। चार बजे दोपहर तक नल पर कोई जीव नज़र नहीं आता था। नल के आगे सभी मकान हिन्दुओं के थे, केवल गली के अन्त में दो-तीन कच्चे मकान थे जिनमें मुसलमान रहते थे। एक में महमूद धोबी रहता था, दूसरे में रहमान हमामवाला। इसके अतिरिक्त जगह-जगह से दाएँ-बाएँ अन्य गलियाँ निकल गई थीं। अगर म्लेच्छ पर हमला इस गली में किया जाएगा तो वह पानी के नल और गली के छोर के बीच के हिस्से में ही किया जा

सकता है। ख़तरा हो तो किसी-न-किसी हिन्दू के घर की ड्योढ़ी में घुसा जा सकता है।

"तुम गली में रहनेवाले म्लेच्छों को जानते हो?"

रणवीर ने शम्भू से पूछा था।

"हाँ सरदार, मैं इन्हें जानता हूँ। महमूद धोबी हमारे घर के कपड़े धोता है, और पीर की क़ब्र के सामने जो मियाँजी रहते हैं वे मेरे दादाजी के साथ बहुत उठते-बैठते हैं।"

"तुम इस गली में काम नहीं करोगे।" रणवीर ने निर्णायक स्वर में कहा। शम्भू हतोत्साह हो गया।

आज ये लोग अपने पहले शिकार पर धावा बोलनेवाले थे। चारों वीर उत्तेजित थे। अभी तक केवल तैयारी चलती रही थी, आज रणभूमि में जौहर दिखाने का समय आ गया था। "आज रण में जाके धूम मचा दे बेटा!" धर्मदेव के कानों में वीररस भरे इस गीत की पंक्ति देर से गूँज रही थी। मनोहर तनिक चिन्तित था। वह अपनी माँ से कुछ भी कहे बिना चला आया था, और अब दिन के दो बजा चाहते थे और मनोहर को डर था कि चौका समेटने के बाद उसकी माँ उसे ढूँढ़ने निकल पड़ेगी और कौन जाने ढूँढ़ती-ढूँढ़ती इधर ही आ निकले?

रणवीर ने अन्य तीनों योद्धाओं को 'शस्त्रागार' में इकट्‌ठा किया और रणनीति पर विचार करते हुए बोला, "शत्रु पर उबलता तेल डालने का समय अभी नहीं आया है। उबलता तेल उस समय डाला जाता है जब शत्रु अपने दुर्ग पर हमला कर दे और आप हथियारों से उसका मुकाबला न कर सकते हों।" फिर उसने तनिक सोचकर कहा, "यहाँ केवल छुरा चलेगा, कमानीदार छुरा।"

फिर उसने इन्द्र को सम्बोधित करके कहा, "एक बार फिर पैंतरा करके दिखाओ। उठाओ छुरा दासे पर से।"

इन्द्र फुरती से छुरा उठा लाया। कमरे के बीचोबीच दोनों टाँगें फैलाए वह क्षण-भर के लिए खड़ा रहा। छुरे की मूठ उसके दाएँ हाथ में थी और उसका फल पीछे की ओर था। फिर बायाँ क़दम उठाकर वह उछला, और हवा में अर्द्धवृत्त काटकर फिर दोनों टाँगें फैलाए रणवीर की पीठ की ओर मुँह किए फ़र्श पर उतरा। इसी बीच उसने रणवीर की कमर को निशाना बनाते

हुए उलटे हाथ से छुरे के वार का संकेत किया था।

रणवीर ने सिर हिलाया, "शत्रु की छाती अथवा पीठ को कभी भी निशाना नहीं बनाओ। वार हमेशा कमर में करो या पेट में। और घुमावदार छुरा घोंपने के बाद उसे अन्दर ही अन्दर थोड़ा मोड़ दो, इससे अँतड़ियाँ बाहर आ जाएँगी। अगर तुम भीड़ में शत्रु पर वार करते हो तो छुरा बाहर खींचने की कोशिश नहीं करो, उसे वहीं रहने दो और भीड़ में खो जाओ।"

रणवीर वही कुछ बोले जा रहा था जो उसने मास्टर देवव्रत के मुँह से सुना था।

थोड़ी देर बाद दल दो हिस्सों में बँट गया था। पहले हमला इन्द्र के हाथों किया जाएगा। इसलिए इन्द्र, शम्भू और सरदार शस्त्रागार को छोड़कर नीचे ड्योढ़ी में आ गए, जबकि मनोहर ऊपर बना रहा। फैसला किया गया कि सड़क की ओर छज्जे पर खड़ा सैनिक नज़र रखेगा और गली में आने-जानेवाले लोगों पर रणवीर और इन्द्र और शम्भू। और रणवीर के हुक्म से इन्द्र ड्योढ़ी में से निकलकर शत्रु पर हमला करेगा। गली में घूमनेवाले दरवाज़े को थोड़ा-सा खोल देने पर सड़क का कुछ हिस्सा और गली का शुरू का हिस्सा नज़र आते थे। पीपल के तने के पार सड़क का हिस्सा था जो दोपहर की धूप में चमक रहा था।

गली के सामने एक ताँगा रुका। रणवीर ने दरवाज़े को लगभग पूरा मूँद दिया और एक पतली-सी दरार में से बाहर की ओर देखने लगा।

"कौन है?" इन्द्र ने फुसफुसाकर पूछा।

रणवीर चुप रहा। अन्य दो सैनिकों ने भी आगे बढ़कर दरार पर आँख लगाई।

"जलालखान है। नवाबज़ादा जलालखान।" शम्भू बोला, "यह सड़क के किनारे सामनेवाले मकान में रहता है। हमारे मुहल्ले का बहुत बड़ा रईस है। डिप्टी-कमिश्नर से मिलने जाता है।" शम्भू एक साँस में कह गया।

दरार में से क्षण-भर के लिए उसका सफ़ेद तुर्रा, चढ़ी हुई मूँछें और लाल दमकता चेहरा नज़र आए। पर जैसे वह सामने आया वैसे ही ओझल भी हो गया। गली में से गुज़रते हुए उसकी सरसराती सलवार और चरमराते जूते सुनाई दिए। कुछ निर्णय कर सकने के पहले ही वह अपने घर के अन्दर जा चुका था। तीनों वीर-सैनिक ठगे-से खड़े रह गए। वह यों भी क़द में बहुत

ऊँचा-लम्बा था। उसे सामने से जाता देखकर तीनों सहम-से गए थे। और सोचने का मौका ही नहीं मिला था।

मास्टरजी ने कहा था कि अपने शत्रु की ओर ध्यान से कभी नहीं देखो, इससे निश्चय डगमगाने लगता है। किसी भी जीव की ओर ध्यान से देखो तो उसके प्रति दिल में सहानुभूति पैदा होने लगती है। ऐसा कभी नहीं होने देना चाहिए।

पीछे गली में कोई दरवाज़ा खुला और फिर खड़ाक् से बन्द हो गया। तीनों के कान खड़े हो गए। रणवीर ने दरवाज़े के पर्दे को इस तरह से खोला कि पर्दों के बीच की दरार गली की ओर खुल गई।

"कौन है?" इन्द्र ने फुसफुसाकर पूछा।

"म्लेच्छ है।" रणवीर बोला।

दोनों मित्र ऊपर-नीचे दरार से आँख लगाकर खड़े हो गए। एक दाढ़ीवाला बड़ी उम्र का आदमी गली में से चलता हुआ सड़क की ओर आ रहा था।

"मियाँजी हैं।" शम्भू पहचानते हुए बोला, "पीर की क़ब्र के सामनेवाले घर में रहते हैं। इस वक़्त मस्जिद में नमाज़ पढ़ने जा रहे हैं। रोज़ इस वक़्त नमाज़ पढ़ने जाते हैं।"

"चुप रहो।"

मियाँ गली का थोड़ा-सा हिस्सा लाँघकर पीपल के पेड़ के पास आया और वहाँ से बाएँ हाथ घूम गया। वह काले रंग की वास्कट पहने था और नीचे सलवार और ढीली-सी चप्पल। उसके दाएँ हाथ में छोटी-सी तसबीह लटक रही थी। बूढ़ा होने के करण उसकी पीठ झुकी थी और वह धीरे-धीरे चलता जा रहा था।

"जाऊँ?" इन्द्र ने झट से सरदार से पूछा।

"नहीं, अब वह सड़क पर पहुँच चुका है।"

"तो क्या हुआ?"

"नहीं। सड़क पर हमला करने की मनाही है।"

शम्भू को इन्द्र की आवाज़ में उतावलापन लगा, जबकि स्वयं शम्भू का मन शिथिल-सा पड़ रहा था। इन्द्र के पूछने पर शम्भू को एक अजीब धक्का-सा लगा था। सरदार की मनाही पर उसे मन ही मन राहत-सी मिली।

कुछ देर तक वे फिर दरवाज़े के पीछे खड़े रहे। वक़्त बीतता जा रहा था। चार बजे नल खुल जाएगा और गली की औरतें घड़े उठाए नल पर पहुँच जाएँगी। दोपहर बीतते ही इक्का-दुक्का और लोग भी बाहर निकलने लगेंगे।

इस बीच एक-एक करके दो आदमी गली में दाखिल हुए। एक के हाथ में साइकल थी और आँखों पर चश्मा था।

"यह बाबू चूनीलाल है। यह एक दफ़्तर में काम करता है। इसके पास कुत्ता है।"

और दूसरा एक सिख सरदार गली में आया, जो कन्धे पर गठरी उठाए हुए था।

दोनों बारी-बारी से आए और अपने पटपटाते जूतों के साथ गली लाँघ गए।

तभी उन्हें फिर किसी के क़दमों की आहट मिली। इन्द्र ने दरार में से झाँककर देखा और रणवीर की कोहनी को छू दिया।

"कौन है?"

इन्द्र कुछ नहीं बोला और बाहर देखता रहा।

पटपटाते हुए जूतों की आवाज़ आई। रणवीर झट से दरार में से झाँकने लगा। शम्भू भी दरार के साथ चिपक गया था।

"कौन है?"

"कोई खोमचेवाला है।" इन्द्र ने फुसफुसाकर कहा।

"नहीं, इत्र-फुलेल बेचता है। दूर कहीं रहता है, इस वक़्त रोज़ इधर से गुज़रता है। म्लेच्छ है।"

एक भारी-भरकम आदमी, मेहँदी से रँगी मूछों और कूची दाढ़ीवाला अपने अगल-बग़ल बहुत-से थैले लटकाए पीपल के पेड़ के नीचे से होकर गली के अन्दर आ गया था। बोझ के कारण उसके माथे पर पसीने की बूँदें छलक आई थीं। उसके दाएँ कान में रुई के फाहे थे और ऊपर दो-तीन सलाइयाँ पगड़ी में खोंस रखी थीं।

रणवीर को लगा जैसे उसकी पीठ-पीछे कोई हरकत हुई हो। उसने घूमकर देखा। इन्द्र का हाथ अपनी जेब में रखे घुमावदार छुरे पर चला गया था।

क्षण बीत रहे थे और निर्णय का वक़्त आ गया था। यह आदमी म्लेच्छ

था, अजनबी था, थैलों से लदा था, न भाग सकता था, न अपने को बचा सकता था, और थका हुआ था। सभी गुण मौजूद थे। कुछ सवालों का जवाब मस्तिष्क नहीं देता, अन्तःप्रेरणा देती है। क्षण बीत रहे थे और फेरीवाला गली में आगे बढ़ता जा रहा था। रणवीर ने आँख का इशारा किया और इन्द्र लपककर बाहर हो गया। उसके बाहर निकलने पर क्षण-भर के लिए बाहर की रोशनी का चुँधियाता पुंज जैसे अन्दर घुस आया। पर रणवीर ने फिर से दरवाज़ा बन्द कर दिया।

कोई आहट या आवाज़ नहीं थी। रणवीर और शम्भू दम साधे दरवाज़े के पीछे खड़े थे। रणवीर अत्यधिक उत्तेजित हो उठा। उससे न रहा गया। उसने धीरे से दरवाज़ा खोला और सिर बाहर निकालकर देखा। गली में कुछ दूरी पर इत्रफरोश झूलता हुआ चला जा रहा था। थैलों के बोझ के कारण उसकी पीठ झुकी हुई थी। और इन्द्र, बौना छोटा-सा इन्द्र, उससे कुछ दूर उसके पीछे-पीछे चलता जा रहा था। इन्द्र का हाथ कुरते के जेब में था और वह उचक-उचककर चल रहा था।

रणवीर के लिए दरवाज़े में से सिर निकालकर गली में झाँकना उतना ही असम्भव था जितना दरवाज़ा बन्द करके उसके पीछे खड़े रहना। उसका सभी बातों पर नियन्त्रण था, परन्तु अपने बाल-सुलभ कुतूहल पर कोई नियन्त्रण नहीं था। तभी उसे शम्भू ने पीछे खींच लिया। शम्भू डरा हुआ था और उसकी टाँगों में जैसे पानी भर गया था। आखिरी झलक में रणवीर केवल इतना ही देख पाया था कि इन्द्र उस भारी-भरकम म्लेच्छ के साथ-साथ जा रहा था और दोनों गली का मोड़ काट रहे हैं।

शम्भू ने साँकल चढ़ा दी और दोनों अँधेरे में एक-दूसरे को देखते खड़े रह गए। दोनों बुरी तरह हाँफ रहे थे। शम्भू के लिए खड़े हो पाना असम्भव हो रहा था जबकि रणवीर बाहर जाने के लिए अधीर था।

गली का मोड़ मुड़ने पर सहसा इत्रफरोश की नज़र बालक पर पड़ गई। अपने पटपटाते जूतों के कारण शायद वह उसके पाँवों की आहट नहीं सुन पाया था।

इत्रफरोश मुस्करा दिया।

"किधर जा रहे हो बेटे इस वक़्त?" उसने कहा और मुस्कराते हुए अपना हाथ बढ़ाकर इन्द्र के सिर पर रख दिया।

इन्द्र ठिठक गया और एकटक उसके चेहरे की ओर देखने लगा। उसका हाथ अपनी जेब में था। इन्द्र के अवचेतन में यह बात उठी कि इस आदमी के गाल फूले हुए हैं और मास्टरजी ने एक बार कहा था कि फूले हुए गालोंवाले लोग बुजदिल होते हैं और उनका मेदा ख़राब होता है और वे भाग नहीं सकते, जल्दी हाँफने लगते हैं। और यह आदमी सचमुच हाँफ रहा था।

इन्द्र अपने शिकार पर झपटने के लिए पैर तौल रहा था। उसकी आँखें अभी भी म्लेच्छ के चेहरे पर गड़ी थीं।

इत्रफरोश को लड़का मासूम-सा लगा, छोटी उम्र का, कोमल-सा जो शायद आश्रय खोजता हुआ उसके पीछे-पीछे चला आया था। शायद डरा हुआ था, शहर में आज सभी लोग डरे हुए थे।

"कहाँ रहते हो? चलो मेरे साथ आते जाओ। आज के दिन बाहर अकेले नहीं घूमना चाहिए।"

लेकिन इन्द्र टस से मस नहीं हो रहा था। अभी भी वह इत्रफरोश के चेहरे की ओर घूरे जा रहा था।

"तेली मुहल्ले तक मैं तुम्हें पहुँचा दूँगा।" आगे कहीं जाना हुआ तो तुम्हें किसी के सुपुर्द कर दूँगा। आज शहर में गड़बड़ है।"

और बिना बालक के उत्तर की प्रतीक्षा किए वह घूमकर आगे बढ़ने लगा।

क्षण-भर के लिए इन्द्र वहीं ठिठक खड़ा रहा, फिर साथ हो लिया।

आसपास के घरों में चुप्पी छाई थी। उनकी ड्योढ़ियों में इतना अधिक अँधेरा था कि आँखें फाड़-फाड़कर भी देखो तो भी कुछ नज़र नहीं आता था।

"मुझे भी आज फेरी पर नहीं निकलता चाहिए था," उसने इन्द्र से कहा, "आज भी कोई दिन है फेरी करने का? सारे शहर में सूखा पड़ा है। पर मैंने सोचा घर पर बैठकर क्या करूँगा, दो-चार आने की जुगाड़ हो जाए तो क्या बुरा है, दूकानदार घर पर बैठा रहे तो खाएगा कहाँ से?" और इत्रफरोश हँस दिया।

पानी का नल नज़दीक आ रहा था। नल में पानी नहीं था और उसके नीचे पत्थर की सिल जो घिस-घिसकर गहरी हो गई थी, सूखी पड़ी थी। और उसके आसपास दो-तीन बर्रे उड़ रहे थे। कुछ ही दिन पहले तक इन्द्र बर्रे पकड़ा करता था।

'इत्र के चार फाहे भी कोई हमसे ले ले तो हमारी चवन्नी खरी हो जाती है।' इत्रवाले ने जैसे अपने-आपसे बात करते हुए कहा। वक़्त काटने के लिए वह बतियाना चाहता था या शायद शहर की सूनी गलियाँ लाँघने के बाद वह खुद डरा हुआ था।

''हमें एक-एक गली का मालूम है कि वहाँ कौन इत्र ख़रीदता है। जिस मर्द की दो बीवियाँ हों, वह ज़रूर इत्र लेता है, वह वसमा भी लेगा और सुरमा भी लेगा। वह मर्द भी इत्र ख़रीदता है जो उम्र में बड़ा हो और जिसकी जवान बीवी हो। अच्छा, और बताऊँ!'' वह बच्चे का मन बहलाने के लिए बोले जा रहा था।

इत्रफरोश की बातों के ही कारण इन्द्र सँभल गया था और पैर मज़बूती से चल रहे थे और कमानीदार चाकू की मूठ को भी उसने मज़बूती से पकड़ रखा था। उसके मन में एकाग्रता आने लगी थी, उसकी आँखें इत्रफरोश की कमर पर टिकने लगी थीं। वही एकाग्र दृष्टि जिससे अर्जुन ने पेड़ पर बैठे पक्षी की आँख को फोड़ा था। इत्रफरोश के बाएँ कन्धे से झूलता थैला बार-बार घड़ी के पेंडुलम की तरह उसकी कमर के आगे हिल रहा था। उसका गाढ़े का कुरता बोतलों के थैले के नीचे कुछ-कुछ उभरा हुआ था।

नल पार करते ही इन्द्र की सारी चेतना जैसे उसके दाएँ हाथ में आ गई। नल के आगे का फासला एक-एक बालिश्त जैसे उसके मस्तिष्क में गिना जाने लगा था। बोतलों का थैला झूल रहा था, कमर बार-बार सामने आ रही थी और इत्रफरोश के पटपटाते जूते उसके साथ-साथ बज रहे थे।

''बाज़ार में फाहे ज़्यादा बिकते हैं, घरों में इत्र और तेल ज़्यादा बिकता है,'' इत्रफरोश कह रहा था। सहसा इन्द्र लपका और उसने पैंतरा मारा। इत्रफरोश को लगा जैसे उसके बाएँ हाथ कोई चीज़ ज़ोर से हिली है। उसे भास हुआ जैसे कोई चीज़ चमकी भी है। पर वह खड़ा होकर घूमकर देखे कि क्या बात है तब तक उसे थैले के नीचे तीखी चुभन का-सा भास हुआ। इन्द्र का निशाना ठीक बैठा था। वार करने के बाद सरदार के आदेशानुसार उसने चाकू को थोड़ा मोड़ दिया था और अँतड़ियों के जाल में फँसा भी दिया था।

इत्रफरोश अभी पूरी तरह से मुड़ नहीं पाया था कि उसने देखा, लड़का पीछे की ओर भागा जा रहा है। उसे फिर भी समझ में नहीं आया कि क्या

हुआ है। उसकी इच्छा हुई कि लड़के को आवाज़ देकर बुला ले, लेकिन तभी उसे अपने पैरों पर बहता ख़ून नज़र आया और कमर में कुछ कराहता, कुछ डूबता-सा महसूस हुआ। मीठा-सा दर्द उठा, फिर तेज़ नश्तर-सा दर्द और वह डर के मारे बदहवास हो गया।

"ओ लोको, मार डाला! मुझे मार डाला! ओ लोको!..."

इत्रफरोश इतना घबरा गया था कि उसके मुँह से बोल नहीं फूट रहा था। वह कमर में लगे ज़ख्म से इतना नहीं मर रहा था जितना त्रास और भय से और भोले बालक द्वारा किए गए हमले से। उसके लिए अपने थैलों का बोझ उठा पाना असम्भव हो रहा था और उनके बोझ के नीचे ही वह मुँह के बल धड़ाम से गिरा।

इन्द्र के भागते पाँव उसे दो क्षण पहले साफ़ नज़र आ रहे थे, पर अब गली में उस लड़के का नाम-निशान नहीं था।

"ओ लोको...!" वह फुसफुसाया।

एक शिथिल-सी चीख़ उसके होंठों से निकली और उसकी आँखें गली के ऊपर फैले गहरे नीले आसमान के छोटे-से टुकड़े पर लग गईं। वहाँ दो-तीन चीलें उड़ रही थीं। चीलें अब दो की जगह चार हो गई थीं और आकाश की नीलिमा धीरे-धीरे हिलने और धूमिल पड़ने लगी थी।

तेरह

नत्थू परेशान था। अपनी कोठरी के बाहर बैठा वह चिलम पर चिलम फूँके जा रहा था। जितना अधिक वह मार-काट की अफवाहों को सुनता, उतना ही अधिक उसका दिल बैठ जाता। बार-बार अपने मन को समझाता, मैं अन्तर्जामी तो नहीं हूँ, मुझे क्या मालूम किस काम के लिए मुझसे सुअर मरवाया जा रहा है। कुछ देर के लिए उसका मन ठिकाने भी आ जाता, लेकिन फिर जब किसी घटना की बात सुनता तो फिर बेचैन होने लगता। यह सब मेरे किए का फल है। सभी चमार सुबह से एक-दूसरे की कोठरियों

के बाहर बीड़ियाँ फूँकते बतिया रहे थे। नत्थू बार-बार उनके बीच जा खड़ा होता। वह स्वयं भी बतियाने की कोशिश करता, लेकिन बार-बार उसका हलक सूखने लगता और टाँगें काँपने लगतीं और वह अपनी कोठरी में लौट आता। क्या मैं अपनी पत्नी से सारी बात कह दूँ? वह समझदार औरत है, मेरी बात समझ जाएगी, मेरा दिल हल्का होगा। कभी उसका मन चाहता शराब का पौवा कहीं से मिल जाता तो कुछ देर के लिए बेसुध पड़ा रहता। पर इस वक़्त शराब कहाँ मिलनेवाली थी? औरत को बताना भी जोखिम मोल लेना था। बातों-बातों में उसने किसी से कह दिया तो? फिर क्या होगा? मुझे कोई छोड़ेगा नहीं। क्या मालूम पुलिस ही मुझे पकड़कर ले जाए? फिर क्या होगा? मेरी बात कौन मानेगा कि मुरादअली के कहने पर मैंने ऐसा काम किया है? मुरादअली मुसलमान है, क्या वह मस्ज़िद के सामने सुअर फिंकवाने का काम करेगा?...नत्थू बेचैन हो उठता तो उसका दिमाग त्राण पाने के लिए दूसरी दिशा में सोचने लगता। वह सुअर ज़रूर कोई दूसरा रहा होगा। यह वह सुअर था ही नहीं जिसे मस्ज़िद के सामने फेंका गया था। मैंने इसे देखा ही नहीं। यह काला सुअर था तो दूसरा भी तो काले रंग का सुअर हो सकता है। क्या दो सुअर काले रंग के नहीं हो सकते? यह मेरा भ्रम है, मैं ख़्वाहमख़्वाह इस तरह सोचे जा रहा हूँ। यह सचमुच कोई दूसरा सुअर था। ऐसा सोचने के बाद वह अपनी पत्नी के साथ हँसने-बतियाने लगता। खुद उठकर किसी पड़ोसी की कोठरी में जा बैठता और मंडी की आग की चर्चा करने लगता। लेकिन यह मनःस्थिति भी ज़्यादा देर तक नहीं बनी रहती। रात के व्यापार को याद करके ही उसके रोंगटे खड़े हो जाते। सुनसान इलाक़ा, बदबू और सीलन-भरी कोठरी, चुराया हुआ सुअर और अँधेरे के पर्दे में आता हुआ कालू का छकड़ा। सारी की सारी घटना ही दुःस्वप्न की तरह उसकी आँखों के आगे घूम जाती। कभी यों भी सलोतरी साहब सुअर कटवाएँगे? 'पिगरी के सुअर उधर घूमते रहते हैं, किसी एक को पकड़ लेना...रात को छकड़ा आएगा, उसमें डाल देना...जब तक मैं न आऊँ, मेरी राह देखना।' कभी यों भी काम हुए हैं? क्या यह भी कोई ढंग है काम करने का? उसका मन हुआ सीधा उठकर कालू भंगी के पास जाए और उससे पूछे कि वह सुअर को कहाँ ले गया था। मुरादअली के पास सीधा जाए और उससे कहे...पर मुरादअली क्या कहेगा? अगर उसके दिल में चोर है तो वह धक्के देकर घर

से निकाल देगा, बल्कि उल्टा मुझ पर इलज़ाम लगाएगा, वही उल्टे मुझे पकड़वा भी सकता है...

उसने फिर चिलम उठा ली। भाड़ में जाए मुरादअली और उसका सुअर! जो हो गया सो हो गया। मैंने जान-बूझकर कुछ नहीं किया है। मैंने तो जो कुछ किया अनजाने में किया, ये लोग जो आग लगा रहे हैं, और राह जाते लोगों को मार रहे हैं, ये तो आँखें खोलकर सब काम कर रहे हैं, ये क्यों बुरा करम कर रहे हैं? मेरे एक सुअर को मार देने से क्या होता है? एक सुअर को मार देने में रखा ही क्या है? मैं मुजरिम हूँ तो क्या ये लोग मुजरिम नहीं? वे लोग जिन्होंने मंडी में आग लगाई है? मैंने जान-बूझकर कुछ नहीं किया। हो गया जो होना था। मुझे इससे कुछ लेना-देना नहीं है...

नत्थू को अपने बाप की याद आई। भगवान से डरनेवाला आदमी था वह। सदा यही सीख दिया करता था : "बेटा, हाथ साफ रखना, जिसका हाथ साफ है वह कोई बुरा काम नहीं करता...इज़्ज़त की रोटी खाना...।" नत्थू को याद करके रुलाई आ गई। उसकी छाती पर फिर से बोझ बढ़ने लगा, असह्य होने लगा।

मैदान के पार कोई आदमी चलता-चलता रुक गया था और मुड़कर चमारों के डेरे की ओर देखे जा रहा था। उसे देखकर नत्थू का दिल धक्-धक् करने लगा। उसे लगा जैसे वह उसी को ढूँढ़ने आया है, जैसे उसे पता चल गया था कि उसी ने सुअर मारा है।

नत्थू की औरत धोती के पल्लू से हाथ पोंछती हुई बाहर निकली। उसे देखकर उसके मन में फिर अकुलाहट हुई। नत्थू का मन हुआ उसे सारी बात कह डाले। कोई तो हो जिसे वह अपने दिल की बात कह सके।

नत्थू की आँखें फिर मैदान के पार खड़े आदमी की ओर घूम गईं।

"तू क्या देख रहा है?" उसकी पत्नी ने पूछा, फिर मैदान के पास उस आदमी की ओर देखकर बोली, "कौन है वह? क्या तू उसे जानता है?"

"नहीं तो, मैं क्या जानूँ कौन है। मैं नहीं जानता।" नत्थू ने कहा और फटी-फटी आँखों से अपनी पत्नी की ओर देखने लगा।

"तू यहाँ क्यों खड़ी है, जा, अपना काम देख।" नत्थू ने रुखाई से कहा।

उसकी पत्नी उन्हीं क़दमों कोठरी के अन्दर लौट गई।

नत्थू ने कनखियों से फिर सड़क की ओर देखा। वह आदमी जा रहा

था। मैदान के छोर पर उसने सिगरेट सुलगा ली थी और अब सिगरेट के कश छोड़ता हुआ आगे बढ़ रहा था।

'मेरा भरम था,' नत्थू ने मन ही मन कहा, 'काम के दिन इधर बीसियों आदमी आते हैं, जिन्हें हम लोगों से काम रहता है।'

उसका मन आश्वस्त हो गया, नाहक ही औरत से खीझकर बोला। "सुन तो," उसने पत्नी को पुकारकर कहा, "थोड़ी चाय बना दे।"

उसकी स्त्री दहलीज़ पर लौट आई। उसके शरीर में अथवा उसके व्यक्तित्व में ऐसा कुछ था कि नत्थू उसे अपने समीप पाकर अधिक सुरक्षित महसूस करता था। वह घर में बनी रहती तो लगता घर में स्थिरता है, वह आँखों से ओझल हो जाती तो नत्थू को लगता जैसे सारी सृष्टि डोलने लगी है। मन-ही-मन वह आज भी चाहता था कि उसकी स्त्री उसके पास बनी रहे। वह कभी परेशान और उत्तेजित नहीं होती थी, घबराती नहीं थी, उसका दिल कभी भी धक्-धक् नहीं करता था, कोई बात उसके कलेजे को चाटती नहीं थी। इसलिए कि यह गदराए शरीर की है, मेरी तरह सूखी-पिचकी नहीं है, जो सारा वक़्त दिल का गम खाता रहता हूँ। उसके अलसाए शरीर में नत्थू को स्निग्धता का भास मिलता था, उसकी चाल-ढाल में, प्रत्येक गति में स्थिरता थी, सन्तुलन था।

वह दहलीज़ पर आकर खड़ी हो गई थी, एक हाथ उठाकर चौखट पर रखे थी और धीरे-धीरे मुस्कराए जा रही थी।

"पहले तो कभी तुम इस वक़्त चाय नहीं माँगते थे। आज छुट्टी मना रहे हो, इसलिए?"

इस पर वह तुनक उठा, "छुट्टी मना रहा हूँ? यह तुझे छुट्टी नज़र आ रही है? तू नहीं बना सकती तो मैं खुद बना लूँगा। लम्बी बात क्यों करती है!"

और नत्थू उठकर कोठरी के अन्दर चला गया।

"अभी बना देती हूँ; चाय बनाने में कौन-सी देर लगती है। तू बिगड़ता क्यों है?"

"नहीं तू हट जा, मैं अपने-आप बना लूँगा।" नत्थू ने गुस्से से कहा।

"मेरे रहते तू चूल्हा जलाएगा, मैं मर न जाऊँ?" वह बोली और आगे बढ़कर उसकी बाँह पकड़कर उसे उठाने लगी, "उठ जा, तुझे मेरे सिर

की क़सम।''

नत्थू उठ खड़ा हुआ, गहरी टीस-सी उसके मन में उठी। क्षणभर के लिए वह ठिठका-सा खड़ा रहा, फिर आगे बढ़कर वह अपनी पत्नी से लिपट गया।

''आज तुझे क्या हो गया है?'' उसकी स्त्री ने कहा और हँस दी। पर पति के आलिंगनों में उसे उसके दिल की छपपटाहट का भास मिलने लगा। कोई बात है जो इसके दिल में काँटे की तरह चुभी है, जिससे यह कल रात से अजीब-सा व्यवहार कर रहा है।

''कल रात से तुम कैसे बहके-बहके से हर बात कर रहे हो!'' उसने कहा, ''ऐसा नहीं करो जी, मुझे डर लगता है।''

''हमें क्यों डर लगेगा, हमने तो किसी का घर नहीं जलाया है!'' नत्थू ने अटपटा-सा उत्तर दिया।

उसकी पीठ पर पत्नी का हाथ रुक गया, पर वह नत्थू को अपनी बाँहों में लिये रही।

नत्थू की उत्तेजना और क्षोभ, दोनों ही, उत्तरोत्तर बढ़ते जा रहे थे, वह पागलों की तरह वैसे ही व्यवहार करने लगा जैसे कल रात करने लगा था।

उसकी आँखों के सामने सहसा सुअर की लाश घूम गई। फर्श के बीचोबीच, चारों टाँगें ऊपर को उठी हुईं, और नीचे ख़ून का ताल-सा। और वह सिहर उठा। पत्नी की बाँहों में नत्थू का शरीर जैसे ठंडा पड़ने लगा। उसके कन्धों पर पसीने की परत आ गई और उसकी पत्नी को लगा जैसे उसका मन भटककर फिर दूर कहीं चला गया है। खड़े-खड़े नत्थू के मुँह से सिसकी-सी निकल गई और वह अपनी पत्नी से अलग हो गया।

''हाय नहीं, आज नहीं, मेरा मन नहीं करता। देखो तो बाहर क्या हो रहा है? लोगों के घर जल रहे हैं।''

नत्थू बेचैन-सा खड़ा हो गया और देर तक ठिठका खड़ा रहा।

''क्या है?'' उसकी पत्नी घबराकर बोली, ''तुम इतने गुमसुम क्यों हो गए हो? सच-सच बताओ, तुम्हें मेरे सिर की क़सम।''

पर नत्थू चुपचाप हटकर खाट पर जा बैठा।

''क्या हुआ है?''

''कुछ नहीं।''

''कुछ तो हुआ है। तू मुझसे छिपा रहा है।''

"कुछ नहीं।" उसने फिर से कहा।

पत्नी नत्थू के पास आ गई, और उसके सिर पर हाथ फेरते हुए बोली, "तू बोलता क्यों नहीं?"

"कुछ कहने को हो तो बोलूँ।" उसने धीरे से कहा।

"चाय बना दूँ? ठहर, मैं चाय बना देती हूँ।"

"मुझे चाय नहीं चाहिए।"

"अभी तो खुद बनाने को कह रहा था, अभी चाय नहीं चाहिए।"

"नहीं, मुझे नहीं चाहिए।"

"अच्छा फिर चल, खाट पर चल।" उसकी पत्नी ने हँसकर कहा।

"नहीं, खाट पर भी नहीं चलूँगा।"

"नाराज़ हो गया? तू मेरे साथ बात-बात पर नाराज़ होने लगा है।" पत्नी ने उलाहने के स्वर में कहा।

नत्थू चुप रहा। वह सचमुच बिसूरते बच्चे की तरह व्यवहार कर रहा था।

"तू कल रात कहाँ गया था? तूने मुझे कुछ भी नहीं बताया।" नत्थू की पत्नी ने कहा और उसके साथ फ़र्श पर बैठ गई।

नत्थू ने ठिठककर पत्नी की ओर देखा। इसे ज़रूर पता चल गया है। सभी को देर-सवेर पता चल जाएगा। नत्थू को लगा जैसे उसकी टाँगें काँपने लगी हैं।

"बताएगा नहीं तो मैं यहीं सिर पीट लूँगी। तू कभी भी मुझसे दिल की बात नहीं छिपाता था, आज क्यों छिपाने लगा है?"

नत्थू की आँखें देर तक पत्नी के चेहरे पर टिकी रहीं। अगर इसे शक हो गया है तो न जाने क्या सोच रही होगी, मेरे बारे में क्या सोचने लगी होगी। पर पत्नी की विश्वासभरी और याचनाभरी आँखें अभी उसकी ओर देखे जा रही थीं। फिर सहसा वह अपने-आप ही बोलने लगा, "तुझे मालूम है मंडी में आग क्यों लगी है?"

"मालूम है, मसीत के सामने किसी ने सुअर मारकर फेंका था। इस पर मुसलमानों ने मंडी को आग लगा दी।"

"वह सुअर मैंने मारा था।"

नत्थू की पत्नी को काटो तो ख़ून नहीं।

"तूने? तूने यह बुरा काम क्यों किया?"

और उसके चेहरे पर से सारा ख़ून उतर गया और वह नत्थू की ओर फटी आँखों से देखती रह गई।

नत्थू ने धीरे-धीरे सारा किस्सा कह सुनाया।

"सुअर को फेंकने भी तू गया था?" पत्नी ने पूछा।

"नहीं, कालू उसे छकड़े पर लादकर ले गया था।"

"कालू तो मुसलमान है, वह कैसे ले गया?"

"कालू मुसलमान नहीं है, वह ईसाई है, गिरजे में जाता है।"

उसकी पत्नी देर तक उसके चेहरे की ओर देखती रही, 'तूने बहुत बुरा काम किया है, पर इसमें तेरा क्या दोष? तुझसे लोगों ने धोखे से काम करवाया है। तूने धोखे में आकर यह काम किया है।' वह मानो अपने से बात करती हुई बुदबुदाई। पर नत्थू की बात सुनकर वह सिर से पाँव तक काँप गई थी। उसकी पत्नी को लगा जैसे किसी भयानक ग्रह की छाया उनके घर पर पड़ गई है, जो उपवास करने से भी नहीं टलेगी, प्रायश्चित करने से भी नहीं टलेगी।

पर फिर भी उसके मन पर बराबर बोझ बना रहा।

नत्थू के दिल में से गहरी हूक-सी उठी। पत्नी ने आँख उठाकर नत्थू की ओर देखा। उसे विचलित देखकर उसकी पत्नी के दिल में फिर ममता का सोता फूट पड़ा। वह उठकर नत्थू के पास जा बैठी और उसका हाथ पकड़कर बोली, "तभी तो मैं कहूँ यह इतना परेशान क्यों है। मुझे क्या मालूम, तूने मुझे बताया क्यों नहीं? अपना दुख मन के अन्दर नहीं रखते।"

"मुझे मालूम होता तो मैं यह काम क्यों करता?" नत्थू बुदबुदाया, "मुझसे तो कहा सलोतरी साहब ने सुअर माँगा है।" फिर नत्थू अपनी उधेड़बुन में और भी गहरा डूबते हुए बोला, "कल रात मुरादअली को मैंने देखा था, पर वह मेरे साथ बोला ही नहीं। मैं उसके पीछे-पीछे भागता था और वह आगे-ही-आगे बढ़ता गया। उसने मेरे साथ बात तक नहीं की..." नत्थू की आवाज़ अनिश्चय में खो-सी गई, मानो उसके मन में सन्देह उठने लगा हो कि क्या सचमुच उसने मुरादअली को देखा भी था या नहीं।

"कितने पैसे मिले थे सुअर मारने के?"

"पाँच रुपए। वह मुझे पेशगी ही दे गया था।"

“पाँच रुपए? इतने ज़्यादा? तूने क्या किया उन रुपयों का?”

“कुछ नहीं किया। चार रुपए बच रहे हैं, उधर ताकी पर रखे हैं।”

“मुझे बताया क्यों नही?”

“मैंने सोचा तेरे लिए धोतियों का जोड़ा लाऊँगा...।”

“मैं इन पैसों से धोतियाँ लूँगी? मैं इन पैसों को आग नहीं लगाऊँगी?” नत्थू की पत्नी ने आवेश में कहा, “तुमसे ऐसा कुकर्म करवाया।” पर फिर वह सँभल गई। मुस्कराने की निष्फल चेष्टा करते हुए बोली, “यह तो तेरी कमाई के पैसे हैं, मैं क्यों नहीं लूँगी। इनसे जो कहेगा लूँगी।”

वह उठ खड़ी हुई और ताक के पास गई, एड़ियाँ उठाकर ताक के ऊपर रखी रकम को देखा, फिर पति की ओर लौट आई। नत्थू की गर्दन और भी ज़्यादा झुक गई थी और वह फिर किसी गहरी अँधेरी खोह में जा पहुँचा था।

“तूने वह आदमी देखा था जो मैदान के पार खड़ा था?” नत्थू ने सिर ऊपर उठाकर पूछा।

“हाँ तो, मगर इससे क्या है?”

“मैं सोचता हूँ वह बागड़ी था, जिसका सुअर मैंने अन्दर खींच लिया था। उसे ज़रूर पता चल गया होगा।”

“तुम्हें क्या हो गया। पता चल गया है तो आकर तुमसे ले ले। तुम कैसी बहकी-बहकी बातें करने लगे हो जी?” नत्थू की पत्नी ने ऊँची आवाज़ में कहा। फिर सिर फटककर बोली, “देखो जी, हम लोग चमड़े का काम करते हैं। जानवरों की खाल खींचना, उन्हें मारना हमारा काम है। तूने सुअर को मारा। अब वह उसे मस्ज़िद के सामने फेंके या हाट-बाज़ार में बेचे इससे हमें क्या? और तुम्हें क्या मालूम वही सुअर था या नहीं था जिसे मसीत के सामने फेंका था? तेरा इसमें क्या है?” फिर वह बड़ी लापरवाही के अन्दाज़ में बोली, “मैं तो इन पैसों से धोतियाँ लूँगी, ज़रूर लूँगी। तेरी कमाई के पैसे हैं। मेहनत की मजूरी है।” और वह फिर ताकी की ओर लौट गई और हँसते-चहकते हुए ताक पर से पैसे उठा लिये। पर फिर उसी क्षण उन्हें वहीं पर रख दिया।

“हाँ मुझे क्या! तू ठीक ही तो कहती है, मुझे क्या! भाड़ में जाए मुरादअली और उसका सुअर! मैं कल भी यही कहता था...”

नत्थू ने कहा और आश्वस्त-सा महसूस करने लगा।

"अब पूरे पन्द्रह रुपए मेरे पास हो गए...अब तू भी अपने लिए कुछ ले लेना।"

"मुझे कुछ नहीं चाहिए।" नत्थू भावोद्वेलित होकर बोला, "जब तू मेरे पास होती है तो मुझे लगता है मेरे पास सबकुछ है।"

नत्थू की पत्नी झट से कोठरी के कोने में रखे चूल्हे के पास जा बैठी और चाय बनाने लगी।

"जिसका दिल साफ़ होता है उसे भगवान कुछ नहीं कहते।" नत्थू की पत्नी बोली, "हमारा दिल साफ़ है। हमें किसी का डर क्यों होने लगा?" फिर वहीं बैठी-बैठी बोली, "मुझे तो बताया, अब डेरे में और किसी से नहीं कहना।"

"नहीं, मैं क्यों कहूँगा! तू भी किसी से नहीं कहना।"

नत्थू की पत्नी गिलासों में चाय डाल रही थी जब मैदान पार भागते क़दमों की आवाज़ आई। नत्थू की पत्नी का हाथ ठिठक गया। उसने आँख उठाकर नत्थू की ओर देखा पर बोली कुछ नहीं, उलटे मुस्करा दी।

थोड़ी देर बाद बाड़े में किसी चमार की आवाज़ आई। एक चमार दूसरे से पूछ रहा था, "क्या हुआ है चाचा?"

"दंगा हो गया है, रस्ते में।"

"कहाँ?"

"रस्ते में। हिन्दू-मुसलमान का दंगा हो गया है। कहते हैं दो आदमी मारे गए हैं।"

"यह आदमी कौन था जो भागा जा रहा था?"

"नहीं मालूम कौन था।...कोई बाहर का आदमी रहा होगा।"

कोठरी के अन्दर और बाहर फिर से चुप्पी छा गई। चमार अपनी कोठरी के अन्दर चला गया था या पिछवाड़े चला गया था।

नत्थू के हाथ में चाय का गिलास देते हुए उसकी पत्नी ने कहा, "तुम भी जाओ, डेरेवालों से मिल लो। चलो, मैं भी चलती हूँ। यहाँ बैठे-बैठे क्या करेंगे!"

नत्थू की पत्नी उठी और अनायास ही झाड़ू लेकर कोठरी बुहारने लगी। एक-एक कोना, एक-एक चीज़ उठाकर नीचे से झाड़ू लगाने लगी।

उसे स्वयं मालूम नहीं था कि वह ऐसा क्यों कर रही है। जैसे झाड़ू से वह किसी छाया को कोठरी में से बुहारकर बाहर कर देना चाहती हो। देर तक वह कोठरी को बुहारती रही, फिर उसने कोठरी के फ़र्श को धोया, खूब पानी डाल-डालकर फ़र्श धोती रही। पर अन्त में जब थककर खाट पर बैठी तो उसे लगा जैसे बन्द दरवाज़े की दरारों में से बड़ी छाया फिर कोठरी में लौट आई है, कोठरी अँधेरी पड़ गई है, और छाया कोठरी के अन्दर चारों ओर मुस्कराने लगी है।

द्वितीय खंड

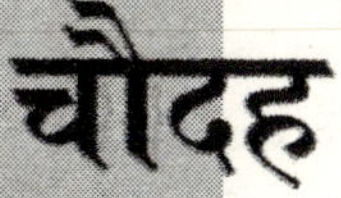

चौदह

पहली बस खानपुर से चलकर सुबह आठ बजे गाँव पहुँचती थी। वह नहीं आई। उसके बाद हर घंटे दो घंटे के बाद शहर की ओर से भी और खानपुर की ओर से भी बसें आती थीं। आज दोपहर हो गई, एक भी बस नहीं आई। चाय की दूकान में केतली पर चढ़ाया गया पानी सुबह से खौलता रहा। दूकान के सामने दोनों बेंच ख़ाली पड़े थे। पहले बेंचों पर भीड़ लगी रहती थी, गाँव का कोई आदमी नहीं था जो आता-जाता हरनामसिंह की दूकान पर न बैठता हो। बस-स्टॉप पर दो-तीन झबरैले कुत्ते घूम रहे थे। चारों

ओर जैसे सकता छा गया था।

स्त्री की सूझ पैनी होती है। बन्तो ने कल शाम से ही कहना शुरू कर दिया था कि इस गाँव से निकल चलो, खानपुर चले चलो जहाँ हमारे और सगे-सम्बन्धी रहते हैं। इस सारे गाँव में अकेले ये दो जीव सिख परिवार के थे, बाकी सारा गाँव मुसलमानों का था। पर हरनामसिंह नहीं माना। चलती दूकान छोड़कर कैसे भाग जाए? झगड़े-फ़साद तो होते रहते हैं पर काम-धन्धा तो बन्द नहीं किया जा सकता। फिर जाएँ तो कहाँ जाएँ? शहर में जाएँ जहाँ पहले से ही आग लग रही है? खानपुर में जाएँ तो वहाँ हमारा कौन खिलाने के लिए बैठा है? पीछे किसी ने दूकान लूट ली तो फिर खाएँगे कहाँ से? बेटे के पास जाएँ? बेटा बीस मील दूर मीरपुर गाँव में बैठा है। जैसे हम यहाँ अकेले हैं, वैसे ही वहाँ पर वह अकेला है। जहाँ बैठे हो, गुरु महाराज के आसरे वहीं बैठे रहो। उसके पास पहुँच भी गए तो वह हम बूढ़ों की जान बचाएगा या अपनी जान बचाएगा? अपनी जेब से भी खाएँगे तो कितने दिन और कोई दूसरा खिलाएगा तो कितने दिन? और चौकी पर बैठा हरनामसिंह गोद में रखे हाथ जोड़ देता है और कहता है :

"जिसके सिर उपरि तूँ सुआमी सो दुखु कैसा पावै!"

(हे मालिक! जिसके सिर पर तेरा हाथ है वह दुख क्योंकर पाएगा)

बन्तो सुनती और चुप हो जाती। फिर जब अन्दर ही अन्दर उसका दिल डूबने लगता तो कहती : चलो मेरी बहन के गाँव चले चलो, वह तो नज़दीक है, वहाँ गुरुद्वारे में पड़े रहेंगे, बहन के पास नहीं रहेंगे, वहाँ सिख संगत बड़ी है, अपने लोगों का आसरा होता है। पर हरनामसिंह! वह भी नहीं माना। उसे अन्दर ही अन्दर विश्वास था कि और लोगों के साथ भले ही बुरा-भला हो जाए, इसके साथ नहीं हो सकता।

"सुण भागे भारिए, असाँ कदे किसे दा बुरा नहीं चेतिया, बुरा नहीं कीता। इत्थो दे लोकी बी साडे नाल भरावाँ वाँग रहे हन। तेरियाँ अखाँ साहमणे करीमखान दस वारा कह गिया है : चुपचाप बैठे रहवो, तुहाडे वल कोई अँख चुक के वी नहीं बेखणगा। करीमखान तों बड़ा मोतबर इत्थे कौण है? इक्को इक इत्थे सिख घर है? के गिराँवालियाँ नूँ साडे ते हत्थ चुकदियाँ गैरत नहीं आएगी?"

(सुण भागे भारिए, हमने किसी का कुछ देना नहीं है, हमने किसी का

कभी बुरा नहीं चेता है, कभी बुरा नहीं किया है। ये लोग भी हमारे साथ कभी बुरी तरह पेश नहीं आए हैं। तेरे सामने, कुछ नहीं तो दस बार करीमखान कह गया है : आराम से बैठे रहो, तुम्हारी तरफ़ कोई आँख उठाकर भी नहीं देखेगा। अब करीमखान से बड़ा मोतबर इस गाँव में और कौन होगा? सारे गाँव में एक ही तो सिख घर है। इन्हें गैरत नहीं आएगी कि हम निहत्थे बूढ़ों पर हाथ उठाएँगे?

बन्तो फिर चुप हो गई। तर्क का जवाब तो तर्क में दिया जा सकता है, पर विश्वास का जवाब तर्क के पास नहीं है। जहाँ बन्तो का दिल किसी-किसी वक़्त डूबने लगता था, वहाँ हरनामसिंह एक बार भी विचलित नहीं हुआ। उसका चेहरा बराबर खिला रहा। सारा वक़्त वह गुरु महाराज का नाम लेता रहा और उसे देखकर बन्तो को भी त्राण मिलता था।

पर आज कोई बस नहीं आई थी, एक भी ग्राहक दूकान पर नहीं चढ़ा था, और सड़क सूनी पड़ गई थी। बल्कि दो-तीन बार इक्के-दुक्के आदमी जिन्हें उसने पहले कभी नहीं देखा था, गाँव की ओर जाते हुए उनके घर की ओर घूर-घूरकर देखते रहे थे।

और जब दोपहर ढलने को आाई तो ढक्की पर से उसे किसी के क़दमों की परिचित-सी आहट आई। करीमखान लाठी टेकता चला आ रहा था। हरनामसिंह का ढाढ़स बँधा। करीमखान कुछ बताएगा, कोई सुझाव देगा, कोई तरकीब करेगा। यहाँ ख़तरा हुआ तो हम करीमखान के डेरे पर चले जाएँगे।

करीमखान दूकान के सामने आया पर रुका नहीं, न ही हरनामसिंह की ओर मुँह किया, केवल चाल धीमी कर दी और खँखारने के बहाने बुदबुदाया :

"हालत अच्छी नहीं हरनामसिंह, तू चला जा।" दो-एक क़दम जाकर फिर बोला, "गाँववाले तेरे वल अक्ख वी नहीं चुक्कणगे पर बाहरों लोकाँ दे आण दा डर है। उन्हाँ नूँ रोकणा सॉडे बस दा नहीं।"

और फिर खाँसता हुआ, लाठी पटपटाता आगे बढ़ गया।

तभी पहली बार हरनामसिंह की विश्वास की टेक बुरी तरह से हिल गई। करीमखान रुका नहीं तो इसका मतलब है सचमुच ख़तरा है और जो करीमखान आया है तो जोखम ही उठाकर आया होगा। फिर भी हरनामसिंह इतना घबराया नहीं जितना उदास हो गया। वैराग्य का भाव उसके दिल में

ज़्यादा उठा, क्षोभ, क्रोध, भय आदि का कम।

पाँचेक मिनट के बाद करीमखान फिर लौटकर आया। फिर वैसे ही ढक्की चढ़ते, कमर पर हाथ रखे, हाँफते-खँखारते उसने क़दम धीमे किए और बुदबुदाया, "देर नहीं कर हरनामसिंह, हालत चंगी नहीं, बाहरों बलवाइयाँ दे आण दा डर है।"

और उसी तरह कमर पर हाथ रखे हाँफता हुआ ढक्की चढ़ने लगा।

हरनामसिंह कहाँ जाए? मीलों दूर तक रास्ते और मैदान और घाटियाँ फैली थीं। करीमखान ने तो कह दिया कि चले जाओ मगर कहाँ जाए? उन्हें कहाँ आश्रय मिल सकता था। साठ की उम्र और साथ में औरत जात, वह कितनी दूर तक भागकर जा सकता है? फिर भागकर जाएगा भी तो कहाँ जाएगा?

मन के अन्दर से फिर एक बार आवाज़ आई : कहीं नहीं जाओ, यहीं बने रहो, जब बलवाई आएँ तो दूकान भी हाजिर कर देना और जान भी हाजिर कर देना। यहाँ मर जाना अच्छा है, परदेशों की खाक छानने से। कौन आएगा हमला करने? बार-बार वह सोचता पर यक़ीन नहीं होता था कि गाँव का कौई आदमी उस पर हमला करने आएगा। या गाँववाले बाहरवाले को हमला करने देंगे।

हरनामसिंह उठकर पीछे कोठरी में आ गया, जहाँ बन्तो बैठी थी।

"करीमखान आकर कह गया है कि यहाँ से निकल जाओ। बाहर से बलवाई आ रहे हैं।"

क्षणभर में बन्तो के सारे शरीर में ख़ून की जगह पानी भर गया। बैठी की बैठी रह गई। रात सिर पर आनेवाली थी और कहीं पर ठौर-ठिकाना नहीं था। और उधर अँधेरी कोठरी में खड़ा उसका पति अवसाद की मूर्ति लग रहा था।

पर अब न सोचने का वक़्त था न ज़्यादा देर ठहरने का वक़्त था, जितनी जल्दी हो सके, अँधेरा पड़ते ही यहाँ से निकल चलो।

"मैं तो अब भी कहता हूँ यहीं बैठे रहो। कहीं नहीं जाओ।" फिर उसने एक ओर दीवार के साथ टँगी अपनी दोनाली बन्दूक की ओर इशारा करके कहा, "मरने-मारने पर नौबत आ गई तो मैं पहले तुम्हें मार दूँगा, फिर अपने को मार डालूँगा।"

बन्तो चुप सुनती रही। क्या कहे, क्या मशवरा दे? सामने चारा ही क्या था?

हरनामसिंह दूकान के चबूतरे पर लौट गया, टाट के नीचे से कमाई के पैसे निकाले, फिर अन्दर आया, बक्से में से पूँजी के पैसे निकाले, फिर नोटों को अलग से छाँट लिया और रेज़गारी वहीं छोड़ दी। नोटों का पुलिन्दा अन्दर की बंडी की जेब में रख लिया। फिर कोठरी के अन्दर दीवार पर टँगी बन्दूक उतार ली और उसे कन्धे से लटका लिया। उसकी समझ में नहीं आ रहा था कि क्या माल ले जाए और क्या नहीं ले जाए। दूकान की रजिस्ट्री के काग़ज़ ले लूँ? पर उन्हें ढूँढ़ने-निकालने का वक़्त नहीं था। बन्तो की भी यही हालत थी। अपना ज़ेवर उठा लूँ? खाने के लिए कुछ थोड़ा-बहुत बना लूँ। दो रोटियाँ सेंक लू? रास्ते में कहाँ कुछ खाने को मिलेगा? अपने कपड़े बदल लूँ? बाहर जाओ तो कपड़े उजले पहनकर जाना चाहिए। पर बन्तो की समझ में कुछ भी नहीं आ रहा था, क्या उठाए क्या छोड़ दे।

''गहनों की पोटली का क्या करूँ?'' उसने पूछा, ''इन्हें बदन पर पहन लूँ?''

''पहन ले,'' हरनामसिंह ने कहा, फिर तनिक सोचकर बोला, ''तेरे गहने देखकर ही तुझे कोई मार डालेगा। उन्हें दूकान के पीछे गाड़ दे।''

बन्तो ने कमीज़ के नीचे ज़ेवर पहन लिया, कुछ रूमाल में लपेटकर ट्रंक के अन्दर छोड़ दिया, बाकी ज़ेवर पिछवाड़े ज़मीन में गाड़ आई जहाँ उन्होंने सब्जी की क्यारियाँ लगा रखी थीं। कोठरी में सन्दूक रखे थे, खेस, दरियाँ पूरे-के-पूरे बिस्तर थे जो बेटी के ब्याह के समय बनवाए थे, कितना कुछ था, और कुछ भी नहीं उठाया जा सकता था।

''दो रोटियाँ सेंक लूँ? जाने कहाँ-कहाँ भटकना होगा।''

''रोटियाँ सेंकने का कहाँ वक़्त रह गया है, भली लोग। पहले जाने का सोचा होता तो यह भी कर लेते।''

तभी कहीं दूर से ढोल बजने की आवाज़ आई। दोनों एक-दूसरे की ओर देखते रह गए।

''बलवाई आ गए हैं, खानपुर की तरफ़ से आए जान पड़ते हैं।'' उधर ढोल बजने की आवाज़ आई, इधर गाँव के पार से नारे लगने शुरू हो गए।

''या अली!''

"अल्लाह-हो-अकबर।"

'ये अशरफ और लतीफ होंगे। वही गाँव के लीगी हैं। वही पाकिस्तान के नारे लगाते रहते हैं।' हरनामसिंह ने मन ही मन कहा।

वातावरण जैसे थर्रा उठा।

शाम पड़ चुकी थी लेकिन झुटपुटा अन्धकार में नहीं बदला था। बलवाइयों की आवाज़ बाएँ हाथ कस्सी के पार से आई जान पड़ती थी।

तभी हरनामसिंह की नज़र कोठरी की छत से लटकते मैना के पिंजरे पर पड़ी।

"बन्तो, पिंजरा कोठरी के पीछे ले जा और उसे खोलकर मैना को उड़ा दे।"

कुछ ही देर पहले बन्तो ने मैना के पिंजरे में रखी कटोरियों में पानी और दाना डाल दिया था। अब जब वह पिंजरे को उतारकर बाहर ले चली तो मैना ने रोज़ की रटी हुई गरदान बोल दी, "बन्तो, रब्ब राखा, सरबद्ध दा रब्ब राखा।"

सुनते ही बन्तो का गला भर आया और जवाब में बन्तो भी बुदबुदा दी, "हाँ मैना, रब्ब राखा, सरबद्ध दा रब्ब राखा।"

ये शब्द मैना ने हरनामसिंह से सीख लिए थे। अक्सर हरनामसिंह दूकान के पटरे पर बैठा होता और उसकी पत्नी पीछे कोठरी में बैठी होती और जब दूकान पर कोई ग्राहक नहीं होता तो हरनामसिंह अन्दर बैठा बन्तो के साथ गुरुवाणी और धर्म की बातें किया करता था, कभी उठते-बैठते वह कहा करता था, "रब्ब राखा, सरवद्ध दा रब्ब राखा!"

और मैना इन शब्दों को घर में दोहराने लगी थी।

मैना के मुँह से ये शब्द सुनकर बन्तो को बड़ी ताक़त मिली थी। उसमें साहस और स्थिरता आ गई। मानो नन्हा-सा पक्षी उसे सीख दे रहा था।

पिछवाड़े ज़मीन के छोटे-से टुकड़े में हरनामसिंह ने सब्जी रोप दी थी, एक आम का पेड़ उगा रखा था। आँगन के बीचोबीच पहुँचकर बन्तो ने पिंजरे का दरवाज़ा खोल दिया और धीमे से बोली, "जा मैना, तेरा रब्ब राखा, सरबद्ध रब्ब राखा!"

पर मैना ज्यों की त्यों पिंजरे में बैठी रही।

"उड़ जा, उड़ जा मैना, उड़ जा माँ सदके!"

और बन्तो का कहते-कहते गला भर आया और वह पिंजरे को वहीं ज़मीन पर छोड़कर लौट आई।

तभी फिर ढोल बजने की आवाज़ आई। अब भी आवाज़ ज़्यादा नज़दीक थी। गाँव में भी आवाज़ों की भिनभिनाहट बढ़ने लगी थी। लगता बहुत-से लोग इकट्ठे होकर कहीं से बढ़े आ रहे हैं। गाँव के अन्दर से नारे की आवाज़ बराबर किसी-किसी वक़्त आ रही थी।

बन्तो और हरनामसिंह अपने तीन कपड़ों में, और थोड़ी-बहुत पूँजी और बन्दूक सँभाले दूकान को ताला लगाकर बाहर निकल आए। घर के बाहर क़दम रखते ही सारा प्रदेश पराया हो गया। कहाँ जाएँ? किधर को घूमें? बाएँ हाथ को गाँव फैला था, उसी ओर कस्सी थी और कस्सी के पार से बलवाइयों के ढोल सुनाई दे रहे थे। दाईं ओर पक्की सड़क खानपुर की ओर चली गई थी, उस ओर जाना ख़तरे से कम ख़ाली नहीं था, और इस ओर किनारा ऊँचा था। अगर कहीं जाया जा सकता था तो उसी रास्ते छिप-लुककर जाया जा सकता था। सड़क पर चलना ख़तरे से ख़ाली नहीं था। नाले में पानी न के बराबर था, चौड़ा पाट सूखा और रेतीला था और कंकड़ों-पत्थरों से अटा था।

दोनों ने सड़क पार की, और थोड़ी दूरी तक आकर नाले की ओर उतरने लगे। तब तक बलवाई गाँव के निकट पहुँच चुके थे और इसी ओर बढ़े आ रहे थे। वातावरण उनके नारों और ढोल-मजीरे की आवाज़ से गूँज रहा था।

हरनामसिंह और उसकी पत्नी नाले की ओर उतर रहे थे जब ऊपर कहीं से क्षीण-सी आवाज़ आई :

"बन्तो तेरा रब्बा राखा...
सर्बद्ध दा रब्बा राखा।"

मैना उन्हीं के पीछे उड़कर चली आई थी और पेड़ पर बैठ गई थी।

तभी बलवाई उस टीले के ऊपर पहुँच गए जिसकी ढलान उतरने पर नीचे दाएँ हाथ हरनामसिंह की दुकान थी। बलवाई चिंग्घाड़ रहे थे, ऊँचे-ऊँचे नारे लगाते ढोल बजाते नीचे उतर रहे थे।

चाँद निकल आया था, और चारों ओर छिटकी चाँदनी में हर पेड़ और हर चट्टान के पीछे छिपे किसी अज्ञात शत्रु का भास होने लगा था। नदी

सूखी पड़ी थी और चाँदनी में नदी का पाट सफ़ेद चादर-सा बिछा था। पति-पत्नी ऊँचे किनारे पर से उतर आए थे और अब उसी की ओट में धीरे-धीरे दाएँ हाथ आगे की ओर बढ़ने लगे थे। नदी का किनारा जहाँ वे चले जा रहे थे, छोटे-बड़े पत्थरों से अटा पड़ा था और दोनों हाँफने लगे थे। दोनों के कान बलवाइयों की ओर लगे थे।

शोर पहले तो नज़दीक आता गया, फिर थम गया। हरनामसिंह को लगा कि बलवाई उसकी दूकान के सामने रुक गए हैं और निश्चय नहीं कर पा रहे कि अब क्या करें। हरनामसिंह ने मन ही मन करीमखान को धन्यवाद कहा। वह वक़्त पर न कह देता तो भागना भी असम्भव हो गया था। तभी किसी चीज़ पर ज़ोर-ज़ोर से प्रहार करने की आवाज़ आई। हरनामसिंह समझ गया कि बलवाई उसकी दूकान का दरवाज़ा तोड़ रहे हैं। आगे चल पाने के लिए दोनों के पैर काँप रहे थे। दोनों एक-दूसरे का हाथ पकड़ धीरे-धीरे आगे सरकने लगे।

"वाह गुरु का नाम लेकर चलती आओ।" हरनामसिंह पत्नी को अपने साथ खींचते हुए बोला।

तभी एक कुत्ते के भूँकने की आवाज़ आई। दोनों ने नज़र उठाकर ऊपर देखा। ऊँचे किनारे पर छिटकी चाँदनी में एक भयानक काले रंग का कुत्ता खड़ा उन पर भूँके जा रहा था। हरनामसिंह को काटो तो ख़ून नहीं। अब क्या होगा? गुरु महाराज किस पाप की इतनी भयानक सज़ा दे रहे हैं? कुत्ते का भूँकना सुनकर तो वे भागते हुए इधर चले आएँगे, उन्हें पता चलते देर नहीं लगेगी कि हम किस रास्ते से भागकर आए हैं।

"तुम चलते जाओ जी, रुको नहीं," बन्तो बोली।

कुत्ता बराबर भूँकता जा रहा था। झबरैला कुत्ता, जो अक्सर उसकी दूकान के सामने टहलता, जगह-जगह मुँह मारता नज़र आया करता था। कुछ दूर तक चलते रहने के बाद बन्तो ने मुड़कर देखा। कुत्ता अभी भी टीले पर खड़ा भूँके जा रहा था मगर आगे बढ़कर नहीं आया था, न तो टीले के ऊपर किनारे-किनारे से और न ही नीचे उतरा था।

वे आगे सरकते गए।

"जैसे-तैसे गाँव पीछे छूट जाए, आगे भगवान मालिक हैं।"

"कुत्ता रुक गया है, आगे नहीं आ रहा।"

“भूँक तो रहा है।”

एक चट्टान के पीछे दोनों छिपकर खड़े हो गए और दम साधे कुत्ते का भूँकना सुनते रहे। उधर दूकान का दरवाज़ा टूटकर गिर गया था और “या अली!” चिल्लाते हुए बलवाई उसमें घुस गए थे।

“लूट रहे हैं, हमारा घर-बाहर लूट रहे हैं।”

पर कुत्ते के भूँकने की ओर किसी का ध्यान नहीं गया था। दोनों पहले से अधिक आश्वस्त हो गए थे। ध्यान चला भी जाता तो भी शायद वे इनका पीछा न करते, इन्हें मारने से उन्हें क्या मिलता। दूकान में से तो कितना कुछ माल हाथ लगनेवाला था।

“अब किसकी दूकान और किसका घर! छोड़ आए तो हमारा कहाँ रह गया!” बन्तो ने कहा।

चाँदनी में झिलमिलाता नदी के पाट का प्रसार, कहीं-कहीं पर पेड़ों के झुरमुट, टीले के ऊपर खड़ा झबरैला कुत्ता जो बराबर भूँके जा रहा था, सब मिलकर एक सपना-सा लग रहा था। कितनी जल्दी सब कुछ बदल गया था। बीस साल तक एक जगह में रहने के बाद पलक मारते वे परदेसी और बेघर हो गए थे। हरनामसिंह का हाथ ठंडा और पसीने से तर था। पर वह बार-बार एक ही वाक्य दोहराए जा रहा था, “निकल आओ, अब जैसे भी हो निकल आओ।”

गाँव पीछे छूट चुका था। कुत्ता अभी भी किनारे पर खड़ा था, वह आगे नहीं आया था। कुछ देर बाद शायद अपने-आप लौट जाए। दूकान लूटी जा चुकी थी, बलवाइयों का शोर थम गया था, लूट के सामान से ही वे सन्तुष्ट हो गए जान पड़ते थे, या क्या अब वे उन्हें खोजने निकलेंगे? अब केवल कंकड़ों-पत्थरों पर चलते लड़खड़ाते क़दमों की आवाज़ आ रही थी और चारों ओर निःस्तब्धता छाई थी।

थोड़ी दूर चलने के बाद बन्तो को लगा जैसे आकाश में रौशनी फैल गई है। उसने मुड़कर देखा तो नाले के ऊँचे किनारे के पीछे गाँव की ओर आसमान लाल होने लगा था। बन्तो देखती की देखती रह गई।

“देखो जी, क्या है?”

“क्या है बन्तो, दूकान जल रही है, और क्या है?” हरनामसिंह ने कहा। वह भी खड़ा उसी ओर देख रहा था। थोड़ी देर तक वे मन्त्रमुग्ध-से आग के

शोलों को देखते रहे। अपने घर में से उठते हुए शोले ज़रूर ही किसी दूसरे के घर में से उठनेवाले शोलों से भिन्न होते होंगे वरना वे क्यों मूर्तिवत् खड़े के खड़े रह जाते और उन्हें ताकते रहते।

"सब खाक हो गया!" हरनामसिंह शिथिल-सी आवाज़ में बोला।

"आँखों के सामने सब खाकस्याह हो गया।"

"वाहगुरु को यही मंजूर था!" उसने ठंडी साँस भरी और वे फिर चलने लगे।

दीवारें मनुष्य को छिपाए रहती हैं, पर यहाँ कोई दीवार न थी, केवल टीले थे, कहीं-कहीं पर चट्टानें थीं जिनके पीछे मनुष्य छिप सकता था पर कितनी देर के लिए? कुछ ही घंटों में रात का अँधेरा छँट जाएगा और वे फिर से जैसे नंगे हो जाएँगे, सिर छिपाने को जगह नहीं मिलेगी।

बन्तो का मुँह सूख रहा था और हरनामसिंह की टाँगें बार-बार लड़खड़ा जाती थीं। पर इस समय केवल वे दो ही नहीं, अनगिनत लोग दर्जनों गाँवों में से इसी भाँति जान बचाते घूम रहे थे, अनेक लोगों के कानों में टूटते किवाड़ों की आवाज़ें पड़ रही थीं। पर उनके पास न सोचने के लिए वक़्त था, न भविष्य के मनसूबे बाँधने के लिए। वक़्त था जैसे-तैसे जान बचा पाने के लिए। उस वक़्त तक चलते जाओ जब तक रात के साए तुम्हें अपनी ओट में लिये हुए हैं। शीघ्र ही दिन चढ़ आएगा और ज़िन्दगी के ख़तरे चारों ओर से भूखे भालुओं की तरह हमला कर देंगे।

कुछ ही देर में वे थककर चूर हो गए थे।

पर जब से उन्हें इस बात का भास होने लगा था कि वे बचकर निकल आए हैं तभी से दोनों पति-पत्नी की आँखों के सामने अपने बेटे-बेटी के चित्र घूमने लगे थे। इकबालसिंह इस समय कहाँ होगा, उस पर क्या बीत रही होगी, और जसबीर कहाँ होगी? जसबीर की उन्हें अधिक चिन्ता नहीं थी क्योंकि जसबीर बड़े क़स्बे में थी जहाँ उनकी जाति के लोग अधिक संख्या में थे, सम्भव है सारी सिख-संगत गुरुद्वारे में इकट्ठी हो गई हो, सम्भव है उन्होंने अपने बचाव का कोई साधन ढूँढ़ निकाला हो, पर इकबालसिंह अकेला था और अपने गाँव में छोटी-सी बजाजी की दूकान करता था। क्या मालूम समय रहते निकल गया हो, क्या मालूम इस वक़्त हमारी ही तरह कहीं मारा-मारा घूम रहा हो। सभी विचार व्याकुल करनेवाले थे। हरनामसिंह ने

आँखें बन्द करके और हाथ जोड़कर गुरु महाराज का नाम लिया और फिर उनकी वाणी के वही शब्द दोहरा दिए :

"जिसके सिर उपरि तूँ सुआमी
सो दुखु कैसा पावे।"

जब पौ फटने का समय हुआ तो वे एक छोटे-से झरने के किनारे पत्थरों पर बैठे थे। हरनामसिंह इस इलाक़े से परिचित था। वे ढोक मुरीदपुर—एक छोटे-से गाँव के निकट पहुँच चुके थे। रात सारी चिन्ता, उधेड़बुन और पाँव घसीटने में लग गई थी। पर पौ फटने से पहले अनायास ही जैसे मन को शान्ति मिल गई थी। हवा में दूर से तैरती हुई लुकाटों के बौर की गन्ध आई। ढोक मुरीदपुर में लुकाटों के बाग़ थे और उनके बीच में से झरने बहते थे। चाँद का रंग पहले नारंगी-लाल पड़ गया, फिर उसमें चाँदी-सी घुलने लगी। स्वच्छ नीलिमा आकाश में फैलने लगी। आसपास पक्षी चहचहाने लगे।

"मुँह धो ले बन्तो, फिर जप जी महाराज का पाठ करके चलेंगे।"

प्रातः की सुहावनी घड़ी में हरनामसिंह का विश्वास फिर से जैसे लौट आया था।

"अब जाएँगे कहाँ?" बन्तो ने चिन्तित आवाज़ में पूछा, "दिन-भर मारे-मारे कहाँ फिरोगे? दो रोटियाँ सेंक ली होतीं तो कोई बात नहीं थी, दिन-भर बेशक यहीं किसी पत्थर की ओट में पड़े रहते।"

"इसी ढोक में चलकर किसी का दरवाज़ा खटखटाते हैं। उसके दिल में रहम हुआ तो आसरा दे देगा, न हुआ तो जो गुरु महाराज को मंजूर है।"

"तुम इस ढोक में जानते किसी को नहीं हो?"

हरनामसिंह मुस्करा दिया :

"जहाँ सबको जानता था, वहाँ किसी ने आसरा नहीं दिया, सामान लूट लिया और घर को आग लगा दी। यहाँ जाननेवालों से क्या उम्मीद हो सकती है? उन लोगों के साथ तो मैं खेल बड़ा हुआ था...।"

प्रातः का झुटपुटा साफ़ होने पर दोनों उठकर गाँव की ओर जाने लगे। पहले पेड़ों का एक झुरमुट आया। शहतूत और शीशम के पेड़ थे, झुरमुट के बाहर छोटा-सा क़ब्रिस्तान था, टूटी-फूटी क़ब्रें, छोटी-बड़ी, उन्हीं के एक ओर किसी पीर की भी क़ब्र जान पड़ती थी क्योंकि उस पर दीया टिमटिमा रहा था और हरी झंडियाँ लटक रही थीं। फिर खेत आए, गेहूँ पक गया था, कटाई

के दिन नज़दीक थे, फिर सपाट छतोंवाले मिट्टी के कोठे सामने आ गए जिनके बाहर गाय-भैंसें बँधी थीं, कहीं-कहीं पर मुर्गियाँ अभी से अपने चूजों के साथ चुग्गे की तलाश में घूमने लगी थीं।

"बन्तो, अगर वे लोग मारने पर उतारू हुए तो मैं पहले तुझे ख़त्म कर दूँगा, फिर अपने को ख़त्म कर लूँगा। जीते-जी मैं तुझे दूसरों के हाथ में पड़ने नहीं दूँगा।"

तभी वे, गाँव के बाहर ही, पहले घर के सामने रुक गए। दरवाज़ा बन्द था। बदरंग-सा मोटी लकड़ी का दरवाज़ा। न जाने किसका घर था, कौन लोग दरवाज़े के पीछे रहते थे। दरवाज़ा खुलेगा तो क़िस्मत जाने क्या गुल खिलाएगी! हरनामसिंह ने हाथ ऊपर उठाया, क्षण-भर के लिए उसका हाथ ठिठका रहा, फिर उसने दस्तक दी।

पंद्रह

गुरुद्वारा खचाखच भरा था और संगत मस्ती में झूम रही थी! बस अनमोल समय था। रागी पूरी तन्मयता से आँखें बन्द किए गा रहे थे :

"तुम बिन कौन मेरे गोसाईं..."

संगत में सबके हाथ जुड़े हुए, आँखें बन्द और सिर वजद में हिलते हुए। कोई-कोई व्यक्ति हाथ पर ताल दिए जा रहा था। यह कुर्बानी की आवाज़ शताब्दियों के फासले लाँघकर फिर से गूँज रही थी। तीन सौ साल पहले भी ऐसा ही गीत दुश्मन से लोहा लेने से पहले गाया जाता था। आत्म-बलिदान

की भावना से ओत-प्रोत वे सब-कुछ भूले हुए थे। इस विलक्षण क्षण में उनकी आत्मा अपने पुरखाओं की आत्मा से जा मिली थी, वे फिर से जैसे अतीत में जा पहुँचे थे। तुर्कों के साथ लोहा लेने का फिर से समय आ गया था। सिक्ख जाति पर फिर से संकट आया है, फिर से तुर्कों की ओर से ही आया है। उनकी चेतना फिर से शताब्दियों पहले के वायुमंडल में साँस लेने लगी थी। लश्कर किस ओर से आएगा, अभी तक मालूम नहीं था। बाहर से आएगा या गाँव के अन्दर से ही दुश्मन चिंघाड़ता हुआ निकलेगा, अभी तक स्पष्ट नहीं था। दुश्मन का कोई एतबार नहीं था पर संगत का प्रत्येक सिंह सिर हथेली पर रखे बैठा था।

गुरुद्वारे के अन्दर रोशनी पिछली दो खिड़कियों में से आ रही थी जिनके ऊपर लाल, हरे और पीले रंग के शीशे लगे थे। लकड़ी के चार खम्भों के बीच गुरुग्रन्थ साहब की चौकी थी और चौकी के इर्द-गिर्द पीतल का कटहरा बना था। चौकी को लाल रंग के रेशमी कपड़े से, जिस पर सुनहरे रंग की किनारी लगी थी, ढक दिया गया था, जिसका एक सिरा नीचे फ़र्श तक फैला था जहाँ सफ़ेद चादरें बिछी थीं। जगह-जगह, चौकी के सामने, फ़र्श पर सिक्के—दुवन्नियाँ, इकन्नियाँ—बिखरे पड़े थे; एक ओर आटे का ढेर लगा था।

प्रवेश करने पर गुरुद्वारे के बाईं ओर स्त्रियाँ बैठी थीं, सभी ने दुपट्टों में मुँह-सिर लपेट रखे थे, सभी के चेहरे दमक रहे थे, सबकी आँखों में कुरबानी का नूर चमक रहा था। किसी-किसी स्त्री की कमर से कटार लटक रही थी। प्रत्येक नर-नारी का रोम-रोम इस बात को महसूस कर रहा था कि सिख इतिहास की लम्बी शृंखला में वह भी एक कड़ी है जो इस संकट के समय अपने पुरखाओं ही की भाँति आत्म-बलिदान के लिए मैदान में उतर रहा है।

असला पिछले बरामदे में तथा ग्रन्थी की कोठरी में इकट्ठा किया जा रहा था। गाँव में सात गुरुसिंघों के पास दोनाली बन्दूकें थीं और पाँच बक्से कारतूसों के थे। जत्थेदार किशनसिंह सुरक्षा का प्रबन्ध कर रहा था। किशनसिंह पिछली जंग में बर्मा की लड़ाई में भाग ले चुका था और बर्मा की लड़ाई के दाँव-पेंच वह अपने क़स्बे के मुसलमानों पर चलाना चाहता था। सुरक्षा की कमान सँभालते ही वह घर जाकर अपनी खाकी कमीज़ पहन आया था जिस पर सरकार इंगलिशिया के तीन तमगे और अनगिनत रंगीन फीते

लगे थे। कमीज़ मुचड़ी हुई थी पर इस वक़्त लोहा करवाने का वक़्त नहीं था। दो बन्दूकों का एक मोर्चा गली के बाएँ सिरे पर, एक मकान में बनाया गया था, और दो ही बन्दूकों का मोर्चा गली के दाएँ छोर पर। बाद में दाएँ हाथवाला मोर्चा नकारा साबित हुआ था, क्योंकि उसी घर में रहनेवाला सरदार हरीसिंह अपने हमसायों पर गोली चलाने से अन्त तक कतराता रहा था। बाकी तीन बन्दूकों का मोर्चा गुरुद्वारे की छत पर बना था। और किशनसिंह स्वयं सारा वक़्त छत पर कुर्सी बिछाकर बैठा रहा। बन्दूकों का इस्तेमाल बस इतने तक ही था, बाकी हथियार भाले, बर्छे, तलवारें, लाठियाँ आदि थीं। गुरुद्वारे की पिछली दीवार के साथ यह असला सजा दिया गया था। रंग-बिरंगी मखमली मियानों में बन्द तलवारें एक के साथ एक दीवार के साथ खड़ी थीं। खिड़की में से धूप की किरण सीधी उन पर पड़ रही थी जिससे वे अत्यन्त प्रभावशाली लग रही थीं। रोशनी की किरण भालों और बर्छों की नोकों पर भी पड़ रही थी जिससे वे झिलमिला रहे थे। कुछेक ढालें भी थीं जो निहंग सिखों से मिल गई थीं। दो निहंग सिख छत पर पहरा दे रहे थे। दोनों के पास अपने बर्छे थे। दोनों ने अपना-अपना जामा पहन रखा था। नीला बाना, नीली पगड़ी और पगड़ी के ऊपर लोहे का चक्र और पीला कमरबन्द। दोनों छाती ताने, भाले हाथ में सँभाले, एक छत के एक सिरे पर, दूसरा दूसरे सिरे पर दूर-दूर तक नज़रें डाले खड़े थे। कौन जाने लश्कर किस ओर धूल उड़ाते चले आएँ।

"निहंगसिंहजी, भाला नीचा कर दो, धूप में उसकी नोक चमकती है, दुश्मन उसे दूर से देख सकता है।" एक बार किशनसिंह ने समझाते हुए कहा तो निहंगसिंह बिगड़ उठा।

"निहंगसिंह का बर्छा नीचा कभी नहीं हो सकता।" निहंगसिंह ने जवाब दिया और ज्यों का त्यों भाला उठाए क्षितिज पर आँखें गाड़े खड़ा रहा। निहंग सिखों की आँखों के सामने वही पुरानी लड़ाइयों के चित्र घूम रहे थे जब लश्कर कूच किया करते थे, तलवारें चमकती थीं, घोड़े हिनहिनाते थे, नगाड़े और शंख गूँजते थे। इसी की कल्पना करते हुए उनके दिल में सिक्खी जोश हिलोरें लेने लगा था।

दो निहंग नीचे गुरुद्वारे के प्रवेश-द्वार पर तैनात थे। दोनों के हाथ में बर्छे थे और दोनों बड़ी मुस्तैदी से खड़े थे। दोनों ने मूँछों को ताव दे रखा था, और नीले बाने पर पीला कमरबन्द बाँध रखा था। पुराने ज़माने में ख़ालसा

पीला बाना पहनकर रणभूमि में उतरता था। इस वातावरण में हर किसी की कोशिश थी कि जहाँ तक हो सके अपनी पोशाक में भी उस अखंड परम्परा का कोई न कोई चिह्न आ सके जिनसे वे अपने अतीत के साथ और गहरे में जुड़ सकें।

बिशनसिंह मनिहारीवाले ने, जिसकी ड्यूटी खालसा लंगर में लगाई गई थी, पीले रंग का रेशमी रूमाल अपनी पगड़ी में खोंस रखा था। बसन्त पंचमी के मेले के बाद उसने पीले रंग का रूमाल अपने बेटे के सिर पर से उतारकर जेब में डाल लिया था। आज अचानक जेब में हाथ डालने पर उसे यह रूमाल मिल गया था और उसने अपनी पगड़ी में खोंस लिया था। संगत में किसी-किसी ने कमरबन्द भी बाँध रखा था, पर अधिकांश लोग सलवार-कमीज़ में ही थे, और तो और, सरदार किशनसिंह ने भी तमगोंवाली खाकी कमीज़ के नीचे पाजामा ही पहन रखा था। पर यह वक़्त पोशाक की ओर ध्यान का नहीं था। दिलों में बलिदान की भावना लहरें मार रही थी, और उस वक़्त पोशाक और वर्दी का ध्यान भी आता था तो उस गहरी भावना के ही कारण जो हर पहलू से परम्परा के साथ जुड़ जाना चाहती थी।

गुरुद्वारे का माहौल भरे-बादलों जैसा गम्भीर हो रहा था। कीर्तन में सभी के सिर झूम रहे थे, सभी की चेतना में वे सभी बातें थीं जो दूर अतीत में हुआ करती थीं, बलिदान की भावना, मुसलमान शत्रु, ढाल-तलवार, गुरु का प्रसाद, अखंड एकता–जो नहीं था तो उनकी चेतना में अंग्रेज़ नहीं था। क़स्बे से पच्चासेक मील की दूरी पर अंग्रेज़ों की देशभर में सबसे बड़ी छावनी थी, उस छावनी की ओर उनका ध्यान नहीं जा रहा था। शहर और प्रान्त में बैठे अंग्रेज़ अधिकारियों की ओर भी नहीं, मानो देश में उनका कोई अस्तित्व ही न हो। अस्तित्व था तो तुर्क का, या खालसा का, उसके बढ़ते आ रहे लश्करों का, आत्म-बलिदान की बेला में उस महायज्ञ का जिसमें सभी अपने प्राणों की आहुति डालने के लिए तैयार थे।

गोलाबारी का डर सबसे अधिक गुरुद्वारे के पिछवाड़े की ओर से ही था जहाँ हरे छज्जेवाले शेखों के मकान में क़स्बे के मुसलमान असला इकट्ठा कर रहे थे। शेखों के मकान में भी कुछ-कुछ वैसी ही भावना व्याप रही थी, यहाँ पर गाँव के सभी मुसलमान–किसान, तेली, नानबाई अब मुजाहिद बन गए थे, काफिरों के ख़िलाफ़ ज़िहाद की तैयारियाँ चल रही थीं, आँखों में यहाँ भी

ख़ून उतर आया था, और क़ुर्बानी का जज़्बा दिलों में लहरें मार रहा था।

गुरुद्वारे के ऐन सामने गली के पार सिखों की ही दूकानों का सिलसिला था और दूकानों के पीछे तीखी ढलन थी जो सीधी छोटी-सी नदी तक चली गई थी और नदी के पार लुकाटों का लम्बा-चौड़ा बाग था। इसलिए सामने की ओर से तो कोई माई का लाल हमला नहीं कर सकता था, जो आता तो छत पर मोर्चा बाँधे किशनसिंह की बन्दूकें उसे भून डालतीं।

बाएँ हाथ गली के सिरे पर मुसलमानों के कुछ घर थे और उनके पीछे खालसा स्कूल खड़ा था, और फिर खेत शुरू हो जाते थे। दाएँ हाथ भी गली के सिरे पर से मुसलमानों का पूरा-का-पूरा मुहल्ला शुरू हो जाता था, पर मोर्चा यहाँ भी बाँध दिया गया था।

गुरुद्वारे के पिछवाड़े दो गलियाँ छोड़कर शेख गुलाम रसूल का ऊँचा दोमंज़िला मकान था, और मुख़बरों की सूचना के मुताबिक मुसलमानों ने उसी को अपना क़िला बना रखा था। उसी में असला इकट्ठा करते जा रहे थे। छज्जे के पीछे सभी दरवाज़े बन्द थे, और ऊपर हरी खिड़कियोंवाली बरसाती भी बन्द थी और कोई भी आदमी छज्जे पर खड़ा नज़र नहीं आ रहा था। पर इसी घर पर सबकी नज़रें थीं कि पहली गोली यहीं से दागी जाएगी।

यों देखा जाए तो यह गाँव बड़ा सुन्दर था, अमन-चैन के दिन कोई यहाँ आए तो इसकी खूबसूरती पर मुग्ध हुए बिना नहीं रह सकता था। लगता भगवान ने अपने हाथ से बनाया है। छोटी-सी नदी के ऊपर एक छोटी-सी पहाड़ी पर घोड़े की नाल की शक्ल में यह गाँव खड़ा था। नदी के नीले जल-प्रवाह के पार लुकाटों के घने बाग थे जहाँ अनेक झरने बहते थे, इन दिनों लुकाट पक रहे थे और तोतों के झुंड पेड़ों में बसे हुए थे। इन दिनों नदी का रंग भी आसमान के रंग की तरह गहरा नीला लग रहा था। ज़मीन की मिट्टी लाली मायल थी, गाँव के बाहर खेतों का प्रसार उस पहाड़ी तक चला गया जो इस प्रदेश की पीठ पर खड़ी थी। हर घड़ी पहाड़ी का रंग बदलता रहता था। कभी वह झीनी-सी नीली चादर ओढ़ लेती, कभी उसका चेहरा तपे ताँबे जैसा दमकने लगता, कभी उसके कन्धों पर सुरमई घटाएँ खेलने लगतीं, कभी उस पर हरियावल बिछ जाती। इस पहाड़ी के भी दामन में झरने ही झरने थे, और घने बड़े इंजीर के पेड़ थे। इसी प्रकृति-स्थल की गोद में इस गाँव के सभी लोग पीढ़ी-दर-पीढ़ी रहते चले आए थे।

सहसा गुरुद्वारे के अन्दर बिजली की-सी लहर दौड़ गई। सभी की आँखें प्रवेश-द्वार की ओर उठ गईं जहाँ गाँव के मुखिया सरदार तेजासिंह पधार रहे थे। गुरुद्वारे के चबूतरे पर चढ़कर तेजासिंहजी घुटने टेककर बैठ गए और फिर आगे को झुककर उन्होंने गुरुद्वारे की दहलीज़ को आँखों से चूम लिया। चबूतरे पर रखे उनके दोनों हाथों की उँगलियाँ काँप-काँप उठीं।

देर तक तेजासिंहजी अपना माथा दहलीज़ पर नवाए रहे। यहाँ तक कि उनकी आँखों से टप-टप आँसू बहने लगे। तेजासिंहजी वजद में थे। उनका रोम-रोम पन्थ की रक्षा के लिए निछावर था।

फिर वह उठे और दोनों हाथ बाँधे, गर्दन झुकाए–उनकी सफ़ेद दाढ़ी उनकी छाती को ढके हुए थी–आकर गुरुग्रन्थ साहब की बेदी के सामने माथा नवाने के लिए झुक गए। यहाँ भी वह देर तक झुके रहे। उनका चेहरा लाल हो गया और टप-टप आँसू फ़र्श पर बिछी सफ़ेद चादर पर बराबर गिरते रहे।

सारी संगत दम साधे देखे जा रही थी, सभी के कलेजे दिल को आ रहे थे। जब तेजासिंह उठे तो एक लहर-सी सारे हाल में दौड़ गई।

वे उठे और धीरे-धीरे चलते हुए खम्भे के पास आकर खड़े हो गए जहाँ पर एक पुरानी तलवार खम्भे के साथ रखी थी। उन्होंने काँपते हाथों से तलवार की मूठ को पकड़ा और हाल के बीचोबीच आकर खड़े हो गए। यह उनके नाना की तलवार थी जिनके पिता महाराजा रणजीतसिंह के दरबारी हुआ करते थे।

हाथ में तलवार उठाने की देर थी कि संगत में बलिदान-भावना का जैसे ज्वार उमड़ उठा। सिर झूम उठे। दरवाज़े के पास खड़े युवा प्रीतमसिंह के मुँह से अनायास नारा फूट पड़ा :

"जो बोले सो निहाल!" सारी संगत ने एक जबान होकर उत्तर दिया :

"सत सिरी अका ऽ ऽ ऽ ल!"

नारे की गूँज से गुरुद्वारे की दीवारें हिल उठीं। यों नारा लगाने की मनाही थी क्योंकि संगत नहीं चाहती थी कि दुश्मन का पता चल पाए कि गाँव की सारी जनता सिख गुरुद्वारे में जमा है। लेकिन कुछ बातों पर इंसान का कोई बस नहीं चलता। इस तीव्र असह्य भावना को नारे के द्वारा ही व्यक्त किया जा सकता था।

बूढ़े हाथों ने तलवार की मूठ को पड़का, उसे उठाकर दोनों आँखों से चूमा

तो सारी संगत ने सिसकारी भरी। प्रवेश-द्वार पर खड़े निहंग का सिर दाएँ-बाएँ झूलने लगा। सैकड़ों सिर हिलने लगे।

"आज फिर खालसा पन्थ को गुरु के सिंहों के ख़ून की ज़रूरत है।" उन्होंने काँपती हुई भावोद्वेलित आवाज़ में कहना शुरू किया :

"हमारे इम्तहान का वक़्त आ गया है, हमारी आजमाइश का वक़्त आ गया है। महाराज का इस वक़्त एक ही हुक्म है—क़ुरबानी! क़ुरबानी! क़ुरबानी!"

तेजासिंह के मस्तिष्क में सुनहरी धूल उड़ने लगी थी। यही मस्ती थी, यही वजद था। सभी भावनाएँ एक ही शब्द 'क़ुरबानी' पर आकर केन्द्रित हो गई थीं।

"अरदास पढ़ो, गुरु के सिंघो, अरदास पढ़ो।"

सारी संगत उठ खड़ी हुई। हाथ जुड़ गए, माथे झुक गए, सभी कंठ मुखरित हो उठे। गुरुद्वारा गुरुवाणी से गूँज उठा। देर तक अरदास पढ़ी जाती रही। अन्तिम शब्दों पर आवाज़ अपने-आप और ऊँची हो गई :

"राज करेगा खालसा, याकी रहे न को..."

आवाज़ की लहरें सारे गुरुद्वारे के वायुमंडल में लहरों की तरह उठ रही थीं।

अरदास ख़त्म होने की देर थी कि प्रवेश-द्वार पर खड़े निहंगसिंह ने हाथ ऊपर उठाया और तीखी ऊँची आवाज़ में, यहाँ तक कि उसके गले की नसें उभर आईं और आँखें बन्द हो गईं, फिर से नारा लगाया :

"जो बोले सो निहाल!"

जवाब में संगतों ने हाथ उठाकर छाती में गहरी साँस भरकर नारे का उत्तर दिया :

"सत सिरी अ का ऽ ऽ ऽ ल!"

नए बलबले उठने लगे। नारों की गूँज में एकता और बलिदान की भावना और भी अधिक उग्र हो उठती है।

तभी बाहर कुछ दूरी पर गगनभेदी आवाज़ सुनाई दी :

"नारा-ए-तकबीर!" और जवाब आया :

"अल्ला-हो-अकबर!"

"नारा-ए-तकबीर!"

"अल्ला-हो-अकबर!"

प्रवेश-द्वार पर खड़े निहंगसिंहजी ने फिर हाथ की मुट्ठी भींची और उसे कन्धों के ऊपर उठाकर नारा मारने जा ही रहे थे कि तेजासिंहजी ने रोक दिया।

"बस, काफ़ी है। दुश्मन को पता चल गया है...।"

पर मुसलमानों के जवाबी नारे से संगतों को कुछ-कुछ वस्तुस्थिति का भी बोध हुआ।

"हम नहीं चाहते कि दुश्मन को हमारी ताक़त का पता चले। हम यह भी नहीं चाहते कि उन्हें पता चले कि सिख संगत गुरुद्वारे में इकट्ठी हो चुकी है। यह नीति की बात है।"

इस पर संगतों को स्थिति का ब्यौरा देते हुए बोले, "हमने कोशिश की है कि ज़िले के हाकिम-ए-आला डिप्टी-कमिश्नर साहब बहादुर को इत्तला कर दी जाए कि मुसलमानों ने यहाँ कौन-सी हरकतें करना शुरू कर दी हैं। रिचर्ड साहब को मैं जानता हूँ। वह बड़े ही मुनसिफमिज़ाज और बड़ी सूझबूझवाले सज्जन हैं। हम इससे ज़्यादा कुछ नहीं कर सकते कि हाकिम-ए-आला तक अपनी आवाज़ पहुँचाएँ। तरह-तरह की ख़बरें हमारे पास पहुँच रही हैं। हमें पता चला है कि रहीम तेली के घर में असला इकट्ठा किया जा रहा है, यह भी पता चला है कि गहरे नीले रंग की एक मोटर दोपहर के वक़्त शहर की तरफ़ से आई थी और क़स्बे के बाहर फ़ज़लदीन स्कूल मास्टर के घर के सामने रुकी थी और उसमें से कुछ सामान फ़ज़लदीन को दिया गया था। इसके बाद मोटर सीधी आगे निकल गई। यह मोटर जगह-जगह जाती और रुकती रही है। यह भी पता चला है कि यहाँ के मुसलमानों ने मुरीदपुर के मुसलमानों को ख़बर भेजी है कि असला लेकर यहाँ पहुँचें, हमने पूरी कोशिश की है कि शेख गुलाम रसूल और गाँव के और मुसलमानों के साथ बात करें पर उनका कोई एतबार नहीं है...।"

"आपने कोई कोशिश नहीं की है। यह सरासर झूठ है।"

सहसा संगत के अन्दर से आवाज़ आई और गुरुद्वारे में सकता छा गया। यह कौन था बीच में बोलनेवाला? गुरुद्वारे में बैठे लोगों के तेवर चढ़ गए।

एक दुबला-पतला-सा युवक उठ खड़ा हुआ, हमें यह नहीं भूलना चाहिए कि हम लोगों को मुसलमानों के ख़िलाफ़ भड़काया जा रहा है, और मुसलमानों

को हमारे ख़िलाफ़ भड़काया जा रहा है। हम झूठी अफवाहें सुन-सुनकर एक-दूसरे के ख़िलाफ़ तैश में आ रहे हैं। हमें अपनी तरफ़ से पूरी कोशिश करनी चाहिए कि गाँव के मुसलमानों के साथ मेल-जोल बनाए रखें और हत्तुलवसा कोशिश करें कि गाँव में फ़साद न हो।''

''बैठ जाओ! बैठ जाओ!''

''कौम के गद्दार! कौन है यह?''

''मैं नहीं बैठूँगा। भाइयो, मैं अभी भी कहूँगा कि हमें भी शेख गुलाम रसूल और गाँव के ही संजीदा मुसलमानों से मिलना चाहिए। अगर शेख गुलाम रसूल नहीं मानता तो न सही, गाँव में और बहुत-से संजीदा मुसलमान हैं जिनके साथ मिलकर हमें गाँव में अमन बनाए रखना चाहिए। अगर उन्हें मुरीदपुर से असला आ रहा है तो क्या हम लोग कहुटा से असला मँग्वाने की कोशिश नहीं कर रहे? क़त्ल-ओ-गारत कोई नहीं चाहता। क़स्बे के सिख और मुसलमान आपस में मिलें और गाँव में अमन बनाए रखें। मैं आज ही सुबह गुलाम रसूल और कुछ मुसलमानों से मिला हूँ।''

''तुम वहाँ क्या करने गए थे? क्या लगते हैं वे तुम्हारे?''

''तेरा बाप लगता है गुलाम रसूल?''

''मुझे बोलने दो। शरारत बाहर के गाँववाले करेंगे। हमें पूरी कोशिश करनी चाहिए कि इस गाँव में बाहर के लोग नहीं आएँ। इसका एक ही तरीका है कि यहाँ के अमनपसन्द सिख और मुसलमान मिलकर उन्हें रोकें। वे हमारे डर से असला इकट्ठा कर रहे हैं, और हम उनके डर से असला इकट्ठा कर रहे हैं...''

''मुसलमानों का कोई एतबार नहीं है। बैठ जाओ।''

''वे लोग कहते हैं कि सिखों का कोई एतबार नहीं है।''

''बैठ जाओ!'' एक बड़ी उम्र का आदमी उठकर खड़ा हो गया और सोहनसिंह को सम्बोधन कर गुस्से से काँपते होंठों के साथ बोला, ''तू कौन है बीच में बोलनेवाला? तेरे होंठों पर अभी तक तेरी माँ का दूध नहीं सूखा है, बड़ों की बातों में बोल रहा है।''

तीन-चार सरदार जगह-जगह पर उठ खड़े हुए थे, ''तुम जानते हो, शहर में उन्होंने मंडी को जला दिया है...।''

''यह सब अंग्रज़ों की शरारत है।'' सोहनसिंह की आवाज़ और ऊँची उठ

गई थी, ''हमारा लाभ इसी में है कि फ़साद न हो। सुनो भाइयो, शहर से आज कोई बस नहीं आई। रास्ते कटते जा रहे हैं। यह सारा इलाक़ा मुसलमानी है। अगर गाँव पर बाहर के लोगों ने हमला कर दिया तो तुम कहाँ तक उनका मुकाबला कर सकोगे? कुछ यह भी सोचो। कहूटा से तुम्हें कितनी मदद मिल जाएगी? तुम ऐंठ किस बात पर रहे हो?'' थोड़ी देर के लिए गुरुद्वारे में चुप्पी छा गई।

तब तेजासिंहजी गुरुद्वारे के बीचोबीच आकर खड़े हो गए और अपनी काँपती आवाज़ में बोले, ''मेरा दिल यह देखकर टुकड़े-टुकड़े हो जाता है कि हमारे ही बच्चे गुमराह होकर ऐसी बातें करते हैं। अपने ही पन्थ के खिलाफ़ आवाज़ें उठाते हैं। क्या हम फ़साद चाहते हैं? मैंने खुद शेख गुलाम रसूल से कहा है, उसने दिल पर हाथ रखकर कहा कि गाँव में कुछ नहीं होगा। और मेरे पीठ मोड़ने की देर थी कि खालसा स्कूल पर कुछ लोगों ने हमला किया, वहाँ का पंडित चपरासी मार डाला गया और मुसलमान उसकी बीवी को उठाकर ले गए। यह ख़बर मैंने अभी तक आपको नहीं बताई, क्योंकि मैं नहीं चाहता था कि आपको इश्तआल दिलाऊँ।'' गम और गुस्से की लहर फिर गुरुद्वारे में दौड़ गई।

''आपको किसी ने ग़लत ख़बर दी है।'' सोहनसिंह फिर बोल पड़ा। खालसा स्कूल पर हमला ज़रूर हुआ था, लेकिन गाँव के मुसलमानों ने हमला नहीं किया। ढोक इलाहीबख्श से कुछ गुंडे आए थे। पर मीरदाद, हमारा साथी जो शहर से आया है, वह वक़्त पर पहुँच गया, उसने और गाँव के दो और लड़कों ने बीचबचाव करके हालत को बिगड़ने से बचा लिया। चपरासी को केवल चोटें आई हैं, वह मरा नहीं है और उसकी बीवी को भी भगा करके कोई नहीं ले गया। वह भी स्कूल में मौजूद है।''

''यह मीरदाद कौन है?'' एक सरदार बोला।

''मैंने इसे मीरदाद के साथ कहवाखाने में बैठे देखा है। न जाने आपस में ये क्या बातें करते रहते हैं। जब मुसले हमारी औरतों की असमत लूट रहे हैं, इधर हमारे ही लड़के मुसलों से गठ्‌ठ-जोड़ कर रहे हैं।'' फिर उसी दुबले-पतले सरदार की ओर मुखातिब होकर बोला, ''हमें क्या समझाते हो? मुसलों को जाकर समझाओ। क्या सिखों ने किसी को अभी तक मारा है, किसी का घर लूटा है? बड़ा आया हमें उपदेश देनेवाला।''

हवा फिर बदल गई थी। दरवाज़े पर खड़ा निहंगसिंह चलता हुआ, क़दम बढ़ाता, दुबले-पतले सरदार के पास आया और सीधा एक धौल उसकी गर्दन पर जमा दिया।

"बस-बस, मत मारो, मत मारो!"

पास बैठे कुछ लोग उठ खड़े हुए और निहंगसिंह का हाथ रोक दिया।

ऐन उस वक़्त जब यह हंगामा गुरुद्वारे में चल रहा था, मुसलमानों के मुहल्ले में मीरदाद की जान साँसत में थी।

तीन कसाइयों की दूकानें साथ-साथ थीं, पर इस वक़्त बन्द थीं और कुछ लोग चबूतरों पर बैठे मीरदाद से उलझ रहे थे।

"ओ चुप ओए, अंग्रेज़ को किसने देखा है? शहर में कितने ही मुसलमान हलाक हुए हैं, उनकी लाशें भी अभी गलियों में पड़ी हैं। उन्हें अंग्रेज़ों ने मारा है ओए? मस्ज़िद के सामने खंजीर फेंका है, वह भी अंग्रेज़ फेंक गए हैं ओए?"

"ओ कुछ समझो," मीरदाद ने हाथ झटककर कहा, "अगर हिन्दू-मुसलमान-सिख मिल जाते हैं, उनमें इत्तहाद हो जाता है, तो अंग्रेज़ की हालत कमज़ोर पड़ जाती है। अगर हम आपस में लड़ते रहते हैं तो हालत मज़बूत बनी रहती है।"

वही घिसा-पिटा तर्क था जिसे ये लोग रोज़ सुनते थे, पर अब पानी सिर से ऊपर जा चुका था, इस तर्क का कहीं असर नहीं होता था।

"जा-जा, सिर पर बादामरोगन की मालिश कर।" मोटे कसाई ने कहा, "हमारा अंग्रेज़ ने क्या बिगाड़ा है ओए? हिन्दू-मुसलमान की अदावत पुराने ज़माने से चली आ रही है। काफिर-काफिर है और जब तक दीन पर ईमान नहीं लाएगा वह दुश्मन है। काफिर को मारना सवाब है!"

"ओह सुन चाचा," मीरदाद बोला, "राज किसका है?"

"किसका है, अंग्रेज़ का है और किसका है।"

"फौज़ किसकी है?"

"अंग्रेज़ की है।" कसाई बोला।

"तो अगर वह लड़ाई रोकना चाहे तो रोक नहीं सकता?"

"रोक सकता है, पर वह हमारे मजहबी मामलों में नहीं पड़ता। अंग्रेज़ इनसाफ़पसन्द है।"

"मतलब, कि हम एक-दूसरे का सिर काटें और वह मजहबी मामला कहकर तमाशा देखता रहे, फिर वह हाकिम कैसा हुआ?"

इस पर मोटा कसाई बिफर उठा, "सुन ओए मीरदाद, लड़ाई हिन्दू-मुसलमान की है, इसमें अंग्रेज़ का दखल नहीं है। तू इधर बक-बक नहीं कर। अगर बाप का बेटा है तो जा, इसी वक़्त जा गुरुद्वारे में, तू उनको समझा कि असला इकट्ठा नहीं करें। उन्हें जाकर मना ले। वे मान जाएँ, अपना असला-बारूद गुरुद्वारे में छोड़कर अपने-अपने घरों में चले जाएँ। हम भी लड़ाई नहीं चाहते। हम भी अपने-अपने घरों में जा बैठेंगे। बस, मर्द का बेटा है तो जा उनसे बात कर, इधर हमारा मगज़ नहीं खा।"

जब से फ़िसादों का तनाव शुरू हुआ था, मीरदाद, क़स्बे में जगह-जगह, नानबाई की दूकान पर, गंडासिंह चायवाले की दूकान पर, शेख की बैठक में, कुएँ-झलार पर, जहाँ पाँच-चार आदमी बैठे होते यही चर्चा ले बैठता था। लोग उसकी बात को सुनते क्योंकि वह दो अक्षर पढ़ा हुआ था, लाहौर-बम्बई-मद्रास तक घूम आया था, और अब अपने छोटे भाई अल्लाहदाद के पास शहर से आया था। मगर क़स्बे में तनाव बढ़ने पर और बाहर से तरह-तरह की ख़बरें आने पर, वह उत्तरोत्तर अकेला होता गया था। उसकी बात में वज़न इसलिए भी नहीं था कि उसके पास अपनी ज़मीन नहीं थी, न ज़मीन न मकान। नानबाई की दूकान के बाहर खाट बिछाकर सोता था। शहर से इसलिए आया था कि यहाँ एक स्कूल खोलेगा। गाँव के लोग समझते थे कि स्कूल बन जाने से उसे कमाई का छोटा-मोटा साधन मिल जाएगा, जबकि यह विचार मीरदाद के मन में नहीं था। वह स्कूल के माध्यम से क़स्बे के लोगों को मिल बैठने का स्थान जुटाना चाहता था ताकि हर कोई उसमें आ-जा सके, लोग बैठें, कोई उन्हें अखबार पढ़कर सुनाए, वे मसलों-मामलों की चर्चा करें जिससे उनकी सूझबूझ बढ़े। इस समय उसे देवदत्त ने क़स्बे में जमे रहने और फ़िसाद को रोकने के लिए भेजा था। हरबंससिंह को भी इसी काम के लिए भेजा गया था। दोनों एक ही पार्टी के कार्यकर्ता थे, दोनों के सम्बन्धी इसी क़स्बे में रहते थे, पर दोनों में से किसी की भी दाल नहीं गल रही थी।

तभी कसाइयों की इन दूकानों के पास ही एक छोटी-सी घटना घटी। दूकानों से हटकर, गली के अँधेरे हिस्से में, एक टाट के पर्दे के पीछे बैठा

एक आदमी इनकी बातें सुन रहा था। वह गुरुद्वारे से भेजा गया मुखबिर था। आसपास मुसलमानों के घर थे, पर इस बीचवाले घर में जिसके टाट के पर्दे के पीछे गोपालसिंह बैठा था, बूढ़ी विधवा चन्ननदेई रहती थी। पिछले घर की दीवार फाँदकर गोपालसिंह यहाँ आकर बैठ गया था ताकि मुसलमानों की योजनाओं का पता लगा सके। मीरदाद और कसाइयों के बीच बातें सुनते हुए एक बार उसने टाट का पर्दा उठाया और चुपचाप गली में सरककर साथवाले मकान के चबूतरे के पीछे छिपकर बैठ गया। यहाँ से वार्तालाप ज़्यादा साफ़ सुनाई देता था। घरों के दरवाज़े बन्द थे और गली में अँधेरा था, और उसने सोचा था कि अगर कहीं से आहट सुनाई दी तो वह झट से उठकर टाट के पर्दे के पीछे छिप जाएगा। लेकिन इसका उसे मौका नहीं मिला। उसके कान वार्तालाप पर लगे थे जब सहसा उसके पीछे आहट हुई। उसने घूमकर देखा तो गली के झुटपुटे में बग़लवाले मकान में से एक आदमी चबूतरे की दो सीढ़िया उतरकर सीधा गोपालसिंह की ओर बढ़ा आ रहा था। सरदारजी को काटो तो ख़ून नहीं। अँधेरे में वह दृश्य उसे बेहद भयानक लगा। वह आदमी चबूतरे पर से उतर आया था और अपने दोनों हाथ कमीज़ के नीचे किए हुए था, मानो अपना तमंचा या खंजर निकाल रहा हो। गोपालसिंह मुखबिर हड़बड़ाकर उठ खड़ा हुआ और उसके मुँह से चीख़ निकल गई। टाट के पर्दे की ओर तो वह क्या लपकता, वह सीधा सिर पर पाँव रखकर वहाँ से भागा। इस हड़बड़ी में वह उस आदमी से बुरी तरह टकरा गया जो कमीज़ के नीचे से तमंचा निकालने जा रहा था। वास्तव में टक्कर होने से पहले वह आदमी अपना आजारबन्द खोलकर नाली पर लगभग बैठ चुका था। गोपालसिंह मुखबिर की नज़र उसके पोपले मुँह, घुटे हुए सिर और लगभग अन्धी आँखों की ओर नहीं गई। टकराव में बूढ़ा नूरखान गली में गिर पड़ा और फिर उसके मुँह से भी चीख़ निकली, ''मारी दित्ता, ओ मारी दित्ता।''

यह सब पलक मारते हो गया था। और बूढ़े नूरू की आवाज़ और भागते क़दमों की आवाज़ सुनकर कसाइयों की दूकानों पर से दो आदमी बर्छे उठाए एक साथ लपक पड़े थे। अशरफ कसाई तो सीधा भागते आदमी के पीछे भागा और ज़ोर से अपनी लाठी फेंकी। लाठी मुख़बर को नहीं लगी, पर उसके क़रीब ही गिरने पर उसका साहस छूट गया और वह भी चिल्ला उठा, ''बचाओ, बचाओ, मार डाला!''

तभी और लोग भी गली में आ गए। बूढ़ा नूरू अभी भी नाली के किनारे उकड़ूँ पड़ा था और नाड़ा उसके हाथ में था और बिलबिलाती-सी आवाज़ में अभी भी बोले जा रहा था, "मारी दित्ता, ओ मिछी मारी दित्ता!"

गली में से अशरफ को आवाज़ें लगाई जाने लगीं, "लौट जाओ, आगे नहीं जाओ, वापस आ जाओ!"

उस वक़्त गली में खड़े लोगों में से मीरदाद आगे बढ़ा और बूढ़े नूरू को उठाने की कोशिश करने लगा। इस पर मोटा कसाई आगबबूला हो गया, "देख लिया ओ मीरदाद के बच्चे! नूरू को अंग्रेज़ ने मारा है? चला जा यहाँ से खुदा कसम, नहीं तो मुझसे बुरा कोई न होगा। इसी वक़्त चला जा, दूर हो जा हमारी आँखों से, हट जा," और मीरदाद को क़रीब-क़रीब धक्के देकर वहाँ से निकाल दिया, "न घर न घाट, न आगा न पीछा, अमन करवाने आया है। ओ तू है कौन? जिन्हें माँ नहीं पूछती हमारे पास चले आते हैं। मुफ्तखोर कहीं के!"

गली के सिरे पर मीरदाद ने मुड़कर फिर कुछ कहने की कोशिश की, पर कसाई बिफरा हुआ था, कड़ककर बोला, "जा-जा, निकल यहाँ से मरदूद कहीं का। एक झापड़ दूँगा मुँह पर, दाँत बाहर आ जाएँगे। जा, अपने बाप को लचकर दे।"

झुके कन्धे, दुबला-पतला मीरदाद वहाँ से जाने लगा। शुरू-शुरू में कुछ लोग जो उसकी बात सुनते थे और हाँ में हाँ मिलाते थे, वे भी अब कहीं देखने को नहीं मिल रहे थे। यही मोटा कसाई उससे पहले हँस-हँसकर बातें करता था। पर अब उसकी आँखों में भी ख़ून उतर आया था।

गोपालसिंह मुखबिर भागता गया और चिल्लाता गया और गुरुद्वारे के नज़दीक पहुँचने तक चिल्लाता रहा। संगतों के बीच फिर उत्तेजना की लहर दौड़ गई। लोग लपक-लपककर बाहर आने लगे। कुछ देर के लिए सारा अनुशासन भंग हो गया। दोनों निहंगसिंह बाहर आ गए, छत पर खड़े निहंगसिंह सीढ़ियाँ उतरकर नीचे आ गए। "क्या हुआ, क्या हुआ?" गुरुद्वारे के अन्दर अधिकांश लोग खड़े हो गए।

दस आदमियों ने अंग-अंग टोहकर देखा, गोपालसिंह को कहीं चोट नहीं आई थी। वह हाँफ रहा था और उसका गला सूख रहा था। बहुत कोशिश करने पर भी वह ठीक तरह से समझा नहीं पाया कि क्या हुआ है।

"वह सीधा मुझ पर वार करने आ रहा था...।"

"कौन था वह?" तेजासिंहजी ने पूछा।

"बाबा नूरा।" गोपालसिंह के मुँह से निकल गया। भागने से क्षण-भर पहले उसने बाबा नूरे को पहचान लिया था।

"अन्धा बाबा नूरा?"

"मुझे क्या मालूम कौन था। उसी के घर में से निकलकर आया था...।"

"फिर क्या हुआ?"

"फिर कसाई गली में से भी लोग आ गए, मैं भागा तो मुझ पर लाठियाँ फेंकते रहे।"

लोगों की भीड़ गली में जमा होने लगी थी। एक सरदारजी लोगों को हटाने लगे, "चिन्ता की कोई बात नहीं। सिंह खालसा सही-सलामत लौट आया है, दुश्मन के मोर्चे पर से लौट आया है। बाल-बाल बच गया है। अन्दर चलो, संगत अन्दर चलें।"

जब गोपालसिंह की साँस कुछ ठिकाने आई तो तेजासिंहजी ने उससे धीरे से पूछा, "क्या कुछ सुना? उनकी क्या स्कीम है?"

"वहाँ पर मीरदाद अपनी बकवास कर रहा था, कुछ सुनने ही नहीं देता था। मोटा कसाई उससे कह रहा था : जा, गुरुद्वारेवालों को समझा, हमें क्या समझाता है, वे अपने-अपने घरों को चले जाएँ तो हम भी अपने-अपने घरों को चले जाएँगे...। ऐसा ही कुछ कह रहा था।"

संगत गुरुद्वारे में लौट आई। पर गोपालसिंह की इस चिल्लाहट से जोश और अधिक फैलने लगा था। कीर्तन फिर से चलने लगा था, और छैने तबले और बाजे की आवाज़ और ऊँची होने लगी थी।

"देख लिया? देख लिया सरदार?" एक आदमी गुरुद्वारे के बीचोबीच खड़ा सोहनसिंह पर बरस रहा था, "बचकर निकल आया। मुसलों ने उसे मारने की तो पूरी कोशिश की थी। अब देख लिया? बड़ा आया हमें उपदेश देनेवाला...।"

इस पर एक और सरदारजी ने उठकर कहा, "मेरा सुझाव है कि इस आदमी को नज़रबन्द कर दिया जाए। काल कोठरी में डाल दिया जाए। इस पर हमें विश्वास नहीं है। क्या मालूम यह उसकी मुख़बरी करता हो।"

इस पर निहंगसिंह ने आगे बढ़कर सोहनसिंह को एक और धौल जमा

दिया।

"बस-बस, मारो नहीं, मत मारो।"

"समझाना है तो जाकर अपने चाचों को उन शेखों को समझाओ जिनकी बग़ल में सारा वक़्त बैठे रहते हो। जाओ यहाँ से।" और कीर्तन फिर से जारी हो गया।

साँझ उतरने लगी थी। गुरुग्रन्थ-साहिब की वेदी के दाएँ-बाएँ छत से लटकते दो फानूसनुमा लैम्प जला दिए गए। लैम्प के नीचे बैठे तेजासिंहजी की नीली पगड़ी के नीचे उनका सफ़ेद दुपट्टा और सफ़ेद दाढ़ी रोशनी से चमक उठे। रोशनी स्त्रियों के दमकते चेहरों पर पड़ रही थी। भावनाओं से उद्वेलित चेहरे। उत्कंठा, भय, अथाह श्रद्धा और विश्वास सभी उनकी आँखों में छाये थे। कहीं-कहीं किसी युवती की चकित आँखें गुरुद्वारे का अनूठा दृश्य देखे जा रही थीं। इन्हीं युवतियों में जसबीर भी बैठी थी—हरनामसिंह चायवाले की बेटी—जो इसी गाँव में ब्याही थी और जिसने अपने पिता से अटूट धार्मिक प्रेरणा जन्मघुट्टी में प्राप्त की थी। जिस समय अरदस गाई जा रही थी उसी समय संगत में बैठे लोगों की आवाज़ से एक ही आवाज़ मेल नहीं खा रही थी, वह जसबीर की आवाज़ थी। पतली ऊँची तीखी आवाज़ पर वह निःसंकोच गाए जा रही थी। एक छोटी-सी किरपान काली पट्टी से बँधी सारा वक़्त उसकी कमर से झूलती रहती थी। संगत में सभी लोग इस आवाज़ को पहचानते थे और सभी उसे गुरु-बेटी कहकर बुलाते थे। जसबीर का खिला हुआ चौड़ा चेहरा सबसे अधिक दमक रहा था। अपने हाथ से जसबीर गुरुद्वारे की सीढ़ियाँ धोया करती, जो रेशमी कपड़ा गुरु-ग्रन्थ साहिब को ढकने के लिए रखा था उस पर जसबीर कौर ने ही बारीक कढ़ाई का काम किया था, उसके दिल में से ही तरह-तरह के 'उलेल' उठते रहते थे। अपने-आप ही उठकर संगतों को पंखा झलने लगती, ठंडा जल पिलाने लगती, संगतों के जूतों की रखवाली करने लगती और मौज आती तो अपने दुपट्टे के छोर से संगतों के जूतों को पोंछ-पोंछकर उनके सामने रखने लगती। उसका बस चलता तो संगतों के चरण छू-छूकर अपने हाथ से उन्हें जूता पहनाती। जब से संकट शुरू हुआ था उसकी आँखें तेजासिंहजी के मुखारविन्द पर लगी थीं मानो उस मुखड़े से उसे दैवी सन्देश की अपेक्षा हो, पल-पल छिन-छिन वह इस सन्देश को सुन पाने के लिए कान लगाए बैठी थी। कुछ-कुछ ऐसी ही भावना गुरुद्वारे

में बैठे सभी नर-नारियों के दिलों में हिलोरें ले रही थी।

तभी छत पर तैनात निहंगसिंह को गाँव के पार दूर क्षितिज के पास धूल उड़ती नज़र आई। धूल का बवंडर था। उसने आँख लगाकर देखा, धूल का बवंडर आगे बढ़ता आ रहा था। उसने किशनसिंह से कहा, किशनसिंह ने उठकर झरोखे में से देखा, और देर तक देखता रहा। धूल का बवंडर ही था पर इस ओर सचमुच बढ़ता आ रहा था। उसे पहले तो अपनी आँखों पर विश्वास नहीं हुआ, पर उसे देखते ही देखते गहरी भिनभिनाती-सी आवाज़ उसके कानों में पड़ने लगी। उसका माथा ठनका। सभी को विश्वास था शरारत गाँव के अन्दर से होगी, कालू मलंग, अशरफ कसाई और नबी तेली जैसे लोग फ़साद पर तुले हुए जान पड़ते थे, पर बलवाई सचमुच बाहर से आ रहे थे। वह अभी खड़ा सुन ही रहा था कि ढोल बजने की गहरी दबी आवाज़ उसके कानों में पड़ी। देखते ही देखते स्थिति ने गम्भीर और विकट रूप ग्रहण कर लिया था। उसने निश्चय किया कि नीचे जाकर तेजासिंहजी को आगाह कर दे, पर यहाँ मोर्चे पर खड़े होकर दुश्मन की चाल-ढाल को देखना भी ज़रूरी था, चुनाँचे सूचना देने का काम उसने निहंगसिंह के सुपुर्द कर दिया।

निहंग भागता हुआ सीढ़ियाँ उतरा और आख़िरी सीढ़ी तक पहुँचते-पहुँचते चिल्लाकर बोला, "तुर्क आ गए! तुर्क आ गए!"

बिजली की-सी लहर गुरुद्वारे में दौड़ गई, और तभी दूर से ढोल बजने की आवाज़ साफ़ सुनाई देने लगी।

तेजासिंहजी कुछ देर के लिए सचमुच हैरान-से रह गए। उन्हें आशा नहीं थी कि सचमुच हमला हो जाएगा। उन्हें ख़्याल था कि तेलियों के मुहल्ले या गाँव के सिरे पर इक्का-दुक्का वारदात हो जाएगी और अगर क़स्बे के सिंह डटे रहे तो गाँव के मुसलमानों की हिम्मत नहीं होगी कि हाथ उठाएँ, सिख भारी संख्या में थे और मुसलमानों का कारोबार बहुत-कुछ सिखों के साथ था, सिख धनी भी थे और उनके पास बन्दूकें और असला भी था। पर यहाँ बात उलटी पड़ गई जान पड़ती थी।

ढोल बजने की आवाज़ें नज़दीक आने लगीं। 'या अली!' का शोर भी नज़दीक से सुनाई दिया। तभी पिछवाड़े से ज़ोर का नारा बुलन्द हुआ :

"अल्लाह-हो-अकबर!"

क्षण-भर के लिए हॉल के अन्दर सकता-सा छा गया। फिर गुरुद्वारे के अन्दर उत्तेजना की लहर दौड़ गई।

"जो बोले...सो निहाल, सत सिरी अका ा ा ा ल!" का जवाबी नारा हवा में गूँज गया।

"गुरु का प्यारा कोई सिंह यहाँ से बाहर नहीं जाए! सब अपने-अपने मोर्चे पर पहुँच जाओ!"

जसबीर कौर का हाथ अपनी किरपान की मूठ पर पहुँच गया। सिहों ने लपक-लपककर दीवार के साथ रखी अपनी-अपनी तलवार उठा ली। सारी संगत उठकर खड़ी हो गई थी।

"तुर्क! तुर्क आ गए! तुर्क आ गए!" सबकी ज़बान पर था। "तुर्कों का लश्कर आ गया!"

"तुर्क आ गए!" जसबीर ने भावविह्वल आवाज़ में कहा और अपने सिर पर से चुन्नी उतारकर गले में डाल ली और पास खड़ी स्त्री को गले से लगा लिया।

"तुर्क आ गए!" उसने भावविह्वल होकर कहा।

स्त्रियों ने अपने दुपट्टे उतारकर गले में डाल लिये थे और 'तुर्क आ गए, तुर्क आ गए!' कहती हुई एक-दूसरी के गले मिल रही थीं। गुरु के सिंह भी एक-दूसरे के साथ बग़लगीर होकर यही शब्द दोहराने लगे थे।

"सब अपनी-अपनी जगह पहुँच जाओ!"

कुछेक सिंहों ने बाल खोल लिए थे और तलवारें मियानों में से निकाल ली थीं।

"तुर्क आ गए! तुर्क आ गए!"

फिर एक साथ तीन कंठों से आवाज़ आई :

"जो बोले सो...निहाल।"

फिर से सारा गुरुद्वारा गूँज उठा :

"सत सिरी अका ा ा ा ल!"

युद्ध समिति के सदस्य, सरदार मंगलसिंह सुनार, प्रीतमसिंह बजाज और भगतसिंह पंसारी तीनों सीढ़ियाँ चढ़कर छत पर चले गए जहाँ तेजासिंह और किशनसिंह के साथ मिलकर युद्धनीति पर विचार करने की ज़रूरत थी।

ढोल-मजीरे बजाते तुर्क गाँव में पहुँच गए। शायद अपनी आमद की

सूचना देने के लिए ही हवा में गोली चलाई थी। नारों से आकाश गूँजने लगा :

"या अली!"

"अल्लाह-हो-अकबर!"

"सत सिरी अका । । । ल!"

फिर किसी ने कहा कि तुर्क नदी की ओर से गाँव की ओर बढ़ रहे हैं। इसका मतलब था कि पीछे से वे ढलान चढ़कर सिखों के घरों की लूट-पाट करेंगे, आग लगाएँगे, क्योंकि घरों में इस वक़्त कुछ बूढ़े लोगों के सिवाय, जिन्हें धर्म-रक्षा की उत्तेजना में उनके बेटे वहाँ छोड़ गए थे, दूसरा कोई नहीं था और सामान पर हाथ साफ़ करना बड़ा आसान था।

शाम के साए अभी पूरी तरह उतर नहीं पाए थे और नदी का रंग डूबते सूरज की लाली के कारण लाल होने लगा था। बाएँ हाथ सिरे का मोर्चा उन घरों से दूर था जिनको इस समय तुर्कों से ख़तरा था।

तभी बलदेवसिंह को अपनी माँ की याद आई। उसे वह घर में अकेला छोड़ आया था और दिन-भर उसकी सुध नहीं ली। उधर अब माँ की जान पर आ बनी होगी। संगत में और भी कुछेक व्यक्ति ऐसे थे जिनका दिल धक्-धक् कर रहा था कि अब उनके बूढ़े माँ-बाप पर क्या बीतेगी।

बलदेवसिंह से न रहा गया। देखते ही देखते उसने केस खोल दिए, पाजामा उतार दिया, तलवार नंगी कर दी, और एक कच्छा और बनियान पहने नंगी तलवार सिर के ऊपर झुलाता हुआ अपने घर की ओर भाग खड़ा हुआ।

"ख़ून का बदला ख़ून से लेंगे!" वह चिल्लाया।

कुछ लोगों ने उसे लौट आने के लिए पुकारा, पर वह बढ़ता गया।

"ख़ून का बदला ख़ून से लेंगे!" चिल्लाता हुआ वह गली में भागने लगा।

हडियल, दुबला-पतला बलदेवसिंह, भागते समय उसकी पतली-सी टाँगें बकरी की टाँगों जैसी लग रही थीं। लोगों की समझ में नहीं आया कि वह बाएँ हाथ की गली की ओर क्यों भाग गया है। सामने ढलान उतरता तो समझा जा सकता था कि वह जोश में बलवाइयों से लोहा लेने जा रहा है, दाएँ हाथ जाता तो वह रास्ता कसाइयों की गली की ओर जाता था। बाईं ओर जाने में क्या तुक थी?

पर थोड़ी ही देर बाद वह गली में गुरुद्वारे की ओर लौट रहा था। वह अभी भी हाथ में तलवार को थामे हुए है, पर अब वह उसे झुला नहीं रहा है। तलवार की धार भी शाम के सायों में काली-सी नज़र आ रही है। नज़दीक आने पर लोगों ने देखा, तलवार लहूलुहान हो रही थी। उसके बनियान और कच्छा पर भी लहू के छींटे थे। अब वह चिल्ला नहीं रहा था, न ही भाग रहा था, बल्कि उसके चेहरे पर अजीब वहशत-सी छा गई थी।

कुछ लोग समझ गए थे कि वह किसी की हत्या करके लौटा है। वह गली के नुक्कड़ पर रहनेवाले, बूढ़े लुहार करीमबख्श के सीने में तलवार भोंककर आया था। यह सोचकर कि माँ तो अब बच नहीं सकती, माँ को तो तुर्कों ने मौत के घाट उतार ही दिया होगा, उसने ख़ून का बदला ख़ून से लेने की ठान ली थी और बूढ़ा करीमबख्श ही उसके आड़े आ सकता था।

गाँव पर साए उतर-उतर आए थे। नारों की गूँज और अधिक तेज़ होने लगी थी, बाईं ओर ढलान के ऊपर सचमुच किवाड़ तोड़ने और चिंग्घाड़ने की आवाज़ें आने लगी थीं। गुरुद्वारे में उत्तेजना पराकाष्ठा तक जा पहुँची थी।

सोलह

हरनामसिंह ने दूसरी बार साँकल खटखटाई तो अन्दर से किसी स्त्री की आवाज़ आई :

"घर पर नहीं हैं, मर्द बाहर गए हैं।"

हरनामसिंह ठिठका खड़ा रहा। बन्तो की आँखें दाएँ-बाएँ देख रही थीं कि आसपास उन्हें किसी ने देखा तो नहीं।

"तू दरवाज़ा खोलने को कह, बन्तो, अन्दर औरत जात है।" और हरनामसिंह एक ओर को हट गया।

बन्तो ने दरवाज़ा खटखटाया और साथ में ऊँची आवाज़ में बोली, "करमावालियो दरवाज़ा खोलो, असी मुसीबत दे मारे आए हाँ।"

अपनी पत्नी की आवाज़ सुनकर क्षण-भर के लिए हरनामसिंह की आँखें झुक गईं। यह वक़्त भी देखना बदा था जब उसकी पत्नी आश्रय माँगने के लिए गिड़गिड़ाएगी।

दरवाज़े के पीछे क़दमों की आहट सुनाई दी फिर अन्दर से किसी ने साँकल खोली। थोड़ा-सा दरवाज़ा खुला। उनके सामने ऊँची-लम्बी बड़ी उम्र की एक ग्रामीण औरत खड़ी थी, उसके दोनों हाथ गोबर से सने थे और उसने दुपट्टा उतार रखा था। उसके पीछे उलझे बालोंवाली छोटी उम्र की एक युवती खड़ी थी, उसने भी आस्तीनें चढ़ा रखी थीं जिससे लगता गाय-भैंस के लिए सानी-पानी कर रही है।

"कौन हो? क्या काम है?"

बड़ी उम्र की औरत ने पूछा हालाँकि एक नज़र में ही वह उनकी स्थिति को समझ गई थी।

"बदनसीब हैं, ढोक इलाहीबख्श से आए हैं। वहाँ बलवाई आ गए थे। हमारा घर-बार लूट लिया है। रात-भर चलते रहे हैं।"

क्षण-भर के लिए वह औरत ठिठकी खड़ी रही, वह निर्णायक क्षण जब मनुष्य अपने समस्त संस्कारों, विचारों, मान्यताओं के पुंजीभूत प्रभाव के आधार पर कोई निर्णय लेता है। और कुछ देर तक उनकी ओर देखती रही। फिर उसने दरवाज़ा पूरा खोल दिया।

"आ जाओ, अन्दर आ जाओ।"

हरनामसिंह और बन्तो की पलकें उठीं और दोनों दहलीज़ लाँघकर आँगन में आ गए। उनके अन्दर आ जाने पर उस औरत ने बाहर झाँककर दाएँ-बाएँ देखा और फिर झट से साँकल चढ़ा दी।

छोटी उम्र की लड़की एकटक इन दोनों की ओर देख रही थी। उसकी आँखों में संशय और अविश्वास था।

"खाट बिछा दे, अकराँ।" औरत ने कहा और स्वयं ज़मीन पर बैठकर पहले की तरह गोबर से थापियाँ बनाने लगी।

अकराँ कोठरी में से कन्धों पर पल्ला ओढ़ती हुई चली आई और दीवार के साथ लगी खाट को वहीं पर बिछा दिया।

“भला हो तेरा बहन, हम एक दिन में ही घर से बेघर हो गए हैं।” और बन्तो की आँखों में आँसू आ गए।

“ढोक इलाहीबख़्श में सारी उम्र काटी है। वहीं पर दूकान थी, अपना घर था। पहले तो सबने कहा, यहीं बैठे रहो, कुछ नहीं होगा। फिर कल करीमखान ने मशवरा दिया कि गाँव में बने रहने में ख़तरा है तुम चले जाओ। उसने ठीक ही कहा। हमारी पीठ मोड़ने की देर थी कि बलवाई आ गए, दूकान भी लूट ली और उसे आग भी लगा दी।” हरनामसिंह ने कहा। और चुप रहा। इस बीच बन्तो खाट पर से उठकर नीचे आ गई और उस औरत के पास आकर बैठ गई।

अकराँ आई और बड़े तसले में रखी थापियाँ उठाकर ले गई और एक-एक करके आँगन की दीवार पर लगाने लगी। औरत चुपचाप गोबर के ढेर में हाथ डाल-डालकर थापियाँ बनाती रही। मुँह से कुछ नहीं बोली।

“मर्द कहाँ गए हैं?” हरनामसिंह ने पूछा।

औरत ने एक बार घूमकर हरनामसिंह की ओर देखा, पर उसके सवाल का जवाब नहीं दिया। हरनामसिंह को सहसा समझ आ गया कि मर्द कहाँ गए होंगे और उसका सारा शरीर झनझना उठा।

“हम तो इन दो कपड़ों में निकल आए हैं।” बन्तो बोली, “सलामत रहे करीमखान, उसने हमारी जान बचा दी। और सलामत रहो तुम बहन, जिसने आसरा दिया है।”

घर में अजीब तरह की चुप्पी छाई थी जिससे हरनामसिंह कुछ कहते-कहते चुप हो जाता था। छोटी स्त्री अन्दर चली गई थी और हरनामसिंह को बार-बार लगता जैसे वह कोठरी के अँधेरे में खड़ी उनकी ओर घूर-घूरकर देख रही है।

औरत उठ खड़ी हुई और तसले में रखे पानी से हाथ धोकर एक ओर को चली गई जहाँ रसोई के बरतन रखे थे। फिर उसने मिट्टी का कटोरा उठाया और उसमें लस्सी डालकर ले आई। हरनामसिंह अभी भी बन्दूक को कन्धे के साथ लटकाए हुए था। कारतूसों की पेटी पसीने से सनी उसकी कमीज़ से जैसे चिपकी हुई थी।

“लो लस्सी पी लो, रात-भर के थके हो।”

कटोरा हाथ में लेते ही हरनामसिंह फफक-फफककर रो पड़ा। रात-भर

की थकान, उत्तेजना और दबी भावनाएँ एकाएक फूटकर निकल आईं और वह बच्चों की तरह बिलख उठा। आख़िर तो खाता-पीता दूकानदार था, कमर में सौ-दो सौ रुपए भी बाँधकर ले आया था, सारी उम्र किसी के आगे हाथ नहीं फैलाया था और अब एक दिन में दर-दर की ठोकरें खाने लगा था।

"यहाँ ऊँचा-ऊँचा रोओ नहीं सरदारजी, गली-मुहल्लेवाले सुनेंगे तो दौड़े आएँगे। चुपचाप बैठे रहो।"

हरनामसिंह अपनी सिसकियाँ दबाकर चुप हो गया, और पगड़ी में से शमला निकालकर आँसू पोंछने लगा।

"भला हो तुम्हारा बहन, तुम्हारा किया हम कभी नहीं उतार सकेंगे।"

"रब्ब घरों बेघर किसी आँ न करे। रब्ब दी मेहर होई ताँ सब ठीक हो जाएगा।"

> (भगवान किसी को घर से बेघर न करे। अल्लाह की कृपा बनी रही तो सब ठीक हो जाएगा।)

औरत अभी भी लस्सी का कटोरा हाथ में पकड़े बन्तो के सामने खड़ी थी। लस्सी के कटोरे की ओर देखकर बन्तो असमंजस में पड़ गई। बन्तो ने आँखें उठाकर पति की ओर देखा, उसका पति उसी की ओर देख रहा था। मुसलमान के हाथ से कटोरा कैसे ले ले? उधर रात-भर की थकान, हलक सूख रहा था। उनकी झिझक को घर की औरत समझ गई।

"तुम्हारे पास अपना कोई बर्तन हो तो उसमें डाल लो। इधर गाँव में एक पंडित की दूकान है। अगर वह घर पर हुआ तो मैं उससे तुम्हारे लिए दो बर्तन ले आऊँगी। पर क्या मालूम वह मिलता है या नहीं। हमारे हाथ का नहीं लो, पर दिन-भर भूखे कहाँ पड़े रहोगे?"

इस पर हरनामसिंह ने हाथ बढ़ाकर कटोरा ले लिया।

"तेरे हाथ का दिया अमृत बराबर है बहन, हम तुम्हारा किया कभी नहीं उतार सकते।"

धूप निकल आई थी, और आसपास के घरों से आवाज़ें आने लगी थीं। हरनामसिंह ने आधी लस्सी पीकर कटोरा बन्तो के आगे बढ़ा दिया।

"सुनो जी सरदारजी, मैं तुमसे कुछ छिपाऊँगी नहीं।" घर की मालकिन बोली, "मेरा घरवाला और बेटा दोनों गाँववालों के साथ बाहर गए हुए हैं। वे अभी लौटते होंगे। मेरा घरवाला तो अल्लाह से डरनेवाला आदमी है, तुम्हें

कुछ नहीं कहेगा, पर मेरा बेटा लीगी और उसके साथ और लोग भी हैं। तुमसे वे कैसा सलूक करेंगे, मैं नहीं जानती। तुम अपना नफा-नुकसान सोच लो।''

हरनामसिंह का दिल धक् से रह गया। अभी-अभी तो यह औरत अलग से बर्तन देने तक की बात कह रही थी और अब कुछ और ही सुनाने लगी है। उसने हाथ बाँध दिए।

''इस वक़्त दिन-दहाड़े हम कहाँ जाएँ?''

''मैं क्या जानूँ? और दिन होता तो कोई बात नहीं थी, पर अब कोई किसी की नहीं सुनता। मैंने तुम्हें बता दिया है कि मर्द बाहर गए हैं और अब लौटनेवाले होंगे। वे तुम्हारे साथ कैसा सुलूक करेंगे, मैं नहीं जानती। अगर कोई चंगी-मन्दी हो गई तो मुझे नहीं कहना।''

हरनामसिंह देर तक गहरे सोच में डूबा बैठा रहा, फिर शिथिल-सी आवाज़ में बोला, ''सत बचन, जो वाहगुरु को मंजूर होगा वहीं होगा। तेरे दिल में रहम जगा, तूने दरवाज़ा खोल दिया। अब तू कहेगी बाहर चले जाओ तो हम बाहर चले जाएँगे। चल बन्तो, उठ...''

हरनामसिंह ने बन्दूक सँभाली और दोनों पति-पत्नी दरवाज़े की ओर बढ़े। वह जानता था कि दरवाज़े के बाहर प्रलय मुँह फाड़े खड़ी है। पर कोई चारा न था।

औरत ज्यों की त्यों आँगन के बीचोबीच खड़ी रही और उनकी ओर देखती रही।

जब हरनामसिंह ने साँकल खोलने के लिए हाथ उठाया तो औरत फिर बोल पड़ी, ''न जाओ जी, रुक जाओ, साँकल चढ़ा दो।'' वह बोली, ''तुमने मेरे घर का दरवाज़ा खटखटाया है, दिल में कोई आस लेकर आए हो। जो होगा देखा जाएगा। तुम लौट आओ।''

पीछे अँधेरी कोठरी की दहलीज़ पर खड़ी अकराँ अपनी सास की ओर देखे जा रही थी, उसे बोलते देखकर आगे बढ़ आई, ''जाने दो न माँ, हमने मर्दों से पूछा भी नहीं है। उन्हें बहुत बुरा लगेगा।''

''मैं जवाब दे लूँगी। तू जा अन्दर से सीढ़ी उठा ला, जल्दी कर। घर आए को निकाल दूँ? अल्लाह की दरगाह में सभी को जाना है। जा, खड़ी मेरा मुँह क्या देख रही है, अन्दर से सीढ़ी उठा ला!''

हरनामसिंह और उसकी पत्नी दरवाज़े पर से मुड़ आए। हरनामसिंह ने

फिर हाथ बाँध लिए।

''वाहगुरु तुम्हें सलामत रखे बहन, तू हमें जैसा कहेगी हम वैसा ही करेंगे।''

दिन निकल आया था। पास-पड़ोस की स्त्रियाँ एक-दूसरी के घर आने-जाने लगी थीं, जगह-जगह फ़सादों की चर्चा हो रही थी। इस गाँव से भी पिछली शाम बहुत-से मर्द नारे लगाते, बर्छे-भाले हवा में झुलाते और ढोल बजाते गाँव में घूमते रहे थे और बाद में पूरब की दिशा में निकल गए थे। न जाने वे कहाँ घूमते रहे थे और रात-भर क्या करते रहे थे, पर अब दिन निकल आया था और घर-घर में उनका इन्तज़ार था।

अकराँ सीढ़ी ले आई। उसकी सास ने सीढ़ी उसके हाथ से ले ली और दीवार के साथ लगा दी जहाँ कोठरी के ऊपर एक छोटी-सी मियानी बनी थी।

''इधर आओ जी, तुम दोनों ऊपर चढ़कर मियानी में बैठ जाओ। आवाज़ नहीं करना, किसी को पता नहीं चले कि तुम यहाँ पर हो। आगे, अल्लाह मालिक है।''

हरनामसिंह को चढ़ने में कठिनाई हुई। एक तो बोझल देह, दूसरे कन्धे पर से लटकती बन्दूक बार-बार टाँगों में उलझ रही थी। जैसे-तैसे हाँफता हुआ वह ऊपर पहुँच गया, पीछे-पीछे बन्तो भी चढ़ गई। मियानी छोटी-सी थी, मुश्किल से उकड़ूँ होकर बैठ पाने की जगह थी, पीछे ठसाठस सामान भरा था। और जब हरनामसिंह ने ताकी बन्द की तो कुछ अँधेरा हो गया। दोनों चुपचाप बैठे अँधेरे में आँखें फाड़-फाड़कर देख रहे थे। न कुछ सोचने को था, न कहने को। एक पतले-से डोरे के सहारे क़िस्मत लटक रही थी।

देर तक हरनामसिंह हाँफता रहा। मियानी के अन्दर घुटन थी, कुछ अँधेरा था। कुछ देर तक बैठे रहने के बाद लाचार होकर हरनामसिंह ने ताकी को थोड़ा-सा खोल दिया ताकि थोड़ी-सी हवा और रोशनी अन्दर आ सके। उस पतले से छिद्र में से उसे बाहर खुलनेवाला आँगन का दरवाज़ा और थोड़ा-सा आँगन का हिस्सा नज़र आ रहे थे। नीचे चुप्पी थी।

उसे लगा जैसे सास और बहू दोनों आँगन में से हट गई हैं।

''अगर कोई बुरी बात हो गई बन्तो, हमारी जान पर बन आई, तो मैं पहले तुम पर गोली चलाऊँगा, तुम्हें अपने हाथ से ख़त्म कर दूँगा...'' हरनामसिंह ने फुसफुसाकर तीसरी बार कहा। ''अगर हम पकड़े गए तो और

कोई चारा नहीं।''

बन्तो चुप रही। वह एक-एक क्षण गिन रही थी कि अब क्या होगा, अब क्या होगा, उसकी सूझ इससे आगे जा ही नहीं पा रही थी।

नीचे, पिछली कोठरी के अन्दर सास-बहू के बीच दबा-दबा वार्तालाप चल रहा था। अकराँ मुँह फुलाए हुए थी।

''काफराँ की पनाह देने ओ। बहु माड़ा करने ओ। मड़द तुदाँ पुछसन।''

(काफिरों को पनाह दी है, बहुत बुरा किया है। मर्द आकर तुमसे पूछेंगे।)

पर उसकी सास विचलित नहीं हुई।

''तू चुप कर। कोई बदनसीब आए मैं उसे धक्का देकर बाहर निकाल दूँ?''

''न जान-पहचान। ये हमारे क्या लगते हैं? कितना बुरा लगेगा अब्बा को भी और रमज़ान को भी। ऊपर दोनों चढ़ बैठे हैं, और सिखड़े के हाथ में बन्दूक है। अगर हमारे मर्द आए और उसने गोली चला दी, तो? तुमने तो एतबार करके उन्हें ऊपर बैठा दिया।''

सास अकराँ के चेहरे की ओर देखती रह गई। उसकी बात में सार था। अगर बात बिगड़ जाए, मर्दों के लौटने पर उन्हें पता चल जाए और उनके बीच तू-तू मैं-मैं हो जाए, गाली-गलौज हो जाए, रमज़ान यों भी कितने दिनों से बौखलाया हुआ है और यह ऊपर बैठा गोली चला दे तो क्या होगा? नीचे खड़े आदमी को तो हलाक कर ही देगा। किसी को पनाह देना और बात है, और अपने बेटे और घरवाले की जान जोखिम में डालना दूसरी बात। इसमें क्या अक्लमन्दी है। यह बात उसे सूझी क्यों नहीं?

वह उठकर मियानी के नीचे जा खड़ी हुई।

''सुण, सरदारजी मेरी बात।'' उसने दबी आवाज़ में कहा।

हरनामसिंह ने ताकी को और थोड़ा खोल दिया।

''क्या है बहन?''

''अपनी बन्दूक मुझे दे दे। इधर से लटका दे, मैं पकड़ लूँगी।''

हरनामसिंह उत्तर देने से पहले ठिठका चुप बना रहा।

''मैं बन्दूक कैसे दे दूँ बहन?''

''नहीं, तू बन्दूक दे दे। बन्दूक लेकर तुम ऊपर नहीं बैठ सकते।''

फिर दोनों के बीच चुप्पी छा गई। बन्दूक दे देने का मतलब था अपनी जान उनके हाथ में दे देना। अगर वह इनकार कर दे तो वह फौरन घर से बाहर निकाल सकती है, और बाहर, दिन-दहाड़े बन्दूक कन्धे से लटक भी रही हो, तो कोई हिफाजत नहीं।

"सुनते हो सरदारजी, बन्दूक दे दे। मेरे घर के अन्दर रहते तुझे बन्दूक की क्या ज़रूरत है?"

"बन्दूक देकर तो मैं बिलकुल निहत्था हो जाऊँगा बहन! कहाँ मारा-मारा फिरूँगा। इसका मुझे हौसला है।"

"तू बन्दूक दे दे, इधर लटका दे, जब जाएगा तो मैं तुम्हें लौटा दूँगी।"

हरनामसिंह ने अपनी पत्नी के चेहरे की ओर देखा। फिर चुपचाप बन्दूक नीचे लटका दी।

बन्दूक दे चुकने के बाद हरनामसिंह को इस बात का ध्यान आया कि देने से पहले उसमें से गोलियाँ तो निकाल लेता। भरी हुई बन्दूक उसके हाथ में दे दी। पर फिर सिर झटक दिया। जहाँ ज़िन्दगी ही अनिश्चय में डोल रही है, वहाँ क्या फर्क़ पड़ता है कि बन्दूक में से गोलियाँ निकाल लीं या नहीं निकालीं। निकाल लेता तो मौत का एक और मनसूबा कम हो जाता, नहीं निकालीं तो मौत के हज़ार मनसूबों में एक और मनसूबा जा मिला। हरनामसिंह ने ठंडी साँस भरी, इतनी गहरी कि बन्तो को लगा नीचे खड़ी औरत और उसकी बहू ने भी सुन ली होगी।

मियानी में फिर अँधेरा छा गया।

क्या-से-क्या हो गया था। कल इस वक़्त बन्तो अपने घर में सन्दूक में से कपड़े सहेज रही थी, आज पति-पत्नी चूहों की तरह इस अँधेरी मियानी में घुसे बैठे थे। कल वह और करीमखान इन फ़िसादों को बुरा-भला कह रहे थे, उन लोगों को बुरा-भला कह रहे थे जिनकी आँखों में से 'दीद' उड़ गया था, मानो जो कुछ हो रहा था वह उनके बाहर कहीं हो रहा था, जिस पर वे तटस्थता से बहस कर सकते थे, अपनी टिप्पणियाँ दे सकते थे। और अब वे स्वयं फ़िसादों के एक ही झोंके से कहाँ-से-कहाँ पटक दिए गए थे।

सहसा यह सोचकर उसका दिल डूब गया कि बन्दूक हाथ से निकल गई है, कि अब वह उसे वापस नहीं मिलेगी। यह मैं क्या कर बैठा? अपने हाथों से अपने हाथ काट लिए। बन्दूक तो मेरे लिए अन्धे की लाठी के समान थी।

अब वह मुझे कहाँ मिलेगी? सोचते ही हरनामसिंह का पसीना छूट गया। उसे अपने से भी अधिक अपनी पत्नी की स्थिति शोचनीय लगी। अब मैं इसे अपने साथ ले जाऊँगा तो किस बूते पर? अब तो लोग पत्थर मार-मारकर हमें मार डालेंगे। भक्ति और ज्ञान और मानव-प्रेम की बरसों की कमाई हरनामसिंह यथार्थ के एक ही थपेड़े में खो बैठा था।

"जसबीरो का कुछ पता चल जाता।" सहसा बन्तो बुदबुदाई।

हरनामसिंह चुप रहा। कहता भी क्या। रह-रहकर किसी-किसी वक़्त बन्तो के अन्दर माँ बोलने लगती। रात को नाले के किनारे चलते हुए भी उसने दो-एक बार अपने बच्चों को याद किया था, अब फिर से करने लगी थी। जब भी कुछ देर के लिए उसके अपने सिर पर से ख़तरे का साया टल-सा जाता, उसे अपने बच्चों की याद सताने लगती थी।

गाँव में शोर हुआ। शोर बढ़ता जा रहा था, मर्द-औरतें एक साथ बतियाती सुनाई देने लगीं। तभी किसी ने दरवाज़े को ज़ोर से खटखटाया और किसी स्त्री की आवाज़ आई :

"री अकराँ, आ बाहर, देख वे लोग आ रहे हैं।"

अकराँ की किसी सहेली की आवाज़ थी। अकराँ भागती हुई दरवाज़ा खोलकर बाहर चली गई।

ऊपर बैठे हरनामसिंह का दिल फिर से धड़कने लगा। बन्तो ने आँखें ऊपर उठाकर पति के चेहरे की ओर देखा। रोज़ दमकता रहनेवाला चेहरा पीला पड़ गया था और कपड़े मुचड़े हुए और मैले हो रहे थे।

मियानी की अधखुली ताकी में से हरनामसिंह को घर की मालकिन नज़र आई। आँगन में खुले दरवाज़े के सामने कमर पर दोनों हाथ रखे खड़ी थी। उसका ऊँचा-लम्बा क़द, सीधी सतर काया देखकर उसका मन सँभल-सा गया। उसका विश्वास फिर जैसे लौट आया। इस औरत के रहते अभी सबकुछ खो नहीं गया है, सबकुछ मर नहीं गया है।

"अगर वाहगुरु को मंजूर होगा तो हम पर आँच नहीं आएगी। तुम तो भगत हो, तुम्हें किस बात का डर है!" बन्तो ने अपने पति को आश्वासन देते हुए कहा। हरनामसिंह चुप बना रहा।

बाहर आवाज़ें बढ़ने लगीं, हँसी-ठठ्ठे की आवाज़ें थीं, बढ़ते क़दमों का शोर था। आँगन का दरवाज़ा खुला पड़ा था। तभी अकराँ के बोलने और

ऊँचा-ऊँचा हँसने की आवाज़ आई। हरनामसिंह समझ गया कि घर के मर्द रात-भर की कारगुजारियों के बाद लौट आए हैं।

कुछ ही देर बाद अकराँ का ससुर और अकराँ एक बड़ा-सा काले रंग का ट्रंक उठाए हुए आँगन के अन्दर आए। ससुर के सिर की पगड़ी बैठी हुई थी, लगता था ट्रंक को गाँव तक सिर पर उठाकर लाया है।

हरनामसिंह ने हाथ बढ़ाकर अपनी पत्नी के घुटने को छुआ।

"हमारा ट्रंक है, बड़ा काला ट्रंक। हमारी दूकान लूटते रहे हैं।"

बन्तो ने बाहर झाँककर देखने की कोशिश नहीं की।

"अभी तक ताला चढ़ा है।" हरनामसिंह बुदबुदाया।

अकराँ का ससुर ट्रंक के ऊपर बैठ गया था और पगड़ी उतारकर माथे का पसीना पोंछ रहा था। उसकी पत्नी ने आगे बढ़कर दरवाज़ा बन्द कर दिया।

"रमज़ान नहीं आया?"

"रमज़ान तबलीग करने गया है।"

ऊपर बैठे हरनामसिंह ने हाथ बढ़ाकर अपनी पत्नी का घुटना छुआ : "एहसानअली है। मैं इसे जानता हूँ। इसका मेरे साथ लेन-देन रहा है।"

"बन्द का बन्द ट्रंक उठा लाए हो, अब्बा, क्या मालूम इसमें कुछ है भी या नहीं।"

"क्यों? इतना भारी था, मेरी तो कमर दोहरी हो गई। कपड़ों का ट्रंक है, कुछ न कुछ तो ज़रूर होगा।"

"बस, एक ट्रंक ही लाए हो? रमज़ाना भी कुछ लाया है?"

"वही यह खींचकर बाहर लाया था। साबूत का साबूत ट्रंक उठा लाए हैं, तुम्हें और क्या चाहिए?"

"लाओ, इसे खोलते हैं, इसका ताला तोड़ें।" अकराँ ने कहा और भागकर कोठरी में से हथौड़ी उठा लाई। चोरी के माल को देख पाने की उत्सुकता में वह अपने ससुर से मियानी में छिपे कराड़ों के बारे में बताना भी भूल गई। उसकी सास अभी भी चुपचाप पास खड़ी थी।

"लस्सी पिला राजो, प्यास लगी है।" ससुर ने कहा और उसकी पत्नी–राजो–उन्हीं क़दमों से लस्सी लाने चली गई।

ट्रंक के ताले पर ठकाठक शुरू हो गई।

एहसानअली कटोरा हाथ में लिये लस्सी पी रहा था जब राजो–उसकी पत्नी–ने उसे बताया कि उसने घर में एक सिख और उसकी पत्नी को पनाह दे रखी है।

तभी ऊपर से हरनामसिंह ने ताकी खोल दी और गर्दन निकालकर बोला, ''ताला क्यों तोड़ती हो बेटी, यह लो चाभी, यह हमारा ही ट्रंक है।'' फिर एहसानअली की तरफ़ मुखातिब होकर बोला, ''एहसानअली, मैं हरनामसिंह हूँ, तुम्हारी घरवाली ने हमें यहाँ पनाह दी है। गुरु महाराज तुम्हें सलामत रखें। यह ट्रंक हमारा है, पर अब इसे तुम अपना ही समझो। अच्छा हुआ जो यह तुम्हारे हाथ लगा, किसी दूसरे के हाथ नहीं लगा।''

एहसानअली ने नज़र ऊपर उठाई तो झेंप गया, मानो वह चोरी करते पकड़ा गया हो।

अकराँ के हाथ थम गए और वह चिल्लाकर बोली, ''अम्मा ने इन्हें पनाह दी है। मैंने कहा भी था काफिर हैं, इन्हें अन्दर मत घुसने दो, पर अम्मा ने मेरी बात नहीं मानी।''

अकराँ अपने ससुर को खुश करने के लिए कह रही थी, पर एहसानअली अभी भी ठिठका खड़ा और अटपटा महसूस कर रहा था। किसी ज़माने में दोनों के बीच लेन-देन रहा था और अच्छी जान-पहचान रही थी। उसकी समझ में नहीं आ रहा था कि हरनामसिंह के प्रति कैसा व्यवहार करे, ऐसे साक्षात की उसे उम्मीद नहीं थी। उसके ख़ून में ऐसी गर्मजोशी भी नहीं थी कि किसी हिन्दू अथवा सिख को देखकर आगबबूला हो उठे।

''हरनामसिंह, नीचे आ जा।'' फिर अपनी चोरी को उस एहसान की ओट में छिपाते हुए, जो राजो ने इन दो व्यक्तियों पर किया था, तनिक दिलेरी के साथ बोला, ''खैर मनाओ, जो तुमने मेरे घर में पनाह ली। और किसी के घर जाते तो इस वक़्त जान से भी हाथ धो चुके होते।''

अकराँ ताला खोलने के लिए उतावली हो रही थी, लेकिन राजो ने उसके हाथ से चाभी ले ली थी और उसके बार-बार माँगने पर भी देने से इनकार कर रही थी।

''मैं तो तुमसे कुछ नहीं कहूँगा, हरनामसिंह, तुम मेरे घर आए हो, पर अब तुम यहाँ से चले जाओ। मेरे बेटे को पता चल गया कि तुम यहाँ पर हो तो वह तुम्हारे साथ अच्छा सुलूक नहीं करेगा। गाँववालों को भी पता चले

कि हमने तुम्हें पनाह दी है तो हमारे लिए बहुत बुरा होगा।''

''हमें सब मंजूर है एहसानअली, हमारा क्या कोई बस चल सकता है? पर इस वक़्त दिन-दहाड़े हम बाहर जाएँगे तो हमें कौन छोड़ेगा?''

एहसानअली चुप हो गया और अपनी पत्नी के चेहरे की ओर देखने लगा मानो कह रहा हो, यह कौन-सा बखेड़ा तुमने खड़ा कर दिया है।

''कल रात भी लोग तुम्हें ढूँढ़ रहे थे।'' एहसानअली ने कहा, ''अब अगर किसी को पता चल गया कि तुम यहाँ छिपे बैठे हो, तो लोग हमें भी नहीं छोड़ेंगे। तुम्हारा भी इसी में भला है और हमारा भी इसी में भला है कि तुम यहाँ से चले जाओ।''

अकराँ अपने-आप सीढ़ी उठाकर ले आई और मियानी के नीचे लगा दी। दोनों पति-पत्नी चुपचाप नीचे उतर आए। दोनों बलि के बकरे नज़र आ रहे थे।

पर फिर वही नाटक हुआ जो सुबह के वक़्त हुआ था। दोनों नीचे उतर आए थे। दोनों में कोई भी नहीं गिड़गिड़ाया। दोनों शान्त थे और चुपचाप खड़े थे। हरनामसिंह अपनी बन्दूक माँगने जा रहा था और राजो आँगन के बीचोबीच चुपचाप कमर पर हाथ रखे खड़ी थी, जब एहसानअली बोला, ''इन्हें भूसे की कोठरी में बैठा दे, राजो, बाहर से ताला चढ़ा दे। ले, यही ताला खोलकर ले जा, जा जल्दी कर।'' फिर हरनामसिंह पर एहसान जताते हुए बोला, ''निगाह का लिहाज है हरनामसिंह, पर जो कुछ काफिरों ने शहर में किया है, खुदा कसम उसे याद करके ख़ून खौल उठता है।''

आगे-आगे राजो चल रही थी और पीछे-पीछे बन्तो और हरनामसिंह। कोठरी लाँघकर घर के पीछे वे एक अँधेरे-से दालान में पहुँचे जहाँ गोबर, चारा और मवेशियों की तीखी गन्ध आ रही थी। यहीं पर राजो ने एक कोठरी का दरवाज़ा खोला। कोठरी फ़र्श से लेकर छत तक सूखे चारे से भरी थी।

''इधर बैठ जाओ। मेरा आदमी बड़ा नेकबख्त है। मुझे नहीं मालूम था कि तुम लोगों की जान-पहचान है। जैसे-तैसे यहाँ वक़्त काट लो।''

हरनामसिंह और उसकी पत्नी यहाँ भी उसी तरह जा बैठे जैसे मियानी में बैठ गए थे। यहाँ राजो ने दरवाज़ा भेड़ दिया और बाहर से साँकल लगा दी।

वक़्त कटने लगा, दोनों को कुछ-कुछ हौसला होने लगा कि यहाँ शाम

तक पनाह मिली रहेगी। दिन में किसी वक़्त राजो रोटियाँ और लस्सी भी दे गई। दोनों के पेट में रोटी गई तो त्राण मिला। देर तक दोनों अँधेरे में बैठे फटी-फटी आँखों से अँधेरे में देखते रहे। बन्तो ने फिर हरनामसिंह से पूछा, "तुम क्या सोचते हो, इकबालसिंह गाँव में ही होगा या वहाँ से भाग गया होगा?"

"जो वाहगुरु को मंजूर होगा। कोई नेकबख्त उसे भी मिल जाए तो उसकी जान बच जाए।"

"जसबीरो अकेली नहीं है, यह अच्छा है। गाँव में अपनी संगत के लोग बहुत हैं, सभी एक जगह इकट्ठे हो गए होंगे।"

इस पर हरनामसिंह ने पूछा, "यह लोग हमारी बन्दूक लौटा देंगे न? तू क्या सोचती है? पर मेरा दिल नहीं मानता।"

वे देर तक बातें करते रहे। कोठरी बन्द थी, पर यहाँ उतनी उमस नहीं थी जितनी मियानी में रही थी, चारे के गट्ठरों के आगे बैठे-बैठे दोनों की आँखें झपकने लगीं। रात-भर के थके थे, कुछ देर बाद दोनों को झपकी आ गई।

उनकी नींद तब टूटी जब उनके दरवाज़े पर कुल्हाड़े पड़ रहे थे और कोई चिल्ला-चिल्लाकर कह रहा था, "निकलो ओ बाहर, कहाँ घुसे बैठे हो, तुम्हारी माँ की...निकलो बाहर तुम्हारी..."

कुल्हाड़ी के प्रहार बराबर पड़ते जा रहे थे। हरनामसिंह और उसकी पत्नी दोनों हड़बड़ाकर उठ बैठे, मानो कोई दुःस्वप्न देखकर उठे हों, और सिर से पाँव तक काँप उठे।

"निकाल चाभी, काफिरों को पनाह दी है। तुम्हारी काफिरों की मैं...।" और फिर एक और प्रहार दरवाज़े पर पड़ा।

"आहिस्ता बोल रमज़ाना।" किसी औरत की आवाज़ थी। शायद अकराँ अपने पति को धीमा बोलने को कह रही थी।

दरवाज़े पर फिर से कुल्हाड़ी पड़ने लगी। दरवाज़ा ऊपर से चिर गया था जिससे रोशनी की एक और दरार नज़र आने लगी।

फिर किसी दूसरी औरत की आवाज़ सुनाई दी, "क्यों भौंक रहा है तू? क्या हुआ है?" राजो की आवाज़ थी, "किधर है यह चुड़ैल? तेरी मैंने जीभ न खींच ली तो कहना, हरामजादी, तुझे मना किया था इसे नहीं बताना, क्यों

बताया है? तेरे पेट में बात नहीं पचती?...तू क्या चाहता है, रमज़ाना? घर में ख़ून करेगा? घर में पनाह लेनेवाले को मारेगा? यह आदमी हमारी जान-पहचान का है, हम इसके देनदार रहे हैं।"

बहुत बक-बक नहीं कर माँ, शहर में इन काफिरों ने दो सौ मुसलमान हलाल कर डाले हैं।" इस पर कुल्हाड़ी का एक और प्रहार हुआ, "निकलो ओ बाहर काफिरो, तुम्हारी..."

दो प्रहारों में की कुंडा टूट गया और दरवाज़ा भरभराकर खुल गया। ढेरों रोशनी एक साथ आ गई थी। रमज़ान हाँफ रहा था, कुल्हाड़ी उसके हाथ में थी, पास में अकराँ खड़ी थी, पीला ज़र्द सहमा हुआ-सा चेहरा, एक ओर राजो खड़ी थी। उसके दोनों हाथ कमर पर थे।

"निकलो बाहर काफिरो..."

रमज़ान ने अन्दर झाँककर देखा। हरनामसिंह और उसकी पत्नी अँधेरे में एक-दूसरे के साथ सटकर बैठे दरवाज़े की ओर चुँधियाती आँखों से देखे जा रहे थे। दरवाज़ा खुलने पर हरनामसिंह उठ खड़ा हुआ और चुपचाप बाहर आ गया।

"मार डाल..." खोखली-सी आवाज़ में हरनामसिंह ने कहा।

"तेरी मैं..." रमज़ान बोला और बायाँ हाथ बढ़ाकर हरनामसिंह की गर्दन पकड़ ली। हरनामसिंह की गाढ़े की कमीज़ का ऊपरवाला बटन टूटकर गिर पड़ा। इस झटके में हरनामसिंह की पगड़ी ढीली हो गई। फिर, जिस तेज़ी से रमज़ान ने उसके गले को पकड़ा था, उसी तेज़ी से उसे छोड़ भी दिया। गर्दन पर उँगलियों के लाल-लाल निशान पड़ गए।

हरनामसिंह को उसने भी पहचान लिया था, उसकी दूकान पर दो-एक बार उसने चाय पी थी। उसकी दाढ़ी अब पहले से कहीं ज़्यादा सफ़ेद हो गई थी और शरीर दुबला हो गया था।

दो-तीन बार रमज़ान ने कुल्हाड़ी उठाने की कोशिश की, पर कुल्हाड़ी हाथ में रहते भी उसे उठा नहीं पाया। काफिर को मारना और बात है, अपने घर के अन्दर जान-पहचान के पनाहगजीन को मारना दूसरी बात। उसका ख़ून करना पहाड़ की चोटी पार करने से भी ज़्यादा कठिन हो रहा था। मजहबी ज़नून और नफरत के इस माहौल में एक पतली-सी लकीर कहीं पर अभी भी खिंची थी जिसे पार करना बहुत ही मुश्किल था। उसे रमज़ान भी

पार नहीं कर पा रहा था।

रमज़ान उसके सामने हाँफता खड़ा रह गया। फिर गालियाँ बकता हुआ बाहर चला आया।

लगभग आधी रात का समय रहा होगा जब ऊँची-लम्बी राजो आगे-आगे चली जा रही थी और हरनामसिंह और बन्तो उसके पीछे-पीछे थे। पेड़ों के झुरमुट तक राजो उनके साथ आई। चाँद पेड़ों के झुरमुट के ऊपर खिला था और आकाश उसकी चाँदनी में झिलमिला रहा था। फिर वही अलौकिक, रहस्यपूर्ण, स्वप्निल दृश्य, फिर वही चाँदनी और अँधेरा आपस में आँख-मिचौनी खेलते हुए। पेड़ों के इस झुरमुट और उसके पार फैला हुआ असीम प्रसार फिर से रहस्यपूर्ण और भयावना नज़र आने लगा था। आगे जाती राजो की काया बड़ी गम्भीर लग रही थी। राजो हाथ में दोनाली बन्दूक उठाए हुए थी।

वे फिर से नदी की ओर उतर रहे थे। बाईं ओर, दूर आकाश लाल हो रहा था। हरनामसिंह ने धीरे से अपनी पत्नी का हाथ दबाकर कहा, "बाईं ओर देख, देखा?"

"देखा है, कोई गाँव जल रहा है।"

"...वाह गुरु...।" बन्तो बुदबुदाई।

चलते-चलते हरनामसिंह के पाँव फिर ठिठक गए। बहुत दूरी पर, दूसरी ओर भी क्षितिज लाल हो रहा था।

"वह गाँव कौन-सा है? वह भी जल रहा है।"

बन्तो चुप रही।

हरनामसिंह ने घूमकर देखा। चाँदनी में गाँव के चपटे मिट्टी के घर खड़े थे। किसी-किसी घर में दीया टिमटिमा रहा था। घरों के बाहर भूसे के ऊँचे-ऊँचे ढेर, कहीं कोई बैलगाड़ी खड़ी थी।

पेड़ों के झुरमुट में पीर की सफ़ेद क़ब्र उन्हें नज़र आई। उस पर दीया नहीं जल रहा था। आज के रोज़ उस पर दीया जलाना लोग भूल गए थे।

राजो झुरमुट के किनारे-किनारे चलती जा रही थी। फिर झुरमुट का छोर आ गया और वह ढलान आ गई जिसे चढ़कर उसी रोज़ प्रातः हरनामसिंह और उसकी पत्नी गाँव में दाखिल हुए थे। राजो रुक गई। राजो ने अपने हाथ में पकड़ी बन्दूक हरनामसिंह के हाथ में दे दी।

"जाओ हुण, रब्ब राखा। सीधे किनारे-किनारे चले जाओ। आगे जो तुम्हारी क़िस्मत।"

और उसकी आवाज़ आर्द्र हो उठी।

तुमने हम पर बड़ा अहसान किया है राजो बहन, हम इसे कभी नहीं भूल सकते।" बन्तो ने कहा।

"जे ज़िन्दगी रही ताँ तेरा एहसान..." हरनामसिंह की आवाज़ लड़खड़ा गई।

"मैं के जाणा भैण, अपणा-अपणा नसीबा। चहवाँ पासे अग लगी है।"

> (मैं क्या जानूँ बहन? मैं नहीं जानती मैं तुम्हारी जान बचा रही हूँ या तुम्हें मोत के मुँह में झोंक रही हूँ। चारों तरफ़ आग लगी है।)

यह कहते हुए राजो ने अपना हाथ अपने कुर्ते की जेब में डाला और सफ़ेद कपड़े में लिपटी एक छोटी-सी पोटली निकाल लाई।

"यह लो, यह तुम्हारी चीज़ है।"

"क्या है राजो बहन?"

"एह तुसॉडे सन्दूक विचों मिले हन। मैं कड्ढ लियायी हाँ। तुसॉडे ऊपर औखा वेला आया है, ज़ेवर कोल होये ताँ सहारा होवेगा।"

> (ये तुम्हारे ट्रंक में से मिले हैं, तुम्हारे दो गहने हैं। मैं निकाल लाई हूँ। तुम्हारे आगे कठिन समय है, पास में दो गहने हुए तो सहारा होगा।)

"वाहगुरु तुम्हें सलामत रखे बहन, अच्छे करम किए थे जो तुमसे मिलना हुआ।" कहते हुए बन्तो रो पड़ी।

"जाओ, रब्ब राखा, देर हो रही है।" राजो ने कहा। वह उन्हें कुछ नहीं बता सकती थी कि किस दिशा में जाएँ, किस गाँव की ओर जाएँ, किस घर का दरवाज़ा खटखटाएँ, उसके लिए कुछ भी कह पाना असम्भव था।

दोनों पति-पत्नी ढलान उतरने लगे। राजो टीले पर खड़ी रही और उन्हें जाते हुए देखती रही। वही ऊबड़-खाबड़, बालू और गोल-गोल पत्थरों से अटा रास्ता था। ऊपर चाँद चमक रहा था जिससे सारा मैदान काले और सफ़ेद चित्रों में बँटा पड़ा था। कहीं अन्धकार का पुंज था तो कहीं पारे-सी चमकती चाँदनी थी।

थोड़ी दूर तक जाने के बाद उन्होंने घूमकर देखा, राजो अभी भी टीले पर खड़ी थी और अज्ञात की ओर बढ़ते उनके क़दमों को जैसे देख रही थी। फिर उनके देखते-देखते ही वह लौट पड़ी और गाँव की ओर जाने लगी। उसके चले जाने से चारों ओर फैली वीरानी इन दोनों के लिए और भी अधिक भयावह हो उठी।

सत्रह

इस बीच देहात की ऊबड़-खाबड़ ज़मीन पर एक और नाटक खेला जा रहा था। रमज़ान और उसके साथी ढोक इलाहीबख्श और मुरादपुर की ओर से लूटपाट का सामान उठाए हँसते-बतियाते लौट रहे थे जब उन्हें दूर एक टीले के पास, एक भागता सिख नज़र आ गया। यह नहीं मालूम कि वह इस गिरोह को देखकर भागा था या पहले से ही भागता आ रहा था, पर जब इन लोगों को वह नज़र आ गया तो सचमुच इन्हें एक खेल मिल गया। 'या अली!' रमज़ान ने ललकारा और सभी लोग—बीस-तीस लोग रहे होंगे—उसके

पीछे भाग खड़े हुए। ज़मीन हमवार नहीं थी, जगह-जगह टीले, नीची खाइयाँ और टीलों के बीच तरह-तरह के खोह बने थे। सरदार ने मुँह तो गाँव की ओर ही कर रखा था लेकिन बैलगाड़ियों का रास्ता छोड़कर खेतों-कस्सियों के रास्ते से जाने की कोशिश कर रहा था। उसका ख़्याल था कि इस तरह वह देहातियों की नज़र से बच जाएगा।

एक बार नज़र आने के बाद वह आँखों से ओझल हो गया।

"छिप गया है सिखड़ा!" रमज़ान ने कहा और क़दम तेज़ कर दिए। अभी पच्चीसेक ग़ज की दूरी रही होगी जब सरदार की एक और झलक मिली। सरदार टीलों-खाइयों के रास्ते अभी बढ़ता ही जा रहा था। पर जब वे लोग ऐन उस जगह पर पहुँचे जहाँ पर सरदार उन्हें नज़र आया था, तो वह गायब हो चुका था।

"किसी खोह में घुस गया है!" नूरदीन बोला, "निकालो माँ के...को।"

उस समय ये लोग टीले के ऊपर खड़े थे। कुछ देर पहले से ही इन मुजाहिदों ने ढेले और पत्थर उठा-उठाकर उस भागते सिख की दिशा में फेंकने शुरू कर दिए थे, लेकिन अब वे आसपास टीलों में बने खोहों के अन्दर चाँदमारी करने लगे कि जिस खोह में छिपा बैठा है, पत्थर खाकर अपने-आप बाहर आ जाएगा। अगर सरदार भागता रहता तो ज़रूर ही पत्थरों की इस बौछार में मारा जाता जैसे बरसाती चूहा मारा जाता है, पर वह भागने की बजाय एक टीले के अन्दर बनी अँधेरी खोह में दुबककर बैठ गया था। आसपास अनगिनत खोह थे और उनमें से किसमें वह छिपा बैठा है, इन लोगों के लिए ढूँढ़ना आसान नहीं था।

"ओ सिक्खा, बड़ी तरिक्खा, निकल बाहर!" नूरदीन ने ऊँची आवाज़ में कहा जिस पर सभी लोग ठहाका मारकर हँस दिए। नूरदीन रमज़ान के ही गाँव का रहनेवाला था, गधों पर मिट्टी और ईंटें लादकर लाता-ले जाता था और उसके दाँतों के ऊपर लाल-लाल मसूड़े थे, जब हँसता तो मसूड़े दूर तक नज़र आते थे।

कुछ लोग नीचे उतरे।

"इस खोह में होगा।" एक बोला।

"निकल बाहर तेरी माँ की..." दूसरे ने कहा और ढेला उठाकर ज़ोर से अन्दर फेंका। पर उसका कोई असर नहीं हुआ। खोह के अन्दर अँधेरा था,

और खोह काफ़ी गहरी थी, कोई जवाब नहीं आया।

फिर बहुत-से लोगों ने एक साथ ढेले उठा-उठाकर फेंके, पर इनका भी कोई असर नहीं हुआ।

''अन्दर जाकर देखो ओए, इस तरह से पता नहीं चलेगा।'' रमज़ान बोला।

''सँभलके जाओ रमज़ान उसके पास किरपान होगी।''

''उसकी माँ की...'' रमज़ान ने हँसकर कहा, पर फिर भी एहतियात के लिए अपना चाकू खोल लिया। रमज़ान अन्दर घुसा तो पीछे-पीछे दो-तीन साथी और भी घुस गए।

''निकल ओए कराड़ा...!''

रमज़ान चिल्लाया। और कुछ लोग अन्दर की ओर बढ़ गए।

उन लोगों ने सारी खोह छान मारी मगर सरदार नहीं मिला। वह किसी दूसरी खोह में छिपा बैठा था।

तभी गिरोह का एक आदमी जो अभी भी टीले पर खड़ा था, चिल्ला उठा, ''वह जा रहा है, उधर को गया है।'' और उसने बाएँ हाथ को दो-तीन टीले छोड़कर पिछले एक टीले की ओर इशारा किया। सरदार के झिलमिलाते कपड़े उसे उस ओर नज़र आए थे।

सभी लोग उस ओर दौड़े। दो-तीन खोहों के अन्दर एक साथ ढेले पड़ने लगे। एक खोह में एक ढेला सीधा सरदार के घुटने पर लगा, वह चिल्लाया नहीं और पीछे दुबककर बैठ गया। फिर धड़ाधड़ ढेले पड़ने लगे। कोई ढेला खोह की दीवार के साथ जा लगता, कोई सीधा उसके घुटनों पर या कन्धे पर या माथे पर जा लगता। और सरदार सिसककर रह जाता। ढेले बराबर तीनों खोहों में पड़ते रहे। पर थोड़ी देर बाद एक खोह में से कराहने-बिलबिलाने की दबी-दबी आवाज़ आने लगी। अब हमलावरों को यक़ीन हो गया कि वह इसी खोह में दुबका बैठा है, और ढेलों की बौछार और तेज़ हो गई।

तभी एक बुद्धिमान को कोई विचार सूझा और वह चिल्लाकर बोला, ''ओए, ठहरो ओए! मत मारो पत्थर!''

कुछ लोगों ने हाथ रोक लिए, इक्का-दुक्का पत्थर फिर भी पड़ता रहा।

फिर वह दानिशमन्द, खोह के मुँह के सामने आकर खड़ा हो गया और ऊँची आवाज़ में बोला, ''ओ सरदार, दीन कबूल कर ले, हम तुम्हें छोड़ देंगे!''

अन्दर से कोई जवाब नहीं आया, केवल काँपती-सी कराहने की आवाज़ आती रही।

"बोल सरदार, इसलाम कबूल करेगा या नहीं? अगर मंजूर है तो अपने-आप बाहर आ जा, हम तुम्हें कुछ नहीं कहेंगे। वरना ढेले मार-मारकर मार डालेंगे।"

अन्दर से फिर भी कोई जवाब नहीं आया। इक्के-दुक्के पत्थर अभी भी पड़ रहे थे ताकि सरदार जल्दी फैसला कर सके।

"निकल बाहर, खज़ीर के तुख्म, नहीं तो अन्दर से तेरी लाश निकलेगी।"

फिर भी चुप। अन्दर से आवाज़ नहीं आई। लोग फिर से ढेले उठा-उठाकर अन्दर मारने लगे। फिर रमज़ान अली एक बड़ा-सा पत्थर उठा लाया और खोह के सामने जा खड़ा हुआ।

"अभी निकल आओ, नहीं तो इस पत्थर से भुरथा बना दूँगा।"

कुछ लोग हँस दिए। पत्थर बराबर पड़ रहे थे।

तभी खोह के अन्दर से हाथों और पैरों के बल चलता हुआ सरदार खोह के मुँह पर आ गया। उसकी पगड़ी खुलकर गले में लटक आई थी, कपड़े, मिट्टी से सने थे और जगह-जगह से फट गए थे और ढेलों के कारण उसका माथा और घुटने जगह-जगह से सूज रहे थे और ज़ख्मों में से ख़ून रिस रहा था।

सरदार अभी भी जैसे चारों पायों पर बैठा था और उसकी आँखें इधर-उधर ताके जा रही थीं। दर्द के कारण उसका मुँह टेढ़ा हो रहा था।

"बोल, कलमा पढ़ेगा या नहीं?" रमज़ान ने कहा। वह अभी भी बड़ा-सा पत्थर हाथ में उठाए हुए था।

सरदार पहले तो भयाकुल-सा सामने की ओर फटी-फटी आँखों से देखता रहा, फिर ऊपर-नीचे सिर हिला दिया।

नूरदीन के पीछे खड़े एक आदमी ने सरदार को पहचान लिया। यह इकबालसिंह था, मीरपुर में बज़ाजी की दूकान करता था, इसका बाप हरनामसिंह ढोक इलाहीबख्श में चाय की दूकान करता था। शायद यह ढोक इलाहीबख्श की ओर ही भागा जा रहा था जब रास्ते में धर लिया गया। पहचानते ही वह आदमी नूरदीन के और पीछे हो गया ताकि इकलाबसिंह से

उसकी नज़रें नहीं मिल पाएँ, बल्कि इसके बाद वह पीछे-पीछे ही रहा, न कुछ बोला, न पत्थर फेंका, पर साथ ही और लोगों को मना भी नहीं किया। यहाँ पर वह जानता था कि उसके मना करने का कोई असर नहीं होगा।

"मुँह से बोल मादर...! बोल, नहीं तो देख यह पत्थर अभी तेरी खोपड़ी पर पड़ेगा।"

"कलमा पढ़ूँगा।" सिसकियों के बीच इकबालसिंह ने कहा।

तभी गगनभेदी आवाज़ उठी :

"अल्लाह-हो-अकबर!"

"नारा-ए-तकबीर! अल्लाह-हो-अकबर!" फिर सभी ने नारा लगाया।

रमज़ान ने पत्थर एक ओर को फेंक दिया। सभी ने अपने-अपने हाथ में से पत्थर फेंक दिए। रमज़ान ने हाथ आगे बढ़ाकर कहा, "उठ आ, अब तू हमारा भाई है।"

इकबालसिंह का जिस्म जगह-जगह से दर्द कर रहा था। वह अभी भी कराह रहा था। पीड़ा, घबराहट और त्राण के कारण उससे खड़ा नहीं हुआ जा रहा था।

"आ जा, गले मिल ले।" रमज़ान ने कहा और उसे गले से लगा लिया।

रमज़ान के बाद बारी-बारी से सभी ने उसे गले लगाया। पहले सिर दाएँ कन्धे पर रखते, फिर वहाँ से उठाकर बाएँ कन्धे पर, फिर लौटाकर दाएँ कन्धे पर। बग़लगीर होने का यही मुसलमानी तरीका था। इकबालसिंह की टाँगें लड़खड़ा रही थीं और गला सूख रहा था, पर तीन-चार बार की मश्क से वह बग़लगीर होने का ढंग समझ गया।

इकबालसिंह को आशा नहीं थी कि इतनी जल्दी माहौल बदल जाएगा, कि उसके ख़ून के प्यासे लोग उसे छाती से लगाने लगेंगे।

तब वे टीलों के झुरमुट से बाहर निकल आए, रमज़ान उसे थामे हुए था। फिर वे गेहूँ के लहलहाते खेतों के बीच से उसे आगे-आगे हाँकते हुए-से ले चले। उसकी समझ में नहीं आ रहा था कि उसे अपनी फतह की निशानी के तौर पर उसकी नुमाइश करते ले चलें, या एक हकीर क़ैदी की तरह जिसने भागने की कोशिश की और अन्त में पकड़ा गया था या एक धर्मभाई की भाँति ले चलें, जिसे उन्होंने गले लगाया था। इकबालसिंह से ठीक तरह चला नहीं जा रहा था। कुछ नहीं तो पाँच ढेले उसके बाएँ घुटने पर ही पड़े थे।

माथे से भी ख़ून रिस रहा था। एक जगह पर खेत की मेड़ पार करते समय जब वह लड़खड़ाया तो पीछे से नूरदीन ने मज़ाक़ में उसे धक्का दे दिया जिससे वह औंधे मुँह जा गिरा।

"देखो रमज़ानजी, मुझे अभी भी धक्के लगा रहे हैं।" उसने उठते हुए बिलबिलाकर कहा, उस बालक की तरह जिसे अच्छा व्यवहार करने की सौगन्ध खाने के बाद भी पीटा जा रहा हो।

"धक्का नहीं दो, ओए।" रमज़ान ने कहा और अपने साथियों की ओर देखकर मुस्करा दिया और आँख मारी।

"मत धक्का दो, ओए।" पीछे से किसी ने रमज़ान की नकल उतारते हुए कहा और एक छोटा-सा धक्का इकबालसिंह को फिर दे दिया।

घृणा और द्वेष इतनी जल्दी प्रेम और सद्भावना में नहीं बदल सकते, वे केवल भौंड़े हास्य और व्यंग्य में ही बदल सकते हैं। वे इकबालसिंह को पीट नहीं सकते थे तो कम से कम उसे अपने क्रूर व्यंग्य का लक्ष्य तो बना ही सकते थे।

"देखो रमज़ान भाई, किसी ने मुझे पीछे से ठोंगा मारा है।"

इकबालसिंह उस वक़्त आत्म-सम्मान के निम्नतम स्तर तक पहुँच चुका था, जब जीवन से चिपके रहनेवाला त्रस्त जीव केवल गिड़गिड़ा सकता है, रेंग सकता है, हँसने के लिए कहो तो हँस देगा, रोने के लिए कहो तो रो देगा।

तभी नूरदीन को मसखरी सूझी।

"ठहर ओए।" उसका हाथ पकड़कर रोकते हुए उसने कहा।

इकबालसिंह रुक गया और कातर आँखों से नूरदीन की तरफ़ देखने लगा।

"इसकी सलवार उतार दो। इसे नंगा गाँव में ले चलो। यह हमसे बहुत छिपता था।"

और उसने आगे बढ़कर इकबालसिंह की सलवार में हाथ डाला। कुछ लोग हँसने लगे।

"देखो रमज़ानजी..." इकबालसिंह ने रमज़ान की ओर देखकर शिकायत की।

"ख़बरदार ओए, किसी ने सलवार उतारी तो..." रमज़ान ने चिल्लाकर कहा।

"अभी इसने कलमा नहीं पढ़ा है। जब तक यह कलमा नहीं पढ़ता यह काफिर है, मुसलमान नहीं है। उतारो इसकी सलवार।"

रमज़ान को अपना पक्ष लेते देखकर इकबालसिंह का हौसला बढ़ गया। वह भी उचककर बोला, "नहीं उतारने दूँगा सलवार। कर लो जो मेरा करना है।"

इस पर कुछ लोग हँस दिए।

इसी तरह इकबालसिंह के साथ खिलवाड़ करते, उसे ज़लील करते हुए वे गाँव पहुँचे।

इमामदीन तेली के डेरे पर तबलीग की रस्म अदा की जाने लगी। गाँव का नाई भी पहुँच गया, मस्जिद का मुल्ला भी पहुँच गया। तेली के घर के आँगन में पूरी भीड़ जमा हो गई।

नाई की उँगलियाँ थक गईं, बाल काटे नहीं कटते थे, भीड़ के बीचोबीच ज़मीन पर बैठा इकबालसिंह फिर से उद्भ्रान्त हो उठा था। शुरू-शुरू में नाई कैंची से बाल काटता रहा, फिर घोड़े के गोबर और मूत से उसके बालों के गुच्छे अलग-अलग से बाँधकर बाल काटता रहा, अन्त में वह घोड़ों के बाल काटनेवाली बड़ी मशीन ले आया। मशीन चली तो इकबालसिंह की खोपड़ी पर लहरिये-से बनने लगे। फिर उस्तरे से उसकी चाँद साफ की गई। इसके बाद इकबालसिंह को गर्दन सीधी करने का मौका मिला। दाढ़ी को काटा नहीं गया। जब दाढ़ी कतरने का वक़्त आया तो बहुत-सी आवाज़ें एक साथ सुनाई देने लगीं :

"दाढ़ी की काट मुसलमानी होनी चाहिए।"

"ख़त निकालकर दाढ़ी काटो, मूँछें पतली कर दो।"

इकबालसिंह का पिचका हुआ चेहरा उसकी डरी हुई त्रस्त आँखों के बावजूद सचमुच मुसलमानी नज़र आने लगा था।

तभी भीड़ में से अपना रास्ता बनाता हुआ नूरदीन अन्दर आया। जब इकबालसिंह के बाल काटे जाने लगे थे तो वह बीच में से निकल गया था और किसी को पता नहीं चला था। लेकिन अब वह लौट आया था और लोगों को धकेल-धकेलकर अन्दर घुस रहा था।

"हटो ओए आगे से, रास्ता दो।"

अन्दर आते ही वह सीधा इकबालसिंह के पास बैठ गया। बाएँ हाथ से

इकबालसिंह का मुँह खोला और दाएँ हाथ में पकड़ा मांस का बड़ा-सा टुकड़ा, जिसमें से टप-टप ख़ून की बूँदें चू रही थीं, इकबालसिंह के मुँह में डाल दिया। इकबालसिंह की आँखें बाहर आ गईं। उसका साँस रुक रहा था।

"खोल मुँह, तेरी माँ की...खोल मुँह।...अब चूस जा इसे मादर..."

और नूरदीन लोगों की तरफ़ देखता हुआ अपने लाल मसूड़े दिखाता खी-खी करके हँसने लगा।

तभी मुल्ला और गाँव के एक बुजुर्ग सामने आ गए। बुजुर्ग ने नूरदीन को वहाँ से डाँटकर उठा दिया, "हटो यहाँ से, तुम दीन कबूल करनेवाले अपने भाई को परेशान कर रहे हो।"

बुजुर्ग के अन्दर आ जाने से सारा दृश्य बदल गया। लोग पीछे हट गए। इकबालसिंह को सँभालकर उठाया गया। एक आदमी खाट उठा लाया और उसे खाट पर बैठाया गया। बाकी की रस्म बड़ी सावधानी से सर-अंजाम दी जाने लगी।

तसबीह, हाथ में लिये मुल्ला ने इक़बालसिंह से कलमा पढ़वाया–

"ला इलाह इल्लिल्ला,
मुहम्मद रसूल अल्ला!"

तीन बार कलमा दोहराया गया। आसपास खड़े लोगों ने उँगलियों को आँखों से लगाया, फिर उन्हें चूम लिया। फिर एक-एक करके बीसियों आदमी उससे बग़लगीर हुए।

इसके बाद जुलूस की शक्ल में उसे कुएँ पर ले जाया गया, गुसल के बाद नए कपड़े पहनने को दिए गए।

जब नहाकर नए साफ़ कपड़े पहनकर निकला तो इकबालसिंह सचमुच इकबाल अहमद नज़र आने लगा। लोगों ने फिर नारे लगाए :

"नारा-ए-तकबीर! अल्लाह-हो-अकबर!"

जुलूस फिर इमामदीन तेली के घर की ओर रवाना हुआ। वातावरण में गहरी संजीदगी और धर्म-भावना काँप रही थी। दिन ढलते-ढलते इकबाल अहमद की सुन्नत हुई। उसके लिए इस दर्द को बर्दाश्त करना बहुत कठिन नहीं रह गया था। बुजुर्ग सारा वक़्त उसे सहारा दिए हुए थे, और सुन्नत के वक़्त बार-बार उसके कान में कह रहे थे, "तेरा निकाह कराएँगे। बड़ी खूबसूरत औरत तुम्हें देंगे, कालू तेली की बेवा तेरी उम्र की है–जवान,

गठीली। उसे देखकर तेरी रूह खुश हो जाएगी। अब तू हमारा अपना है, अब तू शेख है, शेख इकबाल अहमद!"

शाम ढलते-ढलते इकबालसिंह के शरीर पर से सिखी की सब अलामतें दूर कर दी गई थीं और मुसलमानी की सभी अलामतें उतर आई थीं। पुरानी अलामतें हटाकर नई अलामतें लाने की देर थी कि इनसान बदल गया था, अब वह दुश्मन नहीं था, दोस्त था, काफिर नहीं था, मुसलमान था। मुसलमानों के सभी दरवाज़े उसके लिए खुल गए थे।

खाट पर बड़ा इकबाल अहमद रात-भर छटपटाता रहा।

अठारह

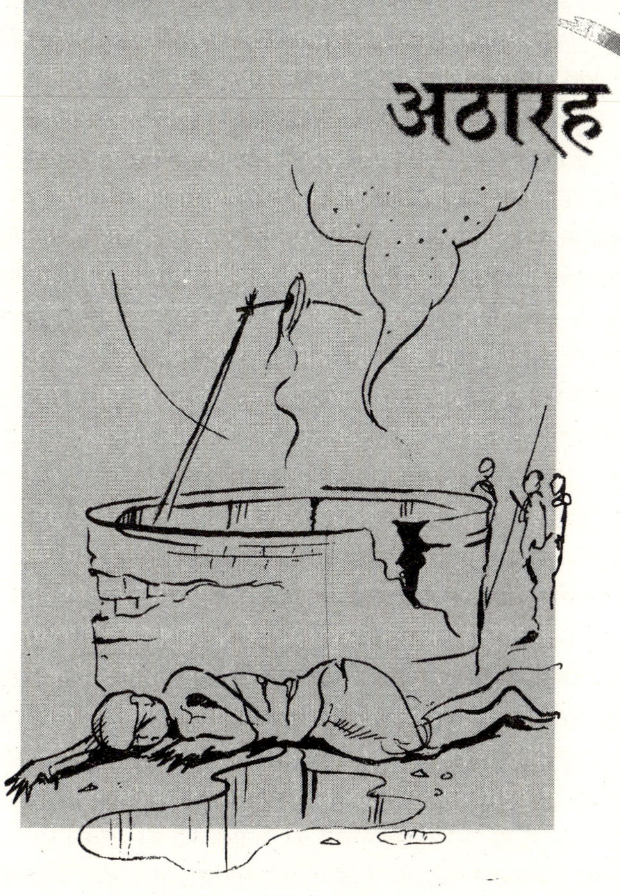

तुर्क आए थे पर वे अपने ही पड़ोसवाले गाँव से आए थे। तुर्कों के ज़ेहन में भी यही था कि वे अपने पुराने दुश्मन सिखों पर हमला बोल रहे हैं और सिखों के ज़ेहन में भी वे दो सौ साल पहले के तुर्क थे जिनके साथ खालसा लोहा लिया करता था। यह लड़ाई ऐतिहासिक लड़ाइयों की शृंखला में एक कड़ी ही थी। लड़नेवालों के पाँव बीसवीं सदी में थे, सिर मध्ययुग में।

घमासान युद्ध हुआ। दो दिन और दो रात तक चलता रहा। फिर असला

चुक गया और लड़ना नामुमकिन हो गया। अब गुरुग्रन्थ साहब की चौकी के पीछे, सफ़ेद चादरों से ढकी सात लाशें पड़ी थीं। पाँच लाशों के सिर अपनी-अपनी गोद में रखे पाँच औरतें बैठी थीं। बहुत आग्रह करने पर कुछ देर के लिए वे उठ जातीं, पर तेजासिंह के पीठ मोड़ने की देर होती कि वे फिर आ बैठती थीं। दो लाशों का वली वारिस कोई नहीं था। इनमें से एक लाश निहंगसिंह की थी जो उस समय भी, जब गोलियों की बौछार पड़ने लगी थी, मूँछों को ताव देता हुआ, छत पर खड़ा रहा था। दूसरी लाश सोहनसिंह की थी जो शहर से फ़साद रोकने के लिए आया था। यह आदमी गली के सिरे पर मारा गया था जहाँ वह लड़ाई के दूसरे दिन युद्ध रोकने का एक सुझाव पेश करने शेख गुलाम रसूल से मिलने जा रहा था। उसकी लाश वहीं पड़ी रहती पर कुछ मुसलमान, गहरी रात गए उसे गुरुद्वारे के नज़दीक फेंक गएं, सिखों को यह बताने के लिए कि यह है जवाब उस प्रस्ताव का जो तुमने सोहनसिंह के हाथ भेजा था। उसकी लाश एक ओर को पड़ी थी और उसे किसी ने गोद में नहीं ले रखा था। यों भी सोहनसिंह के मरने के कुछ देर पहले सोहनसिंह और मीरदाद दोनों ही की स्थिति अमन करनेवालों की जगह मात्र हरकारों की रह गई थी।

इनके अलावा बहुत-सी लाशें क़स्बे के अन्दर जगह-जगह बिखरी पड़ी थीं। उन्हें ठिकाने लगाने का अभी सवाल ही नहीं उठता था। खालसा स्कूल के चपरासी की लाश स्कूल के आँगन में पड़ी थी। बलवे के दिन, जब गुरुद्वारे में संगतें जमा होने लगी थीं, चपरासी को हिदायत की गई थी कि वह स्कूल में ही डटा रहे। चपरासी की पत्नी ज़िन्दा थी, लेकिन उसे नम्बरदार ने घर पर रख लिया था, इसलिए सही-सलामत थी। माई भागाँ की लाश उसके घर के अन्दर ही आँगन में पड़ी थी। माई भागाँ ने मरकर भी अपने ज़ेवर बचा लिये थे, क्योंकि वे दीवार में गड़े थे और हमलावरों को उनके बारे में कुछ भी पता नहीं चल पाया। माई भागाँ का घर आग की नज़र होने से भी बच गया था क्योंकि जुड़वाँ घर रहीमे तेली का था। माई भागाँ की एक झापड़ पड़ने से ही जान निकल गई थी। बूढ़ा सौदागरसिंह भी मरा पड़ा था, उसे भी लोग गुरुद्वारे में पहुँचाना भूल गए थे।

कुछ लाशें क़स्बे के बाहर भी जगह-जगह पड़ी थीं। एक लाश कुएँ के पास औंधी पड़ी थी। यह आदमी मुगालते में मारा गया था। यह क़स्बे का

भिश्ती अल्लाहरखाँ था जो फ़िसाद के बावजूद अपनी मश्क लेकर चाँदनी रात में कुएँ पर चला आया था। शेख के घर में पानी का तोड़ा हो गया था और बच्चे पानी माँग रहे थे और तभी भिश्ती मश्क उठाकर पानी लेने आ गया था और शेख के घर की छत पर से ही सीधा अचूक निशाना उसकी पीठ पर लगा था। एक लाश किसी सरदार की थी जो शहर से आनेवाली सड़क पर पड़ी थी। फतहदीन नानबाई, जिसकी दूकान गुरुद्वारे को जानेवाली गली के बाएँ सिरे पर पड़ती थी, स्वयं तो बच गया था लेकिन उसकी दूकान पर काम करनेवाले दोनों छोटे-छोटे लड़के मारे गए थे। फ़िसादों के बावजूद ये बच्चे भाग-भागकर दूकान में से बाहर आ जाते थे। कभी एक-दूसरे के पीछे भागने लगते, कभी गली में खेलने लगते थे। इसके अलावा खालसा स्कूल में से आग के शोले अभी भी निकल रहे थे। बाईं गली के सिरे पर नदी के ऐन ऊपरवाले हिस्से में सिक्खों के सभी मकान आग की नज़र कर दिए गए थे। दूसरी ओर कसाइयों की तीनों दूकानें, और तेली मुहल्ले के तीन-चार मुसलमानों के घर अभी भी जल रहे थे।

अब गुरुद्वारे में असला लगभग चुक गया था। छत पर बैठा किशनसिंह हर मिनट-दो मिनट बाद एकाध गोली चला देता ताकि दुश्मन को मालूम रहे कि मोर्चा क़ायम है, वरना अन्दर हालत पतली हो चुकी थी। सारे गुरुद्वारे में एक प्रकार की थकान छाने लगी थी। आँखें एक-दूसरे को देखतीं, पर मुँह से बोल नहीं फूटते थे। "बारूद ख़त्म हो रहा है," न जाने किसके मुँह से निकला था, पर जिस-जिसके कान में पड़ा वहीं निश्चेष्ट ताकता रह गया। असला, दूसरी ओर, शेखों के 'क़िले' में भी चुक गया था, पर उसे छिपाने के लिए बार-बार दोनों ओर से नारे लगाए जा रहे थे। "अल्लाह-हो-अकबर!" के नारे अब एक दिशा की बजाय तीन दिशाओं से आने लगे थे। नारे का जवाब गुरुद्वारे में से भी दिया जाता, पहले से भी ज़्यादा ऊँची आवाज़ के साथ, पर नारों का खोखलापन अब किसी से छिपा नहीं था।

मुख़बरों की ख़बर थी कि मुसलमानों को बाहर से कुमुक पहुँचनेवाली है, जबकि सिखों का सम्पर्क बाहर से कट गया था। दो आदमी छिपे-लुके कहूटा की ओर कुमुक के लिए भेजे गए थे जो अभी तक लौटकर नहीं आए थे। युद्ध-परिषद् का विचार था कि पैसे दे-लेकर सुलह कर ली जाए और उन्होंने अपने एलची द्वारा शेखों से बात शुरू कर भी दी थी।

गुरुद्वारे के अन्दर, दरवाज़े के पास युद्ध-परिषद् के पाँचों सदस्य तेजासिंह जी के साथ समझौते की शर्तों पर विचार कर रहे थे।

"दो लाख माँगते हैं। दो लाख हम कहाँ से दें?" तेजासिंह ने आवेश में कहा।

"आपने छोटे ग्रन्थी को क्या कहलाकर भेजा था?" एक सदस्य ने पूछा।

समझौते की बातचीत के लिए तेजासिंह ने सोहनसिंह के मर जाने के बाद मीरदाद को बिचौलिया बनाने की कोशिश की थी, क्योंकि वह फ़साद से पहले सुलह कराने की कोशिश करता रहा था। पर उसे जब पता चला कि रुपया ले-देकर गोली चलाना बन्द होगा तो उसने मुँह फेर लिया। लाचार होकर तेजासिंह ने ग्रन्थी के छोटे भाई, जिसे सभी 'छोटा ग्रन्थी' कहकर पुकारते थे, सन्देश देकर भेजा था।

"मैंने कहा था बीस-तीस हज़ार कहना।" तेजासिंहजी ने कहा, "पर वे दो लाख माँगते हैं।"

"उन्हें पता चल गया होगा कि हमारी हालत कमज़ोर पड़ गई है।"

"उनके बाप को भी पता नहीं चल सकता।" पंसारी हीरासिंह ने तैश में आकर कहा, "हमने उनके कम आदमी नहीं काटे हैं। उन्नीस-बीस का ही फ़र्क़ होगा, सिंहजी। यह बदक़िस्मती हमारी कि असला चुक गया...।"

दूर से फिर आवाज़ आई, "अल्लाह-हो-अकबर!"

"जे वर-गहने कितने इकट्ठे हुए हैं?" एक और सदस्य ने पूछा।

तेजासिंहजी उठकर गुरु-ग्रन्थ साहब की चौकी के सामने रखे एक बक्से के पास गए! उसे खोलकर उन्होंने गहनों को—जो स्त्रियाँ अपने शरीर पर से उतार-उतारकर डाल गई थीं—अपने दोनों हाथों में लिया और उनके वजन का अन्दाज़ा लगाते हुए उनका मूल्य आँकने लगे।

"बीस-पच्चीस हज़ार से ज़्यादा का नहीं होगा।...वे दो लाख माँगते हैं। हम दो लाख कहाँ से लाएँ?"

"देना चाहें तो दो लाख आप अकेले दे सकते हैं, तेजासिंहजी, आपने बड़ी माया इकट्ठी की है।"

पर तेजासिंह ने इस टिप्पणी की ओर कोई ध्यान नहीं दिया।

"कहो पचास हज़ार देंगे।"

"पचास हज़ार बहुत कम हैं, वे नहीं मानेंगे।"

"तुम कहके तो देखो। नीचे से शुरू करोगे तो कहीं एक लाख पर फैसला होगा।"

तेजासिंह ने छोटे ग्रन्थी को बुला भेजा, "जाओ ग्रन्थीजी, उनके साथ एक लाख तक फैसला कर लो। पर शर्त यह है कि बाहर से आनेवाले लोग नदी पर चले जाएँ, फिर अपने तीन नुमाइन्दे भेज दें, हमारे आदमी थैलियाँ लिए खड़े होंगे।"

छोटे ग्रन्थी ने हाथ बाँधकर कहा, "सत बचन, महाराज, पर अगर उन्होंने कहा कि थैलियाँ पहले दो, हम नदी पार बाद में करेंगे, तो मैं क्या कहूँ?"

इस पर पंसारी फिर तैश में आ गया, "क्यों, क्या हमारी ज़बान का एतबार नहीं है? क्या हम लाहौरिए हैं? अमृतसरिए हैं, कि आज कुछ कहें और कल कुछ? हम सैयदपुर के रहनेवाले हैं, हमारी जबान पत्थर पर लकीर होती है।"

सैयदपुर के निवासी होने का सिखों को भी उतना ही गुमान था जितना मुसलमानों को, सभी को सैयदपुर की लाल मिट्टी पर, बढ़िया गेहूँ पर, लुकाटों के बाग़ों पर, यहाँ तक कि सैयदपुर के कड़े जाड़ों पर और बर्फीली हवा पर समान रूप से नाज़ था, और इसी भाँति अपनी मेहमानवाजी पर, दर्यादिली पर और हँसमुख स्वभाव पर भी नाज़ थ। फ़साद शुरू होने पर दोनों ओर के लोग सैयदपुर के निवासी होने के नाते ही छाती ठोककर मैदान में कूदे थे।

चाँद फिर निकल आया था, जिससे मोर्चेवालों को रात का दृश्य भयावह लगने लगा था। आज रात फिर गोलाबारी हुई तो कुछ भी हो सकता है, आगजनी हो सकती है, लूटपाट हो सकती है। अब सभी निर्णय ग़लत जान पड़ने लगे थे, गुरुद्वारे में इकट्ठा होना भूल थी, शेख गुलाम रसूल और उसके साथियों से बातचीत तोड़ देना भूल थी, इन भूलों का कोई अन्त नहीं था। अगर दुश्मन पर गालिब आ जाते तो यही भूलें रणनीति की बढ़िया चालें मानी जातीं।

शेख गुलाम रसूल के घर के बाहर चबूतरे पर कुछ लोग बैठे बतिया रहे थे। अपनी लाशें ठिकाने लगाने का इन्हें भी मौका नहीं मिला था, मगर जहाँ गुरुद्वारे की स्थिति एक घिरे हुए स्थान की-सी थी वहाँ शेखों का मकान खुली जगह पर था, उसका सम्पर्क आसपास के सभी गाँवों से था।

चबूतरे पर बैठे मुजाहिद बाहर से आए थे। सभी अपने-अपने कारनामों के किस्से सुना रहे थे, अपने-अपने अनुभव सुना रहे थे :

"हम जब गली में घुसे तो कराड़ भागने लगा, कोई इधर जाए, कोई उधर जाए। हिन्दुओं की एक लड़की अपने घर की छत पर चढ़ गई। हमने देख लिया जी। सीधे दस-बारह आदमी उसके पीछे छत पर पहुँच गए। वह छत की मुँडेर लाँघकर दूसरे घर की छत पर जा रही थी जब हमने उसे पकड़ लिया। नबी, लालू, मीरा, मुर्तज़ा, बारी-बारी से सभी ने उसे दबोचा।

"ईमान से?" एक ने संशय से पूछा।

"कसम अल्लाह पाक की। जब मेरी बारी आई तो नीचे से न हूँ, न हाँ, वह हिले ही नहीं, मैंने देखा तो लड़की मरी हुई।" और वह खोखली-सी हँसी हँसकर बोला, "मैं लाश से ही ज़ना किए जा रहा था।"

"ईमान से?" उसके साथी ने हुंकारा-सा भरते हुए कहा।

"कसम कुरान शरीफ की, मैं ठीक कहता हूँ। पूछ ले जलाल से, यह भी वहीं पर था। तभी हमने देखा, औरत मरी हुई है।" और उसने मुँह टेढ़ा करके थूक दिया।

एक और मुज़ाहिद सुनाने लगा, "वक़्त-वक़्त की बात है। एक बागड़ी औरत को हमने गली में पकड़ा। हम कराड़ों के घर के अन्दर से निकल रहे थे। ऐसा हाथ चल रहा था, जो सामने आता, एक बार में गर्दन साफ हो जाती। यह औरत सामने आई तो चिल्लाने लगी। हरामज़ादी कहे जा रहे थी, मुझे मारो नहीं, मुझे तुम सातों अपने पास रख लो, एक-एक करके जो चाहो कर लो। मुझे मारो नहीं।"

"फिर?"

"फिर क्या? अज़ीज़े ने सीधा खंजर उसकी छाती में मारा। वहीं ख़त्म हो गई।"

ढलान पर छिटकी चाँदनी में छोटा ग्रन्थी धीरे-धीरे ढलान पर उतर रहा था। नदी के किनारे मुसलमानों के नुमाइन्दे सन्धि-वार्ता के लिए खड़े थे। गुरुद्वारे की एक खिड़की से ढलान नज़र आती थी, इसलिए बहुत-से लोग दम साधे छोटे ग्रन्थी की ओर देखे जा रहे थे। चाँदनी रात में बस एक काया-सी नीचे उतरती नज़र आ रही थी। तभी छत पर भागते क़दमों की आवाज़ आई और एक निहंगसिंह ने वहीं से आवाज़ दी, "पश्चिम से बलवाई आ रहे हैं।

दुश्मनों को कुमक मिल गई है।"

और देखते ही देखते दूर से सचमुच बलवाइयों की परिचित आवाज़ कानों में पड़ी : ढोल बजने की आवाज़ और "अल्लाह-हो-अकबर!" नारे की आवाज़।

तेजासिंह का चेहरा उतर गया। बड़ा ग्रन्थी जो खिड़की से जुड़ा अपने छोटे भाई को ढलान उतरता देख रहा था, चिल्ला उठा, "मत जाओ मेहरसिंह, लौट आओ!"

पर छोटे ग्रन्थी ने नहीं सुना, वह बराबर नदी-तट के गोल-गोल पत्थरों पर टेढ़ा-मेढ़ा चलता हुआ नीचे उतरता जा रहा था।

"लौट आओ मेहरसिंह, आ जाओ!"

बड़े ग्रन्थी ने कहा, फिर अनेक आवाज़ें उठीं। छोटे ग्रन्थी ने एक बार रुककर पीछे की ओर देखा और फिर आगे बढ़ने लगा।

ढोल पीटते और बढ़ते आ रहे बलवाइयों की आवाज़ें और ज़्यादा नज़दीक आती जा रही थीं। जवाब में अब नदी-तट पर खड़े मुजाहिद भी "अल्लाह-हो-अकबर" के नारे लगाने लगे थे। छोटा ग्रन्थी चाँदनी रात की सफ़ेद और काले बड़े-बड़े चित्तों की रोशनी में खोता चला जा रहा था।

खिड़की में से अब बहुत साफ़ दिखाई नहीं दे रहा था, लेकिन उन्हें लगा जैसे कुछ लोग छोटे ग्रन्थी से मिलने आगे बढ़कर आए हैं, फिर उन्हें यह भी लगा कि लोगों ने ग्रन्थी को घेर लिया है, फिर यह भी कि कुछ लाठियाँ उठी हैं, चाँदनी में कोई चीज़ चमकने भी लगी थी, जो, या तो किसी की कुल्हाड़ी थी या छोटे ग्रन्थी की तलवार थी। और शीघ्र ही "अल्लाह-हो-अकबर!" का नारा फिर बुलन्द हुआ था।

तेजासिंह को काटो तो ख़ून नहीं। बड़ा ग्रन्थी बदहवास होकर चिल्लाया, "मारा गया, मेरा भाई मारा गया!" और बिना सोचे-समझे, नंगे पाँव, निहत्था गुरुद्वारे में से निकलकर, गली पार करके ढलान उतरने लगा।

"रोको, रोको इसे" किसी ने चिल्लाकर कहा, जिस पर दरवाजे पर तैनात निहंगसिंह, ग्रन्थी के पीछे लपका और ढलान के बीचोबीच जाकर उसे कमर से पकड़ लिया और फिर उसे बाँहों में उठाकर वापस लाने लगा।

ढोलक-मंजीरे की आवाज़ें गाँव में पहुँच चुकी थीं। चारों ओर से नारे गूँजने लगे थे, फिर से गोलियाँ दागी जाने लगी थीं। लोग इधर-उधर भागने लगे।

"जो बोले सो निहाल!"

सत सिरी अक ा ा ा ल!"

हवा को चीरता हुआ नारा उठा।

तलवारें हवा में उठीं और दूसरे क्षण झूमती तलवारों को थामे-थामे सिखों का एक जत्था, जिसके बीच अन्य लोगों के साथ बड़ा ग्रन्थी भी था, नारे लगाता, दुश्मन को ललकारता ढलान उतरने लगा। केस खुले हुए, पत्थरों पर उनके पैर उलटे-सीधे पड़ रहे थे, उन्होंने जैसे मरने-मारने की ठान ली थी।

गुरुद्वारे के अन्दर बाएँ हाथ की दीवार के साथ स्त्रियों और बच्चों का जमघट था। बढ़ते चीत्कार में सभी औरतें जैसे स्वयं ही सिमटकर एक जगह पर आ गई थीं। जसबीर कौर का चेहरा मदहोश-सा हुआ जा रहा था। उसकी कमर से लटकती किरपान की मूठ को अभी भी उसका हाथ कसकर पकड़े हुए था।

अपने-आप ही स्त्रियाँ गायत्री का पाठ करने लगी थीं। गुरुद्वारे में उनकी गुनगुनाती आवाज़ धीरे-धीरे ऊँची उठने लगी।

तभी बाएँ हाथ गली के छोर पर खड़े मकान के पीछे से आग के शोले ऊँचे उठने लगे और वातावरण में पहले से भी अधिक लाली घुलने लगी।

"आग लगी है। स्कूल के पास की गली में आग लगी है। किशनसिंह के घर को आग लगी है।" जसबीर ने सुना पर जैसे उसने कुछ नहीं सुना हो। उसके शरीर में बार-बार एक लहर-सी उठ रही थी और आँखों के सामने कुछ भी साफ़ दिखाई नहीं दे रहा था, जैसे सब चीज़ें तैर रही हों, अधखिली रोशनी में उसके इर्द-गिर्द घूम रही हों। वह स्त्रियों के बीच ऐन रोशनी के नीचे खड़ी थी, उसके चेहरे पर से अब भी जैसे जलाल टपक रहा था।

गली के बाएँ सिरे का मोर्चा भुरभुराकर गिर गया। चाँदनी में नहाई ढलान पर कुछ आदमी रेंग-रेंगकर चढ़ते नज़र आए। छत पर खड़े निहंगसिंह ने उन्हें सबसे पहले देखा। उसने किशनसिंह को बताया, लेकिन किशनसिंह ने केवल निराशा में सिर हिला दिया। ढलान चढ़नेवालों की काली, रेंगती आकृतियों की संख्या उत्तरोत्तर बढ़ रही थी। और अब आग की लौ में वे साफ़ नज़र आने लगे थे। पर कहाँ था असला जो उन पर गोली चलाई जाती? किशनसिंह ने दो-एक बार फायर किया, पर फिर चुपचाप बैठ गया।

गुरुद्वारे के बाहर खड़ा सिखों का एक और जत्था बाल खोले नंगी तलवारें

हाथ में लिये बाईं ओर गली में आगे बढ़ने लगा। क्योंकि गली के सिरेवाला मोर्चा टूटने पर तुर्क इसी रास्ते गुरुद्वारे पर हमला करनेवाले थे। तभी चिल्लाहट भरी आवाज़ें आईं, दो-चार गोलियाँ चलने की आवाज़ आईं, फिर सहसा आसमान को चीरती हुई आवाज़ आई : "अल्लाह-हो-अकबर!"

और तलवारें झुलाते सरदार गली के अँधेरे में खो गए।

उसी वक़्त गुरुद्वारे में से उजले कपड़ों में मलबूस स्त्रियों की एक डार-सी निकली। आगे-आगे जसबीर कौर थी, अधमुँदी आँखें, तमतमाता चेहरा। लगभग सभी औरतों ने अपने दुपट्टे सिर पर से उतारकर गले में डाल लिए थे; सभी के पैर नंगे थे। सभी के चेहरे तमतमा रहे थे। मन्त्रमुग्ध-सी वे गुरुद्वारे में से निकलती आ रही थीं।

"तुर्क आ गए! तुर्क आ गए!" कुछ औरतें चिल्ला रही थीं। कोई गुरुवाणी का पाठ कर रही थी, कोई जैसे उन्माद में चिल्लाए जा रही थी :

"जहाँ मेरा सिंहवीर गया है, वहाँ मैं भी जाऊँगी।"

कुछेक के साथ उनके बच्चे थे। दो-एक ने बच्चों को गोदी में उठा रखा था। कुछेक अपने बच्चों को कलाइयों से पकड़े अपने साथ घसीटती लिये जा रही थीं।

गुरुद्वारे में से निकलकर औरतों की यह डार गली में दाईं ओर बाएँ हाथ घूम गई, फिर कुछ दूर जाकर वहाँ दो घरों के बीच छोटी-सी पगडंडी ढलान पर नीचे उतरती थी और बल खाती सीधी कुएँ तक चली गई थी, उसी ओर स्त्रियाँ बढ़ती जा रही थीं।

चारों ओर हाहाकार मचा था। लपलपाती आग की लपटें अब दो जगह से उठने लगी थीं। ढलान पर, मकानों की दीवारों पर, गली के ईंटों के फ़र्श पर लपटों के साए नाच रहे थे। नदी के जल में लाल लपटों का साया झिलमिला रहा था, पानी अपने-आप ही लाल होने लगा था। इस चीत्कार में घरों के किवाड़ तोड़ने की आवाज़ें आने लगी थीं। क़स्बे में लूट-पाट शुरू हो गई थी। गुरुद्वारे के सामने गली के बीचोबीच निहंगसिंह बर्छा ऊँचा उठाए चिल्ला रहा था :

"आओ तुर्को, आओ! किसमें सकत है, आओ! मैं ललकारता हूँ, आओ!"

स्त्रियों का झुंड उस पक्के कुएँ की ओर बढ़ता जा रहा था, जो ढलान

के नीचे दाएँ हाथ बना था, और जहाँ गाँव की स्त्रियाँ नहाने, कपड़े धोने, बतियाने के लिए जाया करती थीं। मन्त्रमुग्ध-सी सभी उसी ओर बढ़ती चली जा रही थीं। किसी को उस समय ध्यान नहीं आया कि वे कहाँ जा रही हैं, क्यों जा रही हैं। छिटकी चाँदनी में कुएँ पर जैसे अप्सराएँ उतरती आ रही हों।

सबसे पहले जसबीर कौर कुएँ में कूद गई। उसने कोई नारा नहीं लगाया, किसी को पुकारा नहीं, केवल 'वाह गुरु' कहा और कूद गई। उसके कूदते ही कुएँ की जगत पर कितनी ही स्त्रियाँ चढ़ गईं। हरिसिंह की पत्नी पहले जगत के ऊपर जाकर खड़ी हुई, फिर उसने अपने चार साल के बेटे को खींचकर ऊपर चढ़ा लिया, फिर एक साथ ही उसे हाथ से खींचती हुई नीचे कूद गई। देवसिंह की घरवाली अपने दूध पीते बच्चे को छाती से लगाए ही कूद गई। प्रेमसिंह की पत्नी खुद तो कूद गई, पर उसका बच्चा पीछे खड़ा रह गया। उसे ज्ञानसिंह की पत्नी ने माँ के पास धकेलकर पहुँचा दिया। देखते ही देखते गाँव की दसियों औरतें अपने बच्चों को लेकर कुएँ में कूद गईं।

जब तुर्क सचमुच गली के बाएँ सिरे से लाशों को रौंदते हुए गुरुद्वारे की ओर बढ़ने लगे तो गुरुद्वारे में एक भी स्त्री नहीं थी, कुएँ के अन्दर से चिल्लाने-चीख़ने की आवाज़ें, बच्चों के बिकड़ाट सुनाई देते रहे। गाँव के पास जगह-जगह से "अल्लाह-हो-अकबर" और "सत सिरी अकाल" के नारों के साथ कुएँ में से डूबती औरतों और बच्चों की चीखें मिल गई थीं।

चाँदनी पीली पड़ गई। धीरे-धीरे पौ फटने लगी। रात का ऐन्द्रजालिक वातावरण फिर से छिन्न-भिन्न होने लगा। स्वच्छ, शीतल हवा रोज़ की तरह बहने लगी। गाँव के बाहर पके गेहूँ के खेत इस हवा में झूमने लगे। हवा में लुकाटों की महक थी। नदी की ओर से हवा का झोंका आया, लुकाटों की महक से लदा हुआ। उसमें उन सफ़ेद फूलों की भी भीनी-भीनी गन्ध मिली थी जो इस मौसम में झाड़ियों पर उगते थे। किसी-किसी वक़्त लुकाटों के बाग में से तोतों का एक झुंड पर फड़फड़ाता, चीं-चीं करता उड़ जाता। नदी का पानी नीला-नीला हो रहा था। हवा का झोंका आता तो पानी में झुरझुरी-सी होती।

न जाने रात के किस पहर लूटपाट बन्द हो गई थी। अधिक घरों को भी आग नहीं लगाई गई थी क्योंकि गुरुद्वारेवाली गली को छोड़कर गाँव की

प्रत्येक गली में मुसलमानों और सिखों, दोनों के घर पाए जाते थे। स्कूल अलग-अलग थे, या नुक्कड़वाले कुछ घर अलग थे। सुबह होने पर आग की लपटें मन्द पड़ गई थीं। छोटे-छोटे घर थे, जलकर राख होते देर नहीं लगी। सुलगते घरों में से अब पीला-पीला धुआँ अधिक निकलने लगा था।

गुरुद्वारे के अन्दर एक बत्ती अभी भी जल रही थी, एक ओर युद्ध-परिषद् के चारों सदस्य अन्तिम घड़ी का जैसे इन्तज़ार कर रहे थे। तेजासिंहजी, थके-माँदे, गुरुद्वारे की रसदवाली कोठरी में गेहूँ की एक बोरी पर सिर झुकाए बैठे थे। किशनसिंह अभी भी छत पर अपनी कुर्सी पर बैठा था। एक निहंगसिंह बर्छा लिए अभी भी दरवाज़े की ओट में खड़ा था।

जब रोशनी फैलने लगी तो चीलें और कव्वे, ढेरों-के-ढेरों आसमान में उड़ने लगे। अनेक गिद्ध भी मँडराते हुए आ गए। स्कूल के बाहर खड़े एक रुंड-मुंड पेड़ पर दस-पन्द्रह गिद्ध आकर बैठ गए थे—छोटे-छोटे सिर बड़ी-बड़ी पीली चोंचें। कुछ गिद्ध कुएँ की जगत पर भी आ बैठे थे जहाँ लाशें फूलने लगी थीं और फूल-फूलकर कुएँ के मुँह तक पहुँचने लगी थीं। घरों की मुँडेरों पर भी जगह-जगह गिद्ध आकर बैठ गए थे। गलियाँ सुनसान पड़ी थीं, बिखरी लाशें गाँव की निःस्तब्धता को और भी गहरा बना रही थीं। अब गाँव की गलियों में कोई धीरे से भी चलता तो उसके पैरों की चाप गूँजती थी। बलवाई लूटपाट का सामान लेकर लौट गए थे, बहुत-से मारे गए थे। गुरुद्वारे के कुएँ की ओर जानेवाले रास्ते पर जगह-जगह औरतों के पराँदे, चुन्नियाँ, चूड़ियाँ गिरी पड़ी थीं। गुरुद्वारे के निकट विशेष रूप से हाथों में से टूटकर गिरी चूड़ियों के टुकड़े जगह-जगह बिखरे पड़े थे। गलियों में टूटे ख़ाली सन्दूक, कनस्तर, खाटें, लूटपाट की कहानी कह रहे थे। मकानों के किवाड़ कहीं अधखुले, तो कहीं टूटे पड़े थे। जगह-जगह उस आँधी के निशान थे जो रात-भर चलती रही थी।

पर लड़ाई अभी बन्द नहीं हुई थी। मोटे कसाई का बड़ा लड़का छिप-लुककर गुरुद्वारे की पिछली खिड़कियों पर तेल छिड़ककर आग लगाने की तैयारी कर रहा था।

सहसा वायुमंडल में एक अजीब-सा शब्द सुनाई देने लगा : गहरा, धीमा, घरघराता-सा शब्द। यह आवाज़ क्या थी? यह आवाज़ कोठरी में बैठे तेजासिंह ने भी सुनी, गुरुद्वारे की छत पर तैनात किशनसिंह ने भी सुनी, शेखों

की हवेली में भी सभी के कानों में पड़ी। सभी ठिठक गए। मोटे कसाई का बेटा भी ठिठक गया, जो गुरुद्वारे को आग लगाने जा रहा था। यह कैसी आवाज़ थी? घरघराती गहरी-सी आवाज़ जो बराबर ऊँची होती जा रही थी। दरवाज़ों, दीवारों की ओट में खड़े या बैठे इक्के-दुक्के लोग बाहर झाँकने लगे, किशनसिंह कुर्सी पर से उठ बैठा और भागकर मुँडेर के पास जा खड़ा हुआ।

हवाई जहाज़ था। बड़ा-सा, बड़े-बड़े काले डैनोंवाला हवाई जहाज़। घाटियों-पहाड़ियों के ऊपर डैने फैलाए, घरघराता गाँव की ओर आ रहा था। किसी-किसी वक़्त उसके डैने स्याह काले पड़ जाते, पर किसी वक़्त वे चाँदी की तरह झिलमिलाने लगते। कभी उसका दायाँ डैना नीचे की ओर झुक जाता, कभी बायाँ। हवाई जहाज़ हवा में मानो अठखेलियाँ करता चला आ रहा था।

जब वह नज़दीक पहुँचा तो लोग उठ-उठकर बाहर आने लगे; गलियों, छतों, चबूतरों पर आ-आकर लोग खड़े हो गए और बड़ी उत्सुकता से हवाई जहाज़ की ओर देखने लगे। गाँव के ऊपर उड़ते समय जहाज़ और भी नीचा हो आया था और जहाज़ के अन्दर बैठा चालक—गोरा फौज़ी—अपना हाथ हिला-हिलाकर नीचे खड़े लोगों का अभिवादन कर रहा था। उसकी बड़ी-बड़ी ऐनकों के नीचे कुछ लोगों को उसकी मुस्कराहट नज़र आ गई थी।

"मुस्कराया है, मैंने खुद देखा है।" बाहर खड़ा एक लड़का दूसरे से बोला, "उसने हाथ में सफ़ेद रंग का दस्ताना पहन रखा है। यों हाथ हिला रहा था, तूने नहीं देखा?"

सभी हाथ थम गए, अब और कुछ नहीं होगा, अंग्रेज़ तक फ़साद की ख़बर पहुँच गई है, अब कोई आग नहीं लगाएगा, बन्दूक नहीं चलाएगा। मोटे कसाई के बेटे ने, जिसने गुरुद्वारे की खिड़कियों पर तेल छिड़क दिया था और बस दियासलाई लगाने की ही देर थी, अपने हाथ खींच लिए। लोग मुँह बाए हवाई जहाज़ की ओर देखते जा रहे थे।

कॉकपिट में बैठे गोरे सिपाही ने गुरुद्वारे के ऊपर से उड़ते हुए हाथ हिलाया। नीचे, छत पर खड़े किशनसिंह को लगा जैसे गोरे हवाबाज़ ने उसी को लक्ष्य करके हाथ हिलाया है, उसने अपने साथी सैनिक का अभिवादन किया है। किशनसिंह, जो अभी तक परेशान और बदहवास खड़ा था, उठकर अटेंशन खड़ा हो गया और एड़ियाँ टकराकर सैल्यूट मारी। आख़िर सैनिक

सैनिक ही होते हैं, एक सैनिक दूसरे सैनिक को सैल्यूट किए बिना नहीं रह सकता। किशनसिंह का दिल बल्लियों उछलने लगा। बर्मा की लाम में हर शाम वह अपने कप्तान जैक्शन से मिलने जाया करता था। जैक्शन हमेशा बड़े ध्यान से उसकी बात सुनता था और उसके सैल्यूट का जवाब बाकायदा सैल्यूट से दिया करता था।

किशनसिंह ने भावोद्रेक में ज़ोर-ज़ोर से हाथ हिलाते हुए चिल्लाकर कहा :

"गॉड सेव दि किंग, साहिब, गॉड सेव दि किंग!"

हवाई जहाज़ आगे जा चुका था और अब शेखों की हवेली के ऊपर से उड़ रहा था। किशनसिंह आँखें फाड़-फाड़कर उस ओर देखने लगा। शेख के घर की छत पर भी लोग चढ़ आए थे और हाथ हिला-हिलाकर अंग्रेज़ हवाबाज का अभिवादन करने लगे थे। किशनसिंह देखना चाहता था कि गोरे सैनिक ने मुसलों के अभिवादन का जवाब दिया है या नहीं। और उसे सचमुच लगा जैसे पाइलट ने सचमुच हाथ अन्दर खींच लिया है। यह देखकर किशनसिंह को हार्दिक खुशी हुई, वह खड़े-खड़े चहक उठा :

"दो दिन पहले आ जाते साहब, तो हमारा इतना ज़्यादा नुकसान तो नहीं होता, मगर कोई फिक्र नहीं...।"

फिर किशनसिंह को जोश आ गया, मुट्ठियाँ भींचकर, शेखों के घर की ओर देखकर चिल्लाकर बोला, "अब चलाओ गोली, मुसलो, लो मैं सामने खड़ा हूँ! चलाओ गोली! अब क्यों नहीं चलाते! पहले बड़े शेर बनते थे, अब चलाओ गोली!" और भारी-भरकम देहवाला किशनसिंह मुँडेर के पास खड़ा, हाथ झुलाता, मुट्ठियाँ दिखाता पागलों की तरह नाचने लगा।

तेजासिंह सोच रहे थे कि जल्दी से जल्दी शहर पहुँचना होगा और पहुँचकर डिप्टी-कमिश्नर साहब को इन सारी घटनाओं का ब्योरा देना होगा, सारे नुकसान की फेहरिस्त बनाकर उन्हें देनी होगी। अब आए तो क्या आए, पर कोई बात नहीं, हमने भी अच्छे भूने हैं, मुसले फिर कभी हमारे साथ लड़ने की हिम्मत नहीं करेंगे।

गुरुद्वारे के पिछवाड़े में खड़े मोटे कसाई के बेटे ने मिट्टी के तेल की बोतल नाली में उँड़ेलकर चबूतरे के नीचे छिपा दी, सूखी थिगलियाँ गुरुद्वारे के एक झरोखे में से अन्दर को फेंक दीं और दियासलाई से सिगरेट सुलगाकर सिगरेट के कश लेता हुआ जिधर से आया था उधर ही लौट गया।

हवाई जहाज़ ने क़स्बे के अन्दर तीन चक्कर लगाए। तीसरा चक्कर लगाते समय नीचे खड़े लोग गाँव में भी हाथ हिला-हिलाकर उसके अभिवादन का जवाब दे रहे थे। तीन चक्कर लगाने के बाद वह अन्य गाँवों की ओर आगे बढ़ गया।

क़स्बे का माहौल बदल चुका था। लोग बाहर आने लगे थे, लड़ाई बन्द हो गई, लाशें ठिकाने लगाई जाने लगीं, कुछ लोग अपने गहने-कपड़ों की जाँच करने अपने-अपने घरों की ओर चल दिए कि क्या बचा है, क्या कुछ लूट लिया गया है। सेवादार और निहंगसिंह गुरुद्वारे को धोने, साफ़ करने में लग गए। उधर शेख के हुक्म से मस्ज़िद भी बुहारी-धोई जाने लगी। दोनों समुदायों के लोग अपने-अपने धर्मस्थल को धो-धोकर साफ़ कर रहे थे।

जिस-जिस गाँव पर हवाई जहाज़ उड़ता गया, वहीं पर ढोल बजने बन्द हो गए, नारे लगाए जाने बन्द हो गए। आगजनी और लूटपाट बन्द हो गई।

उन्नीस

शहर की सड़क पर निकलते ही पता चल जाता था कि माहौल बदल गया है। मुहल्ला कुतुबदीन की मस्ज़िद के सामने, सड़क के पार चार हथियारबन्द फौज़ी कुर्सियाँ डाले बैठे थे। सड़क पर चलते हुए हर चौक पर दो-तीन फौज़ी बन्दूकों से लैस, किसी मकान के चबूतरे पर बैठे या सड़क के किनारे खड़े नज़र आ जाते। शहर में फौज़ तैनात कर दी गई थी। फ़सादों के चौथे दिन अठारह घंटे का कर्फ्यू लगा दिया गया था, पर आज पाँचवें दिन कर्फ्यू की मियाद केवल बारह घंटे कर दी गई थी—शाम के छह बजे से लेकर

सुबह के छह बजे तक। कानों-कान ख़बर फैल चुकी थी कि बख्तरबन्द गाड़ी में सिटी मैजिस्ट्रेट और डिप्टी-कमिश्नर भी मुसल्लह सिपाहियों के साथ शहर का दौरा कर रहे हैं। कहीं-कहीं पर घुड़सवार पुलिस के दो-दो सिपाही कमर में पिस्तोल लटकाए पले हुए आलीशान घोड़ों पर जगह-जगह गश्त कर रहे थे। दफ़्तर, स्कूल, कालिज अभी भी बन्द थे, गलियों के अँधियारे हिस्सों में या नाकों पर अभी भी गिने-चुने लोग बर्छी-भाले उठाए और मुश्कें बाँधे छिप-लुककर बैठे नज़र आते थे, पर कर्फ़्यू लग जाने से और फौज़ तैनात कर देने से फ़साद की स्थिति नहीं रही थी। लोग बाहर निकलने लगे थे, एक मुहल्ले से दूसरे मुहल्लों में भी दाएँ-बाएँ झाँकते हुए जाने लगे थे। ख़बरों का रुख बदल गया था। सुनने में आ रहा था कि दो रिफ्यूजी कैम्प खुलने जा रहे हैं जिनमें 20 गाँवों से आनेवाले लोग ठहराए जाएँगे; कैंटोनमेंट और शहर के दो सरकारी अस्पतालों में न केवल जख्मियों को भरती किया जाने लगा था, बल्कि मुर्दे भी उठा-उठाकर इकट्ठा किए जाने लगे थे। हर ख़बर में डिप्टी-कमिश्नर का नाम ज़रूर सुनने में आता था। पाइप मुँह में लगाए वह हर जगह मौजूद था। उनके बारे में सुनते थे कि कर्फ़्यू के वक़्त के बाद गश्त करते हुए उसने एक अस्पताल के बाहर एक युवक को देखा, दो बार उसे ललकारा और फिर गोली से उड़ा दिया था। सारे शहर को कान हो गए थे कि अब दंगा-फ़साद नहीं हो सकता। कांग्रेस की ओर से एक स्कूल के अन्दर रिलीफ दफ़्तर खुल गया था और गाँवों में से आनेवाले लोगों की भीड़ लगी रहती थी। वहाँ पर भी डिप्टी-कमिश्नर तीन मर्तबा हो आया था। सार्वजनिक संस्थाओं के साथ मिलकर सरकार मसलों को सुझालाना चाहती थी। सरकार का यह रुझान देखकर सार्वजनिक संस्थाओं के नेता बड़ी पहलक़दमी दिखाने लगे थे, उधर सरकारी अफसरों में चुस्ती आ गई थी। यहाँ तक कि सियासी हल्कों में भी डिप्टी-कमिश्नर के बारे में राय बदलने लगी थी। भले ही डिप्टी-कमिश्नर साम्राज्यवादी मशीन का पुर्जा हो मगर यह डिप्टी-कमिश्नर महज़ पुर्जा नहीं है। यह बड़ी सूझबूझवाला और हमदर्द आदमी है। उसी शाम जब डिप्टी-कमिश्नर ने अस्पताल के बाहर एक आदमी को गोली का निशाना बनाया था, वह इतना बेचैन हो उठा था कि वह रात-भर सो नहीं सका। प्रोफेसर रघुनाथ का तो कहना था कि यह आदमी वास्तव में प्रशासन के काम के लिए बना ही नहीं है, वह तो कोमल अनुभूतियोंवाला किताबी आदमी है,

जिसे ब्रिटिश सरकार ने इस काम पर लगाकर उसके साथ बहुत बड़ा अन्याय किया है। हाँ, कुछ सियासी लोग अभी भी इसे गालियाँ दे रहे थे और कह रहे थे कि सब इसी का किया-कराया है।

दौरे पर निकले रिचर्ड की जीप-गाड़ी हेल्थ-ऑफ़िसर के घर के सामने रुकी। हेल्थ-ऑफ़िसर को टेलीफोन पर ख़बर दे दी गई थी कि साहब आ रहे हैं और ख़बर पाने पर वह अन्दर ही अन्दर फूला नहीं समा रहा था। और हेल्थ-ऑफ़िसर ने जान-बूझकर कोट-पैंट के स्थान पर देसी पोशाक–सिल्क का कुर्ता और नीचे सरसराती पंजाबी सलवार और पेशावरी जूती–पहन रखी थी। उसकी पत्नी ने चाय-कॉफी का इन्तज़ाम कर रखा था। साहब के अन्दर आते ही पाइप के तम्बाकू की महक आँगन-भर में फैल गई। पर डिप्टी-कमिश्नर ने न चाय पी, न कॉफी। लगभग पाँच मिनट तक खड़े-खड़े ही बात की। हेल्थ-ऑफ़िसर से हाथ मिलाते ही बोला :

"नाइस! वेरी नाइस! तुम्हें इन दिनों में भी अपनी पोशाक का खूब ध्यान रहता है! देसी पोशाक तुम पर बहुत फबती है।"

फिर हेल्थ-ऑफ़िसर की पत्नी से हाथ मिलाते हुए बोला, "आपके लिए अभी दिन नहीं चढ़ा है, क्या?" क्योंकि हेल्थ-ऑफ़िसर की पत्नी अभी भी ड्रेसिंग गाउन में थी।

फिर हेल्थ-ऑफ़िसर को मुखातिब करके बोला, "रिफ्यूजी कैम्पों में पानी का बन्दोबस्त एक बार फिर देख लेना होगा।" डिप्टी-कमिश्नर ने इस लहज़े से कहा मानो अपने-आपसे बात कर रहा हो, "और पानी निकालने की नालियाँ अभी तक नहीं खोदी गई हैं।" उसने सिर हिलाते हुए मुस्कराकर कहा, मुस्कराहट का मतलब था, याद दहानी, कि दो दिन पहले का कहा हुआ काम अभी तक नहीं हो पाया है।

"मैंने इन्तज़ाम कर दिया है, आज से काम शुरू हो जाएगा।"

"गुड," डिप्टी-कमिश्नर ने कहा और फिर मुस्कराया, "जिस गाँव में औरतें और बच्चे कुएँ में कूद गए हैं, वहाँ पर बीमारी फैलने का डर है। वहाँ आपको जाना चाहिए।"

हेल्थ-ऑफ़िसर के कान खड़े हो गए। गाँव के लोग भाग-भागकर शहर में आ रहे थे, मैं वहाँ क्या करने जाऊँगा? पर डिप्टी-कमिश्नर को हर बात का ध्यान था।

"आज तीसरा दिन है, वहाँ पर लाशें फूलकर सड़ने लगी होंगी। कुएँ में फौरन डिस-इंफेक्टैंट डालना होगा ताकि कोई बीमारी नहीं फैले। कल से रोज़ सुबह आप जाइए। बस का इन्तज़ाम मैंने कर दिया है। दो मुसल्लह सिपाही आपके साथ जाएँगे, डर की कोई बात नहीं है।"

डिप्टी-कमिश्नर का हाथ न केवल शहर की नब्ज पर था बल्कि ज़िले-भर की नब्ज पर था।

हेल्थ-ऑफ़िसर की पत्नी इस बीच कपड़े बदलकर और जूड़ा बनाकर चुस्त-दुरुस्त बनकर आ गई थी। उसने चाय-कॉफी का फिर से आग्रह किया, तो डिप्टी-कमिश्नर मुस्करा दिया :

"देअर विल बी टाइम फार टी, मिसेज़ कपूर, बट नॉट नो, थैंक यू!" फिर उसी तरह अपनेपन के स्वर में बोला, "वैल, आपको भी थोड़ी मदद करनी होगी। रिफ्यूजी कैम्प में दो हज़ार खाटें तो आज पहुँच जाएँगी, लेकिन कपड़ों वगैरा का थोड़ा इन्तज़ाम करना ज़रूरी है। एक छोटी-सी स्त्रियों की रिलीफ कमिटी बन जाए तो अच्छा काम हो सकता है।" और रिचर्ड ने फिर मुस्कराकर सिर हिला दिया।

रिचर्ड में यह बहुत बड़ा गुण था। वह बात इस ढंग से करता कि लगता कोई मामला मश्विरे के लिए उठा रहा है, पर वास्तव में वह हुक्म होता, निर्देश होता। हेल्थ-ऑफ़िसर की पत्नी भी फूली नहीं समाई। डिप्टी-कमिश्नर की पत्नी के साथ काम करने का मौका मिलेगा, इससे बढ़कर क्या चाहिए। पर पेश्तर इसके कि वह कोई जवाब दे, रिचर्ड हेल्थ-ऑफ़िसर को साथ लिए ड्योढ़ी लाँघकर बाहर जा चुका था।

"मुर्दों के जलाने के बारे में तुम क्या सोचते हो? मैं समझता हूँ, यह काम म्युनिसिपल कमेटी की तरफ़ से किया जाना चाहिए, और आम लोगों को इसकी ख़बर देना ज़रूरी नहीं है, इससे तनाव फिर बढ़ सकता है।"

हेल्थ-ऑफ़िसर सौ फीसदी सहमत था।

"पहले से ही ऐसे किया गया है। गड्ढों में फेंको और जला दो। अब एक-एक की अर्थी उठने लगे तो फिर तनाव बढ़ेगा।" हेल्थ-ऑफ़िसर ने डिप्टी-कमिश्नर की हाँ में हाँ मिलाते हुए कहा, फिर धीरे से बड़बड़ाया, "पहले एक-दूसरे की मार-काट करते हैं, फिर सरकार से इस बात की आशा भी करते हैं कि सरकार उनके मुर्दों को भी ठिकाने लगाए!"

डिप्टी-कमिश्नर ने कनखियों से हेल्थ-ऑफ़िसर की तरफ़ देखा। क्षण-भर के लिए वह ठिठक-सा गया, फिर मुस्करा दिया, "वैल लैट्स गेट गोइंग। नो टाइम टु वेस्ट।" और सिर हिलाकर जीप में सवार हो गया।

दस मिनट के बाद वह रिलीफ कमेटी के दफ्तर में, जहाँ शहर के चीदा-चीदा लोग इकट्ठे हुए थे, सरकार की रिलीफ-सम्बन्धी योजना का ब्योरा दे रहा था :

"बाज़ार खुल गए हैं। कोयले की चार वैगन रेलवे स्टेशन पर मौजूद हैं, दस वैगन और मंगलवार तक पहुँच जाएँगी। अभी कुछ दिन तक शाम को 6 बजे से सुबह 6 बजे तक कर्फ्यू जारी रहेगा। साथ में फौज़ भी तैनात रहेगी और पुलिस की गश्त भी जारी रहेगी। शहर में से लाशें उठवा दी गई हैं और इनको ठिकाने लगाने का काम सरकार खुद करेगी। पोस्ट ऑफिस आज दोपहर को खुल जाएँगे, लेकिन पिछली डाक को बाँटने का काम हाथ में नहीं लिया जा सकता, बड़े पोस्ट ऑफिस में सारी डाक बाहर रख दी गई है। हाँ रजिस्ट्री, चिट्ठियाँ औ: पैकेट बाँटे जाएँगे।" बोलते समय किसी-किसी वक़्त रिचर्ड का चेहरा लाल हो जाता और उसके होंठ थरथरा-से जाते मानो वह भाषण देने का अभ्यस्त न हो, लेकिन कोई भी वाक्य, कोई भी शब्द अनावश्यक नहीं होता था।

"रिफ्यूजी कैम्पों में हम चाहेंगे कि पब्लिक संस्थाएँ सरकार को सहयोग दें। राशन की सप्लाई का इन्तज़ाम कर दिया गया है, टेंट लगा दिए गए हैं। हमें कुछ डॉक्टरों की ज़रूरत होगी, बहुत-से वालंटियरों की भी जो रिफ्यूजियों की देखभाल में मदद दे सकें।..."

बोलते समय रिचर्ड की पैनी नज़र ने सभा में बैठे अनेक व्यक्तियों को पहचान लिया था और उनका रुख भी भाँप लिया था। दहलीज़ के पास मनोहरलाल खड़ा था, काला, मोटा मनोहरलाल, वैसे ही व्यंग्यपूर्ण अन्दाज़ में बाँहें छाती पर लपेटे खड़ा मुसकराए जा रहा था, डिप्टी कमीश्नर के एक-एक वाक्य पर नाक-भौंह चढ़ा रहा था। यह वही आदमी था जो फ़िसादों के पहले बलवाइयों के वफ़द के साथ आया था और रिचर्ड के दफ्तर के बाहर ऊँचा-ऊँचा बोलता रहा था। रिचर्ड की नज़र में यह आदमी यहाँ भी बकवास कर सकता था। दूसरा आदमी कम्युनिस्ट देवदत्त था। पिछले एक साल में रिचर्ड उसे दो बार तीन-तीन महीने के लिए जेल भेज चुका था। यह आदमी

फ़िसाद के पहले और फ़िसाद के दिनों में भी फ़िसाद को रोकने की कोशिश करता रहा था, कांग्रेस और मुस्लिम लीग के कारकुनों को एक साथ मिल बैठने और शहर में अमन बनाए रखने के लिए प्रेरित करता रहा था। इसकी नज़र अभी भी अमन पर ही थी, इस समय यह इसके अतिरिक्त और कोई बात नहीं करेगा। दफ्तर में कांग्रेसी कार्यकर्ता बख्शी तथा अनेक अन्य व्यक्ति थे जिन्हें वह जानता था, बहुत-से वकील थे जिन्हें वह पहचानता था। इसी मज़लिस में एक और आदमी भी था जो कांग्रेस में भी था, सोशलिस्ट पार्टी में भी था और सी. आई. डी. (खुफिया पुलिस) में भी था। यह आदमी गड़बड़ भी कर सकता है, मीटिंग में से नारे लगाता हुआ वाक आउट भी कर सकता है, सरकार को गालियाँ भी दे सकता है।

पर रिचर्ड ने सीधी लाइन पकड़ी, शहर की स्थिति पर बहस होने ही नहीं दी, अपने सुझाव दिए और बैठ गया।

अभी रिचर्ड के बैठने की देर थी कि लाला लक्ष्मीनारायण उठ खड़ा हुआ : "हम डिप्टी कमीश्नर साहब को यकीन दिलाते हैं कि शहर की जनता और शहर की सभी संस्थाएँ सरकार के साथ पूरा-पूरा सहयोग करेंगी। हमारी खुशक़िस्मती है कि इतना योग्य, इतना हमदर्द, हाकिम इस ज़िले में मौजूद है...।"

इस पर रिचर्ड उठ खड़ा हुआ, रिलीफ कमेटी के कार्यकर्ताओं से विदा ली और बाहर निकल गया। लक्ष्मीनारायण और कुछ वकील भागते हुए कमरे से उसे जीप तक छोड़ने गए। मीटिंग पन्द्रह मिनट में ख़त्म हो गई। पर तभी पीछे से, दरवाज़े की ओर से सहसा आवाज़ आई :

"यहाँ सभी टोडी इकट्ठे हुए हैं, सरकार की चापलूसी करनेवाले। हम किसी से डरते नहीं हैं, साफ बात मुँह पर कहते हैं। इन फ़िसादों के लिए ज़िम्मेदार कौन है? सरकार उस वक़्त कहाँ थी जब शहर में तनाव बढ़ रहा था, अब कर्फ़्यू लगाया गया है, उस वक़्त क्यों नहीं लगाया गया? उस वक़्त साहब बहादुर कहाँ थे? हम किसी से डरते नहीं हैं, साफ बात मुँह पर कहते हैं...।" मनोहरलाल बोले जा रहा था।

पर उस वक़्त तक जीप जा चुकी थी।

"बस, बस, अब इन बातों को यहाँ लाने की ज़रूरत नहीं है।" रिलीफ कमेटी के कारकुन उठने लगे थे जब एक सज्जन ने उसके पास से गुज़रते

हुए कहा, "निकाल लो गालियाँ सरकार को, क्या बना लोगे? इस वक़्त सरकार को गालियाँ देने से तुम्हें क्या मिल जाएगा?"

"ओ बख्शीजी, आप भी ऐसी बात कहते हैं? आप भी अब जाकर चरखा कातिए या गलियाँ साफ कीजिए। सियासत आपके वश का रोग नहीं है।"

"तू इतना चिल्लाता क्यों है? क्या मैं नहीं जानता कि फ़िसाद अंग्रेज़ करवाता है, गांधीजी ने एक बार नहीं, दस बार कहा है..."

"फिर आपने किया क्या है?"

"क्या नहीं किया है? मुस्लिम लीग वालों के पास गए हैं कि शहर में अमन रखने के लिए हमारे साथ मिलकर काम करो, डिप्टी कमीश्नर के पास गए हैं कि फौज़ बैठाओ और फ़िसाद को रोको। और हम कर ही क्या सकते थे? और अब जब लोग बर्बाद होकर आए हैं, हमारा क्या फर्ज़ है, हम उनकी मदद करें या सरकार को गालियाँ दें? बड़ा आया इन्कलाबी।"

"हमने भी बहुत देखे हैं, हमसे न बुलवाइए बख्शीजी, हम सब जानते हैं। कांग्रेस के मेम्बर रिफ्यूजी कैम्प में सरकार से सप्लाई के ठेके ले रहे हैं। कहो तो नाम भी बता दूँ?"

"ठेके ले रहे हैं तो मैं क्या करूँ?"

"आप लोगों ने उन्हें कांग्रेस में भी चौधरी बना रखा है।"

तभी एक कारकुन मनोहरलाल के पास आया और मनोहरलाल की कमर में अपना हाथ देकर उसे वहाँ से ले चला, "छोड़ो यार, हमने बहुत देखे हैं। यहाँ सब तोते बैठे हैं, गांधीजी वर्धा में बैठे हुक्म देते हैं तो यहाँ उस पर अमन होने लगता है, लेकिन खुद वह कुछ नहीं सोच सकते।

"डिप्टी कमीश्नर को यहाँ बुलाने का क्या मतलब था?"

पर उसका दोस्त उसे धकेलता हुआ फाटक तक ले गया। गेट पर पहुँचकर मनोहरलाल ने बड़बड़ाना छोड़ दिया।

"लाओ अब सिगरेट तो निकालो, दो कश तो लगाएँ...।"

और दोनों दोस्त गेट के पास चबूतरे पर बैठ गए।

डिप्टी कमीश्नर के चले जाने के बाद बख्शीजी के मन की स्थिति भी कुछ-कुछ वैसी हो रही थी।

"फ़िसाद करवानेवाला भी अंग्रेज़, फ़िसाद रोकनेवाला भी अंग्रेज़, भूखों

मारनेवाला भी अंग्रेज़, रोटी देनेवाला भी अंग्रेज़, घर से बेघर करनेवाला भी अंग्रेज़, घरों में बसानेवाला भी अंग्रेज़...'' पर जब से फ़िसाद शुरू हुए थे बख्शीजी के दिमाग में धूल-सी उड़ने लगी थी, बस केवल इतना भर ही बार-बार कहते रहे, 'अंग्रेज़ फिर बाज़ी ले गया।' 'अंग्रेज़ फिर बाज़ी ले गया।' पर शुरू से अखीर तक स्थिति उनके काबू में नहीं आई।

जिस बीच रिचर्ड शहर का दौरा कर रहा था, उसी बीच लीज़ा बोरियत से परेशान हो रही थी।

अपने बेड-रूम में से निकलकर वह बड़े कमरे में आ गई। अलमारियों में ठसाठस भरी किताबें छाती का बोझ बनी हुई थीं। लगता समय की गति थम गई है और कुछ भी हिल-डुल नहीं रहा है। हर चीज़ को लकवा मार गया है, अगर कुछ जीवित है तो गौतम बुद्ध और बोद्धिसत्त्वों की आँखें, जो अँधेरे कोनों में छल और कपट से भरी, असंख्य षड्यन्त्रों के जाल बिछाती-सी उसकी ओर देखा करती हैं। शाम के वक़्त इस कमरे में आते हुए उसे डर लगने लगा था, जगह-जगह खड़े बुत उसे विषैले साँपों के सिर जैसे लगते थे।

वह खानेवाले कमरे में आई। यहाँ का वायुमंडल कहीं अधिक शान्त था, यहाँ फूल थे, मद्धिम रोशनी थी, यहाँ बुत न थे, न ही किताबों का बोझ था। यहाँ वातावरण में स्निग्धता थी, व्यक्ति यहाँ सब-कुछ भूल सकता था, बहुत-कुछ याद कर सकता था। ऐसी रोशनी प्रेम करने के लिए बनी थी, अलसाने के लिए, आलिंगनों और चुम्बनों के लिए। लीज़ा को अपना गला रुँधता-सा महसूस हुआ और आँखों में आँसू चुभते-से लगे। अन्दर-ही-अन्दर फिर से कुछ घुमड़ने लगा था और धीरे-धीरे उसकी बेचैनी बढ़ने लगी। इस कमरे की स्निग्धता भी असह्य सन्नाटे में बदल गई। सहसा उसके अन्दर अकुलाहट-सी उठी, अपनी सिसकी को दबाती हुई वह उठी और किचन की ओर जानेवाले बरामदे के पास ज़ोर से चिल्लाई, ''बैरा!''

दूर कहीं से दीवारों की अनगिनत परतों को लाँघती हुई-सी आवाज़ आई :

''मेम साऽऽऽब!''

और कन्धे पर झाड़न लटकाए, खानसामा ढुलकी चाल चलता हुआ मेम साहब के सामने आकर खड़ा हो गया। चार बज रहे थे, वह जानता था क्या आदेश होगा। कभी तीन बजे, कभी चार बजे, कभी साढ़े चार बजे तक मेम

साहब का धैर्य चुक जाता था। और वह जिस कमरे में भी होतीं, चिल्लाकर बुलाती थीं, "बीयर लगाओ, ठंडा बीयर माँगता।"

और लीज़ा हल्की-सी कराहट के साथ फिर खानेवाले कमरे में लौट गई। लीज़ा हाउस कोट पहने ही उसके सामने चली आई थी और हाउस कोट की भी पेटी खुली थी। इस सुनसान बियाबान में रहते हुए बीयर के अलावा कुछ रह नहीं गया था जिससे इनसान अपनी स्थिति को, अपने-आपको भूल सके।

रिचर्ड शाम को आठ बजे के क़रीब लौटा। लीज़ा नशे में धुत्त सोफे पर ही पड़ी-पड़ी सो गई थी। तिपाई पर बीयर की बोतल में अभी भी कुछ घूँट बच रहे थे। सोफे के एक सिरे पर लीज़ा का सिर लुढ़ककर लटक-सा रहा था और उसके बाल उसके आधे चेहरे पर छितरा गए थे। हाउस कोट ऊपर खिसक आया था जिससे घुटने नंगे हो रहे थे।

"डैम दिस कंट्री, डैम दिस लाईफ!" रिचर्ड सोफे के सामने खड़ा-खड़ा बुदबुदाया।

अपने घर में पहुँचने पर रिचर्ड दूसरी दुनिया में पहुँच जाता था, घर के अन्दर इंग्लैंड की ज़िन्दगी थी, उसकी निजी ज़िन्दगी और उसकी समस्याएँ जिनका बाहर की दुनिया से दूर पार का भी सम्बन्ध नहीं था। बाहर की ज़िन्दगी तो धन्धा था, असल ज़िन्दगी तो घर के अन्दर थी, जो उसकी निजी ज़िन्दगी थी। अलावा उस अध्ययन के जिसमें वह घर और बाहर दोनों को भूल जाता था।

वह सोफे के एक सिरे पर बैठ गया और आगे बढ़कर लीज़ा को गाल पर चूम लिया। अपना फर्ज़ निबाहते हुए औपचारिकता में रात को कभी-कभी जिस उत्तेजना और आग्रह के साथ इस देह को बाँहों में भरा करता था, इस वक़्त यही देह उसे स्थूल और मांसल और अनाकर्षक लग रही थी। लीज़ा का वजन फिर से बढ़ने लगा था और उसकी आँखों के नीचे गूमड़ बनने लगे थे। बोरियत के कारण लीज़ा मोटी होती जा रही थी। हर बार घर लौटने पर वह लीज़ा को इस स्थिति में देखता तो उसका मन खिन्न हो उठता।

"लीज़ा!" उसने आगे झुककर लीज़ा के कान में कहा और हाथ बढ़ाकर उसके माथे पर से बाल हटा दिए।

लीज़ा ग़नूदगी में थी। रिचर्ड ने उसे कन्धे से हिलाया। फिर यह देखकर कि लीज़ा इस स्थिति में नहीं है कि मेज़ पर बैठकर भोजन करे, उसे उसके

बिस्तर में लिटा देना ही मुनासिब होगा; उसने दायाँ हाथ लीज़ा की गर्दन के नीचे दिया और बायाँ हाथ घुटनों के नीचे और लीज़ा को उठाकर कमरे में ले जाने की कोशिश करने लगा। तभी रिचर्ड को लगा जैसे नीचे से लीज़ा का हाउस कोट गीला हो रहा है, और फिर उसकी नज़र सोफे पर पड़ी...जिस ओर लीज़ा की टाँगें रही थीं, वहाँ पर सोफे की सीट पर गोलाकार में सोफे का एक हिस्सा गीला हो रहा था। लीज़ा ने सोफे पर फिर पेशाब कर दिया था।

रिचर्ड का मन वितृष्णा से भर उठा। पेशाब की तीखी गन्ध उसकी नाक में गई। रिचर्ड ने खड़े-खड़े ही सिर हिला दिया। कहानी फिर से दोहराई जाने लगी है। अभी लीज़ा साल-भर घर में–लन्दन में–बिताकर आई थी। उससे पहले वह ऊबकर भारत से भाग गई थी। यह फिर भाग जाएगी। या तो फिर से चली जाएगी या फिर मुझे अपनी तबदीली किसी दूसरी जगह करवानी पड़ेगी।

सोफे की ओर देखकर उसे सहसा एक अनोखी-सी बात याद आ गई और वह मुसकरा दिया। यह सोफा उसने यहाँ तबदील होने पर कमीश्नर लारेंस से लिया था जो स्वयं तबदील होकर लखनऊ जा रहा था। और जब बाद में उसने सोफे पर से कपड़ा उतारा था तो उसके नीचे भी वैसा ही भद्दा चटाख नज़र आया था जैसा अब नज़र आ रहा था। और उसने सुन रखा था कि कमीश्नर की पत्नी भी बोरियत का शिकार थी और वह भी नशे में या तो रोते-रोते या हँसते-हँसते सोफे को गीला कर दिया करती थी। और कमीश्नर भी जगह-जगह अपनी तबदीलियाँ करवाता फिरता था और अन्त में उसकी पत्नी उसे छोड़ गई थी और फौज़ के एक युवा कप्तान के साथ ब्याह कर लिया था। रिचर्ड ने अपनी पत्नी की ओर देखा, फिर सोफे की ओर। इस घर का भी ऐसा ही कुछ हश्र होगा, उसने मन-ही-मन कहा और लीज़ा को उठाए हुए उसे बेड-रूम की ओर ले चला।

बेड-रूम तक पहुँचते-पहुँचते लीज़ा जाग गई थी, कुछ नशा भी उतरने लगा था।

"क्या है रिचर्ड, मुझे कहाँ ले जा रहे हो?"

"तुम्हारा गाउन नीचे से गीला हो रहा है, लीज़ा, मैं तुम्हें तुम्हारे कमरे में ले जा रहा हूँ।"

पर लीज़ा ने इस उत्तर को स्पष्टतः ग्रहण नहीं किया।

लीज़ा को उसने बिस्तर के पास रखी आरामकुर्सी पर बिठा दिया।

"खाना खाओगी, लीज़ा?"

"खाना? कैसा खाना?"

रिचर्ड का मन हुआ उसे दोनों कन्धों पर से पकड़कर झिंझोड़ दे, वह फौरन जाग जाएगी, पर उसने ऐसा कुछ नहीं किया और दोनों हाथ कमर पर रखे उसे घूरता रहा।

लीज़ा ने छितरे बालों के बीच सिर ऊपर उठाया, "रिचर्ड, तुम हिन्दू हो या मुसलमान?"

और यह कहकर वह हौले से हँस दी।

"तुम कब आए, मुझे पता ही नहीं चला।" लीज़ा ने कहा, "तुम दिन का खाना खाने आए हो या रात का?"

रिचर्ड को क्षण-भर के लिए लगा जैसे लीज़ा व्यंग्य कर रही है, कि वह इतनी ज़्यादा नशे की खुमारी में नहीं है जितनी बन रही है। इस पर वह उसके सामने पलँग पर बैठ गया और उसके बाजू पर हाथ रखकर बोला, "आजकल मुझे बहुत काम है, लीज़ा, तुम्हें मालूम होना चाहिए, बहुत काम है, शहर में अनाज की मंडी जल गई है और देहात में 103 गाँव जल गए हैं।"

"एक सौ तीन गाँव जल गए और मुझे पता ही नहीं चला? मैं सोई रही और मुझे पता ही नहीं चला!" फिर शिकायत के लहज़े में बोली, "मुझे बता तो दिया होता रिचर्ड, मुझे जगाकर ही बता दिया होता। इतनी बड़ी-बड़ी बातें हो गईं और मुझे तुमने बताया ही नहीं?"

"सो जाओ लीज़ा, कपड़े बदलकर सो जाओ, तुम्हें नींद आ रही है।"

"तुम मेरे पास बैठो, मैं अकेली नहीं सो सकती।"

"तुम सोओ, लीज़ा, अभी मुझे बहुत काम करना है।"

"इतने गाँव तो जल गए रिचर्ड, अभी भी तुम्हें काम है? अब तुम्हें और क्या काम करना है?"

रिचर्ड ठिठक गया। क्या लीज़ा व्यंग्य कर रही है? क्या उसके दिल में मेरे प्रति घृणा पैदा होने लगी है जो वह इस तरह की बातें करने लगी है?

नशे में डूबे हुए सभी व्यक्तियों की तरह लीज़ा भी, जो मन में आता, कहे जा रही थी। वह कुर्सी पर से उठी और लड़खड़ाती हुई पलँग पर रिचर्ड

से सट कर जा बैठी, फिर अपनी बाँहें रिचर्ड के गले में डालकर अपना सिर उसकी छाती पर रख दिया। नहीं, यह नफरत नहीं हो सकती। उसने अनजाने में ही यह वाक्य कह दिया होगा।

"तुम मुझसे प्यार नहीं करते, मैं जानती हूँ, मैं सब जानती हूँ।"

फिर रिचर्ड के बाल सहलाकर बोली, "कितने हिन्दू मरे, कितने मुसलमान मरे, रिचर्ड? तुम्हें तो सब मालूम होगा? अनाज-मंडी क्या होती है?"

रिचर्ड चुपचाप उसकी ओर देखता रहा। उसकी ओर देखते हुए किसी-किसी वक़्त रिचर्ड के मन में लीज़ा के प्रति घृणा का भाव भी उठता, जितना ज़्यादा वह नशा करने लगी थी, उतना ही ज़्यादा वह उसके लिए अनाकर्षक होती जा रही थी। मांस का लोथड़ा बनती जा रही थी। इस तरह का रिश्ता ज़्यादा दिन नहीं चल सकता। रिचर्ड की आँखें लीज़ा के चेहरे पर ठिठक रहीं। लीज़ा के प्रति उसकी भावनाएँ भी स्पष्ट नहीं थीं। इस लड़की से विवाह-सम्बन्ध बनाए रखे या तोड़ दे, यह सवाल भी अपने कैरियर के सन्दर्भ में ही सोचा जा सकता था। इस वक़्त उसके कैरियर में एक निर्णायक घड़ी आ पहुँची थी, जिसमें एक नाजुक-सा सन्तुलन बनाए रखना बेहद ज़रूरी था, यह देखना निहायत ज़रूरी था कि जनता का असन्तोष ब्रिटिश सरकार के विरुद्ध न भड़के। अभी तक उसने सब काम बड़ी समझदारी और कुशलता से सम्पन्न किए थे। लोग उसकी ईमानदारी से प्रभावित हुए थे। हर बात सटीक बैठी थी। इसलिए इस समय लीज़ा को जैसे-तैसे साथ बनाए रखना ज़रूरी था।

उसने आगे झुककर लीज़ा का गाल चूम लिया।

"सुनो लीज़ा," रिचर्ड ने उत्साह से कहा, "मुझे कल सैयदपुर जाना है, एक कुएँ में डिसइंफेक्टैंट डलवाना है, जहाँ कुछ औरतें डूब मरी थीं। तुम भी साथ क्यों नहीं चलतीं? उधर से हम मोटर में टेक्सिला की ओर निकल जाएँगे। टेक्सिला का म्यूजियम देख लेंगे। क्या कहती हो? वह सारा इलाक़ा बड़ा सुन्दर है।"

लीज़ा ने उनींदी आँखों से रिचर्ड के चेहरे की ओर देखा, "मुझे कहाँ घुमाने से चलोगे, रिचर्ड? मुझे जलते गाँवों की सैर कराओगे? मैं कुछ भी देखना नहीं चाहती, कहीं भी जाना नहीं चाहती।"

"नहीं-नहीं, घर में बैठे रहने में क्या तुक है? अब स्थिति बदल गई है, अब तुम घूम-फिर सकती हो।" रिचर्ड ने उत्साह का स्वाँग बराबर बनाए रखा, "अब हम एक साथ घूम-फिर सकते हैं। यहाँ का देहाती इलाक़ा सचमुच बड़ा सुन्दर है। उस दिन, इस सैयदपुर में ही, फलों के बाग़ के पास गुज़रते हुए मैंने लार्क पक्षी की आवाज़ सुनी। इस मौसम में वहाँ लार्क पक्षी मिलता है। मुझे नहीं मालूम था कि इस गर्म देश में भी यह पक्षी रहता होगा। मैं हैरान हो गया। और भी तरह-तरह के पक्षी मिलते हैं जिन्हें तुमने पहले कभी नहीं देखा होगा।"

"क्या यह वही जगह है जहाँ औरतें डूब मरी हैं?"

"हाँ वही, कुएँ के साथ ही नदी बहती है और नदी के पार ही फलों का बाग़ है...।"

एक हल्की-सी मुस्कान लीज़ा के होंठों पर आई और वह रिचर्ड के चेहरे की ओर देखती रही, "तुम कैसे जीव हो रिचर्ड, ऐसे स्थानों पर भी तुम नए-नए पक्षी देख सकते हो, लार्क पक्षी की आवाज़ सुन सकते हो?"

"इसमें कोई विशेष बात नहीं है, लीज़ा, सिविल सर्विस हमें तटस्थ बना देती है। हम यदि हर घटना के प्रति भावुक होने लगें तो प्रशासन एक दिन भी नहीं चल पाएगा।"

"यदि 103 गाँव जल जाएँ तो भी नहीं?"

"तो भी नहीं," रिचर्ड ने तनिक रुककर कहा, "यह मेरा देश नहीं है। न ही ये मेरे देश के लोग हैं।"

लीज़ा रिचर्ड के चेहरे की ओर देखती रह गई।

"मगर तुम तो इन लोगों के बारे में किताब लिखने जा रहे थे रिचर्ड! इनकी नस्ल के बारे में। वही न?"

"किताब लिखना और बात है लीज़ा, उसका प्रशासन से क्या मतलब?"

लीज़ा को फिर से गुमसुम देखकर रिचर्ड बोला, "आज मैंने हेल्थ-ऑफ़िसर की पत्नी से कहा है कि रिफ्यूजियों के लिए सामान इकट्ठा करे—यहाँ पर गाँवों से आनेवाले रिफ्यूजियों के लिए दो कैम्प खोले जा रहे हैं। और मैंने उसे यक़ीन दिलाया है कि तुम इस काम में हाथ बटाओगी।" फिर अपने सुझाव को अधिक स्पष्ट करते हुए बोला, "रिफ्यूजियों के लिए कपड़ा, रिफ्यूजी बच्चों के लिए खान-पान की चीज़ें और खिलौने तुम इकट्ठा कर

सकती हो। इससे तुम्हें घूमने-फिरने का मौक़ा मिलेगा...''

लीज़ा फिर भी चुप बनी रही। रिचर्ड ने फिर झुककर लीज़ा का गाल चूम लिया और दाएँ हाथ से उसके बाल सहलाते हुए बोला, ''मैं नहीं रुक सकता लीज़ा, मुझे बहुत काम है, इस वक़्त मुझे अपने दफ़्तर में होना चाहिए था।''

और वह उठ खड़ा हुआ।

''फिर मिलूँगा, लीज़ा! मेरा इन्तज़ार नहीं करना...और देहात में चलने के लिए सुबह तैयार रहना। हम आठ बजे निकल जाएँगे।'' और वह कमरे से बाहर निकल गया।

लीज़ा देर तक बैठी खुले दरवाज़े की ओर देखती रही, उसके शरीर में सिहरन-सी दौड़ गई। कमरा फिर साँय-साँय करने लगा।

बीस

"हमें आँकड़े चाहिए, केवल आँकड़े! आप समझते क्यों नहीं? आप लम्बी हाँकने लगते हैं, सारी रामकहानी सुनाने लगते हैं, मुझे रामकहानी नहीं चाहिए, मुझे केवल आँकड़े चाहिए। कितने मरे, कितने घायल हुए, कितना माली नुकसान हुआ..."

रिलीफ कमेटी का कार्यकर्ता, रजिस्टर खोले झल्लाकर कहता, फिर रिफ्यूजी थे कि समझते ही नहीं थे। दिन-भर बैठे रहो, रजिस्टर काला करते रहो, शाम के वक़्त लिस्ट तैयार करने लगे तो दो गाँवों के आँकड़े भी पूरे

नहीं हो पाते थे। इन्हें कौन समझाए, इनसे रूखा भी नहीं बोला जा सकता था, दफ़्तर में से बाहर भी नहीं निकाला जा सकता था, सभी बढ़े चले आते हैं। एक की जगह तीन-तीन एक साथ बोल रहे हैं। कभी-कभी कार्यकर्ता को लगता कि रिफ्यूजी-दफ़्तर में बैठे सैकड़ों रिफ्यूजी एक साथ बोल रहे हैं, और उसी के कान में अपनी-अपनी कहानी चिल्ला-चिल्लाकर सुनाए जा रहे हैं। पर इनसे कोई क्या कहे—बर्बाद होकर आए हैं, बेघर, बेसरो-सामान। सभी उसकी मेज़ पर झुके आते हैं। रिफ्यूजी किस्सा न छेड़ दें तो दो मिनट में पूरे गाँव के आँकड़े लिए जा सकते हैं। मुझे यह सब नहीं सुनाओ, मुझे आँकड़े दो, आँकड़े, पर मेज़ के सामने बैठा करतारसिंह हाथ बाँधे कहे जा रहा है :

"ओ, मैं उस नूँ फिर किहा, इमदादखान, हम खेल बड़े हुए हैं, तू मुझे भूल गया है पर सुबह का वक़्त है, बाबूजी, वाहगुरु झूठ न बुलावे, इमदादखान ने पहले मुझ पर वार नहीं किया..."

बाबू परेशान हो उठता। वह आँकड़े माँगता था, लोग उसे अपने ज़ख्म दिखा रहे थे।

"गँडासा सीधा मेरे माथे पर लगा, इस आँख पर लगा। क्यों बाबूजी मेरी आँख बच जाएगी? दादा कहने लगा : बन्तासिंह, आँख पर से पट्टी नहीं खोलना। मैंने पट्टी नहीं खोली।"

ये आँकड़े नहीं थे, ये बावेला था और अब एक और आदमी मेज़ के सामने आ बैठा था।

आँकड़ोंवाला बाबू मेज़ पर से आँख उठाए बिना सवाल पूछे जा रहा था और जवाब लिखे जा रहा था :

"नाम?"

"हरनामसिंह।"

"वल्दियत?"

"सरदार गुरदयालसिंह।"

"मौज़ा?"

"ढोक इलाहीबख्श।"

"तहसील?"

"नूरपुर।"

"कितने घर हिन्दुओं-सिखों के थे?"

"केवल एक घर, मेरा घर जी।"

बाबू ने सिर ऊपर उठाया। बड़ी उम्र का एक सरदार सवालों के जवाब दिए जा रहा था।

"तुम बचकर कैसे आ गए?"

"करीमखान के साथ हमारे बड़े अच्छे ताल्लुक़ात थे। शाम को जब..."

बाबू ने उँगली का इशारा करके उसे बोलने से बन्द कर दिया।

"जानी नुकसान?"

"नहीं जी। मैं और मेरी घरवाली बचकर आ गए हैं। बेटा इकबालसिंह नूरपुर में था जी, उसका कुछ मालूम नहीं। बेटी जसबीर कौर सैयदपुर में थी, वह कुएँ में डूब मरी है..."

बाबू ने फिर उँगली का इशारा करके उसे चुप करा दिया, "सीधा कहो, जानी नुकसान?"

"एक बेटी डूब मरी।"

"मगर वह तुम्हारे गाँव में तो नहीं मरी?"

"जी नहीं।"

"यह आँकड़े अन्य गाँवों के हैं, आप अपने गाँव की सुनाइए!"

"माली नुकसान?"

"दूकान जल गई है। सारा सामान लूट लिया गया। एक ट्रंक था, वह भी चोरी हो गया था, पर उसमें से दो सोने के कड़े...। पर वह ट्रंक मैंने खुद ही एहसानअली को दे दिया था जी। राजो, उसकी घरवाली बड़ी नेकबख्त औरत है। उसने...।"

बाबू की उँगली फिर से खड़ी हो गई थी, और हरनामसिंह चुप हो गया था।

"दूकान कितनी लागत की होगी?"

"क्यों बन्तो? दूकान कितनी लागत की रही होगी?"

"कुल लागत बताइए, सामान समेत...जल्दी कीजिए, मुझे और भी बहुत काम है...।"

"यही सात-आठ हज़ार, पीछे ज़मीन थी, कुछ..."

"दस हज़ार लिख लूँ?"

"जी, लिख लीजिए।"

"कोई माल बरामद करना है?"

"जी एक बन्दूक है, दोनाली बन्दूक है, वह अधिरो में जलालदीन सूबेदार के घर में रखी है...।"

"तुम तो अधिरो के नहीं हो, तुम तो ढोक इलाहीबख़्श के हो।"

"जी, हम ढोक इलाहीबख़्श से भाग गए थे। पहली रात तो हम नदी के किनारे-किनारे भागते रहे, दिन का वक़्त हम एहसानअली के घर में रहे, रात को फिर चलते रहे। दूसरे दिन अधिरो में जलालदीन ने हमें पनाह दी। वह बहुत भला आदमी है जी, उसने हमें अलग से बर्तन दिए कि अपनी रसोई आप कर लो...।"

"बस बस, छोड़िए, इस सूबेदार का नाम और पता बोलिए।"

हरनामसिंह अपनी दास्तान सुनाना चाहता था, अपने बेटे के बारे में पूछताछ करवाना चाहता था, मगर बाबू ने एक नहीं सुनी। सारा वक़्त होंठों पर उँगली रखे रहा और फिर उसे चलता कर दिया।

"अब आप तशरीफ ले जाइए।"

आँकड़ों वाले बाबू ने अपनी ज़रूरत की चीज़ लिख ली थी। अनाज के दाने निकाल लिये थे, बाकी सब भूसी थी। भूसी-ही-भूसी। पर कभी-कभी बाबू सुनने लगता तो सुनता चला जाता। कोई-कोई आपबीती उसे बाँध लेती, उसका दिल और दिमाग जकड़ लेती।

"क्यों बाबूजी, क्या मालूम मेरी सुखवन्त ने कुएँ में छलाँग नहीं लगाई हो! क्या मालूम जी, बेटे को लेकर गाँव में ही कहीं छिपी बैठी हो? मैं गली में भागता हुआ अपने घर गया था जी। खाट लेने के लिए, क्योंकि आसासिंह ज़ख़्मी हो गया था। तभी मैंने बहुत-सी औरतों को गुरुद्वारे में से निकलते देखा। सुखवन्त भी उनके साथ थी। मुझे क्या मालूम जी, कहाँ जा रही है। उसके हाथ ऊपर को उठे हुए थे और गले में पल्ला डाल रखा था। जब मैं खाट लेकर आया तो सुखवन्त गली में खड़ी थी, पहले वह भी औरतों के पीछे जा रही थी, फिर वह पीछे खड़ी हो गई थी। हमारा बेटा गुरमीत गुरुद्वारे के चबूतरे पर खड़ा था। उस वक़्त पीछे स्कूल जलने लगा था जी। आग की लपटें कभी ऊपर को उठतीं तो रोशनी तेज़ हो जाती। फिर कभी बैठ भी जातीं तो गली में धूप-छाँह जैसी होने लगती। इसी धूप-छाँह में मैंने देखा, सुखवन्त घबराई हुई थी। वह कभी घबराती नहीं थी जी, पर आज घबराई

हुई थी। वह लौट आई, बेटे के पास लौट आई। फिर गली में खड़ी हो गई। जब आग भड़की तो मैंने देखा वह गली के बीचोबीच काँपती-सी खड़ी थी। 'सुखो, क्या कर रही है?' मैंने कहा, पर उस वक़्त सोचने-कहने का वक़्त ही कहाँ था। अगर उस वक़्त सुखवन्त की नज़र मुझ पर पड़ जाती तो वह गुरमीत को तो नहीं ले जाती जी। फिर एक बार वह बेटे के पास गई और फिर चलते-चलते रुक गई। मुझे क्या मालूम था जी, वह क्या करने जा रही है, क्या सोच रही है? तभी गाँव के बाहर शोर होने लगा था। 'या अली', 'या अली' की आवाज़ें आने लगी थीं। तभी मैंने घूमकर देखा तो सुखवन्त लपककर गुरमीत के पास आई और गुरमीत को बाँहों में उठाकर भागती हुई औरतों के पीछे-पीछे जाने लगी। आखिरी बार जब मैंने उसे देखा तो सुखवन्त भागी जा रही थी और उसका हरे रंग का पल्ला उड़ रहा था, उसके बाद गली का मोड़ आ गया जी और वह आँखों से ओझल हो गई।...मैं यही पूछता हूँ न जी, क्या मालूम सुखवन्त ने कुएँ में छलाँग नहीं लगाई हो। क्या मालूम जी, गुरमीत को साथ में नहीं ले गई हो, क्या मालूम गुरमीत नहीं डूबा हो, वहीं कहीं कुएँ के पास घूम रहा हो। क्यों जी? क्यों बाबूजी? इसका पता नहीं लगाया जा सकता...?'' पर ये आँकड़े नहीं थे और बरामद का काम उसका नहीं है, वह देवराजजी करते हैं, बरामद का सारा काम गड़ा हुआ सोना निकालने, कपड़ा-लत्ता निकालने, ऐसे सभी काम वह सँभाले हुए हैं। सरदारजी, बेटे का पता लगाने के लिए आप उनके पास जाइए। मेरे पास आने की ज़रूरत नहीं है। आप तीसरी बार मेरे पास आ चुके हैं, बार-बार यही किस्सा दोहराते हैं, यह सुनना मेरा काम नहीं है...

पर सरदार फिर भी सामने बैठा हुआ बाबू की ओर देखे जा रहा है। यह किस उम्मीद पर मेरे पास आता है, मैं इसे कैसे समझाऊँ कि मैं कुछ नहीं कर सकता। पर अन्त में बाबू धीमी आवाज़ में कहता है :

''मंगलवार को शायद एक बस आपके गाँव जाएगी। मैं देवराजजी से कहूँगा कि उसमें आपको भी भेज दें। मगर आप किसी को बताइएगा नहीं, वरना सारा गाँव मेरे पास दौड़ा चला आएगा।...''

पर इस वाक्य का सरदार पर कोई असर नहीं होता। फिर अपने ही तर्क द्वारा अपने को समझाते हुए वह कहता है, ''पर अपनी आँखों से देख लेना अच्छा होता है, सब बात ठोक-बजाकर देख लेनी चाहिए। बेटा कहीं छिपा

बैठा होगा तो मुझे देखकर अपने-आप बाहर आ जाएगा। भागता हुआ बाहर आ जाएगा या वहीं से बैठा-बैठा चिल्लाने लगेगा : 'मुझे ढूँढ़ लो! मुझे ढूँढ़ लो!' घर में भी रोज़ छिपता फिरता था, कभी एक दरवाज़े के पीछे, कभी दूसरे दरवाज़े के पीछे...।''

बाबू धीमे से कुर्सी पर से उठा और दफ़्तर में से बाहर निकल आया।

बाहर छज्जे पर आकर देखो तो पता चलता था कि कितने लोग दफ़्तर में भीड़ जमाए बैठे थे। नीचे आँगन में जगह-जगह गाँवों से आए लोगों की टोलियाँ बैठी हैं। पीछे ऊँचा-लम्बा चबूतरा भरा पड़ा है, जिस पर बैठकर वानप्रस्थीजी वैदिक धर्म की महत्ता का प्रचार किया करते थे। इधर सीढ़ियों पर भी लोग आकर बैठ गए हैं।

''गंडासिंह न रो,'' उसके कानों में आवाज़ पड़ी। कोई वयोवृद्ध एक आदमी को समझा रहा था, न रो गंडासिंह, जो चले गए ओह गुरु महाराज नू प्यारे हो गए। पन्थ दी खातिर ऊहाँ जानाँ वार दित्तियाँ। हमेशा लई ओह अमर हो गए।''

''वाहे गुरु, वाहे गुरु! सतनाम, सच्चे बादशाह!''

सीढ़ियों पर बैठे तीन-चार सिखों की आवाज़ आई।

आँकड़ा-बाबू छज्जे पर खड़ा ही था जब एक और सरदार उसके पास आया। उसे देखते ही आँकड़ा बाबू मुस्कराए बिना नहीं रह सका। मोटी-मोटी आँखें, अधेड़ ढीली-सी देह, वह भी बार-बार बाबू के पास पहुँच जाता था और हमेशा बाबू के कान के पास मुँह ले जाकर बात करता था :

''कोई इन्तज़ाम हुआ है जी, गाँव जाने का? बस जाएगी ना? कब जाएगी?''

''जिस दिन बस जाएगी मैं आपको ख़बर कर दूँगा। यों, यह काम मेरा नहीं है लाला देवराज...''

''हमारा काम हो जाएगा न!'' फिर अपना मुँह बाबू के कान के और नज़दीक ले जाकर बोला, ''मैं तुम्हारा मुँह भी मीठा करवा दूँगा।''

इस पर बाबू ने तनिक खीझकर कहा, ''ओ सरदारजी, कोई अक्ल की बात किया करो। कुएँ में कुछ नहीं तो 27 औरतें डूब मरी हैं। उनमें से तुम कैसे पहचानोगे कि तुम्हारी घरवाली कौन-सी है?''

''यह तुम मुझ पर छोड़ दो वीरजी, मैं कड़े देखकर ही पहचान लूँगा।

पाँच-पाँच तोले का एक कड़ा है। गले में सोने की ज़ंजीरी है। अब घरवाली डूब मरी, जो सबके साथ हुई है, वह मेरे साथ भी हुई है, पर ये कड़े और ज़ंजीरी मैं कैसे छोड़ दूँ? क्यों वीरजी?"

फिर मुँह कान के पास ले जाकर बोला, "जो उतरवा दो तो बीच में से तुम्हें भी दे दूँगा। ऐसी बात नहीं है...। उस नेकबख़्त ने यह भी नहीं सोचा कि भाई, मैं तो डूबने लगी हूँ, मैं अपने कड़े तो उतारकर देती जाऊँ? क्यों वीरजी? पर हम तुम्हारा मुँह मीठा करा देंगे, आप हमारा यह काम करवा दो।" फिर हटकर बाबू के मुँह की ओर देखता रहा, "और किसी को पता नहीं चले, मैं और आप! बस में और किसी को ले जाने की ज़रूरत नहीं है।"

"ओ सरदारजी, लाशें फूलकर ऊपर तक आ गई हैं। फूली हुई लाश की कलाई पर से आप कड़े उतार सकते हैं? कोई अक्ल की बात किया करो। क्या सरकार आपको उतारने देगी?"

"क्यों जी, बीबी मेरी है, माल मेरा है। कड़े अपने पैसों से बनवाए हैं, किसी के चोरी तो नहीं किए। घन्ना-हथौड़ी साथ में लेकर चलेंगे। कहोगे तो किसी सुनार का कोई छोकरा भी साथ में ले लेंगे। मिनटों में काम हो जाएगा। काम करने की नीयत हो तो सब-कुछ हो सकता है।"

"ओ सरदारजी, कुछ सोच-समझकर बात करो। पहले सरकार शनाखत माँगेगी, गवाहियाँ माँगेगी, फूली हुई लाश को पहचानना क्या आसान काम है?"

"वीरजी, पर यह तो काम आपका है न। मुँह जो आपका मीठा कराएँगे, तो इतना काम तो आप करेंगे ही न।"

"सरदारजी, यह मेरा काम नहीं है, कुछ समझा करो। मैं केवल आँकड़े इकट्ठे करता हूँ। माली नुकसान की फ़ेहरिस्त में मैंने आपकी पत्नी के कड़े और जंजीरी दर्ज़ कर लिये हैं। माल बरामद करवाने का काम मेरा नहीं है...।"

इस पर सरदार ने बाबू का हाथ पकड़ लिया, "नाराज़ नहीं होवो, नाराज़ नहीं होते बाबूजी, दुनिया के काम चलते ही रहते हैं।" फिर बाबू के साथ सटकर खड़ा हो गया और बाबू के दाएँ हाथ को अपने हाथ में लेकर उसकी तीन उँगलियों को अलग-अलग गिनते हुए बोला, "क्यों? ठीक है? मंजूर है न?" (तीन उँगलियाँ पकड़ने का मतलब था तीन बीसे, यानी साठ रुपए)

“सरदारजी, क्यों अपना वक़्त जाया कर रहे हो? मैं कुछ नहीं कर सकता।”

इस पर सरदार बाबू की उँगलियाँ छोड़ उसके चेहरे की ओर देर तक घूरता रहा। फिर अपनी चादर कन्धे पर सँभाले हुए सीढ़ियों की ओर मुड़ गया। सीढ़ियों के पास पहुँचकर फिर खड़ा हो गया।

“ओ बाबू?...क्यों...?” और हाथ ऊपर-उठाकर चार उँगलियाँ दिखाईं, “क्यों मंजूर है?”

बाबू ने मुँह फेर लिया। थोड़ी देर बाद सरदार की आवाज़ आई, “कुछ तो रहम करो हम लोगों पर; हम बर्बाद होकर आए हैं।”

बाबू ने घूमकर देखा तो वह सीढ़ियाँ उतर रहा था।

कुछ देर बाद बाबू स्वयं सीढ़ियाँ उतरकर नीचे आँगन में आ गया। मेज़ पर ज़्यादा देर तक बैठे रहना उसके लिए असम्भव हो जाता था। शाम तक दफ़्तर में रहना ज़रूरी होता था, क्योंकि दिन-भर की तफसील का शाम के वक़्त जोड़ लगाया जाता था, फिर उन तथ्यों की एक नकल अखबार के नुमाइन्दे को भेजी जाती, एक कांग्रेस के दफ़्तर में, तीसरी फाइल में। पर मौत के आँकड़ों में उन्नीस-बीस का ही फ़र्क़ होता। कहीं दो मुसलमान ज़्यादा तो कहीं दो हिन्दू कम। माली नुकसान हिन्दुओं-सिखों का हुआ था। कल शाम देवदत्त आया था, कहने लगा, “आज क्या जोड़ निकला?”

“आज तहसील नूरपुर के कुछ आँकड़े मिले हैं। मरनेवालों की संख्या में बहुत अन्तर नहीं। जितने हिन्दू-सिख, लगभग उतने ही मुसलमान।”

देवदत्त रजिस्टर हाथ में लेकर उसके पन्ने पलटता रहा, फिर उसे लौटाते हुए बोला, “पन्नों पर एक खाना और जोड़ दो। ग़रीब कितने मरे और खाते-पीते लोग कितने मरे।”

“इसमें क्या तुक है? तुम हर बात में अमीर-ग़रीब को घसीट लाते हो।”

“यह भी एक पहलू है आँकड़े इकट्ठे करने का। दोनों ओर के ग़रीब कितने मरे। अमीर कितने मरे। इससे भी तुम्हें कई बातों का पता चलेगा।”

आँगन पार करते समय आँकड़ा बाबू की आँखें अनेक व्यक्तियों को पहचानने लगी हैं। सीढ़ियाँ उतरते ही दाएँ हाथ वह लड़की जो रोज़ की तरह डोल रही थी जिसके मंगेतर का पता नहीं चल रहा था कि वह जीवित है या मर गया है। वह तीनों अस्पतालों के चक्कर काट आई थी, पर कुछ पता नहीं

चला था। थोड़ा आगे, वही हरनामसिंह दोनाली बन्दूकवाला, अपनी पत्नी के साथ बैठा था। आँकड़ा बाबू ने मुँह फेर लिया। वह जानता था कि आँखें मिलने पर वह फिर अपनी बन्दूक के लिए उसकी मगज़पच्ची करने लगेगा।

चबूतरे पर एक ओर कांग्रेस के कुछ कार्यकर्त्ता बैठे आपस में बहस कर रहे थे। कश्मीरीलाल कह रहा था, "तुम सीधा मेरे सवाल का जवाब दो। अगर मुझ पर कोई हमला करे तो उस वक़्त मैं क्या करूँ? उसके आगे हाथ जोड़ दूँ कि मुझे मार ले, मैं तो अहिंसा में विश्वास रखता हूँ?"

"चिड़ी जितनी तो तेरी जान है, तुझ पर हमला करके किसी ने लेना क्या है?" शंकर ने ठिठोली की।

"क्यों? हमला क्या पहलवानों पर किया जाता है? हमला हमेशा कमज़ोर लोगों पर किया जाता है।" जीतसिंह ने जोड़ा।

"यह मज़ाक़ नहीं है," कश्मीरीलाल ने फिर कहा, "मैं जानना चाहता हूँ कि ऐसे वक़्त में अहिंसा क्या कहती है। मैं क्या करूँ?"

उसने बख्शीजी को सम्बोधन करके कहा, पर बख्शीजी उसके सवाल की ओर कोई विशेष ध्यान नहीं दे रहे थे।

"मैं आपसे पूछ रहा हूँ बख्शीजी, बात को टालिए नहीं।"

"क्या है? पूछ, क्या पूछता है?"

"बापू ने कहा कि हिंसा मत करो। अब फ़िसाद के वक़्त मुझ पर कोई हमला कर दे तो मैं क्या करूँ? क्या उस वक़्त मैं उसके सामने हाथ जोड़ दूँ—मार ले भाई, गर्दन झुका दूँ, काट ले भाई गर्दन। क्या करूँ?"

शंकर बीच में बोल पड़ा, "गांधीजी ने कहा है कि खुद तंशद्दुद नहीं करो। गांधीजी ने यह कहीं नहीं कहा कि कोई तुम पर हमला करे तो तुम उसका जवाब ही नहीं दो।"

"फिर मैं क्या करूँ?"

"अगर कोई तुम पर हमला करे तो तू उसे कहना, ठहर मैं कांग्रेस के दफ्तर से पूछ आऊँ कि मुझे अपना बचाव करना है या नहीं।" जीतसिंह बोला।

"बापू ने हिंसा करने की मनाही की है। उस वक़्त तुम उसे समझाओ कि वह जो कुछ कर रहा है बहुत बुरा कर रहा है।"

"मैं कहता हूँ डटकर मुकाबला करो।" मास्टर रामदास बोला।

“डटकर मुकाबला किस चीज़ से करूँ? मेरे घर में तो चरखा-ही-चरखा है।”

“और तू खुद सबसे बड़ा चरखा है, जो फ़िसादों के बाद इस मसले को ले बैठा है।”

“तुम मज़ाक़ में टाल रहे हो, मगर बात बड़ी संजीदा है।” जीतसिंह ने कहा।

“सुनो बरखुरदार,” बख्शीजी देर तक सुनते रहने के बाद धीमी आवाज़ में बोले। उनकी आवाज़ भर्राई हुई थी, “जरनैल को इस किस्म की कोई दुविधा नहीं थी। उसे अपने बचाव के कारण कभी परेशानी नहीं हुई। जरनैल सनकी था, अनपढ़ था, लेकिन उसे इस बात ने कभी परेशान नहीं किया कि अगर किसी ने उस पर हमला किया तो वह क्या करेगा?...”

सभी चुप हो गए। जरनैल के चले जाने से सबके दिल को ठेस पहुँची थी।

“मगर ये सब जजबाती बातें हैं।” कश्मीरीलाल थोड़ी देर के बाद बोला।

“सुनो,” बख्शीजी फिर बोले, “तू खुद तशद्दुद नहीं कर। नम्बर एक। तू तशद्दुद करनेवाले को समझा भी, अगर समझाने का मौका है तो। नम्बर दो। और अगर वह नहीं मानता तो डटकर मुकाबला कर। यह है नम्बर तीन।”

“बात हुई न! इसे कहते हैं जवाब। तसल्ली हो गई न, कश्मीरीलाल! अब चुप हो जा।”

पर कश्मीरीलाल बोले जा रहा था, “किसके साथ मुकाबला करूँ? चरखे के साथ?”

“चरखे के साथ क्यों? तलवार के साथ।” जीतसिंह बोला।

“तलवार रखने की इजाज़त है न मुझे? क्यों बख्शीजी?”

बख्शीजी चुप।

“और पिस्तौल रखने की भी?”

“पिस्तौल में हिंसा बहुत है।” शंकर ने जोड़ा।

“तलवार में कम है?”

“हाँ, तलवार में तो अपनी ताक़त लगती है ना। पिस्तौल में तो बस घोड़ा दबाते जाओ और मारते जाओ।”

"फ़िर मैं तलवार रख लूँ ना? क्यों बख्शीजी?"

बख्शीजी ने कोई उत्तर नहीं दिया। वह बोलते तो शायद फिर जरनैल की ही मिसाल देते। आँकड़ा बाबू आगे बढ़ गया। फ़िसादों के बाद सचमुच यह बहस बड़ी बेतुकी लग रही थी।

दंगों का ज्वार-भाटा बहुत-कुछ बैठ चुका था और नीचे खपचियाँ, चिथड़े, हड्डियों के ढाँचे (टूटे टुकड़े) उभरकर सामने आने लगे थे।

बरामदे की ओर निकलनेवाले दरवाज़े के पास दस-बारह आदमियों की एक मंडली में हँसी-ठठ्ठा चल रहा था। बाबू रुक गया। मंडली के बीचोबीच बड़ी उम्र का नाटे क़द का एक सिख लेटा हुआ था। खिचड़ी घनी मूँछ-दाढ़ी में उसकी हँसती आँखें नज़र आ रही थीं। किसी बात पर वह हँस रहा था और बच्चों की तरह अपनी टाँगें झटकते और एड़ियाँ ज़मीन पर पटकते हुए हँस रहा था। आसपास खड़े लोग भी, जो उसी के मित्र व सम्बन्धी जान पड़ते थे, हँस रहे थे।

"अपने गाँव चलोगे, नत्थासिंह?"

इस पर ज़मीन पर लेटे नत्थासिंह ने अपनी टाँगें दोहरी कर लीं और करवट बदलकर एक पहलू हो गया और अपने दोनों हाथ जाँघों के बीच बाँध लिए।

"नी जाणा।" (नहीं जाऊँगा।)

"क्यों नहीं जाणा?"

"नी जाणा?" उसने बच्चों की तरह सिर झटककर कहा।

उसने जाँघों के बीच अपने हाथ और ज़्यादा कसकर बाँध लिए और घुटने जोड़ दिए। आसपास बैठे लोग हँसने लगे। बाबू को लगा जैसे यह सवाल उसके सामने बहुत बार दोहराया जा चुका है, अब वह एक तरह का खेल बन चुका है।

"क्यों नहीं जाणा?"

"नी जाणा।" उसने कहा और अपनी जाँघें और ज़्यादा सिकोड़ लीं, और दाएँ-बाएँ बच्चों की तरह सिर हिलाने लगा।

"पर क्यों नहीं जाणा? कोई वजह?"

"उत्थे सुनती करने ने।" (वहाँ सुन्नत करते हैं।)

और वह खुद हँसने लगा और जाँघें और ज़्यादा सिकोड़कर करवट बदल

ली। सभी सरदार खिलखिलाकर हँस पड़े।

बरामदे के पार आँगन के एक ओर स्कूल के चपरासी का कमरा पड़ता था। रोज़ की तरह आज भी चपरासी का सम्बन्धी अपनी ब्राह्मणी के साथ चुपचाप सिर झुकाए था। उसकी बेटी लापता हो गई थी और वह और उसकी ब्राह्मणी बहुत रोए थे और उसका पता लगवाने का हाथ जोड़-जोड़कर आग्रह करते रहे थे। उसने यह भी कहा था कि गाँव के एक गाड़ीवान ने उसे घर में बैठा लिया है। पर उसके बाद वे उसके पास नहीं आए।

आँकड़ोंवाला बाबू चलता हुआ पंडित के पास पहुँचकर रुक गया।

"कल सुबह एक बस नूरपुर जाएगी। साथ में हथियारबन्द पुलिस होगी। बेटी का पता लगाने के लिए जाना हो तो कल सुबह चले जाना। साथ में सरकारी आदमी होगा।"

पंडित ने सिर उठाकर अपनी गँदली-सी छोटी-छोटी आँखों से बाबू की ओर देखा, फिर निराशा में सिर हिला दिया।

"अब नहीं मिलेगी जी, अब प्रकाशो कहाँ मिलेगी!"

"पर तुम तो कहते थे गाँव के किसी आदमी ने उसे घर में बिठा लिया है।"

"भगवान जाने जी, क्या हुआ है उसके साथ।"

"कल और लोग भी दूसरे गाँवों में जाएँगे। पंडितानी, क्या कहती हो?"

पंडितानी ने सिर उठाया, फिर जैसे शून्य में देखती हुई बोली, "मैं क्या कहूँगी बाबूजी, जहाँ रहे सुखी रहे।"

बाबू को इस उत्तर की आशा नहीं थी। उसने समझा शायद माँ-बाप गाँव में जाने से डर रहे हैं।

"तुम मुझे अता-पता बता दो, में पुलिसवालों से कहकर दर्याफ्त करवा लूँगा।"

इस पर ब्राह्मणी बोल पड़ी, "अब हमारे पास आकर क्या करेगी जी, बुरी वस्तु तो उसके मुँह में उन्होंने पहले से ही डाल दी होगी।"

इस पर पंडित बोला, "हमसे अपनी जान नहीं सँभाली जाती बाबूजी, दो पैसे जेब में नहीं हैं, उसे कहाँ से खिलाएँगे, खुद क्या खाएँगे!"

आँकड़ोंवाला बाबू अभी तक इस प्रकार के अनुभव से परिचित हो चुका था, थोड़ी देर तक वहाँ ठिठका खड़ा रहा, फिर आगे बढ़ गया।

प्रकाशो को सचमुच अल्लाहरक्खा ने घर पर बैठा लिया था। गाँव में फ़िसाद होने पर माँ-बेटी पहाड़ी की तलहटी पर लकड़ियाँ चुन रही थीं। अल्लाहरक्खा पहले से ही दो-तीन आदमियों के साथ कहीं घात लगाए बैठा था। मौका देखकर वे भागते हुए आए और अल्लाहरक्खा रोती-चिल्लाती प्रकाशो को उठाकर ले गया था। पहली रात तो प्रकाशो अँधेरी कोठरी में पड़ी रही, पर दूसरे दिन अल्लाहरक्खा ने उसके साथ निकाह कर लिया और एक नया जोड़ा भी उसके लिए कहीं से ले आया। दो दिन तक प्रकाशो भूखी-प्यासी पड़ी रोती रही और पथराई आँखों से उसके घर की दीवारों को देखती रही थी, पर तीसरे दिन उसने लस्सी का कटोरा पी लिया था और मुँह भी धोया था और उसे भूख भी लग आई थी। उसके माँ-बाप अभी भी सारा वक़्त उसकी आँखों के सामने घूमते रहते थे, लेकिन प्रकाशो जानती थी कि अल्लाहरक्खा के मुकाबले में वे बहुत ही दुबले, बहुत ही दीन-हीन लोग हैं। उसकी आँखें धीरे-धीरे अल्लाहरक्खा के घर में रखी चीज़ों पर जाने लगी थीं। कोठरी के बाहर आँगन में घोड़ा बँधा था। घोड़े की पीठ पर झुरझुरी उठती थी, लहरियाँ-सी उठती थीं। घर के बाहर, पेड़ के नीचे अल्लाहरक्खा का टाँगा रखा रहता था। प्रकाशो ने पहले भी कई बार उस टाँगे को देखा था। वास्तव में अल्लाहरक्खा की नज़र प्रकाशो पर बहुत दिनों से थी। और प्रकाशो को भी इसका भास मिलता रहता था। गाँव में आते-जाते, झरने पर पानी भरते, कपड़े धोते, अल्लाहरक्खा आवाज़ें कसा करता था और छिप-लुककर उस पर कंकड़ भी फेंका करता था। वह जानती थी कि अल्लाहरक्खा कंकड़ फेंकता है। प्रकाशो अपने पिता से शिकायत नहीं करती थी, क्योंकि वह जानती थी कि उसका बाप कुछ नहीं कर सकेगा, वह अल्लाहरक्खा से भी डरती थी और अपने बाप से भी डरती थी।

और फिर फ़िसादों में अल्लाहरक्खा छटपटाती-रोती प्रकाशो को उठाकर अपने घर में लाने में सफल हो गया था। और इस समय जब रिलीफ दफ्तर में प्रकाशो की माँ रो-रोकर उसे याद कर रही थी और उसे अपने पास लौटा लाने का साहस नहीं जुटा पा रही थी, उसी वक़्त प्रकाशो, अल्लाहरक्खा के डर के मारे, नया जोड़ा पहने, अल्लाहरक्खा की कोठरी में खाट पर बैठी थी। और तभी अल्लाहरक्खा उसके सामने आकर बैठ गया था और रूमाल में बँधी पोटली उसके सामने खाट पर खोलकर कह रहा था :

"खा!"

प्रकाशो सारा वक़्त खाट के पायताने की ओर देखे जा रही थी, न हूँ न हाँ, उसने आँख उठाकर न तो अल्लाहरक्खा की ओर देखा था और न रूमाल की ओर।

"खा, मिठाई है। सूरे नियें बच्चिये, खा, मिठाई लियायावाँ तेरे वास्ते।" (...सूअर की बच्ची, खा, तेरे लिए मिठाई लाया हूँ।)

अबकी बार प्रकाशो ने आँख उठाकर मिठाई की ओर देखा, अल्लाहरक्खा की ओर देख पाने की उसे अभी भी हिम्मत नहीं हो रही थी।

"खा!" अल्लाहरक्खा ने सहसा चिल्लाकर कहा, जिससे प्रकाशो सिर से पैर तक काँप गई।

"मिठाई ए, सूरे नियें धीये, ज़हर नहीं।"

(मिठाई है, सुअर की बच्ची, ज़हर नहीं है।)

और अल्लाहरक्खा ने सफ़ेद बर्फी का टुकड़ा हाथ में उठाया और आगे बढ़कर बाएँ हाथ से प्रकाशो के गाल पकड़कर भींचे जिससे प्रकाशो का मुँह खुल गया और उसने बर्फी का टुकड़ा उसमें ठूँस दिया।

प्रकाशो को अल्लाहरक्खा की इस चिल्लाहट के पीछे आग्रह की भनक मिल गई थी, पर वह अभी भी डरी-सहमी बैठी थी, मुसलमान के हाथ से वह मिठाई कैसे खा लेती?

"हिन्दू हलवाई की दूकान की है, सूरे नियें बच्चिये, खा!"

धीरे-धीरे डर की मारी प्रकाशो मिठाई का टुकड़ा मुँह में चबाने लगी थी। उसे चबाता देख अल्लाहरक्खा हँस पड़ा, बोला "ज़हर है कि मिठाई?"

प्रकाशो किसी-किसी वक़्त मिठाई चबाती रहती, किसी वक़्त मुँह बन्द कर लेती।

"खा!" इस पर अल्लाहरक्खा ज़ोर से कहता और प्रकाशो का जबड़ा फिर से चलने लगता। प्रकाशो के शरीर की गन्ध अल्लाहरक्खा को बेचैन करने लगी थी।

"अपने हाथ से खा!" अबकी बार अल्लाहरक्खा की आवाज़ धीमी पड़ गई, "नहीं खाएगी तो मैं लिटाकर सारी मिठाई तेरे मुँह में ठूँस दूँगा। खा!"

प्रकाशो ने उसकी ओर देखा। अल्लाहरक्खा को उसने पहले भी कई बार देखा था, लेकिन इतने नज़दीक से कभी नहीं देखा था। उसकी पतली-पतली

काली मूँछें उसे नज़र आईं। अल्लाहरक्खा ने आँखों में सुरमा डाल रखा था। और उसने कपड़े भी उजले पहन रखे थे। बालों में तेल डाले हुए था।

प्रकाशो का डर कुछ कम हुआ। पर बाहर से वह पहले की ही तरह डरी-सहमी बैठी रही।

"खाएगी या लिटाकर खिलाऊँ?" अल्लाहरक्खा ने कहा और उसका बायाँ हाथ फिर प्रकाशो की ठुड्डी और गाल को पकड़ने के लिए उठा।

धीरे-धीरे प्रकाशो को लगा जैसे उसके शरीर में से अल्लाहरक्खा का भय छनने लगा है, छनता जा रहा है, छनता जा रहा है। बर्फी का टुकड़ा चबाते हुए उसने फिर एक बार अल्लाहरक्खा की ओर देखा। अबकी बार उसकी नज़र उसकी गर्दन में पड़े काले धागे पर पड़ी जिसके साथ ताबीज़ बँधा था। गले पर का बटन खुला था। उसकी नज़र उसकी धारीदार कमीज़ पर भी पड़ी। अल्लाहरक्खा बड़ा साफ-सुथरा बना बैठा था।

अल्लाहरक्खा हाथ में बर्फी का एक और टुकड़ा उठाए हुए था, इस इन्तज़ार में कि कब प्रकाशो चबाना बन्द करे और वह एक और टुकड़ा उसके मुँह में डाले। प्रकाशो की आँखें भी उसके हाथ पर लगी थीं। सहसा प्रकाशो धीमी आवाज़ में बोली, "तू खा!"

इस वाक्य का असर अल्लाहरक्खा पर जैसे बिजली का-सा हुआ।

"बोली तो आखिर!...खा!"

"नहीं।"

"खा।"

प्रकाशो ने सिर हिलाया। अल्लाहरक्खा को लगा जैसे क्षीण-सी मुसकान प्रकाशो के होंठों पर दौड़ गई है। प्रकाशो ने आँखें उठाकर अल्लाहरक्खा की ओर देखा।

"तू खिलाएगी तो खाऊँगा।"

प्रकाशो की आँखें क्षण-भर के लिए अल्लाहरक्खा के चेहरे पर ठिठकी रहीं, फिर उसने धीरे से मिठाई का टुकड़ा उठाया। टुकड़े को हाथ में ले लेने पर भी वह उससे उठ नहीं रहा था। प्रकाशो का चेहरा पीला पड़ गया था और हाथ काँपने लगा था मानो उसे सहसा बोध हुआ कि वह क्या कर रही है, और उसके माँ-बाप को पता चले तो वे क्या कहेंगे। पर उसी वक़्त आग्रह और उन्माद से भरी अल्लाहरक्खा की आँखों ने उसकी ओर देखा और

प्रकाशो का हाथ अल्लाहरक्खा के मुँह तक जा पहुँचा।

दोनों एक-दूसरे के साथ खुलने लगे थे। अल्लाहरक्खा ने आगे बढ़कर उसे बाँहों में भर लिया। डरी-सहमी रहते हुए भी प्रकाशो इस अनूठे अनुभव में भाग लेने लगी थी, उसे ग्रहण-सी करने लगी थी। उसे लगता जैसे अतीत पीछे छूटता जा रहा है और वर्तमान बाँहें फैलाए उसे आलिंगन में भरने के लिए उतावला हो रहा है। स्थिति इतनी बदल गई थी कि उसके प्रसंग में प्रकाशो के माँ-बाप असंगत होते जा रहे थे।

देर तक वे एक-दूसरे के साथ पड़े रहे। देर तक प्रकाशो चुप रही। फिर जब अल्लाहरक्खा की ओर उसकी पीठ थी और उसकी आँखें कोठरी की दीवार पर लगी थीं तो वह धीरे से बोली, "मैं पानी लेने जाती थी तो मुझे कंकड़ क्यों मारता था?"

जवाब में अल्लाहरक्खा ने अपना हाथ उठाकर प्रकाशो की कमर पर रख दिया।

"कंकड़ मारता था क्योंकि तू मेरे साथ बोलती नहीं थी।"

"मैं क्यों बोलूँगी?"

"अब बोलती है कि नहीं?"

प्रकाशो चुप रही। फिर धीरे से बोली, "मेरी माँ कहाँ है?"

"मुझे क्या मालूम तेरी माँ कहाँ है। घर में नहीं है?"

प्रकाशो चुप रही, उसके दिल में हूक-सी उठी और आँखें भरने लगीं। उसे विश्वास होने लगा था कि माँ-बाप कहीं छूट गए हैं और अब कभी भी नहीं मिलेंगे।

"हमारी कोठरी को आग लगाई थी?"

"नहीं। लोग आग लगाने लगे थे, पर मैंने रोक दिया। मैंने उधर ताला लगा दिया है।"

प्रकाशो को उसका उत्तर अच्छा लगा। उसने धीरे से अपना हाथ उठाकर कमर पर रखे अल्लाहरक्खा के हाथ पर रख दिया।

रिलीफ ऑफ़िस के आँगन में घूमता प्रत्येक व्यक्ति अपना विशिष्ट अनुभव लेकर आया था। लेकिन उस अनुभव को जाँचने, परखने, उसमें से निष्कर्ष निकालने की क्षमता किसी में नहीं थी। शून्य में ताकने, सिर हिला-हिलाकर हर किसी की बात सुनते रहने के अलावा किसी को कुछ सूझ

नहीं रहा था। एक अफवाह उठती तो आँगन में लोग उठ-उठकर उसे सुनने के लिए जमा हो जाते। कोई नहीं जानता था कि उसे क्या करना है, किधर जाना है। आगे क्या होगा, उसकी धुँधली-सी रूपरेखा भी किसी की आँखों के सामने नहीं थी। लगता जैसे कोई अनिवार्य घटनाचक्र चल रहा है, जिस पर किसी का कोई बस नहीं, न किसी के हाथ में निर्णय है, न संचालन, न संचालन की क्षमता; कठपुतलियों की तरह सभी घूम रहे थे, भूख लगती तो उठकर इधर-उधर से कुछ खा लेते, याद आती तो रो देते, कान लगाए सुबह से शाम तक लोगों की बातें सुनते रहते।

इक्कीस

अमन कमेटी की मीटिंग के लिए लोग हॉल में इकट्ठे हो रहे थे। यही एक जगह चुनी गई थी जिस पर किसी को आपत्ति नहीं हो सकती थी, क्योंकि कालिज न हिन्दुओं का था, न मुसलमानो का, कालिज ईसाइयों का था, प्रिंसिपल भी हिन्दुस्तानी नहीं था, अमरीकी पादरी था, बड़ा मिलनसार, बड़ा अमनपसन्द। मीटिंग शुरू होने में अभी देर थी, शहर की सभी चीदा-चीदा जमातों के लोग आनेवाले थे। जो लोग पहुँच चुके थे वे या तो लम्बे बरामदे में दो-दो, तीन-तीन की टोलियों में टहलते हुए बतिया रहे

थे या हॉल के अन्दर खड़े विचार-विमर्श कर रहे थे।

ठिगना ठेकेदार शेख नूरइलाही से कह रहा था, "अगर ख़रीदने का इरादा है तो यही वक़्त है। बाद में क़ीमतें चढ़ जाएँगी। मुझसे पूछो शेखजी! मैं ठीक कहता हूँ। अगर ख़्याल हो तो बात करूं?"

"क्या मालूम अभी क़ीमतें और गिरें?" शेखजी ने कयास लगाते हुए कहा।

"इससे ज़्यादा और क्या गिरेंगी? इसी इलाक़े में मैं 1500 रुपए में अहाता ज़मीन खुद बेच चुका हूँ, अब वही अहाता सात सौ में मिल रहा है।" फिर कोहनी पकड़कर और मुँह ऊँचा ले जाकर बोला, "शेखजी, अमन-अमान हो जाने पर क़ीमतें चढ़ेंगी या कम होंगी?"

"सोचूँगा।"

"सोचिए, सोचिए, पर सोचते ही नहीं रहिए। पहले भी आपने अच्छे-अच्छे सौदे हाथ से गँवाए हैं।"

शहर में फ़साद होने के बाद एक लहर-सी चल पड़ी थी, जिस इलाक़े में मुसलमानों की अक्सरियत थी, वहाँ से हिन्दू-सिख निकलने लगे थे, और जिन इलाक़ों में हिन्दू-सिखों की अक्सरियत थी, वहाँ से मुसलमान घर-बार बेचकर निकल जाना चाहते थे।

"आप अपना मन पक्का करें, मैं सौ-पचास और कम करवा दूँगा। यह सौदा अच्छा है, फिर नहीं मिलेगा। आप यही चाहते हैं कि मुसलमानी इलाक़ा हो और मकान बर लबे सड़क हो?"

"अच्छी बात है, जल्दी ख़बर करूँगा।"

अगर शेख नूरइलाही दो मिनट और वहाँ खड़ा रहता तो सौदा पक्का हो जाता, पर वह जैसे-तैसे बाजू छुड़ाकर ठेकेदार मुंशीराम के पंजे से निकल गया और म्युनिसिपल कमेटी के कुछ सदस्यों की टोली में जा मिला। मुंशीराम खड़ा इधर-उधर देखता रहा, फिर धीरे-धीरे सरकता हुआ बाबू पृथ्वीचन्द के पास जा पहुँचा :

"आपके साथवाला जुड़वाँ मकान बिकाऊ है?"

"वह मकान कहाँ है, बच्चा दड़बा है।"

"दड़बा है तो भी मैं कहूँगा ले लो। कौड़ियों के मोल बिक रहा है। साथ मिला लोगे तो मकान खूब कुशादा हो जाएगा।"

"और अगर पाकिस्तान बन गया तो?"

"छोड़ो बादशाह, यह सियासतदानों के चोंचले हैं। बन भी गया तो क्या होगा, लोग तो यहीं पर रहेंगे, कहीं भागे तो नहीं जा रहे...।"

मुंशीराम नहीं चाहता था कि आज का दिन किसी सौदे से ख़ाली जाए। एक जगह पर इतने धन-पैसे वाले लोग कहाँ एक साथ मिलते हैं।

बाबू पृथ्वीचन्द ने पेशीनगोई करते हुए कहा, "अमन-अमान हो गया तो अपना मुहल्ला छोड़कर कोई नहीं जाएगा।"

"क्या बातें करते हो बाबूजी, अब यह ख़्याल ही दिमाग़ से निकाल दो। अब हिन्दुओं के मुहल्ले में न तो कोई मुसलमान रहेगा और न मुसलमानों के मुहल्ले में कोई हिन्दू। इसे पत्थर पर लकीर समझो। पाकिस्तान बने या न बने, अब मुहल्ले अलग-अलग होंगे, साफ़ बात है।"

लाला लक्ष्मीनारायण दूर से आते दिखाई दिए तो शेख नूरइलाही ने चुटकी ली, "आ गया है कराड़ा।"

नज़दीक पहुँचने पर शेख नूरइलाही ने ऊँची आवाज़ में कहा, "फ़साद करवाकर ही दम लिया तुमने, कराड़ा!"

आसपास खड़े लोग हँस दिए। शेख नूरइलाही और लाला लक्ष्मीनारायण के बीच बेतकल्लुफी थी, दोनों शहर के मिशन स्कूल में एक साथ पढ़े थे, दोनों कपड़े का व्यापार करते थे।

"कराड़ का कोई भरोसा नहीं, क्यों कराड़ा?"

उन्हें इतने प्यार से मिलते देख एक ओर खड़ा सरदार मोहनसिंह अपने ही साथी से बोला, "हम सबको यहीं रहना है। ज़नून सिर पर चढ़ जाए लेकिन सच बात तो यही है कि हम सबको यहीं रहना है। मामूली लड़ाई-झगड़े की कोई बात नहीं। यों तो घर के बरतन भी एक-दूसरे से ठहक जाते हैं, हमसायों के आपस में झगड़े होते रहते हैं। लेकिन रहना तो हम सबको यहीं पर है। हमसाया तो अपना दायाँ बाज़ू होता है।"

और दोनों बग़लगीर हो गए। अन्दर ही अन्दर दोनों कट्टरपन्थी थे, पर खेल-बड़े हुए थे इसलिए दोस्ती भी थी, मेल-मिलाप भी था, दुख-सुख में थोड़ा-बहुत शरीक भी होते थे। शेख नूरइलाही के वाक्य में मज़ाक़ कहाँ तक था और हिन्दुओं के प्रति घृणा कहाँ तक व्यक्त हुई थी, कहना कठिन है।

फिर धीरे से लक्ष्मीनारायण से बोला, "तेरी गाँठें मैंने गोदाम में से उठवा दी थीं।"

लक्ष्मीनारायण मुस्करा दिया। फिर शेख नूरइलाही अपने मज़ाकिया अन्दाज़ में बोला, "पहले तो मैंने कहा, जलने दो कराड़ का माल। फिर दिल में आया, नहीं यार, आख़िर तो दोस्त है मेरा...।"

आसपास खड़े लोगों को दोस्तों का यह मिलन भला लग रहा था।

नूरइलाही कहे जा रहा था, "पहले तो बेटे को मज़दूर ही नहीं मिले। उस रात मज़दूर कहाँ से मिलते? मैंने उससे कहा, 'जैसे भी हो गाँठें उठवा दो नहीं तो लाला मुझे जीने नहीं देगा।' पकड़ लाया फिर कहीं से दो मज़दूर।"

इस पर दोनों हँस दिए।

यह हँसी-खेल अपनी जगह ठीक था, इसके साथ नज़र का लिहाज था, लेकिन सच्चे गहरे जज़्बात नहीं थे, एक प्रकार की अनौपचारिकता थी जो बड़ी उम्र के स्वार्थी पुरुषों में आ जाती है, अन्दर ही अन्दर वैमनस्य भी था, घृणा भी थी, पर दोनों व्यापारी थे, व्यवहारकुशल थे, अपने लिए एक-दूसरे की ज़रूरत समझते थे।

खम्भे के नीचे बड़ा हयातबख्श किसी शहर की खूबसूरती का वर्णन कर रहा था :

"ऐसा खूबसूरत शहर, सरदारजी, जैसे दुल्हन खड़ी हो।" वह कह रहा था, "शाम को जब रोशनी हो तो चारों तरफ़ जगमग, समन्दर का किनारा, ऐसी सजधज, आपको क्या बताऊँ, जैसे दुल्हन खड़ी हो। साफ़-सुथरी सड़कें, देखते आँख नहीं भरती थी।"

"किस शहर की तारीफ हो रही है, हयातबख्श?"

"रंगून, रंगून। बहुत बढ़िया शहर है। लाम के दिनों में मैं वहाँ गया था। वाह-वाह, क्या बताऊँ तुम्हें!"

आपस में मिलनेवाले, विभिन्न सम्प्रदायों के लोग जान-बूझकर फ़सादों की चर्चा नहीं कर रहे थे। वरना जलते गाँवों और जलती अनाज-मंडी की पृष्ठभूमि में दुल्हन-जैसी किसी सुन्दर नगरी की चर्चा कोई क्यों करता।

दूसरी ओर वयोवृद्ध लाला पृथ्वीचन्द अपनी मंडली में अपनी तीखी पतली आवाज़ में कह रहा था, "मैंने उन्हें समझाया। मैंने कहा, ओए बेवक़ूफ़ो, गली के मुँह पर लोहे का फाटक बना देने से क्या तुम बच जाओगे?

ओए कोई अक्ल की बात करो। बाहर का आदमी अन्दर नहीं आ सकेगा तो अन्दर का बाहर भी तो नहीं जा सकेगा। गेट बनाकर तुम अपने को कैद कर लोगे।"

लाला श्यामलाल कांग्रेस कमेटी के सदस्य आँकड़ा बाबू को धकेलते हुए एक ओर ले जा रहे थे, "एक बात का ध्यान तुम्हें करना है, बेटा...आओ, इधर बेंच पर बैठकर बात करते हैं।"

दोनों बैठ गए। लालाजी अपना मुँह आँकड़ा बाबू के कान के पास ले जाकर बोले, "म्यूनिसिपल कमेटी के चुनावों में हमारे वार्ड में से कांग्रेस की तरफ़ से कौन खड़ा हो रहा है?"

"मुझे तो मालूम नहीं लालाजी, अभी तो सभी लोग रिलीफ के काम में लगे हैं।"

"सभी लोग तो नहीं, खैर, तुम रिलीफ के काम में ज़रूर लगे हो। फिर भी तुमने कुछ सुना तो होगा?"

"मैंने तो कुछ नहीं सुना लालाजी, पर इन हालात में कमेटी के चुनाव होंगे भी या नहीं, मुझे शक है।"

"दुनिया के काम, बेटा, कभी बन्द हुए हैं? मैं डिप्टी-कमिश्नर से मिल चुका हूँ। दो महीने बाद चुनाव होंगे। नाम दाखिल करने की तारीख पन्द्रह जून रखी गई है। इसीलिए अब ज़्यादा वक़्त नहीं रह गया है।"

"मुझे तो कुछ भी मालूम नहीं, लालाजी।"

"दुनिया में आँखें खोलकर चलते हैं बेटा, अब हम लोग तो ज़्यादा वक़्त बैठे नहीं रहेंगे, तुम नौजवानों को ही दुनिया के काम सँभालने हैं।" फिर आँकड़ा बाबू के कान के पास मुँह ले जाकर बोले, "मैं चुनाव लड़ रहा हूँ।"

बाबू ने लालाजी के चेहरे की ओर देखा।

"मैंने सुना है, कांग्रेस मंगलसेन को टिकट दे रही है।"

"पर लालाजी, आपको कांग्रेस-टिकट की ज़रूरत ही क्या है?"

पर सवाल पूछते ही आँकड़ा बाबू स्थिति को समझ गया। यदि कोई हिन्दू अब चुनाव के लिए खड़ा होगा तो उसे कांग्रेस के समर्थन की ज़रूरत होगी, और अगर कोई मुसलमान खड़ा होगा तो उसे मुस्लिम लीग के समर्थन की। लोगों के मन में यह बात बैठ गई थी कि कांग्रेस हिन्दुओं की संस्था है। लाला श्यामलाल का सम्बन्ध कांग्रेस से इतना ही था कि वह ऐसा कपड़ा पहनते

थे जो दूर से खादी नज़र आता था।

"कांग्रेस ऐसे लोगों को टिकट देगी तो बदनाम नहीं होगी?" फिर बाबू के कान के पास मुँह ले जाकर बोला, "जुए के अड्डे चलाता है। दो अड्डे हैं उसके। पुलिसवालों के साथ मिलकर अड्डे चलाता है। अब शहर में गांधीजी आएँ, नेहरूजी आएँ और उनके पीछे-पीछे नाचता फिरे, तो इससे वह कांग्रेसी हो जाता है? खादी वह नहीं पहनता।"

"पहनता है।" आँकड़ा बाबू बीच में बोल उठा।

"अब पहनने लगा है, पिछले दो साल से। पहले कहाँ पहनता था? इसके घर में कौन खादी पहनता है?"

बाबू को सहिष्णु श्रोता पाकर लालाजी बोले जा रहे थे, "बीयर पीता है। अगर एतबार न हो तो कम्पनी बाग़ के क्लब में जाकर देख लो, इसका बाप भी ऐबी था, यह भी ऐबी है।" फिर लाला श्यामलाल ने नाक चढ़ाकर कहा, "उसे भगन्दर हो गया था। भगन्दर से मरा था। यह भी भगन्दर से ही मरेगा।"

आँकड़ा बाबू नहीं जानता था कि भगन्दर क्या बला होती है, पर वह हैरान था कि लालाजी मंगलसेन पर क्यों इतना गुस्सा निकाल रहे हैं।

"मैं इसकी पोल खोलने लगूँ तो एक दिन में नंगा हो जाए, पर मैं कहता हूँ, नहीं भाई, सभा-सोसाइटी में सभी को जीना है, वह जाने और उसका काम, पर मक्कारी और झूठ के साथ लोगों को धोखा तो न दे।"

"पर लालाजी, मंगलसेन ज़िला कमेटी का सदस्य है, जबकि आप कांग्रेस के चवन्नी मेम्बर भी नहीं हैं। आपको टिकट कैसे मिल सकता है?"

"टिकट माँगता ही कौन है? मैं तो केवल इतना चाहता हूँ कि वार्ड की सीट के लिए कांग्रेस किसी को भी टिकट न दे, जाती तौर पर कोई भी खड़ा हो जाए..."

उधर लाला लक्ष्मीनारायण हयातबख्श से किसी दवाई के बारे में पूछताछ कर रहे थे। हयातबख्श को बहुत-सी जड़ी-बूटियों आदि का नाम मालूम था, पथरी के लिए वह खुद दवाई तैयार करता था और मुफ्त बाँटता था, केवल नुस्खा नहीं जानता था क्योंकि इससे दवाई की तासीर जाती रहती है।

रणवीर को भागते समय चोट आ गई थी, नाली में पैर पड़ जाने से उसे बुरी तरह मोच आ गई थी और घुटने भी छिल गए थे। हयातबख्श सिर

हिला-हिलाकर सुनता रहा, फिर बोला, "न-न, तेल की मालिश नहीं, उसकी तासीर ठंडी होती है। मेरे पास एक तेल है, अशरफ लाहौर से लाया था, उससे नसें ढीली पड़ेंगी, जल्दी आराम आएगा। यक़ीनी बात है। मैं भेज दूँगा।"

फिर आवाज़ धीमी करके बोला, "कैसे मोच आ गई बेटे को?" फिर आवाज़ और भी धीमी करके बोला, "मैंने सुना है किसी दल-बल में भी हिस्सा लेता है। मेरी मानो, उसे कुछ दिन के लिए कहीं बाहर भेज दो। यहाँ पकड़-धड़क का डर है।"

लाला लक्ष्मीनारायण के कान खड़े हो गए, पर उन्होंने घबराहट ज़ाहिर नहीं होने दी :

"पन्द्रह साल का तो लड़का है, वह क्या हिस्सा लेगा?"

पर उन्हें मन ही मन तजवीज़ पसन्द आई। रणवीर को कुछ दिन के लिए बाहर भेज देना, यही ठीक होगा।

कालिज के दो चपरासी गेट के पास एक बेंच पर बैठे बतिया रहे थे। एक ने दूसरे से कहा, "हम जाहिल लोग लड़ते हैं, समझदार, खानदानी लोग नहीं लड़ते। यहाँ सभी आए हैं हिन्दू भी, सिख भी, मुसलमान भी; मगर कैसे प्यार-मुहब्बत से बातें कर रहे हैं...।"

सियासी लोगों में लगभग सभी पहुँच चुके थे, शायद बख्शीजी का इन्तज़ार था। सभी स्थानीय लीडरों को देवदत्त घर-घर जाकर इकट्ठा कर लाया था। वह भी मीटिंग में पहुँच चुका था और इस बात को देखकर मन ही मन प्रसन्न था कि लीग और कांग्रेस के रहनुमाओं को एक जगह इकट्ठा करने में वह फिर कामयाब हो गया है। उसकी व्यावहारिक सूझ इस बात से ज़ाहिर होती थी कि मीटिंग शुरू होते ही उसने जलसे की सदारत के लिए उसी कालिज के प्रिंसिपल लूकस साहब का नाम तजवीज़ कर दिया। लूकस अमरीकी थे, उम्ररसीदा थे, शहर के लड़कों की तीन पीढ़ियों को पढ़ा चुके थे, अंग्रेज़ नहीं थे, न ही हिन्दू या मुसलमान थे। तालियों की गड़गड़ाहट के बीच वह सदारत की कुर्सी पर आकर बैठ गए। सभी लोग बरामदों वगैरह से आ-आकर हॉल में बैठने लगे थे तभी मुस्लिम लीग के एक नौजवान कारकुन और एक कांग्रेसी के बीच बहस होने लगी। लीगी उछलकर खड़ा हो गया :

"ले के रहेंगे पाकिस्तान! बख्शीजी, यह फरेब आप छोड़ दें। एक बार

मान जाएँ कि कांग्रेस हिन्दुओं की जमात है, इसके बाद मैं इन्हें गले लगा लूँगा। कांग्रेस मुसलमानों की नुमाइन्दगी नहीं कर सकती।''

फ़सादों से पहले भी यही वाक्य बार-बार सुनने को मिलता था। इस बीच कहीं से नारा उठा :

''पाकिस्तान–ज़िन्दाबाद!''

उसी वक़्त दस आवाज़ें जगह-जगह से उठीं : ''खामोश! खामोश!''

लूकस साहब कहने लगे, ''मैं सोचता हूँ इस वक़्त हम सब मिलकर, जैसे भी हो, शहर की फिज़ा को बेहतर बनाएँ। यहाँ शहर के सभी बड़े-बड़े लोग मौजूद हैं, उनकी आवाज़ का बड़ा असर होगा। मेरा विचार है कि एक अमन कमेटी बनाई जाए और यह अमन कमेटी हर मुहल्ले में, हर गली में अमन का प्रचार करें। इसमें सभी सियासी जमातों के नुमाइन्दे शामिल हों। इस काम के लिए, मैं समझता हूँ कि अगर एक बस का इन्तज़ाम हो सके, जिस पर लाउडस्पीकर और माइक्रोफोन लगा दिए जाएँ, और कांग्रेस, मुस्लिम लीग तथा अन्य सियासी जमातों के नुमाइन्दे बैठकर जगह-जगह बस में से अमन की अपील करें तो इसका बड़ा असर होगा।''

तालियों की गड़गड़ाहट से इस प्रस्ताव का स्वागत किया गया।

सहसा एक साहब उठ खड़े हुए। शाहनवाज़ था :

''बस का इन्तज़ाम मैं करूँगा।''

तालियों की फिर गड़गड़ाहट हुई। देवदत्त ने सामने आकर कहा, ''हमें इत्तला मिली है कि बस का इन्तज़ाम सरकार की तरफ़ से किया जा रहा है।''

तालियों की फिर गड़गड़ाहट हुई। शाहनवाज़ अभी खड़ा था, ''पेट्रोल का सारा खर्च मैं दूँगा।''

''आफरीन, आफ़रीन, वाह-वाह!''

इस पर एक सज्जन ने उठकर कहा, ''साहिबान, प्रोग्राम तय करने से पहले क्या यह बेहतर नहीं होगा कि हम बाकायदा अमन कमेटी क़ायम कर लें, उसके ओहदेदार चुन लें और बाज़ाब्ता तौर पर काम करें?''

यहाँ भी चुनाव का मसला उठ खड़ा हुआ था, इस पर फौरन ही देवदत्त ने आगे बढ़कर कहा, ''मैं तजवीज़ करता हूँ कि इस अमन कमेटी के तीन वाइस प्रेजिडेंट मुन्तखिब किए जाएँ। मैं जनाब हयातबख्श...।''

''ठहरिए! पहले इस बात का फैसला कर लीजिए कि वाइस प्रेजिडेंट तीन

हों या कम या ज़्यादा। मेरी तजवीज़ है कि वाइस प्रेजिडेंट पाँच होने चाहिए। जितने ज़्यादा वाइस प्रेजिडेंट होंगे उतनी ही अमन कमेटी ज़्यादा नुमाइन्दा जमात बनेगी।"

इस पर एक सरदारजी बोले, "मैं दरख़्वास्त करूँगा कि वाइस प्रेजिडेंट आप तीन ही रखें, एक हिन्दू, एक मुसलमान भाई, एक सिक्ख। कार्यकारिणी को आप बेशक बड़ा कर लें और उसमें सभी को खुलकर नुमाइन्दगी दें।"

"यहाँ हिन्दू-मुसलमान का सवाल न लाएँ, यह अमन कमेटी है।" देवदत्त फिर आगे बढ़ आया, "मैं दरख़्वास्त करूँगा कि सभी सियासी पार्टियों के रुकन इस कमेटी में शामिल हों। मेरी तजवीज़ है कि ज़नाब हयातबख्श साहब मुस्लिम लीग की तरफ़ से, बख्शीजी कांग्रेस की तरफ़ से और भाई जोधसिंहजी गुरुद्वारा प्रबन्धक कमेटी की तरफ़ से वाइस प्रेजिडेंट चुने जाएँ।"

एक सज्जन उठ खड़े हुए, "अगर सियासी पार्टियों के नुमाइन्दे चुनना है तो तीनों पार्टियों के प्रधान चुने जाएँ। उनके नाम गिनाए जाएँ।"

लाला लक्ष्मीनारायण उठकर बोले, "मुझे यह देखकर अजहद रंज हो रहा है कि आपने तीन सियासी पार्टियों के नाम तो गिनाए, लेकिन हिन्दू सभा को बिलकुल भूल गए। क्या वह सियासी पार्टी नहीं है?"

"नहीं, वह सियासी पार्टी नहीं है।"

"अगर वह सियासी पार्टी नहीं तो गुरुद्वारा प्रबन्धक कमेटी भी सियासी पार्टी नहीं है।"

पाँच-सात व्यक्ति एक साथ उठ खड़े हुए : "यह सिख कौम की तौहीन है। गुरुद्वारा प्रबन्धक कमेटी ही सिखों की नुमाइन्दगी करती है।"

देवदत्त लपककर फिर सामने आ गया, "साहिबान, इस तरह हम कोई काम नहीं कर सकेंगे। फिरकावाराना अनासर के ख़िलाफ़ हमें लड़ना है। यह ज़रूरी नहीं कि किसको नुमान्दगी मिले, ज़रूरी यह है कि अमन कमेटी सभी फिरकों की एक मुश्तरका जमात बने, ताकि हम हिन्दू-मुस्लिम-सिख-ईसाई मिलकर एक प्लेटफार्म पर से अमन की अपील कर सकें। इसी बात को मद्देनज़र रखते हुए मैं तजवीज़ करता हूँ कि जनाब हयातबख्श, बख्शीजी और ज्ञानी जोधासिंहजी को अमन कमेटी का वाइस-प्रेजिडेंट मुन्तखिब किया जाए।"

"मंजूर है, ठीक है, चलो आगे।" एक आवाज़ आई। इस प्रकार किसी

ने ताली बजाई और तभी बहुत-से लोगों ने तालियाँ बजाईं और प्रस्ताव का विरोध करनेवाले को बोलने का मौक़ा नहीं मिला। तजवीज़ मुतफ़िक्का राय से पास कर दी गई।

इस पर मास्टर रामदास ने उठकर कहा, ''जनरल सेक्रेटरी के लिए मैं कामरेड देवदत्त का नाम तजवीज़ करता हूँ। एक तो यह अनथक मेहनत कर सकते हैं। इन्हीं की कोशिशों से हम आज यहाँ इकट्ठे हुए हैं। अगले कुछ दिन नाजुक होंगे। अमन कमेटी को बड़ी होशियारी और मेहनत से काम करना होगा। इस काम के लिए कामरेड देवदत्त बड़े मौजू आदमी हैं...।''

''क्या शहर में सब नौजवान मर गए हैं?'' मनोहरलाल था, आज भी एक ओर दीवार के साथ छाती पर बाजू बाँधे पीछे खड़ा था, ''मैं पूछता हूँ क्या सरकार के दुमछल्ले, कौम के गद्दार कम्युनिस्ट ही इस काम के लिए रह गए हैं? और सब नौजवान मर गए हैं? यह चुनाव ढोंग है। मैं इस मीटिंग से वॉक-आउट करता हूँ...।''

और वह मुड़कर हॉल के बाहर जाने लगा।

''ठहरो यार, मनोहरलाल, कोई काम होने दिया करो।''

मनोहरलाल अभी भी बिगड़ा हुआ था, ''छोड़ो यार, हमने बहुत देखे हैं।'' मनोहरलाल सीधा मुँह पर कहता है, वह सगे बाप से नहीं डरता।...''

पर कांग्रेस के कुछेक नौजवान सदस्यों ने उसे रोक लिया। एक आदमी उसे काम पर से उठाकर मीटिंग में लौटा लाया।

''सभी सरकार के पिट्ठू इकट्ठे हुए हैं। मैं इन सबको जानता हूँ।...''

''खामोश! खामोश!''

''मैं कारमेड देवदत्त के नाम की ताईद करता हूँ।''

''मैं ताईद मजीद करता हूँ।''

तालियों की गड़गड़ाहट। काम फिर खुश-अस्लूबी से चलने लगा था। लेकिन कार्यकारिणी के सदस्यों के चुनाव के समय सभी तरह के नाम तजवीज़ किए जाने लगे। लक्ष्मीनारायण, मरयादास, शाहनवाज़...। तभी बहुत-से मुसलमान सदस्य एक साथ उठ खड़े हुए और दरवाज़े की ओर बढ़ने लगे। आगे-आगे मौलाबख्श चला जा रहा था :

''इस कमेटी में हिन्दुओं की अक्सरियत है। हम इस कमेटी में शामिल नहीं हो सकते। हमें पहले ही मालूम था कि यह हिन्दुओं का हथकंडा है।...''

दस आदमी, देवदत्त समेत, उन्हें रोकने के लिए गए। दरवाज़े पर देर तक हंगामा होता रहा। आख़िर एक फार्मूले के आधार पर कार्यकारिणी चुनने का फैसला हुआ कि उसमें कुल पन्द्रह सदस्य हों, सात मुसलमान, पाँच हिन्दू और तीन सिक्ख। देर तक बहस हुई, बहस के दौरान लोग थकने लगे थे, पर आख़िर में यह फॉर्मूला मंजूर हो गया और इसमें लाला लक्ष्मीनारायण भी शामिल हो गए, लाला मंगलसेन भी, शाहनवाज़ भी और कितने ही और लोग। बेचारे श्यामलाल का नाम किसी ने नहीं लिया। वह देर तक आँकड़ोंवाले बाबू का कोट खींचता रहा, लेकिन आँकड़ोंवाला बाबू झिझकता रहा, आख़िर श्यामलाल खुद उठ खड़े हुए :

"मैं दरख़्वास्त करूँगा कि मुझे भी इस कमेटी में खिदमत करने का मौक़ा दिया जाए।"

"सीटें पूरी की जा चुकी हैं। बैठ जाइए।" मंगलसेन ने कहा। फिर एक और साहब उठे :

"मैं समझता हूँ कोई हर्ज नहीं है। एक हिन्दू, एक मुसलमान और एक सिख कमेटी में बढ़ा दिए जाएँ।"

"यह नहीं हो सकता। इस तरह आप कितने लोगों को शामिल करते जाएँगे?" मंगलसेन फिर बोला।

मामला अभी तय नहीं हुआ था जबकि भोंपू बजने की आवाज़ आई। देवदत्त प्रधान की कुर्सी के पास जाकर बोला, "साहिबान, अमन की बस आ गई है। हम अपने पहले दौरे पर यहीं से रवाना होंगे। मैं गुजारिश करूँगा कि इसमें प्रेजिडेंट और वाइस प्रेजिडेंट साहिबान और इनके अलावा जितने साथी और चल सकते हैं, सभी चलें। बस में लाउडस्पीकर लगा दिया गया है। बस जगह-जगह रुकती जाएगी और बारी-बारी से हमारे मोहतरिम बुजुर्ग, लोगों को शहर में अमन क़ायम रखने की ताकीद करते जाएँगे।"

लोग उठ खड़े हुए और उठ-उठकर बाहर आने लगे। गुलाबी और सफ़ेद धारियोंवाली बस थी, अमन की बस! आगे छत पर दोनों कोनों में कांग्रेस और मुस्लिम लीग के झंडे लगे थे। लाउडस्पीकर का एक भोंपू आगे और एक पीछे लगा था।

"इस पर यूनियन जैक का भी झंडा लगा दीजिए।" मनोहरलाल ने व्यंग्य से कहा।

लोगों के बाहर आने पर बस में से नारे गूँजने लगे :

"हिन्दू-मुस्लिम–एक हो!"

"हिन्दू-मुस्लिम इत्तहाद–ज़िन्दाबाद!"

"अमन कमेटी–ज़िन्दाबाद!"

लोगों ने झाँक-झाँककर बस के अन्दर देखा, कौन आदमी था जो पहले से बस में बैठकर आया था और लाउडस्पीकर पर नारे लगा रहा था। ड्राइवर की सीट के साथवाली सीट पर एक आदमी हाथ में माइक्रोफोन पकड़े बैठा था। बहुत लोगों ने उसे नहीं पहचाना। कुछेक ने पहचान भी लिया। नत्थू मर चुका था, वरना नत्थू यहाँ मौजूद होता तो उसे पहचानने में देर नहीं लगती। मुरादअली था। काले चेहरे और कँटीली मूँछोंवाला मुरादअली, उसकी पतली-सी छड़ी उसकी टाँगों के बीच पड़ी थी और छोटी-छोटी आँखें दाएँ-बाएँ देखे जा रही थीं और लाउडस्पीकर में से नारे गूँज रहे थे।

शान्ति-अभियान पर निकलने से पहले छोटी-सी बहस हुई। कौन किस सीट पर बैठे, आगे कौन और पीछे कौन और पहले कौन बोले और कौन-कौन से नारे लगाए जाएँ।

आगे-पीछे नहीं, मुस्लिम लीग और कांग्रेस के प्रधान साथ-साथ ड्राइवर के पीछेवाली सीट पर बैठें।

कुछ देर तक गड़बड़ी रही, बस खचाखच भर गई क्योंकि कुछ लोग रास्ते में अपने-अपने घर के सामने उतर जाना चाहते थे। सोहनलाल अन्त तक बिगड़ता रहा, "इस बस में या मैं बैठूँगा या कम्युनिस्ट बैठेगा। मैं मुल्क के गद्दार के साथ हरगिज नहीं बैठ सकता।"

बस के पायदान पर खड़ा देवदत्त बोला, "मनोहरलाल साहब, पर्दे के पीछे हम कोई बात नहीं करते। हम कांग्रेस की दुम नहीं हैं, हम पेशेवर क्रान्तिकारी हैं। शहर में अमन क़ायम करना ज़रूरी है और इसके लिए ज़रूरी है कि सभी पार्टियों के लीडरों को इकट्ठा किया जाए। आपकी पार्टी के भी, जिसके लीडर भी आप ही हैं, और जनता भी आप ही हैं। हम भी जानते हैं ये रजअतपसन्द हैं, मगर इस वक़्त शहर में अमन के लिए इन्हें एक प्लेटफार्म पर लाना ज़रूरी है।"

"अमन अब क्या करवाओगे?" मनोहरलाल ने चिढ़कर कहा, "अमन तो तुम्हारे साहब ने करवा दिया है। फ़साद करवाने के बाद अब अमन करवा

रहा है।"

श्यामलाल बरामदे में खड़े म्युनिसिपल चुनावों में अपनी उम्मीदवारी का जिक्र एक-एक से करते रहे। इस बीच मंगलसेन बस में कूदकर बैठ गया। बैठ ही नहीं गया, काफ़ी आगे की सीट पर जा बैठा और अचानक उस पर नज़र पड़ने पर श्यामलाल आगबबूला हो गया और भागता हुआ आगे बढ़ गया : "मुझे कोई नहीं बताता, मुझे कोई नहीं बताता।" और लोगों को धकेलता, हाँफता हुआ बस के अन्दर चढ़ गया।

मुस्लिम लीग के प्रधान के साथ बैठे हुए बख्शीजी सामने की ओर देखे जा रहे थे, पर गहरी उदासी में डूबे हुए थे। 'चीलें उड़ेंगी, और अभी उड़ेंगी,' उन्होंने मन ही मन कहा।

तभी ड्राइवर के साथवाली सीट पर बैठे मुरादअली ने फिर नारे लगाना शुरू कर दिया और गूँजते नारों के बीच अमन की बस अपने शान्ति-अभियान पर निकल पड़ी।

□□

बँगले में भोजनकक्ष की स्निग्ध रोशनी में मेज़ के आर-पार बैठे रिचर्ड और लीज़ा अपने भावी कार्यक्रम पर विचार कर रहे थे। लीज़ा फिर से सँभल गई थी, रिचर्ड को भी आज ज़्यादा काम नहीं था, नगर का जीवन पटरी पर आ रहा था, छोटे अफसरों ने काम सँभाल लिया था।

"मैं चाहता तो था कि यहाँ कुछ देर के लिए रहता, टेक्सिला के म्यूजियम में थोड़ा काम करता, यहाँ के लोगों का अध्ययन करता लेकिन लगता है यहाँ ज़्यादा देर रहना न हो सकेगा।"

लीज़ा को यह सूचना पाकर मन ही मन खुशी हुई : "तो तुम्हारा तबादला होगा? तुम्हारी तरक्की होगी?" रिचर्ड मुस्करा दिया। मुँह से कुछ नहीं बोला।

"तुम बताते क्यों नहीं हो? क्या सचमुच तुम्हारी तरक्की होने जा रही है?"

"तरक्की की बात नहीं है लीज़ा, जिस जगह दंगा-फ़साद हो जाए, वहाँ से सरकार आम तौर पर अफसरों को तब्दील कर देती है। नए अफसर आ जाते हैं..."

"क्या जल्दी ही चले जाना होगा?"

"शायद! मैं ठीक तरह से नहीं जानता।"

"मगर तुम तो यहाँ रहना चाहते थे ना, टेक्सिला म्यूज़ियम में काम करना चाहते थे, अपनी किताब लिखना चाहते थे...?"

रिचर्ड ने कन्धे बिचका दिए। फिर उसने पाइप सुलगाया और मेज़ के नीचे टाँगें पसारकर, तफरीह के मूड में, मुस्कराकर बोला, "कहाँ से शुरू करूँ?"

"क्या, कहाँ से शुरू करो, रिचर्ड?" लीज़ा ने भवें उठाकर पूछा।

"तुम यही जानना चाहती थीं, न कि यहाँ पर क्या कुछ हुआ है!"

अबकी बार लीज़ा ने कन्धे बिचका दिए, मानो कह रही हो, सुनाओ या न सुनाओ, कोई खास फ़र्क़ नहीं पड़ता।

●●●